Ne renonce jamais

Avertissement : ce livre est une œuvre de fiction. En conséquence, toute homonymie, toute ressemblance ou similitude avec des personnages et des faits existants ou ayant existé, ne saurait être que coïncidence fortuite et ne pourrait en aucun cas engager la responsabilité de l'auteur.

Le Code de la propriété intellectuelle interdit les copies ou reproductions destinées à une utilisation collective. Toute représentation ou reproduction intégrale ou partielle faite par quelque procédé que ce soit, sans le consentement de l'auteur ou de ses ayants droit ou ayants cause, est illicite et constitue une contrefaçon, aux termes des articles L.335-2 et suivants du Code de la propriété intellectuelle.

Philippe FONTANEL

Ne renonce jamais

Éditions du Cluzel

Du même auteur :

« **Souvenirs en ligne** » paru en 2012

« **Qui es-tu vraiment ?** » paru en 2013 et 1er Prix de Littérature du Lions Club International.

« **Si tu savais…** » paru en 2015

« **Rien ne s'efface** » paru en 2017 et plébiscité par Michel Bussi. *« L'intrigue est ingénieuse, passionnante, comme je les aime. »*

« **Mémoire trouble** » paru en 2019, finaliste du Prix du Jury des Plumes Francophones 2019 et 1er Prix du Polar à l'Automnale du Livre de Sury Le Comtal 2019.

« **Déjà-Vu** » paru en 2020 et plébiscité par Michel Bussi. *« Vous avez le sens de l'intrigue et des histoires addictives. »*

Plus d'informations sur la page Facebook de l'auteur :
Phil Fontanel Auteur

Ou sur le site internet :
philippefontanel.free.fr

© 2022 Philippe Fontanel. Tous droits réservés.
Éditions du Cluzel. editionsducluzel.wixsite.com
ISBN 13 : 978-2-9553276-1-6
Dépôt légal : 2ème trimestre 2022.
Couverture : Fiverr.com/rebecacovers
4ème de couverture : Pixabay.com/Activedia

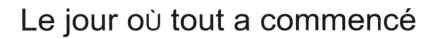

1

Mardi 24 août - 17 heures 15

Soufflant en rafales, le vent s'engouffrait dans les rues étroites du centre-ville de Saint-Étienne, apportant un semblant de fraîcheur après les fortes chaleurs des jours derniers.

D'un pas nerveux, Boris Lenatnof descendit les marches du palais de justice. Sortant un paquet de cigarettes de sa poche, il leva les yeux.

Au-dessus des toits des immeubles, des nuages sombres roulaient et des éclairs déchiraient le ciel. La lumière se faisait crépusculaire. *L'orage est imminent,* se dit-il en protégeant la flamme du briquet du creux de sa main.

Il tira une longue bouffée avant d'être pris d'une violente quinte de toux. Dans son dos, un brouhaha lui fit tourner la tête.

Sur le perron du tribunal, les journalistes se pressaient autour de l'avocat de la défense en robe noire. En faisant de grands gestes, il expliquait que son client allait faire appel du jugement l'estimant, disproportionné en regard des faits et des circonstances. Le torse bombé, sûr de lui et de ses arguments, l'homme de loi refaisait sa plaidoirie, réfutant une à une les charges retenues par le magistrat du ministère public.

Le commissaire exhala une fine fumée en le voyant gesticuler.

La veille, il avait été entendu dans le cadre d'une affaire criminelle qui avait défrayé la chronique deux ans auparavant avec l'arrestation d'un homme originaire du Pays de Galles. La soixantaine passée, cet artiste peintre était accusé d'avoir tué sa compagne et maquillé sa mort en suicide, mais aussi d'avoir abattu un rival de plusieurs balles.

Appelé à la barre pour avoir conduit l'enquête, Lenatnof avait été interpellé à de nombreuses reprises par le défenseur de l'homme qui se tenait dans le box des accusés. Pour tenter de déstabiliser le policier mais, également, d'influencer les jurés, l'avocat avait utilisé les ficelles habituelles : les méthodes policières parfois limites, les menaces proférées à l'encontre de l'accusé ou encore des aveux extorqués sous la contrainte. Rodé à ce genre d'exercice, Lenatnof était resté concentré, s'en tenant aux faits et répondant à chacune de ses questions sans faire de commentaires ni de sous-entendus.

Comme à chaque fois, il avait eu la boule au ventre durant les échanges car il craignait que la défense ait trouvé une faille qui remette en question le rapport d'enquête. Ou pire encore, qu'elle révèle un vice de procédure réduisant à néant des mois d'investigations.

Quand le jugement avait été mis en délibéré et la séance levée, Lenatnof avait été soulagé. Avant de quitter les lieux, ne se sentant pas au mieux, il avait fait un détour par les toilettes.

Depuis quelque temps déjà, il était sujet à de violentes migraines.

Sortant une boîte de pilules, il avait fait glisser un comprimé dans sa paume, puis un deuxième. Après avoir desserré le nœud de sa cravate, il avait avalé une gorgée à même le robinet avant de s'asperger le visage d'eau. Les mains en appui sur le rebord du lavabo, il se considéra dans le miroir. *Une vraie tête de déterré. Je me demande quelle gueule j'aurai dans dix ans,* se dit-il en attendant que la douleur s'atténue à défaut de disparaître.

Cet après-midi, il s'était rendu au tribunal pour écouter le président du jury d'assises donner lecture des réponses faites aux questions et rendre le verdict validé par les jurés. Sans réelle surprise, l'accusé avait écopé d'une lourde peine de réclusion criminelle.

En s'éloignant pour rejoindre sa voiture garée deux rues plus loin, le policier tira une dernière bouffée, puis écrasa le mégot du bout de sa chaussure. Il en sortait une autre lorsqu'il repensa aux propos de son médecin : « *Vos analyses de sang ne sont pas bonnes. Pour ne pas aggraver cette situation, le tabac est à proscrire.* »

— Je fume depuis mes 14 ans et j'ai 60 piges au compteur ! Plus facile à dire qu'à faire, maugréa-t-il en coinçant sa clope au coin de ses lèvres.

Surprise de voir cet homme parler tout seul, la jeune fille qui arrivait en face de lui préféra traverser la chaussée et gagner l'autre trottoir.

Il avançait d'un pas décidé lorsqu'il aperçut une vieille femme, immobile, la main tendue vers les rares passants. De l'autre, elle prenait appui sur une canne en bois sculptée.

C'était la deuxième fois qu'il la voyait.

Hier, en croisant son regard perçant où brillaient deux agates d'une couleur indéfinissable, une sensation de malaise l'avait envahi et il avait dû détourner la tête. Ce n'était pourtant pas dans ses habitudes de se défiler. Face à des truands ou à des assassins, jamais il n'avait baissé les yeux. Après quelques pas, il s'était retourné : elle lui souriait bizarrement. *À moins que ce ne soit un rictus plein de mépris pour avoir refusé de lui donner une pièce,* s'était-il dit alors.

À présent, il était à quelques mètres d'elle et il l'observa.

De petite taille et le dos voûté, le visage fripé comme une pomme qui a passé trop de temps sur l'étal du marchand, elle était entièrement vêtue de noir. Des breloques aux couleurs disparates pendaient à son cou et un foulard enserrait ses longs cheveux de jais. *Ce n'est pourtant pas Halloween. À moins que ce ne soit une folle échappée de l'asile.*

D'ordinaire, il ne donnait jamais la moindre pièce aux clochards ou autres mendiants et passait son chemin. Là, il s'arrêta à sa hauteur, fouilla sa poche et glissa un billet dans le creux de sa main. Desserrant la mâchoire, les lèvres desséchées de la vieille femme se fendirent d'un sourire.

— Merci mon prince, fit-elle en refermant ses doigts sur le poignet du policier avant de le fixer intensément.

— Que se passe-t-il ? Vous ne vous sentez pas bien ? demanda-t-il, surpris par son attitude étrange.

D'une voix devenue caverneuse et sans le lâcher, elle reprit :

— Très bientôt, vous allez perdre un être cher à votre cœur. L'eau vous l'enlèvera. Une chose en entraînant une autre, des larmes de sang couleront. C'est ce qui est écrit dans la pierre sacrée du temps. Le destin est votre ennemi et, pour espérer changer l'ordre des choses, vous devrez faire un choix. C'est ainsi et vous n'y pouvez rien changer.

En transe, les yeux de la diseuse de bonne aventure roulaient dans tous les sens. La main de Lenatnof était comme prise dans un étau. Jamais il n'aurait pensé qu'elle puisse avoir une telle force.

— Cette comédie a assez duré ! s'écria-t-il tout en lui faisant lâcher prise.

Alertés par ses cris, les passants, ahuris, observaient la scène.

— Le spectacle est terminé ! vociféra-t-il sur un ton bourru. Passez votre chemin, y a rien à voir !

Nul n'osa demander en vertu de quoi cet homme s'arrogeait le droit de dicter leur conduite. En s'éloignant, certains jetèrent quand même un coup d'œil furtif derrière eux.

À l'endroit où elle avait tenu son poignet, la peau était rouge vif. Il se frictionna en l'apostrophant avec virulence :

— Vos sortilèges n'impressionnent personne et surtout pas moi ! Rentrez chez vous ou je vous embarque, maudite sorcière !

Avant de tourner les talons, elle lui jeta un dernier regard où se mêlaient frayeur et épouvante. *Elle s'enfuit comme si elle avait vu le diable en personne,* se dit Lenatnof.

— Satanée vieille folle, râla-t-il, agacé de s'être fait avoir de la sorte.

Moins de quinze minutes plus tard, ayant oublié cet épisode pour le moins étrange, il se gara sur le parking de l'hôtel de police, au 99bis cours Fauriel. Quatre hommes en uniforme, revolvers à la ceinture, sortirent du bâtiment pour s'engouffrer dans un véhicule. Gyrophare allumé et klaxon deux-tons activé, le chauffeur prit la direction du centre-ville à vive allure. Lenatnof le suivit des yeux jusqu'à ce qu'il disparaisse de sa vue.

Avant de quitter l'habitacle, il jeta un coup d'œil dans le rétroviseur. Passant ses doigts jaunis par la nicotine dans ses cheveux noirs et gras, des pellicules volèrent et vinrent rejoindre celles déjà présentes sur le col de sa chemise. Son reflet lui renvoya l'image d'un fantôme.

Depuis sa dernière visite chez le docteur, il avait encore maigri et les traits de son visage étaient davantage marqués. Son médecin avait insisté pour lui prescrire un arrêt maladie mais le policier avait refusé : « *Depuis le début de ma carrière, je n'ai jamais été absent. La retraite approche, j'aurai tout le temps de me reposer. N'insiste pas Joss ! »*

Josselin Ribeiro, c'était son médecin mais surtout son ami de toujours. Depuis leur naissance, tous deux vivaient à Monthieu, un quartier de Saint-Étienne situé à l'ouest du centre-ville.

Enfants, leurs parents habitaient les tours dominant le centre commercial. Josselin au 17ème étage de la tour B et Boris au même étage mais dans la tour A.

Après de brillantes études, Ribeiro avait ouvert son cabinet dans le quartier où il avait toujours vécu. Il exerçait également dans une clinique privée dans laquelle il avait des parts.

Quant à Lenatnof, sitôt sa formation terminée et sa carte de police en poche, il avait acheté une maison près de l'école qu'ils avaient tous deux fréquentée. Malgré les mutations, il ne s'en était jamais séparé. Aussi, lorsqu'il avait pris le poste de commissaire à Saint-Étienne, il avait été tout heureux de retrouver son *« chez lui »*.

Vieux garçons tous les deux, ils étaient proches comme pouvaient l'être deux frères et une même passion les unissait : les voitures.

Gamins, ils les collectionnaient sous forme de miniatures. Plus tard, Josselin, à l'aise financièrement, en avait acquis plusieurs qui étaient entreposées dans son garage. Les soirs et les week-ends, il passait des heures à les bichonner.

De son côté, Boris avait conservé la Renault Dauphine de sa mère. Garée dans le sous-sol de la maison, il repoussait toujours le jour où il allait enfin se décider à la remettre en état, expliquant à Josselin qu'il n'avait pas le temps nécessaire. Pour rouler au quotidien, Lenatnof avait acquis, voici des années, une Ford Mustang rouge de 1966 lors d'une vente aux enchères. Il en rêvait depuis qu'il était gamin. Un petit bijou qui avait entamé ses économies. Quand le temps le permettait, il aimait rabattre la capote, enfoncer une casquette sur sa tête et rouler en écoutant le feulement rageur du moteur surpuissant.

En marchant jusqu'à l'entrée du commissariat, Lenatnof se rendit compte qu'il avait à nouveau des palpitations. La veille déjà, il en avait eu. Il mit ça sur le compte de la fatigue et du stress. *Hors de question que j'en parle à Joss, sinon il va me bassiner jusqu'à ce que j'aille passer ces foutus examens,* se dit-il en poussant la lourde porte.

À l'intérieur, on se serait cru dans une ruche. Outre le bruit et l'agitation, une chaleur suffocante régnait et toutes sortes d'odeurs se mêlaient, rendant l'air irrespirable. Ça *fait des années que je réclame un budget pour changer la ventilation et la clim, mais les bureaucrates de l'administration s'en fichent éperdument. Foutu système !*

Tous les regards convergèrent vers leur supérieur. Depuis déjà pas mal de temps, les femmes et les hommes sous son commandement avaient remarqué que leur patron avait pris ses distances avec eux. Enfermé dans son bureau, il n'en sortait que pour brailler des ordres et passer ses nerfs sur l'un d'entre eux. Tous en étaient venus à le craindre. En aparté, les ragots allaient bon train : certains disaient qu'il n'était plus dans les bonnes grâces du préfet et qu'il allait sauter ; d'autres que sa hiérarchie le poussait vers la sortie.

— Comment ça s'est passé au tribunal ? entendit-il dans son dos.

N'ayant pas envie de répondre, il fit la sourde oreille.

Il avait fait quelques pas de plus quand une autre voix s'éleva :

— Pour le meurtre de son rival et de sa compagne, l'accusé a pris combien ?

En soufflant fort pour faire comprendre qu'il était agacé, il se lança :

— L'avocat général avait requis perpète assortie d'une période de sûreté de vingt-deux ans. Le jury a été plus clément : quinze ans de placard ferme.

Une clameur s'éleva.

— À mon sens, c'est une juste peine, développa-t-il. Comme il fallait s'y attendre, le baveux de l'accusé a fait appel de la décision.

Les yeux rieurs, un autre policier y alla de son commentaire :

— La défense a dû passer au crible le dossier à la recherche de la moindre erreur ou irrégularité. Hein, chef ?

— C'est le jeu, comme à chaque fois, grogna-t-il.

— Si tout était nickel, ça veut dire qu'on a rendu une copie parfaite, hein patron ? insista-t-il en lui tendant la perche pour qu'il les félicite du travail accompli.

— C'est le cas, se contenta-t-il de dire en avançant vers son bureau.

— Pour fêter ça, on pourrait aller boire un coup au troquet du coin ?

Lorsqu'une affaire était passée en jugement sans qu'aucun grief ne soit retenu sur le rôle de la police dans la conduite de l'enquête, la coutume voulait que tous se retrouvent au bar en fin de journée.

Lenatnof s'arrêta net et se tourna vers ses collaborateurs.

— Et puis quoi encore ? Et pourquoi pas un jour de congé pour aller à la pêche ? Vous avez fait votre job, rien de plus ! Celui pour lequel l'État vous paye.

Ces paroles eurent pour effet de casser l'ambiance. Les sourires disparurent et la bonne humeur s'envola.

— Vous avez du pain sur la planche, non ? aboya-t-il, le regard noir. Alors, au boulot ! La journée n'est pas terminée que je sache !

Le silence revint immédiatement. Baissant la tête, chacun retourna à ses occupations.

Le commissaire prit le couloir et disparut de la vue de ses hommes. « *Toujours aussi mal embouché et c'est pire de jour en jour* », entendit-il. « *Il n'a jamais eu un caractère facile, mais, là, il est carrément odieux. Il est temps qu'il dégage* », fit une autre voix. « *Et quand il a un coup dans le nez, ce qui est le cas de plus en plus souvent, il est carrément ignoble avec ses remarques à deux balles.* » ajouta une troisième. Une dernière s'éleva : « *Et vous avez vu sa dégaine ? Le pantalon taché et la même chemise qu'hier. Quant à son rasoir, il doit être en panne !* »

Lenatnof se fichait éperdument de leurs avis et encore plus de l'image qu'il renvoyait. *Je ne retiens personne. S'ils ne sont pas contents, ils n'ont qu'à aller voir ailleurs.*

Claquant la porte de son bureau derrière lui, il ouvrit la fenêtre.

À l'extérieur, l'orage avait éclaté. Des trombes d'eau s'abattaient. Profitant de l'air frais, il sortit son paquet de cigarettes. Entre ses doigts jaunis, il fit rouler la dernière qui s'y trouvait. Sa conscience lui disait : « *Non, range ça. Ne va pas aggraver ton cas* ». D'un autre côté, son addiction à la nicotine était plus forte que tout. Il savait la lutte inégale et perdue d'avance lorsque cette petite voix intérieure lui soufflait de se laisser aller, que la vie était trop courte pour se priver de tous les petits plaisirs du quotidien.

— Promis, c'est ma dernière clope, dit-il à haute voix pour s'en con-vaincre avant de jeter l'étui cartonné dans la poubelle.

D'un des tiroirs du bureau, il sortit une bouteille de Vodka déjà bien entamée et un verre qu'il remplit aussitôt. Sa main n'était pas aussi ferme qu'il l'aurait voulu et quelques gouttes souillèrent la réquisition de police qui attendait sa signature.

— Bordel de merde ! Qu'est-ce que je peux être maladroit ! jura-t-il en l'essuyant avec un Kleenex.

Furieux de sa maladresse, il vida le contenu du verre d'un trait. La morsure de l'alcool parcourut chaque fibre de son corps et lui fit l'effet d'un électrochoc. Il se resservit avant de la ranger hors de la vue de ses hommes. La tête inclinée à l'arrière, il ferma les yeux et savoura chaque instant de cette douce mais éphémère sensation.

Ensuite, il essuya avec soin ses lunettes avant de les ajuster sur son nez. Se redressant sur son fauteuil, il se plongea dans la pile de documents qu'il devait lire, corriger parfois, et signer.

Bien plus tard, l'orage cessa enfin. Seuls quelques éclairs et grondements lointains se faisaient encore entendre. Hormis les fonctionnaires assurant la permanence, le commissariat s'était vidé.

Concentré sur la rédaction d'un rapport réclamé par sa hiérarchie, Lenatnof n'avait pas vu le temps filer. *De toute façon, personne ne m'attend à la maison*, fit-il en étirant les bras pour délasser son dos.

Il eut un moment de blues, comme ça lui arrivait parfois, se disant qu'il devrait être en train de souper avec ses enfants en les écoutant raconter leur journée. Qu'ensuite, il attendrait le moment de se glisser sous les draps pour faire l'amour à son épouse.

D'une pensée à l'autre, il songea à son ami, à Josselin Ribeiro. *Quand le moral n'est pas au top, on se fait une soirée foot en mangeant des pizzas et en buvant des bières. L'espace d'un moment, chacun oublie qu'il a raté sa vie. Par pudeur, aucun de nous n'en parle jamais.*

Lenatnof sourit. *Je ne me rappelle pas qu'on se soit disputés une seule fois. Le seul ami que je n'ai jamais eu...*

Il ouvrait le tiroir pour se resservir lorsque son attention fut attirée par son portable posé sur le bureau.

L'écran venait de s'éclairer.

2

Mardi 24 août - 22 heures 15

Lenatnof connaissait le numéro qui s'affichait et pour cause : c'était celui de Roxana, sa sœur aînée. Il regarda sa montre : 22 heures 15. *Jamais elle ne m'appelle aussi tard. Je me demande bien ce qu'elle veut ?* s'interrogea-t-il en décrochant.

— Boris ?
— Ben, oui. Qui veux-tu que ce soit ?
— Toujours aussi aimable. Tu ne changeras donc jamais !
— Ah, lâche-moi ! Si c'est pour me balancer à la gueule ce genre de conneries, je raccroche. Ma journée a été pénible, alors n'en rajoute pas !

Roxana ne fit pas cas de sa mauvaise humeur coutumière.

— J'ai cherché à te joindre. À chaque fois, je tombe sur le répondeur. Pourquoi ne décroches-tu pas ?
— Réunion ce matin avec le patron. Tribunal cet après-midi pour le prononcé du verdict de l'affaire sur laquelle j'étais. Je n'ai pas eu une minute à moi ! Ça te va comme explication ?
— Hier au soir aussi, je t'ai téléphoné. J'ai même laissé un message. Comme trop souvent, aucune réponse de ta part, le tança-t-elle.
— Je suis rentré tard du boulot. Pas eu le temps de l'écouter.
— Tu n'es jamais présent pour ta famille ! fulmina Roxana.

Pour éviter qu'elle ne parte dans des reproches à n'en plus finir, il se fendit d'une excuse.

— Désolé, lâcha-t-il du bout des lèvres.
— Charlie est avec toi ?
— Ben, non ! Je suis au commissariat. Pourquoi cette question ?

Pas de réponse.

— Que se passe-t-il ?

— La nuit dernière, elle n'a pas dormi dans son lit et ne décroche pas quand je l'appelle.

— Ce ne sera pas la première fois que ma nièce découche. Profites-en pour te reposer et prendre du bon temps. *La paix n'a pas de prix* comme dit souvent Kalil, un de mes collaborateurs.

Roxana préféra ne pas répondre à son trait d'humour malvenu.

— Quand elle ne rentre pas, elle m'envoie toujours un SMS pour me dire où elle est et avec qui.

— Est-ce vrai à chaque fois ?

Il entendit sa sœur souffler dans l'écouteur.

— Il est arrivé qu'elle oublie, concéda-t-elle.

— Si ça se trouve, elle a pris une cuite et a dormi chez une copine. Dès qu'elle franchira la porte, elle sait que tu vas lui en passer une. Aussi, elle recule ce moment, dit Boris en s'esclaffant.

Roxana ne tint pas compte de ses remarques et poursuivit :

— J'ai appelé ses amis : personne ne l'a vue de la journée ni hier. Inquiète, à 18 heures, j'étais devant la brasserie où elle a ce job d'été. C'est l'heure où elle prend son service. Comme elle n'arrivait pas, je suis entrée. Le patron m'a demandé de ses nouvelles. Quand il a vu mon air étonné, il m'a expliqué que Charlie l'avait appelé la veille pour lui dire qu'elle était souffrante et qu'elle ne viendrait pas travailler.

— Affaire bouclée alors, trancha-t-il, pressé d'en finir.

— Si elle avait été malade, je l'aurais vu. Où peut-elle bien être ? Je suis sûre qu'il lui est arrivé quelque chose.

— Ne tire pas de conclusions hâtives. Charlie aura changé ses plans, comme le font les jeunes de son âge et elle n'a pas songé à te prévenir. C'est aussi simple que ça.

— Jamais ça ne s'était produit auparavant. Et pourquoi a-t-elle menti de la sorte à son employeur ?

— Il y a un début à tout, ironisa-t-il, agacé par cette conversation qui s'éternisait.

— Ma fille va passer une autre nuit hors de la maison et c'est tout ce que tu as à dire ? Tu n'as pas de cœur ! éructa Roxana hors d'elle.

À défaut de s'excuser pour ses propos désobligeants, Boris essaya de trouver une possible explication.

— Je me souviens de votre engueulade à n'en plus finir samedi dernier, lors de son anniversaire. Charlie n'a pas un caractère facile.

Elle ne lâche rien et toi non plus. Elle aura voulu souffler et prendre ses distances avec toi. Tu la couves comme si elle avait 5 ans. Elle en a 18, alors laisse-la vivre. Ce n'est plus une enfant !

Roxana préféra ne pas répondre à sa nouvelle provocation.

— Elle avait en tête d'arrêter ses études pour partir en mission humanitaire en Tanzanie. Hors de question que je la laisse faire !

— Une lubie comme elle en a souvent. Après mon départ, pas de nouvelle prise de bec entre vous qui pourrait expliquer le fait qu'elle ne soit pas rentrée ?

— Non, rien de tout ça, je te dis ! s'irrita-t-elle.

— Et dimanche ?

— J'ai commencé tôt. Elle dormait quand je suis partie travailler.

— À ce sujet, quand est-ce que tu trouves un job avec des horaires plus adaptés ? T'user à la tâche dans cette usine, de jour comme de nuit et même les week-ends, ce n'est plus de ton âge.

— Sans diplôme ni formation, je n'ai pas d'autre choix si je veux continuer à payer les traites de la maison et les études de ma fille. À la mort de maman, si j'ai arrêté l'école, c'était pour t'élever.

— Je te dois tout, je sais. Ce même refrain, tu me l'as servi des dizaines de fois ! s'emporta Boris. Qu'est-ce que tu peux rabâcher !

— C'est pourtant la stricte vérité. Bref, quand je suis rentrée dans le courant de l'après-midi, elle était dans sa chambre. Tout allait bien entre nous, je te le répète.

Une idée traversa l'esprit de Boris.

— Ne serait-elle pas partie voir son père sans te prévenir ?

— J'y ai pensé même si ça me paraissait très improbable.

— Pourquoi ça ?

— Leurs rapports ont toujours été compliqués.

— D'accord, mais David reste son père.

— Charlie est plus proche de toi que de lui. Ça a toujours été ainsi. Quand elle était petite, elle était toujours sur tes genoux. Plus grande, elle te tirait par la main et t'entraînait vers sa chambre pour que tu joues avec elle. Je vous entendais rire aux éclats. Lorsque tu enfilais ta veste, elle s'accrochait à toi pour que tu ne partes pas. Quand David et moi, nous nous sommes séparés, ce lien avec Charlie s'est encore renforcé. Probablement parce qu'elle était une enfant sans papa au quotidien et toi le seul homme de la famille. Peut-être aussi parce que tu savais la comprendre mieux que quiconque... y compris moi.

— Quand je venais vous rendre visite, elle me guettait depuis la fenêtre pour me réciter ses leçons ou me lire son bulletin de notes, fit Lenatnof songeur. Les soirs, je venais la border dans son lit et lui raconter une histoire pour qu'elle s'endorme.

— Tous les deux, vous avez toujours eu une relation privilégiée. Comme un père peut avoir avec sa fille.

— Elle a radicalement changé lorsque les recherches pour retrouver Salomé ont cessé, murmura Boris dépité.

— Charlie était persuadée que tu allais la ramener à la maison. Du haut de ses 8 ans, elle a vécu ça comme un véritable drame.

— Elle disait que j'avais abandonné Salomé. Ensuite, plus rien n'a été pareil. La distance qu'elle a mise entre nous n'a jamais complètement disparu.

Le silence se fit, chacun revivant intérieurement les moments difficiles qu'ils avaient vécus.

Roxana le rompit la première :

— Pour en revenir à David, je l'ai eu au téléphone. Elle n'est pas chez lui et n'a pas cherché à le joindre. S'il apprend quoi que ce soit, il m'appelle. De mon côté, je fais de même.

— À moins qu'elle ne soit dans les bras d'un garçon. Après tout, ta fille a 18 ans. Belle comme le jour, elle découvre la vie et, qui sait, une première expérience.

— Si elle avait rencontré quelqu'un, elle me l'aurait dit, réagit-elle avec une pointe d'agacement dans la voix.

— Ne sois pas aussi affirmative. Comme toutes les jeunes femmes de son âge, Charlie a son jardin secret. Tu ne crois pas ?

Pas de réponse. Seulement les sanglots étouffés d'une mère en proie à une forte anxiété. Lenatnof connaissait suffisamment sa sœur pour savoir qu'elle n'était pas du genre à s'inquiéter pour rien.

— Il y a autre chose, n'est-ce pas ? devina-t-il. Roxana, parle-moi.

Elle renifla bruyamment avant de lui répondre :

— Ça n'a sans doute rien à voir, mais, lundi matin, les gendarmes sont venus à la maison. Si la voisine que j'ai croisée en rentrant du boulot ne me l'avait pas dit, Charlie n'aurait même pas abordé le sujet. En insistant, elle a fini par me dire qu'ils voulaient l'entendre suite à un accident de la route survenu à Chalmazel, là où ses amis et elle s'étaient donné rendez-vous samedi soir pour faire la fête.

— Au cours de son repas d'anniversaire, je me souviens qu'elle avait parlé de s'y rendre.

— Quand elle a vu les yeux ronds que je faisais, elle a précisé qu'elle n'était pas à bord de la voiture en question et que les gendarmes interrogeaient toutes les personnes présentes à cette soirée. J'ai essayé d'en savoir davantage mais elle n'a desserré les dents que pour me dire de m'occuper de mes affaires. Plus tard, elle est montée sur son scooter pour aller prendre son service à la brasserie. Il était 17 heures 30. Convaincue qu'elle me cachait quelque chose, j'ai attendu son retour. D'habitude, elle rentre vers minuit. J'ai patienté. En vain. Depuis, je ne l'ai pas revue.

— Quoi d'autre ?

— Rien… Ah, si ! Dans la nuit de dimanche à lundi, elle a fait un cauchemar qui m'a réveillée en sursaut. Je me suis précipitée dans sa chambre. Tétanisée et tremblante de la tête aux pieds, Charlie pleurait à chaudes larmes et disait des choses incohérentes.

— De quelle nature ?

— Ses propos étaient confus, hachés. Elle répétait qu'il fallait lui pardonner, qu'elle regrettait. Quand elle a fini par émerger de ce mauvais rêve, je lui ai demandé ce qui l'avait tourmenté à ce point. Elle a haussé les épaules en me disant que ça m'arrivait à moi aussi de délirer en dormant et qu'elle n'en faisait pas toute une histoire. Je n'ai pas insisté et suis retournée me coucher. Si ça se trouve, c'était en rapport avec cet accident de la route ?

— Que peux-tu me dire à ce sujet ?

— Pas grand-chose. Seulement ce que j'ai pu lire dans la presse locale. Peu après avoir quitté le chalet que possèdent ses parents, la voiture de Timothée Malori s'est encastrée contre le parapet d'un pont surplombant une rivière. À bord, il y avait également Juliette Nogaret. L'article précisait qu'il s'en était fallu de peu pour que leur véhicule bascule dans le vide. Quarante mètres de chute libre et une mort assurée. Tous deux sont à l'hôpital. Juliette s'en tire avec des blessures sans gravité. Pour ce qui est de Timothée, son état a été jugé sérieux par les médecins, sans plus de précisions.

— Charlie est proche d'eux ?

— De Juliette, oui. C'est sa meilleure amie. Elle vient parfois dormir à la maison. Quant à Timothée, je le connais de vue. Il fait partie de la bande de jeunes avec qui elle traîne. Rien de plus.

Lenatnof commençait à se dire que beaucoup de choses étaient venues perturber la vie de sa nièce en peu de temps.

— En quittant la brasserie, reprit Roxana, je me suis rendue à la gendarmerie pour signaler sa disparition.

— C'est ce qu'il fallait faire. Ingrid Carella est toujours en poste à Montbrison ?

— Oui, c'est d'ailleurs elle qui m'a reçue. J'étais très angoissée. Elle a attendu que je me calme puis m'a demandé de reprendre depuis le début. Après avoir répondu à ses questions, deux de ses hommes sont partis avec moi pour fouiller la chambre et les affaires de Charlie. J'ai un mauvais pressentiment. J'ai besoin que tu sois là, Boris. S'il te plaît...

— Entendu, souffla-t-il de mauvaise grâce. Puisque tu insistes, je serai là demain en tout début de matinée. En attendant, repose-toi. Et tiens-moi au courant si ma nièce réapparaît. Je suis persuadé que tu t'inquiètes pour rien.

— Si on ne la retrouve pas, je vais devenir folle. Et si ce cauchemar recommençait ? Et si Charlie avait été enlevée ?

— Ne va pas t'imaginer des choses. À demain, Roxana.

Boris raccrocha avant qu'elle n'en vienne inévitablement à parler de Salomé, disparue sans laisser de traces dix ans auparavant.

Salomé qui était aussi la sœur aînée de Charlie.

3

Mardi 24 août - 23 heures 05

Avant de quitter son bureau, Lenatnof avait traité les affaires courantes, signé un tas de formulaires, laissé des consignes et validé les demandes de congés de ses collaborateurs.

En sortant du commissariat, il gonfla ses poumons. Après l'orage, la température avait chuté, rendant l'air plus respirable.

Épuisé par sa journée, il ne songeait qu'à une seule chose : rentrer chez lui, prendre une douche et se mettre au lit. *Quelques heures de repos tout au plus. Je ne me souviens pas de quand date ma dernière grasse matinée.*

En guise de dîner, un gardien de la paix était allé lui acheter un sandwich à la supérette du quartier. Après en avoir avalé deux bouchées, il l'avait jeté. Ce n'était pas qu'il était mauvais, mais Boris avait perdu l'appétit et se contentait de grignoter. Son dernier vrai repas, c'était pour l'anniversaire de Charlie le week-end précédent. Comme à son habitude, Roxana avait insisté pour le resservir. *Comme notre mère le faisait lorsque j'étais gosse.*

Les lampadaires alignés tout le long du cours Fauriel, donnaient l'impression que le jour n'en finissait jamais. À cette heure, les voitures étaient rares. *Les gens sont chez eux et profitent de l'été assis sur leur balcon ou leur terrasse à siroter un cocktail,* songea-t-il en mettant la main dans la poche de sa veste. Après avoir ôté le bouchon de sa flasque, il but une lampée. En évitant les flaques d'eau, le policier rejoignit sa voiture. Installé derrière le volant, il ouvrit la boîte à gants et attrapa le paquet de cigarettes qui s'y trouvait. Sa réserve au cas où il viendrait à en manquer. Une vieille habitude. Un réflexe.

Abaissant la vitre, il fit jaillir la flamme du Zippo. Il l'approchait de ses lèvres quand il arrêta son geste. Ce briquet, c'était Salomé qui le lui avait offert pour Noël, il y avait de ça des années. Le dernier qu'ils avaient passé tous ensemble. Il revit l'air malicieux de sa nièce alors qu'il déballait son cadeau trouvé au pied du sapin. Mais aussi le regard sombre de Roxana en découvrant ce qu'il y avait sous l'emballage.

Oubliant la résolution faite un peu plus tôt, il alluma sa clope et inspira la fumée chargée de nicotine avant de boire ce qui restait dans la fiole. *Le cocktail indissociable pour tenir le coup et donner le change.*

La nuque contre l'appui-tête, Lenatnof ferma les yeux et plongea dans ses souvenirs.

Salomé était une jeune fille brillante. Après avoir obtenu un BTS dans le domaine de l'Art et du Design à Saint-Étienne, sa candidature avait été retenue pour intégrer à la rentrée prochaine une université à Paris. Cet été-là, Salomé avait trouvé un job auprès d'un maraîcher qui vendait ses fruits et légumes sur les marchés de la région. Quand elle était de repos et que sa mère travaillait à l'usine, elle s'occupait de Charlie, sa petite sœur de douze ans sa cadette. S'entendant à merveille, elles se racontaient toutes ces choses qu'on ne dit pas aux parents.

Puis, il y avait eu cette fête vers la fin du mois d'août.

Une des dernières avant la rentrée et son départ pour la capitale.

Un moment festif passé avec ses amis. La joyeuse bande s'était répartie dans plusieurs voitures pour se rendre au Foreztival à Trelins, un village situé à une quinzaine de kilomètres de Montbrison. Les concerts s'étaient enchaînés durant tout le week-end.

C'était aussi là qu'elle avait été vue pour la dernière fois.

Le dimanche matin, ses parents, Roxana et David Roussel, ne s'étaient pas inquiétés de ne pas la trouver dans son lit, se disant qu'elle avait dû dormir sur place. Ils avaient patienté jusqu'au milieu de l'après-midi avant de téléphoner à ses copains et copines pour savoir où était leur fille.

À chaque fois, les mêmes mots étaient revenus : dans la cohue, personne n'avait prêté attention à Salomé. D'ordinaire, elle ne les laissait jamais sans nouvelles. Aussi, une angoisse sourde les avait étreints. Ils avaient alors appelé l'hôpital de la ville mais aussi ceux des alentours où on leur avait répondu qu'aucune jeune femme du nom de Salomé Roussel ne figurait dans le registre des entrées fichiers.

De plus en plus inquiets, ils s'étaient rendus au poste de la gendarmerie locale. Quand ils avaient déclaré au planton que leur fille avait disparu, il avait tenté de les rassurer en leur expliquant qu'à 20 ans leur fille était libre de ses allées et venues et pas tenue de rendre des comptes. Avec un clin d'œil appuyé, il avait ajouté qu'au même âge, il découchait régulièrement.

Comme les parents de Salomé insistaient, il avait rétorqué qu'en application de la loi les forces de l'ordre ne pouvaient pas intervenir chaque fois qu'un jeune adulte ne réintégrait pas le domicile familial.

Le ton était rapidement monté et la responsable de la brigade avait dû intervenir. Après avoir fait entrer le couple dans son bureau, elle s'était présentée : « *Capitaine Ingrid Carella, je suis la cheffe de la brigade. Je vous écoute* », avait-elle dit calmement.

Après les avoir écoutés, elle avait dit qu'il s'agissait probablement d'une fugue, comme le supposait son subalterne. Faisant preuve d'empathie, elle avait parlé d'une voix douce sans porter de jugement.
Face à des parents sous le choc, elle leur avait demandé de décrire le comportement de leur fille dans les jours précédant sa disparition et de lui communiquer les noms de chacun de ses amis qui l'accompagnaient à ce festival.

Soulagé de savoir que quelqu'un prenait leur requête au sérieux, le couple avait donné le maximum de renseignements. Tous deux avaient terminé en insistant sur le fait que leur fille n'avait pas fugué, qu'elle ne l'avait jamais fait auparavant et que ce n'était pas dans son tempérament de faire une chose pareille.

Tout en prenant des notes, Ingrid leur avait demandé si Salomé avait pu décider de ne pas rentrer après une dispute avec eux-mêmes ou quelqu'un de son entourage. D'un même geste, tous deux avaient secoué négativement la tête. Elle avait donc choisi de qualifier la disparition de leur fille d'inquiétante. Le nom de Salomé Roussel allait être inscrit au fichier des personnes recherchées et son signalement transmis à tous les commissariats et gendarmeries de France et à tous les pays de l'espace Schengen.

En outre, Ingrid Carella se chargeait d'aviser le parquet, seul habilité à lancer des investigations. En les raccompagnant vers la sortie, la capitaine s'était engagée à les tenir informés. Les époux Roussel étaient partis quelque peu soulagés, à défaut d'être sereins.

Le festival avait rassemblé des milliers de personnes sur les deux jours qu'avait duré l'événement. Photos de Salomé à l'appui, un appel à témoins avait été lancé, relayé par la presse locale. Outre ses amis et connaissances venus se présenter spontanément à la gendarmerie, beaucoup de personnes s'étaient manifestées, apportant chacune de précieuses informations pour les enquêteurs.

En analysant les déclarations de chacun et en recoupant les témoignages, les gendarmes avaient ainsi pu reconstituer, quasiment heure par heure tout au long de la soirée du samedi, les déplacements de Salomé Roussel sur les lieux du festival.

C'était vers 1 heure du matin le dimanche que l'on perdait sa trace. Elle s'était pour ainsi dire évaporée sans que personne ne remarque quoi que ce soit. Avait-elle voulu rentrer chez elle comme elle avait dit vouloir le faire ? Si c'était le cas, personne parmi les gens qui s'étaient présentés ne l'avait raccompagnée en voiture ni ne l'avait vue monter à bord d'un autre véhicule. Était-elle partie en stop ? Avait-elle fait une mauvaise rencontre ? Nul n'en avait la moindre idée.

Une première battue avait eu lieu. Le secteur de Trelins avait été passé au peigne fin. Le lit du Lignon, la rivière à proximité immédiate du concert, et ses berges avaient été explorés sur des kilomètres. Idem concernant la voie ferrée reliant Boën-sur-Lignon et Montbrison. Les habitations du village avaient toutes été fouillées et leurs occupants interrogés sur leur emploi du temps. Un hélicoptère avait même survolé les alentours pour tenter de repérer un éventuel indice.

Appelée en renfort, une seconde battue avait été organisée avec le concours de la brigade cynophile. Les gendarmes avaient ratissé la région à pied, couvrant les champs et la forêt voisine, scrutant les flancs parfois abrupts des coteaux, mais aussi les combes. Sur les hauteurs, à peu de distance du village, un berger malinois avait flairé une piste qui avait permis à son maître de trouver une chaîne et un médaillon en or. Malheureusement, le chien avait perdu la trace au passage d'une rivière. Des plongeurs avaient fouillé le lit en aval et en amont, exploré tous les obstacles et troncs d'arbres à la dérive, sans rien trouver.

Après examen, les parents de Salomé avaient déclaré que le bijou appartenait à leur fille. Cette découverte avait permis d'avoir une idée plus précise de son parcours. En effet, il avait été retrouvé en bordure d'un chemin qui s'enfonçait dans les bois. Le Foreztival se déroulant dans la plaine, près de la route reliant Montbrison à Boën-sur-Lignon, Salomé n'avait aucune raison de se rendre dans le bourg perché sur les hauteurs et gagner ensuite la forêt. Cela n'avait aucun sens et ne répondait à aucune logique, sauf si on l'y avait contrainte.

Oubliant la thèse de la fugue, le procureur avait ouvert une information judiciaire pour enlèvement et séquestration. Même si cette annonce avait fait la Une de la presse, c'est la présence supposée de loups dans la région qui avait retenu l'attention du public et alimenté les conversations. Au fil des jours, la rumeur avait enflé comme quoi la jeune femme avait été dévorée. Elle était montée d'un cran lorsque les plus catégoriques affirmaient que les restes de son corps devaient être au fond d'une ravine ou d'une faille. Aussitôt, des radiesthésistes avaient débarqué avec leur baguette ou leur pendule, chacun y allant de sa théorie.

Pour calmer les esprits et ne pas ajouter à la psychose ambiante, un communiqué émanant du procureur de la République avait qualifié cette hypothèse de farfelue, insistant sur le fait qu'il n'y avait aucun loup à des kilomètres à la ronde. Au lieu de s'éteindre, les potins n'avaient fait qu'empirer.

Les jours, puis les semaines avaient passé sans qu'aucun élément ou fait nouveau ne vienne faire progresser l'enquête.

Les mêmes questions demeuraient sans réponse : que faisait Salomé dans cette partie du village où elle n'avait rien à faire et qui l'éloignait de chez ses parents ? Avait-elle suivi quelqu'un ? Était-ce là qu'elle avait été enlevée ? Où la retenait-on prisonnière ? S'était-elle fait agresser, assassiner ? Avait-on enterré son cadavre dans les bois ?

L'éventualité selon laquelle des loups s'en seraient pris à Salomé était revenue sur le devant de la scène au printemps suivant. Près de Boën-sur-Lignon, ville distante de quelques kilomètres seulement de Trelins, plusieurs troupeaux de moutons avaient été attaqués. D'après les observations des vétérinaires, les morsures relevées sur les carcasses des animaux évoquaient la possibilité qu'elles soient dues à des loups. Les jours suivants, plusieurs promeneurs avaient affirmé en avoir aperçu à différents endroits de la région sans qu'aucune photo ou preuve formelle ne soit venue étayer cette hypothèse.

Un an après, presque jour pour jour, les époux Roussel avaient été invités à se présenter à la gendarmerie. Ingrid Carella les avait informés que le parquet avait décidé de l'arrêt des recherches. Même s'il leur était inconcevable d'entendre ces mots, Roxana et David avaient dû se rendre à l'évidence : Salomé avait disparu sans laisser de traces. Son dossier venait s'ajouter à la liste des dix mille disparitions classées inquiétantes et non élucidées chaque année en France. Un cas de *Cold Case* comme l'avait expliqué la gendarme. Un anglicisme pour désigner une affaire faisant l'objet d'un classement sans suite.

Anéantis, ils n'avaient pu contenir leurs larmes.

Les saisons et les années avaient défilé.

Depuis dix ans, Lenatnof profitait de ses vacances pour se replonger dans l'affaire avec le peu d'éléments dont il disposait. Il s'attachait à relire chaque témoignage, à étudier chaque piste : Salomé aurait été vue à Marseille dans une boîte de nuit, devant la gare de Lille à faire la manche ou encore dans un café à Barcelone. Ne voulant rien négliger, il s'était rendu sur place. À chaque fois, il était revenu bredouille.

Durant sa carrière, il avait résolu des affaires comme celle-ci mais pas celle concernant sa nièce. Il gardait en lui le goût amer de l'échec mêlé au sentiment d'avoir failli à sa mission.

Un coup de klaxon le tira de ses songes. Ouvrant les yeux, il se redressa sur son siège avant d'actionner le démarreur.

Rentré chez lui, Lenatnof gagna sa chambre. Comme il en avait l'habitude, il rangea son arme de service dans le coffre. Ensuite, il prépara un sac avec quelques affaires. *Charlie lui a déjà fait le coup de passer la nuit hors de la maison sans la prévenir. Roxana s'alarme pour rien. Pourquoi diable ai-je accepté de me rendre à Montbrison ?* pesta-t-il. *Les procédures s'accumulent et ce n'est pas le travail qui manque !*

Son ordinateur sur les genoux et un verre de Vodka à portée de main, il se connecta sur le site de la police et recherca l'alerte mise en ligne par Ingrid Carella sur la disparition de sa nièce.

Dans le coin de l'écran, s'affichait la photo de Charlie. Elle portait ce bracelet qu'il lui avait offert pour son anniversaire. *Il y a quelques jours à peine.* Au bout de la fine lanière en cuir pendait l'œil de Sainte-Lucie, un coquillage en forme de spirale ramené lors d'un récent séjour en Corse. *Charlie, c'est le portrait craché de Roxana,* se dit-il. *La même détermination dans le regard. Elle tient cette force de caractère de sa grand-mère maternelle…*

Boris avala une gorgée, puis une seconde et songea à ses parents.

Fils d'émigrés russes, son père était mineur au puits Couriot dans le quartier du Clapier. Un éboulis dans une galerie avait tué de nombreux ouvriers par sept cents mètres de fond dont son père. Boris ne l'avait pour ainsi dire pas connu et gardait peu de souvenirs de lui. Sa mère, ne ménageant ni sa peine ni les sacrifices, avait élevé seule ses deux enfants en bas âge et n'avait jamais refait sa vie. Sa sœur et lui n'avaient jamais manqué de rien. Boris entrait au lycée quand elle était décédée d'une septicémie foudroyante. Ne laissant aucun héritage, Roxana avait dû sacrifier ses études. Sans diplôme ni qualification, elle avait enchaîné les petits boulots pour les faire vivre tous les deux.

Il pensa alors au jour où sa sœur lui avait présenté celui avec qui elle voulait faire sa vie. *Il m'a tout l'air d'être un cavaleur avec ses dents blanches bien alignées et son sourire ravageur. Je dis ça, je dis rien mais te voilà prévenue.* Bien sûr, elle n'avait rien écouté, si ce n'est son cœur qui ne battait que pour le beau et ténébreux David.

C'était en accompagnant une amie au cours de sculpture de David que Roxana avait fait sa connaissance. Artiste sans le sou, il vivait des leçons qu'il donnait dans son atelier et des rares œuvres qu'il vendait. Attiré l'un par l'autre, ils s'étaient revus. Quelques mois plus tard, ils célébraient leur mariage. Le ventre de Roxana était arrondi sous sa robe blanche.

Peu après la naissance de Salomé, David avait eu une aventure. *Une erreur qui ne se reproduira pas. Il me l'a juré,* avait-elle pleurniché en se lamentant sur l'épaule de son frère. *Bien sûr, cela va sans dire,* avait-il répondu sans la blâmer, même si, au fond de lui, il ne croyait pas un mot de la promesse de son beau-frère.

Les incartades à répétition de David et la disparition de Salomé avaient eu raison de leur couple. Depuis, Roxana vivait repliée sur elle-même, se reprochant de n'avoir pas été assez attentive avec sa fille aînée et que tout était arrivé du fait de sa négligence. Aussi, elle couvait Charlie, surveillant ses fréquentations et ses sorties, ce qui provoquait d'inévitables frictions entre elles.

Lenatnof soupira avant d'avaler ce qui restait dans le fond de son verre. Ensuite, il fit défiler le répertoire de son téléphone. *Après toutes ces années, j'espère qu'Ingrid n'a pas changé de numéro.*
Il se versa une nouvelle rasade. *Je passerai d'abord chez ma sœur. Ensuite, je rendrai visite à Ingrid pour faire le point sur la situation.*
La première sonnerie retentit alors qu'il portait le verre à ses lèvres.
Lors de notre dernière rencontre, j'ai agi comme un mufle. Pas sûr qu'elle accepte de me voir…

4

Mercredi 25 août - 8 heures 10

Les actualités s'achevaient à la radio lorsque Boris rangea la Mustang devant la maison de sa sœur. Perchée sur les hauteurs de la commune de Lézigneux, à quelques kilomètres de Montbrison, elle dominait la plaine du Forez.

David et Roxana l'avaient achetée peu après leur mariage. Quand le couple avait divorcé, et malgré la charge financière que cela représentait, elle avait tenu à la garder. Roxana n'avait pas voulu perturber davantage Charlie, déjà très affectée par la disparition de Salomé.

En remontant la vitre, Lenatnof regarda au loin. Même s'il avait toujours préféré la ville à la campagne, il reconnaissait volontiers que la vue était magnifique, portant par temps clair par-delà les monts du Lyonnais jusqu'aux contreforts des Alpes.

Avant de quitter l'habitacle, il jeta un coup d'œil dans le rétroviseur. *J'ai le teint blafard et une putain de sale gueule,* se dit-il en se frictionnant vigoureusement les joues pour leur redonner des couleurs. *Ma consommation d'alcool y est pour beaucoup, c'est une évidence, mais il n'y a pas que ça. Plus le temps passe et plus je dois lever le menton pour me voir dans le miroir quand je me rase.*

Depuis toujours, Boris Lenatnof était atteint d'un affaissement des paupières supérieures. « *Une prédisposition congénitale* » avait dit le docteur à sa mère alors qu'il n'était qu'un enfant. Debout à côté d'elle, Boris se souvenait parfaitement des mots de l'homme en blouse blanche : « *Le ptôsis résulte d'un déficit du muscle releveur de la paupière supérieure. Rien d'alarmant, mais pour corriger ça, votre fils doit être opéré. C'est une intervention simple qui consiste à raccrocher la paupière supérieure au muscle.* »

Veuve, sa mère ne disposait pas des moyens financiers nécessaires pour régler les frais médicaux. En sortant du cabinet du médecin, prenant Boris dans ses bras, elle lui avait promis que, dès qu'elle le pourrait, elle l'emmènerait se faire soigner dans le meilleur hôpital. Boris se souvint qu'il avait haussé les épaules avant de lui murmurer à l'oreille : « *De toute façon, je veux pas y aller. Tu sais bien que j'ai peur des piqûres* ». Sa mère avait souri avant de le serrer plus fort contre elle.

Les années avaient passé sans que la pathologie ne s'aggrave. Plusieurs fois, elle avait voulu honorer sa promesse. Mais Boris avait toujours refusé, même à l'adolescence, trouvant que ça lui donnait un air rebelle, un air à la Gainsbourg, le chanteur en vogue.

En sommeil jusqu'alors, cette maladie touchant les yeux s'était rappelée à lui après ses 40 ans, réduisant peu à peu son champ de vision. *Un mal qui n'a fait qu'empirer. L'opération est inévitable,* lui avait dit Josselin. Sur le ton de la boutade, Boris avait répondu qu'il allait y réfléchir.

Boris claquait la portière lorsqu'il aperçut sa sœur.

Avant de partir de chez lui, il avait consulté une dernière fois son Smartphone : aucun message de sa part. *Charlie n'est donc pas rentrée. Roxana avait peut-être bien raison de s'inquiéter.*

Debout derrière la baie vitrée du salon, elle fixait l'horizon où le soleil pointait ses rayons.

Son sac de voyage à l'épaule, il fit les quelques pas qui le séparaient de la maison en levant le bras pour attirer son attention. Perdue dans ses réflexions, elle n'eut aucune réaction. Alors qu'il renouvelait son geste, elle le vit enfin et lui offrit un sourire crispé. Petite, menue, les cheveux grisonnants coupés court, elle faisait largement plus que les 65 ans qu'elle avait.

Roxana ouvrit la porte. Hagarde et les traits tirés, elle semblait ailleurs, dans un autre monde. *Elle n'a pas dû dormir et a certainement passé la nuit à se demander où est sa fille, ce qu'elle fait et avec qui.*

Ils s'embrassèrent et se serrèrent dans les bras l'un de l'autre. Un moment qui dura plus que d'ordinaire.

— J'ai aéré la chambre d'amis et changé les draps, dit-elle.

Boris longea le couloir et déposa ses affaires sur le lit. Lorsqu'il la rejoignit, elle scrutait l'écran de son Smartphone. *Ce même geste, elle a dû le faire des dizaines de fois depuis que Charlie n'a plus donné de nouvelles,* se dit-il en voyant sa mine s'assombrir.

— Elle a sans doute mieux à faire et a oublié de rentrer, fit-il sur un ton jovial pour ne pas l'angoisser davantage. Quand tu lui poseras la question de savoir où elle était, elle aura une excellente explication, tu verras. En te souriant, elle te lancera un truc du style : *« Tu t'es inquiétée ? Fallait pas. Je suis une grande fille. Je gère. »*

D'une voix étranglée, elle reprit :

— Tu as sans doute raison mais c'est plus fort que moi. Je n'arrête pas de me dire que je suis en train de revivre le même cauchemar que lorsque Salomé a disparu. C'était aussi après une soirée avec ses amis. Personne ne l'a jamais revue. Comment a-t-elle pu disparaître sans que personne ne remarque rien ? Ça fera dix ans dans quelques jours.

— On va retrouver Charlie. Je te le promets.

Les yeux de Roxana trahissaient une infinie tristesse.

— À l'époque, en arrivant de Toulon par le premier train, tu m'as dit ces mêmes mots sur le quai de la gare.

Lorsque Lenatnof enquêtait sur une disparition, il se faisait un devoir de ne jamais prononcer ces paroles chargées d'espoir devant la famille. Jamais de promesse qu'il n'était pas certain de pouvoir tenir. S'agissant de sa nièce, et gagné par l'émotion à son tour, il était passé outre sans même y prêter attention.

— Les temps ont changé. Les méthodes aussi. Rien n'est plus pareil. Est-ce que je peux jeter un coup d'œil à la chambre de Charlie ?

— Bien sûr. Comme je te l'ai dit, les gendarmes sont venus lundi soir pour fouiller ses affaires.

— Qu'ont-ils trouvé ?

— En partant, ils m'ont dit qu'ils emportaient son ordinateur. Durant tout le temps où ils étaient là, je suis restée dans la cuisine. J'avais les entrailles broyées de devoir revivre la même scène que lorsque Salomé a disparu.

Lenatnof se dirigea vers la chambre de sa nièce.

Tout au bout du couloir, il y avait celle de Salomé. *Un sanctuaire,* songea-t-il en secouant la tête. Maintes fois, il avait dit à Roxana de se séparer de ses affaires, de rafraîchir la pièce et de changer la décoration. Elle avait toujours refusé prétextant que le jour où elle reviendrait, sa fille serait contente de tout retrouver comme elle l'avait laissé. Chaque semaine, elle faisait méticuleusement le ménage. Même s'il ne partageait pas le point de vue de sa sœur, Boris s'en accommodait.

Il soupira alors qu'il poussait la porte de la chambre de Charlie.

Sur l'étagère au-dessus du bureau, il y avait des CD mais aussi des vinyles. Accrochées aux murs, des affiches des concerts de Bruce Springsteen, Iggy Pop, Mickey3D et bien d'autres artistes ainsi que celles de festivals comme les Vieilles Charrues, les Solidays ou encore le Foreztival. Des genres différents, des goûts musicaux variés.

Il ouvrit l'armoire.

— Si ce n'est son sac à dos qu'elle traîne partout, rien ne manque, j'ai vérifié, entendit-il dans son dos.

Il attrapa la guitare posée près de la fenêtre, la coinça contre son buste et fit courir son pouce sur les cordes. Des notes s'échappèrent.

— Charlie pouvait rester des heures à regarder sa sœur en jouer, commenta Roxana. Malgré son jeune âge, Salomé lui avait appris les bases. Parfois, elle gratte deux, trois accords. À chaque fois, elle est mélancolique. Je lui ai dit de la remiser à la cave, mais elle refuse obstinément.

À côté du lit, une carte de France était suspendue au mur. Des bouts de papier épinglés à divers endroits attirèrent l'attention de Boris. En s'approchant, il nota qu'il s'agissait de billets d'entrée pour des festivals. Chaque ticket était accroché sur la ville où il s'était déroulé. Il en dénombra seize, répartis sur tout l'hexagone.

— Qu'est-ce donc ? Une nouvelle lubie de ma nièce ?

— Sans doute, mais ce n'est pas nouveau. Examine les dates.

Lenatnof s'exécuta. La plus ancienne remontait à près de deux ans.

— Tu as changé, Boris, continua-t-elle. Depuis un moment déjà, tu ne t'intéresses plus à Charlie ni à ce qu'elle fait. C'est quand la dernière fois que tu es entré dans sa chambre pour parler avec elle ? Ou que tu l'as emmenée au stade Geoffroy Guichard voir un match des Verts ?

Agacé et se sentant attaqué, le retour de Boris fut virulent.

— Toujours à me faire la leçon ou à critiquer ma façon d'être ! Ok, tu t'es occupée de moi à la mort de maman, mais tu n'es pas ma mère !

N'ayant pas la force ni la volonté de s'engager dans une discussion qui pouvait déraper avec des mots blessants aussitôt regrettés, elle changea de sujet.

— Chaque fois qu'elle part pour un concert, poursuivit-elle, je me fais un sang d'encre. J'imagine qu'il va lui arriver…

La suite de sa phrase mourut sur ses lèvres.

Un instant encore, Lenatnof fixa la carte, se disant qu'il ne savait rien de la nouvelle manie de sa nièce. *Roxana a raison quand elle dit que je suis absent de sa vie.*

Il s'approcha du miroir. Sur le rebord du cadre, une chaîne était suspendue. À l'extrémité, pendait un médaillon en or représentant un cœur coupé par le milieu de façon insolite. L'artiste qui l'avait conçu avait fait en sorte qu'en rapprochant les deux parties cela forme un cœur aux proportions parfaites.

— Avec sa première paye, Salomé en avait acheté deux identiques, commenta Roxana. Un pour chacune d'elles. « *Nulle amie ne vaut une sœur.* » Ce sont ces mots qu'elle avait fait graver par deux fois dans l'épaisseur du métal.

— Je sais. Tu me le répètes à chaque fois qu'on en parle.

— Voilà que je radote. Lorsque l'administration judiciaire m'a enfin rendu celui de Salomé, Charlie a tenu à le mettre près du sien en disant qu'elle ne le remettrait à son cou que lorsque Salomé serait de retour. Mais il a subitement disparu.

— S'agissant d'une pièce à conviction, j'avais dû multiplier les démarches pour qu'il te soit restitué, se souvint Boris. Quant à la *disparition de ce médaillon*, fit-il en esquissant des guillemets avec ses doigts, ça reste un mystère. Il n'y a pas eu d'effraction et rien d'autre n'a été dérobé dans la maison. Comme je l'ai toujours dit, c'est sans doute l'une de vous deux qui l'a égaré. J'ai encore en tête vos disputes à ce sujet, à vous reprocher chacune votre négligence.

Au-dessus du bureau, des photos de Salomé et de Charlie étaient punaisées pêle-mêle. Malgré leur différence d'âge, les deux sœurs se ressemblaient beaucoup. Même corpulence, même forme de visage. Sourire identique.

Boris s'attarda sur une en particulier. C'était pour les 20 ans de Salomé, soit peu avant sa disparition. Affichant un sourire radieux, Salomé prenait la pose entourée de sa famille. *Le dernier moment que nous avons fêté tous ensemble.*

Son portable vibra dans sa poche. C'était Ingrid Carella, la gendarme. Il décrocha aussitôt.

— Dans ton message laissé sur le répondeur, tu disais que tu serais là en tout début de matinée, l'interpella-t-elle sans même un bonjour.

— Avant, je suis passé chez ma frangine.

À ces mots, Roxana posa un regard interrogateur sur son frère.

— Que se passe-t-il ? Du nouveau ? demanda le policier.

Même s'il ne lui avait pas parlé depuis des années, il avait senti à la tonalité de sa voix qu'il se tramait quelque chose.

— Oui, mais pas au téléphone, répondit-elle.

— Je serai là dans une dizaine de minutes.

Boris vit l'inquiétude envahir le visage de sa sœur. Aussi, il choisit ses mots pour éviter d'accroître son stress.

— C'était Ingrid. Je l'ai informée de ma venue. Elle m'attend pour faire le point, rien de plus, dit-il sobrement.

Ils quittèrent la chambre pour rejoindre la cuisine. Roxana ouvrit un tiroir et sortit le journal. Le dépliant sur la table, elle feuilleta les pages jusqu'à s'arrêter sur une en particulier.

— Si elle veut te voir, c'est peut-être aussi par rapport à ça, fit-elle en le tournant vers lui.

Boris s'assit et découvrit l'article qu'elle pointait du doigt : « *Le week-end dernier, des restes humains ont été découverts par un promeneur dans la forêt près du village de Trelins. Intrigué par les aboiements de son chien, son maître a quitté le sentier et s'est enfoncé dans les bois afin de savoir ce qui mettait l'animal dans cet état. Suite à l'orage et aux fortes rafales de vents survenus la semaine dernière, c'est près de la souche d'un sapin déraciné qu'il a vu un crâne. Aussitôt alertés, les gendarmes de la brigade de Montbrison se sont rendus sur les lieux. Selon les premières observations, la mort remonterait à de nombreuses années. Les ossements et des fibres de tissus ont été transférés à l'institut médico-légal de Saint-Étienne pour analyses. Le décès est-il dû à une attaque de loups comme il en avait été signalé par le passé dans la région ? Ou alors est-ce un corps qui a été enterré là après un assassinat ? Une enquête a été ouverte... »*

Quand il releva la tête, le visage de sa sœur était inondé de larmes.

— C'est Salomé, n'est-ce pas ?

— Mais non ! Qu'est-ce que tu vas imaginer !

Les yeux dans le vague, Roxana n'écoutait pas.

— Il ne se passe pas un jour sans que je pense à elle. Parfois, j'oublie que Salomé n'est plus là et je m'attends à la voir surgir de sa chambre. D'autres fois, je crois la voir dans la rue, dans un magasin. Comment a-t-elle pu disparaître comme ça ? Sans crier gare.

— Ne recommence pas, je t'en prie.

Agrippant le bras de son frère, elle demanda :

— J'espère que tu ne me caches rien ?

— Rien, je te promets, répondit-il en s'écartant.

Roxana replia le journal.

— Je vais le jeter. Je ne veux pas que Charlie lise ça. Elle est déjà si fragile.

Boris jeta un œil à sa montre.

— Je fais au plus vite, dit-il en se levant de sa chaise. Je sais que tu n'aimes pas lorsque mes affaires traînent sur le lit. Je les rangerai à mon retour.

— Je vais le faire. Ne t'inquiète pas.

— Dans mon sac, il y a mon arme de service. Par sécurité, range-la dans le haut de l'armoire, hors de portée. Ici, je n'en ai pas besoin.

Sous le regard crispé de sa sœur, il rejoignit sa voiture et démarra.

Dès qu'il fut hors de sa vue, il accéléra sèchement, faisant crisser les pneus. Une ride profonde barrait son front.

Même s'il avait fait en sorte de ne rien laisser transparaître de ses émotions, il appréhendait déjà ce qu'Ingrid avait à lui dire. *Pourvu qu'il ne soit rien arrivé à Charlie. Jamais Roxana ne s'en remettrait...*

5

Mercredi 25 août - 8 heures 40

Roulant à vive allure, Lenatnof mit moins de temps que prévu pour rejoindre le quartier de Beauregard où se trouvait la gendarmerie.

Sa voiture garée, il sortit un paquet de cigarettes de sa poche et déchira la cellophane. En prenant les clés de la Mustang sur le meuble près de l'entrée, il avait ouvert le tiroir pour en glisser un dans sa veste. Un rituel quotidien auquel il ne prêtait même plus attention. *Jamais je n'aurai assez de volonté pour arrêter. Qu'est-ce qui m'a pris de dire une connerie pareille,* se dit-il en coinçant une clope entre ses lèvres.

Il s'extirpa de l'habitacle et regarda en direction du bâtiment.

Situé en retrait de la route, il était percé de grandes baies vitrées et se dressait sur deux niveaux. *Rien n'a changé depuis l'époque. Toujours aussi austère et délabré. L'administration n'a pas dépensé un centime pour la réfection des locaux.*

Au moment où il s'apprêtait à traverser, une voiture bleue avec le sticker GENDARMERIE NATIONALE apposé sur la carrosserie passa devant lui. Pendant que la grille d'entrée s'ouvrait lentement, la portière côté passager s'ouvrit. Une femme en descendit et se dirigea vers Lenatnof resté sur le trottoir. C'était Ingrid Carella.

Pendant qu'elle approchait, il l'observa.

Elle était en civil : un jean étroit et un blouson de cuir léger sur un tee-shirt ajusté. On pouvait voir son arme dans son holster porté sur la hanche, façon cow-boy. Il se fit la réflexion qu'elle n'avait guère changé depuis la dernière fois qu'il avait croisé sa route. *C'était il y a dix ans, lors de la disparition de Salomé.*

Les cheveux plus courts que dans son souvenir, sa nouvelle coiffure lui allait à ravir. Même blondeur, même regard perçant et clair. Proche de la cinquantaine, le temps ne semblait pas avoir d'emprise sur elle. *Toujours aussi belle… peut-être même davantage.*

— Tu as toujours cette Mustang ! s'étonna-t-elle. Un modèle 66, c'est bien ça ?

— Excellente mémoire. Une histoire qui dure. Une fidélité qui ne se dément pas.

Ingrid fit les derniers pas qui la séparaient de Lenatnof.

— Malgré les circonstances, je suis contente de te voir.

Il nota les fines ridules qui avaient pris position au coin de ses yeux lui donnant un charme supplémentaire. Un parfum léger aux senteurs florales lui caressa les narines. En moins de dix secondes, il était déjà sous son charme.

— Pa… pareil, bafouilla-t-il. Tu es resplendissante.

— Flatteur ! La vérité est que je me fane lentement mais sûrement. En ce qui te concerne, tu sembles claqué. Tout va bien ?

— Tu sais ce que c'est. Une bonne dose de surmenage. Des effectifs à la baisse et la pression qui ne se relâche jamais.

Rangeant dans sa poche le paquet qu'il avait toujours à la main, il changea de sujet.

— Dis-moi plutôt comment va ton fils ? demanda-t-il pour changer de sujet.

— Très bien, je te remercie. Zacharie est un homme maintenant. Il a grandi trop vite et m'échappe. Il est commercial dans une boîte d'import-export de la région.

— Et son père ? Ton ex ?

Elle haussa les épaules.

— Aucune idée. Je n'ai pas de nouvelles de lui depuis un bail et c'est très bien ainsi.

— À présent, je peux bien te le dire. Je l'ai toujours trouvé ennuyeux à mourir et très imbu de lui-même.

— Ah bon ? Parce que tu connais Francis ?

— Bien avant de t'épouser, il a été en poste à Toulon où j'étais également. On a travaillé ensemble sur plusieurs affaires. Sans vouloir t'offenser, il n'avait d'avis sur rien et se contentait de secouer la tête et ricaner bêtement quand je lui adressais la parole.

Elle sourit imperceptiblement.

— Voilà qui est direct. Il était séduisant. J'ai craqué, mais ce n'était pas un homme pour moi. Nous étions trop différents et ne partagions pas grand-chose, si ce n'est le même lit. En parlant des hommes, mon père m'avait dit : « *Évite les cons et les flics* ». Je n'ai rien écouté. J'ai épousé un con de flic. Tu imagines sa déception. Trêve de bavardages, j'ai des infos, mais pas ici. Suis-moi.

Lenatnof lui emboîta le pas en observant sa silhouette.

Sans qu'il ne puisse rien y faire, son esprit remonta le temps.

Officier de police prometteur, Boris avait été sollicité par son patron pour animer les formations destinées aux nouvelles recrues. D'un naturel plutôt renfermé, il avait refusé, prétextant que ce n'était pas dans ses cordes et qu'il préférait le terrain. Son supérieur avait insisté arguant que ça lui ferait du bien de s'ouvrir davantage aux autres.

Se rangeant à son avis, Boris avait accepté. Et c'était à l'occasion d'une nouvelle session qu'il avait fait la connaissance d'Ingrid.

Sortie depuis peu de la Fac où elle avait obtenu un diplôme de psychologie avec mention, elle était la seule fille de la promotion.

Vive, brillante, elle avait vite surclassé les autres élèves dans tous les domaines et fait taire les quolibets sexistes qui avaient fusé les premiers temps : « *Une fille qui brigue un poste d'officier... facile de deviner comment elle va obtenir son diplôme : promotion canapé !* »

Belle à croquer, ses camarades n'avaient d'yeux que pour elle. Bien qu'il n'ait rien fait pour la charmer, c'était sur Lenatnof qu'Ingrid avait jeté son dévolu. Pas très grand, il n'avait rien du physique ou de la stature d'un Apollon, mais son charisme et sa force de caractère l'avaient séduite. Moins d'un mois après avoir intégré la formation, elle dormait chez lui.

Boris sourit en se rappelant comment elle avait manœuvré pour lui mettre le grappin dessus.

Un soir, après les cours, Ingrid avait lancé l'idée d'aller boire un verre pour fêter son anniversaire. L'ambiance était détendue et des petits groupes s'étaient formés au gré des discussions et des affinités.

Deux garçons n'avaient pas lâché Ingrid un seul instant et riaient bêtement à chaque phrase qu'elle prononçait. Chacun guettait le geste ou le regard qui leur laisserait espérer que l'un d'eux avait ses faveurs. Assis à la table voisine, face à un élève qui tentait de lui arracher la révision de sa mauvaise note, Lenatnof sirotait sa bière en écoutant Ingrid raconter sa future vie de flic à pourchasser les voleurs et arrêter les brigands. Elle évoquait son avenir avec une force de conviction peu commune. À l'entendre, sa carrière était toute tracée : elle allait gravir les échelons, prendre du grade et se voyait déjà diriger une brigade. D'ordinaire distant avec ses élèves, Lenatnof n'avait pu se contenir. Éclatant de rire, il avait failli renverser son verre. Ingrid avait tourné vers lui un air étonné. Ne sachant quoi penser de sa réaction, elle avait planté ses yeux dans les siens avant de lui lancer :

— Ben quoi ? Il faut avoir de l'ambition et des projets dans la vie !

Devant sa repartie, un instant déstabilisé, il avait bafouillé :

— C'est… C'est pas faux. Vous avez raison.

Bien plus tard, en rentrant chez lui, il l'avait trouvée devant la porte. Surpris, il allait lui demander ce qu'elle faisait là et comment elle avait eu connaissance de son adresse, mais Ingrid avait été plus rapide que lui. Avant qu'il n'ait le temps d'ouvrir la bouche, elle l'avait embrassé fougueusement.

Le jour pointait à travers les lames des volets lorsque Boris s'était réveillé. En appui sur un coude, il avait vu le ventre d'Ingrid se soulever à chaque respiration. S'élevant dans le ciel, le soleil jouait avec ses formes, les caressant de ses rayons.

— J'ai dû boire plus que de raison et mon esprit me joue un vilain tour, avait-il murmuré en promenant ses doigts sur sa peau. Quand le réveil va sonner, la belle se sera évaporée et je serai seul dans mon lit.

Elle se tourna vers lui en souriant.

— Et si ce n'était pas un rêve ? avait-elle dit d'un air mutin en se pelotonnant contre lui.

Lenatnof avait senti son cœur fondre de plaisir. Entre deux câlins, elle lui avait avoué avoir tout manigancé car son anniversaire était passé depuis déjà longtemps. Quant à l'obtention de son adresse personnelle, elle avait reconnu l'avoir suivi après les cours.

— Une intrigante, voilà ce que tu es, avait-il dit alors que ses lèvres cherchaient les siennes.

Leur relation avait duré quelques mois. Ils se voyaient en cachette. Jamais de sorties en ville ou au restaurant. Des balades à la campagne, loin des regards indiscrets. C'était la volonté de Lenatnof. Il lui avait fait promettre de ne parler à quiconque de leur relation, insistant sur le fait que si ça venait à se savoir, ils risquaient gros tous les deux.

Respectant sa promesse, pas une seule fois elle n'avait eu pour lui un sourire ou une attitude équivoque durant les cours qui auraient pu révéler la nature exacte de leurs rapports. Pendant un moment, Ingrid avait trouvé ça excitant, mais elle s'était vite lassée. Elle avait bien essayé de le faire changer d'avis, mais Boris aimait trop son métier pour risquer de mettre sa carrière en péril. Ingrid y avait vu un frein à leur amour naissant.

Aussi, alors que Boris l'attendait chez lui pour passer la soirée, elle lui avait envoyé un SMS dans lequel elle disait que leur relation n'avait aucun avenir, qu'elle souhaitait vivre avec quelqu'un qui ne craignait pas de s'afficher. Ingrid terminait son message par : « *Tu étais pourtant l'homme de ma vie. Adieu.* »

Il avait fallu cette onde de choc pour qu'il comprenne qu'il tenait à elle. Il avait aussitôt essayé de l'appeler mais en vain. N'abandonnant pas, il s'était rendu à son domicile. Devant l'entrée de l'immeuble, il avait enfoncé le bouton de l'interphone. Ingrid n'avait pas décroché. *« Peut-être est-elle absente ? À moins qu'elle refuse de m'ouvrir ? »*

Lorsqu'un des résidents avait franchi la porte, Boris en avait profité pour se faufiler à l'intérieur. Grimpant quatre à quatre les escaliers, il avait toqué à sa porte. L'oreille collée contre le battant, il n'avait perçu aucun bruit qui aurait pu trahir sa présence. Au dos d'une carte de visite, il avait griffonné un « *Je t'aime* » avant de la glisser sous sa porte. Jamais, auparavant il ne lui avait parlé de ses sentiments.

Le lendemain, résolu à lui avouer ce qu'il éprouvait pour elle, il était arrivé en avance pour la guetter avant le début du cours. Ingrid n'était pas venue ce matin-là, ni les jours suivants d'ailleurs.

Peu de temps après, son supérieur l'avait informé qu'Ingrid Carella avait intégré l'école de la Gendarmerie Nationale de Montluçon.

Le cœur gros et l'âme en peine, il avait tenté, sans y réussir, de se faire une raison en se disant que cette jeune femme, trop belle, trop jeune et trop brillante n'était pas faite pour lui. D'un autre côté, il n'arrivait pas à se sortir de l'esprit qu'il avait sans doute laissé filer l'amour de sa vie. Cruelle désillusion.

Discrètement, il avait suivi son parcours. Major de sa promotion au terme de ses études, elle avait été affectée dans une gendarmerie en région parisienne.

Là, elle avait rencontré celui qui allait devenir son époux : le Colonel Francis Verbrugge. Plusieurs fois décoré, il avait bourlingué aux quatre coins du territoire national ainsi qu'à l'étranger.

Mère de famille très jeune, Ingrid avait cependant poursuivi son ascension professionnelle. La rumeur disait qu'elle avait su se servir des appuis de son mari pour grimper dans la hiérarchie. D'autres, plus mesurés, évoquaient un parcours sans faute. Son mariage n'avait pas résisté à sa volonté farouche de réussir. Cassant les codes et les préjugés, elle avait su s'imposer dans un métier d'hommes.

Ingrid et Boris pénétrèrent dans les locaux de la gendarmerie.

À leur passage, le planton leur adressa le salut de rigueur. Une seconde, son regard resta suspendu à celui de Lenatnof. Plus loin, ils croisèrent deux gendarmes qui affichaient le même air étonné vis-à-vis de l'homme qui était dans le sillage de leur supérieure.

— Même si je n'ai rien dit de ta venue dans nos locaux, commenta-t-elle, le célèbre commissaire Lenatnof est reconnu partout où il se déplace. La rançon de la gloire, assurément.

— Arrête ça, tu veux bien, dit-il sur le ton de la plaisanterie. Dis-moi plutôt où je peux trouver l'adjudant Laporte, je veux le saluer.

— Gabriel a pris sa retraite il y a trois mois de ça.

— Ah, bon ? Je ne savais pas.

— Avec son épouse, ils coulent des jours paisibles à Craintilleux où ils ont acheté une vieille maison. Comment l'as-tu connu ?

— Tout comme moi, il a été instructeur. Malgré les années, on a toujours gardé le contact. Pour être honnête, c'est très souvent lui qui appelle pour prendre des nouvelles.

Au bout du couloir, elle poussa la porte de son bureau.

— Café ? demanda-t-elle en se dirigeant vers la machine à expresso.

— Avec plaisir.

— Court et sans sucre.

— Encore une fois, excellente mémoire.

Même si elle était de côté, il la vit sourire à sa remarque.

Sur le fauteuil, Boris avait vu la vareuse de cérémonie, mais surtout les galons sur les pattes d'épaules : quatre barrettes blanches.

— Je ne savais pas. Tu as été promue commandante alors ?

— Il y a quelques jours. La publication officielle est imminente.

— Cette promotion va de pair avec une nouvelle affectation ?

— Affirmatif, répondit-elle en posant les tasses sur le bureau. Je suis nommée en Guadeloupe, je l'ai appris ce matin.

— Ah, les Antilles ! La mer, le sable chaud et le soleil toute l'année !

— Je ne pense pas avoir beaucoup de temps pour profiter de la plage. J'aurai sous mon commandement une centaine de militaires regroupés en cinq pelotons. Mon départ est prévu d'ici deux semaines.

— Promo méritée. Félicitations, dit-il la main sur le cœur.

— Merci, fit-elle avec un large sourire.

Elle avala une gorgée de café. Il fit de même.

Une ride venait de se dessiner sur le front de la commandante.

— J'ai pu obtenir des infos concernant ta nièce. Personne n'est au courant et je te demande la plus grande discrétion.

Les mains de Lenatnof devinrent subitement moites.

— Eh bien, voilà...

6

Mercredi 25 août - 9 heures 15

— Hier, lorsque j'ai entendu ta sœur, elle était paniquée, au bord de la crise de nerfs. S'agissant d'une disparition très récente, qui plus est d'une personne majeure, mon rôle s'est borné à renseigner le fichier des personnes recherchées. Je ne te fais pas le topo. Tu connais la procédure aussi bien que moi.
— À partir de quand une disparition est-elle jugée inquiétante ? soupira Lenatnof. Cette même question revient à chaque fois face à des parents rongés par l'inquiétude. La réponse est qu'il est très difficile, voire impossible, de définir des critères puisqu'il n'y en a pas.
Ingrid approuva d'un signe de la tête.
— Compte tenu de ce qui est arrivé à Salomé, j'ai aussitôt avisé le parquet. Le juge est le même qu'à l'époque. Peut-être parce que nous n'avons pas réussi à la retrouver ni à comprendre ce qui avait pu se passer, peut-être aussi parce que c'est la deuxième fois que ta famille est touchée par une disparition, il m'a donné le feu vert pour lancer les investigations.
D'une voix soudain empreinte d'émotion, elle ajouta :
— Cette affaire non résolue me hante encore.
Se ressaisissant, elle reprit :
— J'ai mobilisé tous les effectifs de la brigade. En premier lieu, mes hommes se sont rendus chez ta sœur pour fouiller la chambre de Charlie. Rien n'a retenu leur attention. Après examen, rien non plus sur le disque dur de son ordinateur. Ensuite, ils ont tracé son téléphone. Grâce aux fichiers fournis par l'opérateur, ceux qui ont été en contact avec elle ces derniers jours ont été appelés ou sont sur le point de l'être. Pour l'heure, ça n'a rien donné. Personne ne l'a vue ni ne sait rien à son sujet. Son activité sur les réseaux sociaux a fait l'objet d'une attention toute particulière quand on sait le temps qu'y passent quotidiennement les jeunes. Rien de particulier sur Facebook

ou Snapchat. Par contre, de nombreuses photos ont été publiées sur Instagram. Les plus récentes ont été prises dans un chalet à Chalmazel. Une fête entre jeunes qui a failli virer au drame pour deux d'entre eux.

— Ma sœur m'a raconté, dit Lenatnof. Un garçon et une fille ont eu un grave accident de voiture, c'est bien ça ?

Elle opina de la tête.

— Les victimes sont Juliette Nogaret et Timothée Malori. La Renault Mégane du jeune homme s'est encastrée contre le parapet d'un pont. Le muret a tenu le choc, c'est une chance. Sans cela, la voiture aurait basculé dans le vide, les entraînant vers une mort certaine. L'enquête sur les circonstances de ce drame est en cours.

— Roxana m'a aussi dit que tes hommes étaient passés à la maison interroger ma nièce.

— Le taux d'alcool du conducteur dépassait ce qui est admis et il y avait des traces de stupéfiants dans les analyses pratiquées. Comme tu le sais, les participants à cette soirée ont tous été entendus. C'est la procédure en pareille situation. Grièvement blessé, le garçon est dans le coma, impossible d'avoir sa version des faits. La seule chose que nous savons est que sa ceinture de sécurité n'était pas bouclée. Quant à la fille, elle souffre de contusions multiples sans gravité. Selon elle, il roulait vite et a raté un virage. La trace des pneus sur la chaussée en témoigne.

Elle avala d'un trait ce qui restait de son café.

— Pour en revenir à Charlie, une photo qui figurait dans la galerie de son téléphone a attiré notre attention. Elle était à la suite de celles faites lors de cette soirée à Chalmazel.

Ingrid pianota sur le clavier de l'ordinateur puis orienta l'écran pour que le policier voie l'image qui s'affichait. Il eut un pincement au cœur en découvrant le visage de sa nièce. Souriante, les yeux rieurs, elle était assise sur l'accoudoir d'un banc public. Un pouce coincé dans la bride de son sac à dos, elle fixait l'appareil.

— Comme tu peux le voir à son bras tendu, il s'agit d'un selfie. Était-elle seule au moment où elle a appuyé sur le déclencheur ? Impossible de l'affirmer. La publication sur Instagram date de mardi, donc d'hier. Elle a été mise en ligne à 9 heures 35.

Boris scrutait chaque parcelle de la photo à la recherche d'un détail qui le mettrait sur une piste pour la localiser.

— Y en a-t-il d'autres ?

— Non. En commentaire, elle a écrit : « *Savoir, enfin.* »

— Elle semble en pleine forme, constata Lenatnof. Charlie a donc menti et n'était donc pas souffrante comme elle l'a dit à son employeur. Quoi d'autre concernant ce selfie ?

— Il a été vu plus de cinquante fois. Aucun commentaire en retour.

— Certes, ma nièce a un caractère bien trempé, mais qu'est-ce qui a bien pu la pousser à agir de la sorte ?

— Certains jeunes adultes ont conservé leur âme d'ado avec leur côté rebelle et provocateur.

— Tu as sans doute raison...

Lenatnof s'attarda sur le décor en arrière-plan.

— Il me semble reconnaître les briques rouges qui ornent la façade. Ne serait-ce pas la gare de Châteaucreux ?

Elle approuva d'un signe de tête.

— La géolocalisation étant activée sur son portable, les techniciens de la scientifique en sont arrivés à la même conclusion : elle était à Saint-Étienne, devant la gare, au moment où cette photo a été partagée sur internet. Comment s'y est-elle rendue ? Cela reste un mystère pour le moment.

— Charlie étant partie de chez sa mère en scooter, tes hommes ne l'auraient pas trouvé à proximité ?

— Pas pour l'instant. Elle a aussi pu prendre le train ou faire du stop. À moins que quelqu'un l'ait conduite là-bas. Toutes les hypothèses sont envisageables. Aussi, depuis le début de la matinée, une équipe est sur place, interroge le personnel de la gare et passe les alentours au peigne fin. Peut-être en ressortira-t-il quelque chose d'intéressant.

Ingrid prit une profonde inspiration.

— Même si Charlie n'a emporté ni vêtements ni argent, comme ont pu le constater les gendarmes en fouillant sa chambre, son compor-tement ressemble étrangement à une fugue.

Réfutant cette hypothèse, Boris tapa du poing sur le bureau.

— Jamais elle n'aurait fait ça à sa mère. Surtout après ce qui est arrivé à sa sœur. Et pourquoi prendre cette photo ? Ça n'a pas de sens. Elle n'est pas idiote et sait qu'avec ce genre de publication, il est facile de la localiser.

— À moins qu'elle n'ait voulu adresser un message à l'un de ses contacts avant de disparaître ?

— Pourquoi dis-tu ça ?

— Parce que c'est aussi à cet endroit que l'on perd sa trace. Son portable a cessé d'émettre quelques instants plus tard. Plus rien, comme s'il avait été éteint ou la batterie retirée.

— Ou déchargée. Tout simplement, corrigea-t-il.

— Effectivement, même si je trouve la coïncidence surprenante.

Boris n'arrivait pas à détacher ses yeux de l'écran de l'ordinateur. *Où allais-tu Charlie ? Et que caches-tu derrière ce sourire ?*

La porte du bureau s'ouvrit brusquement.

— Cheffe ! On a du nouveau au sujet de la fille Roussel ! s'écria un homme en tenue, ses manches de chemise retroussées.

— Enfin ! De quoi s'agit-il ?

Un homme de forte corpulence s'approcha. Transpirant à grosses gouttes, il expliqua :

— Les gars ont eu accès aux vidéos de surveillance présentes dans le hall et sur les quais. Comme vous l'aviez demandé, ils ont visionné les images tournées avant et après l'heure de publication de ce cliché sur Instagram.

— Et alors ? fit Ingrid impatiente.

— À 9 heures 28, Charlie Roussel descend du train en provenance de Montbrison. Peu de voyageurs. Personne ne semble l'accompagner. Vingt minutes plus tard, elle monte dans le TER à destination de Lyon. Là, par contre, il y a pas mal de monde. Malgré tout, elle semble être seule, une fois encore.

— C'est en attendant sa correspondance, qu'elle a fait ce selfie, en déduisit Lenatnof.

— Contactés, nos collègues lyonnais ont pris le relais. Arrivée en gare de la Part-Dieu, ils ont pu la suivre grâce aux caméras depuis le moment où elle a posé le pied sur le quai jusqu'à l'extérieur du bâtiment. Là, ils l'ont vue se diriger, seule, vers un véhicule en stationnement. Charlie a ouvert la portière côté passager, a ôté le sac qu'elle avait sur le dos et s'est installée à bord. La voiture, une Renault Clio, s'est aussitôt éloignée. La disposition de la caméra fait qu'on ne distingue pas le visage de la personne qui est au volant, ni la plaque d'immatriculation.

— Merci. Bon boulot.

Devant les félicitations de sa supérieure, les yeux du gendarme brillèrent un court instant. Sa mission accomplie, il quitta la pièce.

— Ainsi, quelqu'un l'attendait à Lyon. Je n'en reviens pas, fit Lenatnof dubitatif. Ma nièce avait donc prémédité ses actes. Cela signifie aussi qu'elle a laissé son scooter à Montbrison, sans doute près de la gare.

— C'est probable. Tout indique que Charlie a fugué. Au sens de la loi, sa disparition n'a donc rien d'inquiétant.

— Même si j'ai du mal à l'admettre, je suis d'accord.

— Étant majeure, elle fait ce que bon lui semble même si informer sa mère aurait été la moindre des choses. Mais ce n'est que mon avis.

Un clic et l'image de Charlie disparut.

— Compte tenu des éléments, je vais informer le parquet qui va clore l'enquête en cours et...

— Patiente encore quelques jours, l'interrompit-il. Je te le demande comme un service.

Elle inspira longuement, puis finit par céder.

— 24 heures. C'est tout ce que je peux faire.

— Je te remercie.

— En attendant, mes hommes poursuivent les recherches. Demain, à cette même heure, j'aviserai le juge. Si d'ici là je n'ai rien de concret, il va inévitablement conclure à l'arrêt de la procédure.

Lenatnof vida d'un trait ce qui restait de son café.

— Tu peux me transférer le selfie ? demanda-t-il en se levant.

Elle allait rétorquer que ce n'était pas réglementaire, mais s'abstint et s'exécuta.

— Avant que tu ne partes... j'ai des infos concernant les restes d'un corps humain découvert près de Trelins.

— Celui dont le journal local s'est fait l'écho il y a peu ?

— Oui, dit-elle en baissant les yeux.

Compte tenu de son attitude, il imagina la suite.

— Il s'agit de celui de ma nièce, c'est ça ? fit-il résigné.

— Bien qu'il y ait eu d'autres disparitions non résolues dans la région, comment ne pas y songer. D'après les premiers constats, le décès remonterait à une dizaine d'années et la forme du bassin correspond à celui d'une femme. De plus, c'est dans ce même secteur qu'avait été trouvé ce bijou appartenant à Salomé. Des échantillons d'ADN ont été prélevés. Nous devrions être fixés d'ici quelques jours.

Même si Boris avait toujours eu au fond de lui l'intime conviction qu'il ne reverrait jamais sa nièce en vie, il accusa néanmoins le coup.

— Bien sûr, je te tiens informé, termina Ingrid.

En le raccompagnant jusqu'à l'extérieur, elle lui renouvela sa promesse de tout mettre en œuvre pour retrouver Charlie.

Assis derrière le volant, il jeta un regard vers la gendarmerie.

Ingrid n'avait pas bougé. L'air crispé, elle lui adressa un signe de la main avant de tourner les talons.

Plongeant la main dans sa poche, il extirpa son paquet de cigarettes. Fébrilement, il en coinça une entre ses lèvres fines et actionna la roulette du Zippo. Il ressentait le besoin viscéral d'en griller une pour tenter de se calmer. Il resta plusieurs secondes à fixer la flamme.

Cela faisait des années qu'il n'avait pas connu cette sensation, ce malaise qui le parcourait. En fait, depuis le jour où Salomé avait disparu pour ne jamais réapparaître.

Boris inspira une bouffée qu'il garda longtemps dans ses poumons avant de recracher une fine fumée. *Tout ça ne me dit rien qui vaille.*

7

Mercredi 25 août - 10 heures 25

Accoudée à la rambarde du balcon, Roxana avait vu la Mustang stopper devant la maison. Aussitôt, elle sortit et dévala les escaliers pour se précipiter au-devant de son frère.
— Tu as des nouvelles de ma fille ? demanda-t-elle le visage rongé par l'inquiétude.
Elle guettait sa réaction.
— Hélas, non. Mais j'ai quelques infos. Charlie a été vue à Lyon.
Roxana resta une demi-seconde interloquée avant d'exploser.
— Qu'est-ce qu'elle fiche là-bas ? Quelqu'un l'a kidnappée ? C'est ça ? s'écria-t-elle en proie à une soudaine crise de panique.
Lenatnof secoua la tête.
— Rien de tout ça. Charlie n'a pas été enlevée. Les gendarmes sont formels. Je t'en prie, essaie de te calmer. Rentrons. Je vais t'expliquer.
Joignant le geste à la parole, il la prit par le bras de crainte qu'elle ne chancelle et ils regagnèrent l'intérieur.

Recroquevillée sur le divan, Roxana se triturait les mains, attendant qu'il lui révèle ce qu'il en était. Prenant une profonde inspiration, il lui raconta tout de sa visite chez les gendarmes : ce train que Charlie avait pris à Montbrison, la correspondance à Saint-Étienne pour se rendre à Lyon, jusqu'au moment où elle était montée à bord d'une voiture stationnée près de la gare où quelqu'un l'attendait. Au fur et à mesure de son récit, le visage de Roxana s'était décomposé.
— Tout laisse à penser que Charlie a fait une fugue, termina-t-il.
— Impossible ! s'exclama-t-elle, refusant cette brusque réalité.
— Sur le coup, j'ai eu la même réaction, mais les faits sont là : Charlie est allée là-bas de son plein gré. Sur les images que j'ai pu

voir, elle est sereine. Rien de comparable avec le comportement de quelqu'un de stressé qui se retourne fréquemment pour voir si une personne le suit.

— Je ne comprends pas, dit Roxana en se prenant la tête entre les mains avant de fondre en larmes.

Boris ne s'attendrit pas et ne chercha pas non plus à la réconforter. Il posa sa première question :

— Charlie a des amis à Lyon chez qui elle aurait pu se rendre ?

— Pas que je sache, mais elle ne me raconte pas tout. J'aurais dû être plus attentive, plus à l'écoute, se lamenta-t-elle.

— Arrête de geindre et de pleurnicher, tu veux bien ? Si elle a décidé de se rendre à Lyon, je suis persuadé qu'elle avait une bonne raison. Reste à savoir laquelle ? Et pourquoi elle ne t'a rien dit de ses intentions ?

— Je n'ai pas été une bonne mère.

— Cesse de dire n'importe quoi ! la rembarra-t-il pour la forcer à réagir, et concentre-toi plutôt sur les dernières conversations que vous avez eues. Un détail, même insignifiant, pourrait te revenir à l'esprit et aider à la retrouver.

— Qu'est-ce que tu crois ? rétorqua Roxana. Je ne t'ai pas attendu pour ressasser cent fois, mille fois tout ça, mais c'est le néant.

Tout à coup, elle se raidit.

— Et le contenu de son téléphone ? Peut-être que...

L'espace d'un instant, Lenatnof songea à lui montrer le selfie que Charlie avait fait peu avant de monter dans le train, mais il y renonça finalement. *Trop d'émotions, ça va lui déchirer le cœur.*

— L'étude de ses dernières communications est en cours.

— À la télé, j'ai entendu un journaliste dire que les forces de l'ordre se servaient des antennes relais pour localiser un portable.

— Sa batterie est à plat ce qui rend le bornage impossible.

Lenatnof s'abstint de dire que Charlie avait pu l'enlever de sorte à échapper à tout repérage. Aussi, avant qu'elle ne pose d'autres questions auxquelles il n'avait pas de réponses, il changea de sujet.

— Comme la maison est loin de la gare et que son scooter n'est pas ici ni devant la gare où je me suis rendu en quittant la gendarmerie, on peut supposer qu'elle l'a entreposé quelque part avant de prendre le TER pour Saint-Étienne. Tu as une idée de l'endroit où il pourrait être ?

— Souvent, elle le laisse chez Juliette Nogaret, sa meilleure amie. Elle a été blessée dans cet accident de voiture.

— Ingrid Carella m'en a touché deux mots.

— Par une collègue de l'usine qui fait le ménage chez sa mère, j'ai su qu'elle allait mieux et qu'elle avait quitté l'hôpital. Quand les filles vont faire un tour en ville, Charlie gare son scooter dans la cour de leur maison. Juliette habite à deux pas du centre, mais aussi tout près de la gare. En prenant l'avenue Alsace-Lorraine, c'est à quelques minutes.

— Voilà qui est intéressant. Je vais aller faire un saut chez elle pour vérifier si sa bécane est là-bas. Si c'est le cas, l'amie de Charlie aura peut-être tout ou partie des réponses à nos questions.

— Je t'accompagne, dit-elle en se levant.

— N'y songe même pas ! Tu n'es pas en état. Et ta présence ne ferait que compliquer les choses.

Le ton employé était sec et n'admettait pas de réplique.

— Si tu le dis, capitula Roxana en se rasseyant.

Pour ne pas ajouter à l'angoisse de sa sœur, Lenatnof omit de dire que l'enquête de gendarmerie allait s'arrêter d'ici quelques heures. Rien non plus concernant le corps retrouvé dans les bois. *Après tout, tant que l'analyse génétique n'a pas été rendue, il reste un espoir.*

— Tu ne m'as pas tout dit, n'est-ce pas ? fit-elle en voyant son frère perdu dans ses réflexions.

— Si, je t'assure.

— Quand tu fais cette tête, c'est qu'il y a quelque chose qui te tracasse. Je te connais mieux que tu ne te connais toi-même.

— Au lieu de dire n'importe quoi, donne-moi plutôt l'adresse de Juliette Nogaret.

— Comme tu voudras, abdiqua-t-elle sachant qu'il ne lâcherait rien.

De retour dans sa voiture, Lenatnof refermait la portière lorsque son portable sonna. Sur l'écran s'affichait le nom de celui qui cherchait à le joindre. *Ah, non, pas ce journaliste ! Pas maintenant !*

— Allô, oui, dit-il déjà pressé d'en finir au plus vite.

— Bonjour commissaire. C'est Léoni à l'appareil. Jacky Léoni.

— Je n'ai pas le temps. Rappelez une autre...

— J'ai sous les yeux l'avis de recherche concernant votre nièce, le coupa-t-il.

La réplique de Lenatnof fut cinglante.

— Toujours à l'affût d'un scoop. C'est plus fort que vous ! fit le policier sur un ton dédaigneux.

— Vous vous méprenez sur mes intentions.

— Les journalistes, vous êtes bien tous les mêmes ! Toujours prêts à raconter un ramassis de conneries pour faire la Une de la presse.

— Je veux juste vous aider. Rien de plus.

— Ben voyons, grogna-t-il. Comment connaissez-vous notre lien de parenté ? Après tout, elle s'appelle Roussel pas Lenatnof.

— J'ai de très bonnes relations au sein de la police.

— On vous aura bien tuyauté, ironisa-t-il. Écouter aux portes, ça, vous savez faire !

Léoni se dit qu'il devait être convaincant s'il ne voulait pas que le policier lui raccroche au nez.

— Charlie a été vue hier au soir dans le quartier de Perrache. Je le sais de source sûre après avoir fait circuler à mes contacts la photo jointe à l'avis de disparition.

— Où précisément ? lâcha le policier du bout des lèvres.

— Près de la gare du même nom. Il était aux alentours de 23 heures.

Lenatnof s'esclaffa.

— Le repaire des putes, clandés, camés et autres clodos ! Qu'est-ce que ma nièce irait foutre dans ce coin malfamé qui sent l'urine à trois lieues à la ronde ? Dites-le-moi ?

— Je ne sais pas. Par contre, ce que je peux vous dire, c'est que mon indic l'a vue traverser sur un passage piéton, développa Léoni. Charlie marchait en direction...

— Oh, ça suffit ! l'interrompit le policier. Je n'accorde aucun crédit à ce type de témoignage. Contre un petit billet ou un ticket resto, beaucoup vendraient leur mère.

Surpris par le comportement méprisant du policier, le journaliste ne s'en laissa pas conter pour autant.

— J'ai toute confiance en mon indic. Il est formel. C'est bel et bien Charlie Roussel qu'il a vu, appuya-t-il avec véhémence.

Léoni se rendit alors compte qu'il parlait dans le vide. Lenatnof avait mis fin à la conversation.

— Quel enfoiré ! s'exclama-t-il contrarié. Depuis le temps que l'on se connaît, je le savais grincheux et pas très causant mais, là, il a été carrément exécrable.

Son agacement passé, Jacky lui trouva toutefois des circonstances atténuantes. « *Comment réagirais-je en pareille situation ? Je ne le sais pas moi-même. Sans doute se fait-il beaucoup de souci et ne veut pas le montrer... par pudeur, qui sait ? Ce qui peut expliquer son attitude...* »

Lenatnof jeta un coup d'œil à sa montre. *Le temps presse. Si je ne veux pas qu'Ingrid clôture l'enquête, je dois absolument lui apporter des éléments nouveaux à verser au dossier.* Sans plus attendre, il fit rugir les huit cylindres du moteur. Il repensa à la conversation qu'il venait d'avoir avec le journaliste. *Léoni s'est fait embobiner. Jamais Charlie n'aurait mis les pieds dans ce quartier louche...*

Quelques minutes plus tard, suivant les indications de sa sœur, il repéra l'endroit où habitait Juliette, l'amie de Charlie. « *Une haute et belle demeure, style années trente, près de la place des Comtes du Forez. Tu ne peux pas te tromper* » lui avait-elle dit.

Il se gara sur le parking proche puis traversa la rue.

— Clotilde Nogaret, lut-il sur la boîte aux lettres.

Lenatnof se hissa sur la pointe des pieds, mais le portail massif empêchait de voir à l'intérieur. En contournant le mur de clôture, il découvrit une porte et appuya sur le bouton de l'interphone. Comme personne ne répondait, il actionna machinalement la poignée. À sa grande surprise, elle s'ouvrit.

Sans hésiter, il entra dans la propriété, longea le chemin bordé de plantes et fleurs odorantes pour rejoindre la cour. Les murs épais et hauts étouffaient les bruits venant de la rue. En retrait, l'imposante maison était bâtie sur deux niveaux. La glycine courait sur la façade et retombait en grappes de fleurs de part et d'autre de la porte d'entrée.

Tournant la tête, il vit une voiture garée dans le fond de la remise, mais également un scooter masqué en partie par le capot de la voiture. *Se pourrait-il que ce soit le sien ?* se demanda-t-il en forçant sa vue en raison du manque de luminosité. Voulant en avoir le cœur net, il s'approcha. *Je ne me souviens plus de la marque, mais celui de Charlie est reconnaissable entre mille avec cet écusson « Allez les*

Verts » collé sur la selle pour masquer l'accroc fait lorsqu'elle avait chuté.

Encore quelques pas et il eut la réponse à sa question. Celui qu'il avait sous les yeux était flambant neuf. *Zut, ce n'est donc pas le sien !*

— Vous désirez ? entendit-il dans son dos.

Lenatnof se retourna.

Les cheveux ramenés en un chignon parfait, une femme se tenait à bonne distance.

Sortant sa carte professionnelle, il la tendit et se présenta :

— Commissaire Boris Lenatnof. Police judiciaire.

À l'énoncé de sa fonction, elle haussa le ton :

— Ma fille a déjà tout raconté aux gendarmes et n'a rien à ajouter au sujet de cet accident de voiture. Laissez-la plutôt se reposer au lieu de venir la harceler comme vous vous apprêtez à le faire !

— Ne vous méprenez pas sur mes intentions, tempéra le policier. Je ne suis pas là pour ça.

— Qu'est-ce qui vous amène alors à entrer ici sans y être autorisé ? demanda-t-elle en le toisant.

— Je voulais savoir si le scooter de Charlie Roussel était chez vous.

— Comme vous pouvez le constater, il n'est pas là. Aussi, je vais vous demander de bien vouloir quitter les lieux.

Le ton était ferme sans pour autant être agressif.

Lenatnof ne bougea pas d'un pouce.

— Charlie a disparu. Une fugue semble-t-il. Sa mère est inquiète. Elle m'a dit que votre fille et Charlie étaient amies et qu'elle laissait souvent sa bécane ici. Ce qui explique ma présence. Je la cherche et j'étudie toutes les pistes possibles.

— En effet, toutes deux sont très proches, répondit-elle en gardant toujours ses distances. Quant à son scooter, elle a mon accord pour le garer ici lorsqu'elle va en ville.

— Se pourrait-il que Charlie soit chez vous ?

— Désolée, mais elle n'est pas là.

— Je voudrais m'entretenir avec votre fille. Charlie lui a peut-être fait des confidences susceptibles de m'aider à la retrouver.

Madame Nogaret regarda Lenatnof d'un œil inquisiteur.

— Vous voulez me faire croire qu'un commissaire de police s'est déplacé jusqu'ici pour une banale fugue ? fit-elle méfiante.

— Je suis l'oncle de Charlie. Roxana Roussel est ma sœur.

Le visage de la mère de famille se détendit soudain.

— Ah, je comprends mieux à présent ! Vous auriez dû le dire tout de suite. Si vous voulez bien me suivre…

Le devançant, elle le conduisit jusqu'au salon. Couchée en travers du canapé, Juliette pianotait sur son Smartphone.

D'un geste de la main, Madame Nogaret invita le policier à s'asseoir dans un des fauteuils. Celui-ci accepta et observa plus attentivement Juliette. *Des fringues de marque. Un tee-shirt ras le nombril. Une jupe qui a dû rétrécir au lavage tellement elle est courte. Un maquillage excessif. Une vraie poupée Barbie !*

— Juliette ? Ma chérie ? fit-elle en s'asseyant à son tour.

— Mouais, daigna-t-elle répondre sans lever les yeux de l'écran.

— Je te présente Boris Lenatnof, l'oncle de Charlie.

Relevant la tête, la jeune fille pâlit. Elle se reprit aussitôt mais le policier avait vu le trouble sur son visage.

— Alors, c'est vous le flic dont elle me parle tout le temps ? fit-elle en se redressant. Je ne vous imaginais pas comme ça. Plutôt grand et balèze. Vous voyez le genre ?

— Désolé de ne pas coller à l'image que vous vous faisiez de moi.

— Juliette, enfin ! réagit Madame Nogaret, visiblement choquée.

— Ben, j'ai rien dit de méchant, répliqua-t-elle en mâchouillant son chewing-gum.

Lenatnof ne s'en offusqua pas et reprit :

— J'ai su pour cet accident de la route près de Chalmazel. Comment allez-vous ? s'enquit-il.

— Seulement quelques hématomes, répondit sa mère à sa place. Elle s'en sort bien. Timothée n'a pas eu la même chance.

Lenatnof en vint à ce qui l'amenait :

— Ma nièce a disparu voilà deux jours. Sa mère est folle d'inquiétude. J'aimerais que vous me parliez de votre amie. Plus précisément de ce qu'elle vous a dit lors de votre dernière rencontre, dit-il en guettant sa réaction.

— J'imagine son angoisse, intervint Madame Nogaret. Je ne sais pas comment je réagirais si pareille chose arrivait à Juliette. Si ma fille sait quelque chose, elle va vous le dire, n'est-ce pas mon bébé ?

Juliette affichait un air effronté. Avec un petit sourire en coin, elle saisit le flacon posé sur la table basse, l'ouvrit et commença à vernir les ongles de sa main.

— Je ne l'ai pas vue ni ne lui ai parlé depuis cette fête à Chalmazel, je vous jure, finit-elle par dire d'une voix arrogante. On n'est pas H24 ensemble et Charlie ne me raconte pas sa *life*.

Cette gamine est insupportable, se dit Lenatnof.

Il se souvint alors de l'appel de Jacky Léoni. *Ce ne sont peut-être que des racontars sans fondement, mais je dois m'en servir si je veux que cette peste se mette à table. Quitte à exagérer un peu.*

— Charlie a été vue à Lyon dans un quartier fréquenté par les camés et les prostituées. Seringues et capotes jonchent les trottoirs et les halls d'immeubles. Les dealers et les proxénètes règnent en maître et font la loi dans cet infâme lieu de perdition. Imaginez qu'elle fasse une mauvaise rencontre ? Pire, qu'on la brutalise ou autre violence. Vous ne voudriez pas ça pour votre amie, je me trompe ?

La noirceur des propos de Lenatnof et ses sous-entendus sordides l'avaient déstabilisée.

— Ben, non, bien sûr.

Aussitôt, elle se reprit :

— De toute façon, je sais que dalle. Et puis, je cause pas aux keufs, fit-elle sur un ton méprisant.

Lenatnof n'en pouvait plus de sa suffisance. Il se devait de la recadrer. La mère de Juliette fut plus prompte.

— Surveille ton langage ! réagit-elle, le visage décomposé. Ce n'est pas comme ça que nous t'avons élevée ton père et moi !

Elle leva les yeux au plafond et souffla. Lenatnof reprit la main :

— Votre côté rebelle ne m'impressionne pas, fit-il sèchement. Vous savez combien de personnes disparaissent chaque année sans jamais être retrouvées ?

Elle le défia sans ciller.

— S'il lui arrive quoi que ce soit, soyez certaine que je ferai tout ce qui est en mon pouvoir pour que vous soyez poursuivie, rajouta-t-il. Non-assistance à personne en danger, ça vous parle ?

Juliette marqua le coup.

— Je vous écoute. Je ne le redirai pas.

Elle hocha brièvement la tête pour signifier qu'elle avait compris.

— Si elle apprend que j'ai cafté, elle va être vénère. En plus, c'est trois fois rien.

— Dites toujours.

— Charlie est persuadée que Salomé est en vie et ne parle que de ça. C'est flippant. Des fois, je me demande si ça tourne bien rond chez elle. Voilà, c'est tout ce que m'a dit votre nièce. Je vous jure.

— Par pitié, cessez de jurer à tout bout de champ ! Visiblement, vous n'en connaissez pas la signification, s'emporta Lenatnof, la bouche crispée par l'agacement qu'elle suscitait en lui.

Ayant géré des dizaines d'auditions, il n'était pas dupe. *Pour la contraindre à révéler tout ce qu'elle sait, je dois la pousser dans ses retranchements.*

— J'ai la conviction que vous me cachez des choses, dit-il en se levant. Aussi, nous allons poursuivre cette discussion au poste. En salle d'interrogatoire, vous serez plus loquace, je vous le garantis !

Devant la détermination qu'affichait le policier, Madame Nogaret resta pétrifiée, sans réaction.

Au bord des larmes, la voix de Juliette s'étrangla :

— Non, pas ça !

Madame Nogaret prit sa fille dans ses bras.

— Juliette, mon bébé, la supplia-t-elle. Pense à la mère de ton amie.

Elle est à bout et va craquer. Il est temps de porter l'estocade.

— Suivez-moi, dit-il avec fermeté en s'approchant d'elle.

Du bout des lèvres, Juliette lâcha :

— Charlie était surexcitée et disait qu'elle était sur une piste, que toute la vérité allait éclater et qu'elle avait bon espoir de retrouver Salomé. C'est tout ce que je sais, je vous le…

— … jure, je sais.

À présent, Juliette sanglotait dans les bras de sa mère.

Sacrée comédienne ! Je n'en ai pas encore fini avec elle.

— Mardi matin, Charlie a pris le train en gare de Montbrison pour se rendre à Lyon via Saint-Étienne. Sa mère m'a dit qu'elle garait parfois son scooter ici. Comme il n'y est pas, vous avez une idée de l'endroit où elle aurait pu le laisser ?

— Aucune.

Lenatnof était abasourdi. *Jamais Charlie ne m'a parlé de ce qu'elle avait entrepris. Si sa mère était au courant, elle m'en aurait forcément touché deux mots. Quelque chose m'échappe.* Il repensa alors aux paroles de Roxana : « *Dans la nuit de dimanche à lundi, Charlie a fait un cauchemar. Tremblant de la tête aux pieds, elle disait* des choses incohérentes. Si ça se trouve, c'était en rapport avec cette fête à laquelle elle était invitée... »*

— Racontez-moi ce qui s'est passé à Chalmazel.
— J'ai déjà tout expliqué aux flics. Vous n'avez qu'à leur demander.

Le sang pulsa dans les veines du policier. *Prends sur toi et garde ton calme, Boris*, se dit-il en serrant les dents.

— Pour être précis, y a-t-il eu quelque chose de particulier ou qui vous aurait choquée durant la soirée ?
— Lorsque vous aurez retrouvé Charlie, vous n'aurez qu'à lui poser la question ! répondit-elle d'une voix pleine de fiel.

Au bord de la rupture, Lenatnof réussit à se contenir. *Comment Charlie peut-elle être amie avec cette mijaurée ?*

Sans un mot ni un regard pour elle, il prit congé de Madame Nogaret. Celle-ci le raccompagna jusque sur le perron.

— Je vous prie d'excuser l'attitude de ma fille. Son père et moi sommes séparés depuis peu et elle nous le fait chèrement payer.
— Certes. Mais rien n'excuse son manque de respect ! Son comportement est inacceptable.

Laissant la mère de famille ahurie, il tourna les talons et s'en alla. *Une gosse mal élevée à qui elle passe tous ses caprices. Une paire de gifles lui ferait le plus grand bien. Ça fait circuler le sang, comme disait ma mère.*

Il rejoignait la rue lorsque son portable sonna.

C'était Ingrid Carella.

— Où es-tu ?
— En ville. Que se passe-t-il ?
— Pas au téléphone. Viens jusqu'à la gendarmerie.

8

Mercredi 25 août - 11 heures 30

Préoccupé et redoutant une mauvaise nouvelle, Lenatnof pénétra dans les locaux de la gendarmerie au pas de course. Le planton à l'accueil lui adressa le salut réglementaire. Sans lui prêter attention, il longea le couloir jusqu'au bureau d'Ingrid Carella.

La porte était ouverte. Pour s'annoncer, il toqua sur le montant.

— Des nouvelles de Charlie ? demanda-t-il avec empressement avant de s'asseoir en face d'elle.

Un instant, elle resta suspendue à son regard avant de se décider :

— Les collègues de Lyon sont sur les nerfs. Ils ont été appelés sur deux affaires en l'espace de quelques heures. La première, c'était la nuit dernière : un homme politique bien connu et une femme qui n'était pas son épouse ont été assassinés dans la chambre d'un hôtel luxueux du centre-ville.

— Viens-en au fait !

Ingrid soupira longuement. Ce qu'elle avait à dire n'était pas facile :

— Ils ont aussi retrouvé Charlie, dit-elle d'une voix sans relief.

— Où ça ? Elle va bien ? Je peux lui parler ?

Le rythme cardiaque du policier s'était accéléré. Sans trop y croire, il espérait avoir mal interprété l'expression d'infinie tristesse sur le visage de la gendarme.

— Un pêcheur a alerté les secours après avoir attrapé au bout de sa ligne un cadavre dans le Rhône.

Le cœur de Lenatnof manqua un battement. Sans qu'il puisse se contrôler, sa tête oscilla de droite à gauche refusant l'horrible vérité qu'elle s'apprêtait à lui révéler.

— Il s'agit de celui d'une jeune fille, déglutit-elle péniblement. Le corps a été transféré à l'IML. D'après les premiers constats, son torse et son visage sont très abîmés. Sans doute l'hélice d'un bateau de marchandises. Ils sont nombreux à circuler sur le fleuve. À l'intérieur du sac qu'elle avait sur le dos, se trouvaient ses papiers d'identité. Ce sont ceux de Charlie, ta nièce. Au poignet, elle porte un bracelet en cuir sur lequel est accroché un coquillage en forme de spirale.

— L'œil de Sainte-Lucie. Je le lui ai offert pour son anniversaire.

Lenatnof était anéanti. En l'espace d'une seconde, il avait vieilli de dix ans. Il resta quelques secondes sans réaction avant de murmurer :

— Un raté, doublé d'un incompétent, voilà ce que je suis. Déjà pour Salomé, j'avais promis de la ramener à sa mère. L'histoire se répète. À nouveau, je n'ai pas été fichu de tenir ma promesse.

— Personne ne pouvait prévoir un tel scénario. D'après le légiste que j'ai eu en ligne, le corps a séjourné très peu de temps dans l'eau : quelques heures tout au plus. Ce qui laisse à penser que Charlie serait décédée le jour même de son arrivée à Lyon, soit mardi. À l'arrière du cou, il a observé une marque rougeâtre.

— Comme si on l'avait frappée avec force par-derrière.

— C'est ça. Mais le coup reçu n'a pas été fatal. Sans doute étourdie, son agresseur lui a ensuite maintenu la tête sous l'eau. Son estomac et ses poumons en étaient remplis.

— Il s'agit donc d'un homicide.

— Probablement. L'autopsie nous en apprendra davantage sur les circonstances exactes de son décès. À présent, je dois me rendre au domicile de ta sœur pour lui annoncer…

— Non. C'est à moi de le faire, dit-il en se levant.

— Ce n'est pas le protocole, mais c'est d'accord. De mon côté, je vais informer David Roussel. Si tu as besoin, je suis là… à n'importe quelle heure.

Avec la douloureuse sensation de vivre un cauchemar éveillé, Boris quitta les locaux de la gendarmerie. Les mains dans les poches, l'esprit ailleurs, il traversa la chaussée. Des coups de klaxon retentirent. Contraint de freiner pour l'éviter, un automobiliste l'apostropha vertement. Sans un regard pour le chauffeur, il rejoignit sa voiture.

Après avoir refermé la portière, Lenatnof sortit la flasque de sa poche. Ce matin, avant de partir, il l'avait remplie comme il le faisait chaque jour. Portant le goulot à ses lèvres, il la vida d'un trait. La nuque calée contre l'appui-tête, il attendit que les effets de la Vodka se diffusent. À l'avance, il les connaissait. Avec la libération de la dopamine dans le cerveau, il ressentit un effet stimulant qui ne dura guère. Ensuite, le taux d'alcool grimpa en flèche et anesthésia son système nerveux.

— Exactement ce qu'il me faut pour effacer un temps toute cette noirceur, dit-il en faisant ronfler le moteur.

Avant de remonter chez sa sœur à Lézigneux, porteur des pires nouvelles, il fit un crochet par le centre-ville, histoire de boire encore pour se donner la force nécessaire, mais aussi pour retarder le moment qui allait détruire Roxana irrémédiablement.

S'arrêtant place de la mairie, il prit un verre dans un bar puis un autre dans celui qui faisait l'angle. Accoudé au comptoir, Lenatnof avalait une gorgée lorsqu'un type vint s'installer à côté de lui. En titubant, il lui braillait dans les oreilles que sa femme l'avait quitté. À grand renfort de superlatifs, il la décrivait comme une moins que rien. Au bout d'un moment, n'y tenant plus, Boris l'attrapa par le col de sa veste pour le jeter dehors sans ménagement.

Il regagnait sa place lorsque le patron s'approcha.

— Monsieur, je vais vous demander de bien vouloir partir. Sinon, je préviens la police.

— La police, c'est moi ducon ! vociféra-t-il, l'haleine chargée, en lui brandissant sa carte sous le nez.

Dans l'établissement, les conversations cessèrent aussitôt. Tous les regards convergèrent vers cet homme petit et malingre qui tenait tête au propriétaire des lieux, un gaillard viril tout en muscles. Sans doute habitué à gérer ce genre de conflit, celui-ci demeura impassible.

N'ayant plus les idées claires, Lenatnof eut toutefois la présence d'esprit de ne pas en rajouter et de s'en tenir là. Jetant un billet sur le zinc, il sortit et continua sa tournée des bars.

Bien plus tard, passablement éméché, il regagna sa voiture.

— Il est temps de parler à Roxana, dit-il en se laissant choir dans le siège.

À plusieurs reprises, il s'était fait arrêter en état d'ébriété. À chaque fois, sa notoriété avait fait que, dès qu'il avait décliné son identité, les gendarmes l'avaient salué avant de lui faire signe de poursuivre sa route, échappant ainsi à l'amende et au retrait de permis.

Lorsqu'il arriva chez sa sœur, il était près de 14 heures.

Il eut un vertige en sortant de l'habitacle. Le décor se mit à danser devant ses yeux. *J'ai trop picolé. D'habitude, je tiens le coup. Ça m'apprendra à boire autant.*

Soudain, l'image de la vieille femme vue près du palais de justice lui apparut. Lorsqu'il lui avait tendu ce billet, elle l'avait agrippé. Ses paroles lui revinrent en mémoire : « *Très bientôt, vous allez perdre un être cher à votre cœur. L'eau vous l'enlèvera...* »

Le constat était que le corps de Charlie venait d'être repêché dans le Rhône. Sidéré, il s'interrogea : *Pourquoi mon esprit me ramène à cette rencontre fortuite ? Il n'y a là rien de rationnel, seulement une banale coïncidence. Comment pourrait-il en être autrement ?*

Chassant ses pensées, il rejoignit la maison où l'attendait Roxana. *Comment lui annoncer ? Il n'y a pas de mots...*

Celle-ci l'attendait sur le pas de la porte et guettait sur le visage de son frère une expression qui la rassure, un signe qui lui dise que sa fille était saine et sauve. Au lieu de ça, ce qu'elle lut dans ses yeux fit bondir son cœur de mère. Le plus horrible de ses cauchemars avait pris forme. Le pire s'était produit.

— Non, pas ça ! dit-elle dans un souffle.

Telle une poupée de chiffon, ses jambes se dérobèrent. Comme elle chancelait, Boris se précipita pour la prendre dans ses bras avant qu'elle ne s'écroule. En état de choc, il l'aida à regagner l'intérieur et à s'installer dans le divan du salon.

— Où est Charlie ? Que lui est-il arrivé ? Dis-moi, implora-t-elle.

Dans le cadre de son métier, il avait déjà dû annoncer aux proches la pire nouvelle qui soit. Mais là, son supplice allait être poussé à son paroxysme puisqu'il s'agissait de sa propre famille.

La gorge de Boris était si serrée que les mots peinaient à sortir. Sans rentrer dans des détails sordides et en choisissant ses mots, il expliqua que Charlie était décédée.

Prostrée, Roxana l'avait écouté sans l'interrompre. Son visage demeurait impassible, pas une expression ou un geste qui trahisse sa souffrance ou sa peine. *Elle semble ailleurs, comme plongée dans un état de sidération. Peut-être est-ce dû à tous ces médocs qu'elle ingurgite ? Combien de temps cela va-t-il durer ? Quelques heures, plusieurs semaines ? En pareille situation, chacun réagit différemment. Les inévitables questions viendront plus tard.*

Lisant dans le regard de son frère comme dans un livre ouvert, Roxana avait deviné qu'il ne lui avait pas tout dit.

— Il y a autre chose, n'est-ce pas ? Je veux savoir.

Prenant son courage à deux mains, il déglutit difficilement avant de poursuivre son chemin de croix.

— Le corps retrouvé dans les bois, près de Trelins, eh bien...

L'hésitation de Boris était porteuse de plus de sens que les mots eux-mêmes.

— C'est celui de Salomé, dit-elle résignée, la poitrine comprimée par le chagrin. Ce n'est plus la peine que je l'attende alors ?

Ne voulant pas ajouter à son désarroi, il passa sous silence le fait que c'était dans ce même secteur boisé que son collier avait été découvert à l'époque.

— Rien ne permet encore d'affirmer qu'il s'agit de celui de ta fille. Les analyses sont en cours. Nous devons garder espoir, appuya-t-il. Tu dois t'accrocher à cette idée. Il le faut !

Malgré ses efforts pour contenir ses émotions, sa voix manquait de conviction.

— Je ne me sens pas très bien, chuchota-t-elle en s'extirpant du canapé. Je vais aller m'allonger un moment dans mon lit.

— Je vais t'aider, dit-il en s'avançant.

— Ça va aller, répondit-elle fermement.

Sa détermination le surprit. *Elle essaye de se montrer forte.*

Les traits tirés, blanche comme de la craie, Roxana se leva. D'un pas hésitant, elle se dirigea vers le couloir qui menait aux chambres.

— Si tu as besoin de quoi que ce soit, je suis là, l'interpella-t-il.

Sans se retourner, Roxana disparut de sa vue.

Apprendre le même jour que Charlie est morte et que le corps de Salomé a vraisemblablement été retrouvé, le sort semble prendre un plaisir sadique à s'acharner sur elle. Comment va-t-elle traverser ces épreuves et réagir devant un pareil traumatisme ? songea Boris.

Resté seul, il ressentit le besoin de fumer et de boire encore avec l'espoir que ça calmerait cette douleur qui lui broyait les entrailles. Il fouilla dans la desserte et trouva une bouteille d'alcool. Il remplit un verre qu'il vida d'un trait. Il se resservit avant de sortir sur le balcon.

Accoudé à la rambarde, il alluma une cigarette. *La pire journée de ma vie...* Il tirait une bouffée lorsque sa vue se brouilla. Il cligna des yeux pensant faire disparaître cette sensation désagréable. Le regard inquiétant de la diseuse de bonne aventure se fixa sur ses rétines. À nouveau, ses paroles résonnèrent dans son crâne : « *Vous allez perdre un être cher. Une chose en entraînant une autre, des larmes de sang couleront. C'est ce qui est écrit dans la pierre sacrée du temps...* »

— Voilà que ça recommence ! grommela-t-il. Ces mots ne veulent rien dire et n'ont aucun sens.

Subitement, un déclic se produisit dans les limbes de son cerveau. Le même que lorsqu'il était sur une enquête. Le même qui lui indiquait qu'il était sur une piste. Mais toujours enlisé dans les brumes de l'alcool, son cerveau peinait à décortiquer les informations. Ne trouvant pas ce qui l'alertait, il se força à se concentrer. « *Une chose en entraînant une autre, des larmes de sang couleront...* »

Tout à coup, il comprit et tout devint évident.

Jetant précipitamment son mégot, il se rua vers la chambre de sa sœur. Dans son empressement, il glissa et manqua de peu de chuter à l'angle du couloir.

— Non, Roxana, non ! Ne fais pas ça ! hurla-t-il à s'en déchirer les cordes vocales.

Boris avait la main sur la poignée de la porte lorsqu'il entendit une forte déflagration. Il la poussa et se figea. Une soudaine coulée de glace lui laboura l'échine.

Roxana était allongée dans son lit, immobile. Dans sa main, l'arme de service de son frère. Le canon fumait encore et une odeur de poudre lui vint aux narines. Elle venait de se tirer une balle dans le ventre. Son chemisier était maculé de sang et la tache s'étendait un peu plus à chaque seconde.

Soudain, sa poitrine se souleva. *Elle est vivante.*

Un espoir fou gagna Boris. Fébrilement, il composa le 15 sur son téléphone. Quelques mots pour expliquer ce qui venait de se passer et où ils se trouvaient avant de raccrocher.

S'asseyant près d'elle, il éloigna le revolver.

— Les secours arrivent. Tiens bon, je t'en supplie !

En attendant, et pour tenter de contenir l'hémorragie, Boris plaqua ses mains sur le ventre de sa sœur. Sous ses doigts, la vie la fuyait de toute part. Rien ne pouvait la sauver, il en avait conscience, mais refusait l'évidence.

Le visage tordu de douleur, Roxana essaya de formuler des mots, mais aucun son ne sortit de sa bouche, seulement du sang qui se mélangeait à ses larmes. *Des larmes de sang.*

— Je retrouverai les salauds qui ont fait du mal à Charlie. Ils paieront pour ce qu'ils ont fait. Je t'en fais le serment.

Dans son regard, il crut décerner une lueur, un éclat qui ne dura qu'une fraction de seconde. L'instant d'après, dans un ultime effort, elle agrippa les mains de son frère pour les serrer fort.

Puis la pression se relâcha doucement.

Roxana venait de rendre son dernier souffle.

Ses yeux, désormais inertes, restèrent accrochés à ceux de Boris comme pour lui dire quelque chose.

— Je tiendrai ma promesse, dussé-je y passer le restant de mes jours, chuchota-t-il en refermant délicatement les paupières de sa sœur.

9

Mercredi 25 août - 14 heures 30

Le dos appuyé contre le mur près de l'entrée, Lenatnof avait vu arriver l'ambulance du Samu, gyrophare allumé et sirène hurlante.

En courant vers lui, le médecin lui avait demandé où était la victime. Étrangement calme, Boris l'avait conduit près de sa sœur. Après examen, l'urgentiste avait constaté le décès de Roxana Roussel.

Cédant la place aux gendarmes, ceux-ci avaient procédé aux investigations d'usage. Des prélèvements avaient été réalisés sur la victime, mais aussi sur les vêtements ainsi que sur les mains souillées de sang de Lenatnof afin de savoir s'il avait sur lui d'éventuelles traces de poudre. « *S'il n'y a rien, ce dont je suis certaine, la piste de l'homicide sera écartée.* » lui avait dit Ingrid Carella avant de consigner par écrit sa déclaration sur les circonstances du drame.

Bien entendu, elle avait conservé l'arme de service de Boris pour la balistique et les besoins de l'enquête.

Enfin, s'agissant d'une mort violente, elle lui avait signifié que la maison allait être mise sous scellés. En effet, si le juge d'instruction venait à ordonner une reconstitution, il était impératif que les lieux n'aient subi aucune modification.

Lenatnof n'écoutait plus. « *L'eau vous l'enlèvera… Des larmes de sang couleront.* » Depuis un moment déjà, il ressassait les paroles de la vieille femme. *Charlie d'abord, puis Roxana. Comme elle l'avait dit, ses prédictions se sont réalisées. Comment est-ce possible ?*

Avant de quitter les lieux, Ingrid lui avait proposé de venir passer la nuit chez elle. Il avait refusé, prétextant vouloir être seul. Elle avait bien insisté, mais rien n'y avait fait.

Lorsque tous furent partis et le silence revenu, Boris rejoignit sa voiture d'un pas pesant. Assis derrière le volant, hagard, il resta ainsi, le regard fixe.

Combien de temps ?

Il aurait été bien incapable de le dire. Mais lorsqu'il sortit enfin de sa léthargie, il faisait nuit noire.

Durant des heures, tout ce qui s'était passé depuis le moment où sa sœur l'avait appelé au commissariat avait tourné en boucle dans sa tête. Inlassablement.

Bien sûr, il se reprochait sa conduite désinvolte, mais aussi d'avoir minimisé la gravité de la situation lorsque Roxana lui avait dit que Charlie n'était pas rentrée malgré l'heure tardive et qu'elle avait découché la nuit précédente. Mais plus encore, il se maudissait d'avoir ignoré ses appels de la veille et de ne pas avoir écouté le message laissé sur son répondeur.

— J'ai perdu un temps précieux, un temps qui ne se rattrape pas. Le restant de mes jours, j'aurai la mort de ma nièce et celle de Roxana sur la conscience. Un moins que rien, voilà ce que je suis ! Je n'ai pas été foutu d'être présent pour ma famille.

Il tourna la clé et fit rugir le moteur. Son pied enfonça l'accélérateur. Les pneus de la Mustang soulevèrent un nuage de poussière.

Pour tenter de chasser les images horribles qu'il avait devant les yeux et penser à autre chose, il alluma la radio :

« *Après leur victoire 3 à 0 contre Lyon, il y a une semaine tout juste, l'ASSE a conforté sa place de leader en battant ce mercredi soir l'Olympique de Marseille sur le score de 1 à 0...* ».

— C'est de la musique qu'il me faut !

Lenatnof rechercha une autre fréquence :

« *Tragiques faits divers à Lyon. La nuit dernière, le député Didier Saint-Clair et une call-girl ont été tués par arme à feu dans une chambre de l'hôtel Intercontinental où ils se trouvaient. Selon nos sources, il semblerait que ce soit l'épouse du député qui ait commis ce double assassinat. Tôt ce matin, c'est le corps d'une jeune femme qui a été repêché dans le Rhône. Un homicide d'après...* »

— Par pitié, ça suffit ! hurla Boris en tournant la molette jusqu'à se caler sur une chaîne musicale.

La voix si particulière de Bon Scott, le chanteur historique d'AC/DC, envahit l'espace : « ♪ *Goin'down, Party time, My friends are gonna be there too, I'm on the highway to hell, On the highway to hell ♪... »*

En écoutant les paroles, il se mit à rire. Un rire nerveux.

— Highway to hell : autoroute pour l'enfer. Je ne pouvais pas trouver mieux pour m'accompagner !

Il poussa le volume à s'en exploser les tympans. Alors que des larmes envahissaient ses yeux, il se mit à brailler :

— No stop signs, Speed limit, Nobody's gonna slow me down.

Moins de trente minutes plus tard, faisant fi des limitations de vitesse, il arriva à Monthieu, ce quartier de Saint-Étienne où il habite. Tout le long du trajet, fumant à tout va, les pensées les plus sombres l'avaient accompagné. *Je n'ai plus de famille, plus personne à aimer, pas de femme ni d'enfant à chérir. Hargneux et colérique, j'ai fait fuir le peu d'amis que j'avais. En fait, si, il m'en reste un. Un seul. Josselin. D'ailleurs, je me demande comment il fait pour supporter mon sale caractère ! Mon boulot ne me procure plus aucun plaisir et mes collaborateurs me haïssent. Pas de projet, pas d'avenir. Bref, une vie de merde, terne et ratée. Le plus dur est que je n'ai pas su protéger les miens, je n'ai pas été là quand ils avaient besoin de moi. Salomé d'abord, Charlie et Roxana ensuite. Les seules personnes qui comptaient pour moi, je les ai abandonnées.*

En passant devant la maison de son ami, il nota que la lumière filtrait à travers la porte du garage. *Joss est plongé dans le moteur de la voiture qu'il retape,* songea-t-il en ralentissant, cherchant une place pour se garer. Finalement, il abandonna l'idée. *Si je lui raconte cette journée effroyable, je vais lui pourrir sa soirée et, à coup sûr, sa nuit.*

Au carrefour suivant, un couple, main dans la main, traversait lentement la chaussée. Lenatnof ne ralentit pas et accéléra même. En les frôlant, il enfonça le klaxon et, par la vitre ouverte, leur fit un doigt d'honneur.

Peu après, il vira sur la gauche avant de ranger la Mustang le long du trottoir. Arrivé chez lui, il n'avait qu'une envie : boire encore et encore jusqu'à ce que son cerveau soit anesthésié et cesse de lui rappeler ce qu'il aurait dû dire et faire.

Dans les escaliers, il faillit s'étaler et dut s'y reprendre à deux fois pour trouver le trou de la serrure.

Sitôt à l'intérieur, il fila au salon récupérer la bouteille de Vodka laissée la veille sur la table basse. Déjà largement entamée, il ôta le bouchon avant de boire au goulot ce qui en restait. Une douce brûlure l'envahit, mais s'estompa bien trop tôt à son goût. Il n'avait pas sa dose. Rageur, il ouvrit la fenêtre et l'envoya se fracasser au milieu de la rue.

Hurlant comme un damné, s'ensuivit une bordée de jurons à réveiller les voisins. Donnant des coups de pied et de poing dans tout ce qui croisait son chemin, il se rua vers la cuisine, ouvrit un à un les placards jusqu'à trouver ce qu'il cherchait. La bouteille était là, devant lui. Il tendait le bras pour l'attraper quand il ressentit un poids dans la poitrine. *Celui du chagrin*, se dit-il en s'en emparant.

Couché en travers du lit et ânonnant des mots inaudibles, il continua de boire, bien décidé à faire le vide dans sa tête jusqu'au moment où une envie pressante l'obligea à se lever.

Au passage, le miroir de l'armoire de sa chambre lui renvoya son image. Celle d'un homme au bout du rouleau, le regard vitreux, les yeux injectés de sang, des cernes profonds causés par une mauvaise hygiène de vie : alcool, tabac et manque de sommeil.

Devant ce constat édifiant et peu reluisant, d'un coup de poing rageur, il le brisa en mille morceaux. Des éclats volèrent un peu partout dans la pièce.

Trop imbibé pour se rendre compte de quoi que ce soit, il eut le temps de passer aux toilettes avant de s'apercevoir que les phalanges de sa main étaient en sang. Il la rinçait sous l'eau du robinet lorsqu'une violente douleur lui étreignit la poitrine, irradiant aussi sa mâchoire, sa nuque et jusqu'à l'extrémité du bras.

Ses doigts se crispèrent sur son cœur avec la crainte qu'il explose.

Soudain, la panique s'empara de lui, car il savait parfaitement ce qui se passait. Plusieurs fois déjà, Josselin l'avait informé des signes avant-coureurs d'une crise cardiaque. Sa conclusion lui revint en mémoire : « *Si ces différents symptômes se manifestent, tu dois alerter sans délai les secours. Il y va de ta vie. Chaque seconde compte.* »

Il devait contacter son ami.

Dans un instant de lucidité, il se souvint que son portable était dans la poche de sa veste restée dans la chambre.

Suant abondamment, victime d'étourdissements et le souffle court, Boris fit un pas, puis deux avant de s'effondrer sur le plancher du couloir.

En rampant, il se traîna jusqu'au pied du lit et tira la manche qui pendait. La souffrance s'intensifiant, il lui était de plus en plus difficile de coordonner ses mouvements.

Péniblement, il réussit à saisir son Smartphone. Il enfonça une touche, un raccourci pour appeler son ami.

Sa vue se brouilla, il se sentit partir.

Une sonnerie, puis une seconde.

Ses ultimes forces le lâchèrent. Il perdit connaissance en entendant la voix de son ami dans l'écouteur.

— Lorsque t'es passé devant chez moi, j'ai entendu ronfler le V8 de ta Mustang. T'aurais pu t'arrêter...

L'appareil lui échappa des doigts.

Boris n'entendit pas la fin.

Le jour où tout a REcommencé

10

Les bras le long du corps, j'ai les yeux grands ouverts braqués sur le plafond. Je regarde autour de moi. Suis-je dans l'antichambre du paradis ? Ou aux portes de l'enfer ? Je reste ainsi à me poser d'autres questions débiles du même genre quand un bruit me tire de mes pensées. Une femme en blouse blanche est près de moi. Elle scrute les écrans des appareils installés à proximité du lit. Je l'observe. Petite, boulotte, un visage ingrat. Ni ange ni démon, ça doit vouloir dire que je suis en vie.

— Où suis-je ?
— Hôpital Nord, soins intensifs, répondit-elle sans relever la tête.
— Depuis quand suis-je là ?
— Le Samu vous a conduit ici la nuit dernière. Avec la dose d'alcool que vous aviez dans le sang, on peut dire que vous êtes un miraculé. Vous devriez allumer un cierge et remercier le bon Dieu de vous avoir fait ce cadeau. On n'a pas idée de boire autant, dit-elle avec dédain en actionnant le volet roulant.

Même sa voix est désagréable.

Le soleil envahit la pièce.

Les mains sur ses hanches rebondies, elle se tourna vers lui.

— Sans les gestes de premiers secours de votre ami, le Docteur Ribeiro, vous seriez au sous-sol dans un des caissons réfrigérés de la morgue. Vous lui devez une fière chandelle et accessoirement la vie. Depuis votre arrivée à l'hôpital, il ne vous a pas quitté une minute.
— Où est-il ?
— Dans le couloir, il discute avec le chirurgien qui vous a opéré, dit-elle sèchement en quittant la chambre.

À peine avait-elle refermé la porte, qu'elle se rouvrit.

— Tu m'as fait une de ces frayeurs ! s'exclama Josselin, la mine défaite par la nuit blanche qu'il venait de passer.

— D'après la gracieuse et non moins souriante infirmière que tu viens de croiser à l'instant, tu m'as sauvé la vie paraît-il !

— Quand j'ai décroché le téléphone, je n'entendais que ton souffle irrégulier dans l'écouteur. J'ai essayé de te faire parler, mais rien. J'ai tout de suite compris. Rappelle-toi ce que je t'avais dit…

— Que mes artères s'obstruaient peu à peu et que je risquais la crise cardiaque, récita Boris. Tu vois, je me souviens de tes mises en garde.

— Mais tu n'as jamais rien fait pour changer ton hygiène de vie. Bref, après avoir appelé le 15, je me suis précipité chez toi. Ta tension artérielle avait chuté, les battements de ton cœur étaient trop rapides. Le diagnostic était facile à établir pour qui te connaît bien : infarctus du myocarde déclenché par la présence d'un caillot de sang obstruant l'artère coronaire. Ne me refais plus jamais ça, compris ?

— Promis. Comment s'est passée l'opération ?

— De garde la nuit dernière, c'est un confrère de promo, spécialisé en cardiologie, qui t'a pris en charge. Tu es tiré d'affaire, mais il va falloir changer drastiquement de mode de vie si tu veux profiter de ta future retraite pour réparer la Renault Dauphine de ta mère et continuer à te pavaner au volant de ta Mustang.

Sur un ton plus sérieux, Josselin poursuivit :

— La prochaine fois, je ne serai peut-être pas là pour sauver tes miches. Je me suis fait un sang d'encre et grâce à toi j'ai dû prendre quelques cheveux blancs supplémentaires !

Avant de répondre, Boris l'observa.

D'habitude, Josselin était toujours tiré à quatre épingles. Là, il n'était pas rasé et portait une chemise froissée. Plutôt grand, svelte, ses cheveux poivre et sel étaient en désordre. Un physique à la Patrick Dempsey.

— Le charme du Docteur Mamour va s'en trouver conforté. Tu n'en seras que plus séduisant pour tes patientes. Les plus prudes vont se pâmer et craquer, c'est une certitude.

— Arrête donc de dire des âneries.

Lenatnof vit le journal qui dépassait de la poche de son ami.

— Quoi de neuf dans la presse ?

— Comme d'habitude, rien de palpitant. Il y a bien longtemps que je ne lis plus que les pages consacrées aux sports. À ce sujet, les Verts sont au complet pour affronter les Lyonnais ce soir lors du derby. La première place du championnat est en jeu. Quand je pense qu'on devrait être au stade Geoffroy Guichard pour les encourager.

— Comment ça ? répliqua Lenatnof surpris par les propos de Josselin. C'est moi qui suis alité, mais c'est toi qui perds la boule. Bien sûr qu'on y est allés ! Les Verts ont écrasé les gones sur le score sans appel de 3 à 0. Une belle raclée dont ils se souviendront longtemps.

Josselin regarda Boris d'un air inquiet.

— Tu divagues. La rencontre se déroule en ce moment même, dit-il en consultant sa montre. Je pense plutôt que tu as rêvé ce moment pendant que tu étais inconscient.

— Pas du tout ! En rentrant du stade, tu as même pris un radar sur l'autoroute. Tu étais furax, rappelle-toi !

Ne voulant pas que sa tension s'envole en polémiquant davantage, Josselin lui tendit le journal.

— Vérifie par toi-même.

— Avoue, tu voulais me piéger ! s'exclama Boris en lui lançant un clin d'œil appuyé.

Pensant que Ribeiro lui jouait un tour, il le déplia en souriant. En première page, s'affichait la date : « *mercredi 18 août* ».

— Me refiler une vieille édition, c'était bien essayé, mais j'ai fait cet infarctus mercredi 25 au soir. Nous sommes donc jeudi 26 et non le 18 comme tu essaies de me le faire croire, ricana-t-il en le lui rendant.

Interloqué, Josselin resta sans réaction.

L'infirmière entra sur ses entrefaites.

— Désolée, j'ai oublié de vous donner ce cachet.

— Quel jour sommes-nous, s'il vous plaît ?

— Le 18 août, comme il est mentionné sur le journal que tient votre ami, dit-elle en lui tendant le comprimé avant de quitter la pièce.

Boris devint blême. *Comment est-ce possible ?* Dans sa tête, il se refit le film des événements. *Après le départ des gendarmes de la maison de Roxana, j'ai traîné avant de prendre le volant et de rentrer chez moi. À la radio, je me souviens très bien de ce journaliste qui revenait sur la victoire des verts face à Lyon la semaine précédente et qui annonçait celle contre Marseille ce mercredi 25 août au soir, le jour où Roxana s'est suicidée. Ça voudrait dire que j'ai remonté le temps. C'est complètement absurde !*

— Dans l'affolement, j'ai oublié de prévenir ta sœur, reprit Josselin. Pour ce qui est de l'anniversaire de ta nièce samedi, tu peux d'ores et déjà oublier. Tu restes en observation à l'hôpital. Cinq jours minimum, ordre du médecin. Désolé, mais c'est pour ton bien.

Lenatnof était perplexe. *Les 18 ans de Charlie, nous les avons déjà fêtés. C'était samedi 21. Je m'en souviens parfaitement. Quelque chose cloche.*

— Tu ne serais pas en train de me faire une de tes blagues ? insista Boris en guettant une mimique sur le visage de son ami qui le trahirait.

— Bien sûr que non ! Qu'est-ce qui t'arrive à la fin ?

Désormais convaincu que son ami disait la vérité, sa tension artérielle s'envola. Comme il le faisait à chaque fois qu'il essayait de reprendre le contrôle face une situation qu'il ne maîtrisait pas, Boris tira ses cheveux vers l'arrière. À deux reprises, il renouvela son geste.

— Alors, je dois te raconter. C'est une histoire dingue, mais je te jure que c'est la vérité.

— Là, tu me fais peur. Mais vas-y toujours.

Lenatnof commença depuis le moment où il avait croisé la diseuse de bonne aventure à la sortie du tribunal. Il lui fit part de ses prédictions dont il n'avait pas compris le sens sur l'instant, mais qui allaient se réaliser sans qu'il ne puisse rien faire pour les empêcher : la mort de Charlie, puis le suicide de Roxana avec son arme de service après qu'il lui eut annoncé l'inconcevable tragédie.

Il relata aussi qu'un promeneur avait découvert dans la forêt, près de Trelins, un corps qui pourrait bien être celui de Salomé selon les premières analyses des gendarmes. En effet, c'était dans ce même secteur que le médaillon de sa nièce avait été retrouvé au moment de sa disparition.

Josselin prit quelques instants pour assimiler les propos de son ami.

— Ton récit est tout simplement ahurissant. Sache qu'il y a parfois des hallucinations que l'esprit fabrique dans les périodes de souffrance extrême et qui apparaissent plus vraies que nature.

— Non ! Je n'ai pas rêvé ! Je te le répète. C'est ce qui va se produire, sois-en certain. Je n'ai jamais été aussi sérieux de toute ma vie.

— Tout ça ne repose sur rien de tangible, fit Josselin en secouant la tête. Une chimère que tu as inventée de toutes pièces. Je ne sais pas encore ce dont tu souffres, mais il va falloir s'en préoccuper.

Malgré la réaction de son ami, Boris ne se découragea pas.

— Quelle heure est-il ?

Jetant un coup d'œil désabusé à sa montre, Josselin répondit :

— 21 heures 15. Pourquoi ?

— Regarde le score du match sur ton Smartphone, s'il te plaît.

Joss souffla bruyamment avant de s'exécuter. Après quelques manipulations, il afficha un sourire moqueur.

— 1 à 0 pour Lyon. Là, c'est toi qui te fiches de moi. Ton petit jeu a assez duré. Je ne sais pas ce qui t'arrive ni où tu veux en venir mais...

— Le but va être refusé pour hors-jeu, intervint-il. Vérifie.

Ribeiro replongea dans les commentaires rédigés en direct.

— Bon, d'accord, c'est vrai. Mais qu'est-ce que ça prouve ? Un heureux hasard, rien de plus.

— À quelle minute de la partie en sont-ils ?

— Là, tu abuses. Ça suffit maintenant !

— Allez, dis-moi, s'obstina Boris.

— 21ème minute.

— Ça tombe à pic. À la 22ème les Verts vont ouvrir le score d'un but de la tête sur corner. Regarde, je te dis !

Haussant les sourcils et ne voulant pas le contrarier, il se plia à sa volonté. Au bout de quelques secondes, il explosa de joie.

— Butttt ! s'époumona-t-il en sautant de sa chaise. Exactement comme tu viens de le décrire. C'est fou !

— Tu me crois à présent ?

Comme son ami paraissait toujours sceptique, Boris ajouta :

— Rebelote dans moins d'une minute. Tir enveloppé du pied droit en pleine lucarne.

Pris au jeu malgré lui, Ribeiro baissa les yeux pour lire ce qui se passait au stade Geoffroy Guichard. Ce qu'avait prédit Boris se réalisa.

— 2 à 0. J'en reviens pas, finit-il par dire, pantois.

— Tu veux le nom des buteurs ?

— Ça va aller.

— Si t'as encore un doute, patiente jusqu'à la 42ème minute pour assister en direct au troisième et dernier but de la rencontre.

Convaincu, Ribeiro éteignit son Smartphone.

— Un remake de *Retour vers le futur* ou plutôt de *Retour vers le passé* en ce qui te concerne. Mon esprit cartésien a du mal à accepter ce que tu viens de me raconter, fit-il dubitatif.

— Si ça peut te rassurer, je suis dans le même état d'esprit que toi. Pour une raison que j'ignore, le film de ma vie s'est rembobiné. C'est pourquoi, je ne vais pas gâcher la chance qui m'est offerte. Je signerai tous les papiers qu'il faut, mais samedi je serai à Montbrison pour fêter à nouveau l'anniversaire de Charlie. Je veux comprendre et surtout empêcher que ce désastre ne se reproduise. Dis à ton collègue médecin qu'il a deux jours et pas un de plus pour me remettre sur pied.

— Hors de question ! De toute façon, ce n'est pas moi qui décide !

— Débrouille-toi comme tu veux, mais ma décision est irrévocable. Bien sûr, pas un mot à Roxana sur mon état de santé. Je peux compter sur toi, vieux frère ?

11

Samedi 21 août - 9 heures 45

Devant l'insistance de son ami, Ribeiro avait fini par lâcher prise et intercédé en sa faveur auprès du médecin de l'hôpital.

Au cours de la matinée, muni d'une décharge autorisant une sortie prématurée dûment signée, il lui avait apporté des vêtements de rechange pour le raccompagner chez lui.

À peine installé dans sa voiture, Josselin était revenu sur la décision prise par son ami et sur le rôle qu'il lui avait fait jouer malgré lui.

— S'il t'arrive quoi que ce soit, je vais te haïr et me maudire ensuite de n'avoir rien fait pour empêcher cette folie.

— T'inquiète. Je gère, comme disent les jeunes, répondit Boris sur le ton de la boutade en bouclant sa ceinture de sécurité.

Ribeiro ne décolérait pas.

— Avant de conduire à nouveau, le délai est de trois, voire quatre semaines. Tu es conscient des risques que tu encours en voulant te rendre à Montbrison aujourd'hui même ? maugréa-t-il en démarrant. Du repos et du calme, voilà ce dont tu as besoin !

— Puisque je te dis que ça va. Et je te rappelle que la Mustang a une boîte auto. Pas de pédale d'embrayage. Mon cœur sera moins sollicité. Rassuré ?

— Tu ne réussiras pas à me faire changer d'avis. C'est en maison de convalescence que je devrais te conduire !

Le trajet se fit sans une parole.

Josselin ne chercha pas à connaître les intentions de Boris pour tenter de modifier le cours des choses. De toute façon, il savait qu'il n'en ferait qu'à sa tête, que rien ni personne ne le ferait changer d'avis.

— Ton comportement est totalement irrationnel, bougonna-t-il en s'arrêtant devant la maison de Lenatnof.

— Je serai prudent, promit Boris en ouvrant la portière. Allez, salut et encore merci.

En vérité, il n'était pas au mieux de sa forme avec une sensation d'inconfort permanent au niveau de la poitrine. Pour ne pas donner raison à Josselin, il avait préféré ne rien lui dire.

Une fois à l'intérieur, il rassembla quelques affaires : des vêtements de rechange et sa trousse de toilette. *Ça fait une éternité que je n'ai pas passé quelques jours chez Roxana. Chaque fois qu'elle me le propose, je repousse. Là, c'est moi qui vais m'inviter. Je dois être sur place pour empêcher ces malheurs d'arriver.*

La veille, il avait téléphoné au commissariat pour donner des nouvelles de sa santé mais, surtout, pour informer Rafael Santoni qu'il devrait le remplacer à la barre lors du procès qui s'ouvrait la semaine prochaine.

En provenance de Paris, où Santoni avait fait ses premières armes dans un poste de police en banlieue, ce jeune officier d'à peine plus de 30 ans avait vite gravi les échelons. Depuis huit mois, Lenatnof en avait fait son adjoint.

« *Tu connais l'affaire aussi bien que moi et pour cause, c'est toi qui l'as résolue*[1]. *Aucun vice de procédure n'est à craindre. Ce sera une simple formalité.* », lui avait dit Lenatnof. Prononcer ces mots l'avait fait sourire car, ayant déjà vécu la scène jusqu'au prononcé du verdict, il savait que rien n'avait été soulevé par l'avocat de la défense à l'encontre de la police. Sur le ton de la plaisanterie, il s'était même livré à un pronostic : « *Pour le meurtre de son rival et de son ex-compagne, je te parie que l'auteur des faits va prendre quinze ans de placard.* »

Machinalement, il ouvrit le tiroir du meuble de l'entrée. C'était là qu'était entreposée sa réserve de tabac. Un instant, il resta les yeux braqués sur la cartouche de cigarettes entamée. *Le toubib a dit que je devais changer mon hygiène de vie.*

Conscient d'être passé près de la mort, il avait pris une décision radicale. « *J'arrête le tabac et l'alcool* » avait-il déclaré au chirurgien. En retour, celui-ci avait expliqué que pour lâcher prise à ses addictions, il devait se fixer des objectifs et, surtout, rechercher l'appui de professionnels de santé. Lenatnof n'avait pas voulu le

---

[1] Voir « Déjà-vu »

contrarier mais, en son for intérieur, il se sentait fort et n'avait besoin de personne. Résolu à tenir ses engagements, il referma le battant.

Une demi-heure plus tard, il était prêt.

Boris quittait la maison lorsqu'il vit Josselin qui patientait sur le trottoir, un sac de voyage à ses pieds.

— En allant jusque chez moi, j'ai bien réfléchi. Je viens avec toi et c'est moi qui conduis, dit-il avec détermination en lui prenant les clés des mains.

— Dans ma vie d'avant, tu avais décliné l'invitation de ma sœur pour l'anniversaire de Charlie, s'étonna Boris. Tu avais dit être de garde tout le week-end. Comment as-tu fait pour te libérer ?

— Je me suis arrangé, répondit-il en attrapant ses affaires pour les déposer avec les siennes sur la banquette arrière. Ensuite, j'ai appelé ta sœur et j'ai dû lui mentir pour expliquer ma soudaine venue. Quand je lui ai parlé de ton idée de passer deux, trois jours à la campagne, elle m'a aussitôt proposé de faire pareil. Bien sûr, j'ai accepté. Comme ça, je pourrai garder un œil sur toi.

— T'as rien dit au moins ?

— Bien sûr que non. Pour qui me prends-tu ?

— Je n'ai pas besoin d'une nounou ! réagit Boris qui ne voyait pas d'un bon œil le fait que son ami l'accompagne. Tu ne me fais pas confiance, c'est ça ?

— T'as tout compris. Tu es le seul ami que j'ai et je n'ai nullement l'intention de te voir prendre des risques insensés. Tu as failli y rester, je te rappelle ! s'exclama Josselin en s'installant derrière le volant.

En marmonnant des mots incompréhensibles, Boris replia la capote de la Mustang. Sortant une casquette de la boîte à gants, il la vissa sur son crâne avant de se rencogner dans le siège passager.

Ribeiro mit le clignotant et se mêla à la circulation. Se doutant qu'il n'allait pas manquer l'occasion de lui faire des recommandations durant tout le trajet, Boris enfonça la cassette qui dépassait du vieil autoradio et monta le son. Après quelques notes de musique, des paroles s'échappèrent des haut-parleurs : « ♪ *Well he was Thailand based, She was an airforce wife, He used to fly weekend...* ♪ »

— Tu te souviens du concert de Kim Wilde ? On avait quoi ? 20 ans ? hurla Josselin pour couvrir la voix de la chanteuse. Regard pénétrant et voix sensuellement insolente. Dans ta chambre, les murs étaient tapissés de posters de ce joli brin de fille.

Boris sourit. *Il est comme un frère. Toujours là pour moi.*

— Flying to Cambodia, chantonna Josselin en dodelinant de la tête pour suivre le tempo.

Conscient qu'il s'engageait dans une partie dont il ne connaissait pas l'issue, Boris se dit que c'était finalement une bonne chose qu'il soit là. *On ne sera pas trop de deux pour surveiller les faits et gestes de Charlie et comprendre comment tout cela a commencé.*

Depuis un moment déjà, son estomac était noué, mais surtout ses mains tremblaient. Il les mit sous ses cuisses, hors de la vue de son ami afin d'éviter les questions. Lorsque Salomé avait disparu, il avait ressenti les mêmes symptômes. Un mélange complexe de pression, exacerbée par la peur de l'échec, et de stress. C'était à cette époque qu'il s'était mis à boire : un verre, puis deux le rendant à chaque gorgée plus dépendant. Un cycle infernal dont il n'avait jamais pu se départir.

Quelques kilomètres plus loin, Ribeiro rejoignit l'autoroute et accéléra. Soudain sollicité, le moteur de la Mustang mugit.

L'air vif fouetta le visage de Boris et le revigora. Bien sûr, il sortait d'une opération délicate et avait conscience que rien ne serait plus comme avant, qu'il faudrait désormais vivre avec la crainte de faire un autre infarctus. Malgré cela, il était déterminé comme jamais, prêt à en découdre avec celui ou celle qui avait attenté à la vie de Charlie.

Les paysages défilaient mais il n'y prêta guère attention, toutes ses pensées allaient vers Charlie. *Ma nièce n'a pas un caractère facile, elle tient ça de son oncle,* songea-t-il alors qu'un sourire se dessinait sur ses lèvres. *La prendre de front et exiger des réponses sur ses agissements, ses fréquentations serait stupide. Elle va se braquer et m'échapper. Aussi, je dois la jouer en douceur, l'amener à se confier comme elle le faisait étant enfant.*

Il rabattit la visière de sa casquette et ferma les yeux. *Le destin, une seconde chance… Je ne sais pas comment l'exprimer autrement et je n'ai pas non plus les mots pour décrire ce qui m'arrive, mais le fait est là : j'ai remonté le temps et je n'ai pas le droit à l'erreur. Encore moins celui d'échouer. Je dois absolument sauver Charlie et Roxana.*

Boris n'alla pas jusqu'au bout de ses pensées et s'endormit.

12

Samedi 21 août - 11 heures 30

Depuis le balcon, Charlie avait vu la Mustang se ranger sur le bas-côté. Boris claqua la portière. Josselin se chargea des sacs.
— Bonjour Dyadya[2], lança-t-elle. Salut Joss.
En la voyant descendre les escaliers pour les rejoindre, son cœur se mit à cogner dans sa poitrine. *Après ce qui m'est arrivé, les émotions fortes sont à éviter mais qu'importe. C'est tellement bon de la voir souriante et pleine de vie. Je donnerais tout ce que j'ai pour que jamais ça ne change.*
Ribeiro avait vu le trouble gagner le visage de son ami.
— Cool. Détends-toi. Ça va bien se passer, fit-il en lui donnant une tape amicale sur l'épaule.
Boris la vit accourir vers lui. De taille moyenne, elle avait hérité des traits fins de sa mère et des yeux verts de son père.
— Comment va ma nièce ? dit-il joyeusement en l'embrassant.
Emporté soudain par une bouffée d'émotions, il la pressa contre lui. Sentant les larmes monter, il dut prendre sur lui pour les contenir. Ils restèrent ainsi quelques secondes. Lorsque Charlie s'écarta pour faire une bise à Josselin, Boris resta à la fixer.
— Pourquoi me regardes-tu ainsi ? demanda-t-elle. On dirait que tu viens de voir un fantôme !
Si tu savais par où je suis passé et les événements abominables que j'ai vécus...
— Je réalise que tu as 18 ans aujourd'hui, réagit-il en la prenant par la main pour la faire tourner sur elle-même.
Dans un grand éclat de rire, Charlie se prêta au jeu.
— Tu es devenue une femme. Que reste-t-il de la petite fille qui jouait des heures avec son tonton ?

---

[2] Oncle en Russe. Plus familièrement, tonton.

— Un coup de blues, Dyadya ?
— Peut-être bien. *La même grâce que Salomé. Le même sourire. C'est dingue comme les deux sœurs se ressemblent.*
— T'es en avance pour une fois ! D'habitude, t'es toujours à la bourre et maman râle en te guettant depuis la fenêtre.
Boris ne put s'empêcher d'éclater de rire. *Ça commence bien !*
— Ta mère est à l'intérieur ?
— Non, partie faire des courses.
— Et si on allait faire un tour en l'attendant ? Histoire de profiter du beau temps et de respirer le bon air.
— Ça sera une première, alors ! T'as toujours clamé haut et fort que tu détestais la campagne, ses odeurs et ses bestioles !
— Il n'y a que les idiots qui ne changent pas d'avis, répliqua-t-il en passant son bras sous le sien.
— Tu te joins à nous Joss ? proposa Charlie.
Ribeiro connaissait le plan de son ami. Aussi, refusa-t-il.
— Non, ça va aller. Je vais m'installer tranquillement.

Boris insista pour suivre le chemin qui menait à l'étang de Vidrieux. *Un endroit calme et isolé. Ce sera parfait pour discuter sereinement.*
Par un sentier bordé de genêts et d'arbustes, ils rejoignirent en quelques minutes à peine la chapelle Saint-Roch.
Perchée au sommet d'un éperon rocheux, elle surplombait le plan d'eau. En contrebas, les pêcheurs s'adonnaient à leur sport favori pendant que des promeneurs flânaient le long des berges. En retrait, on apercevait le clocher de l'église du village.
La main positionnée sur le front pour se protéger du soleil, Lenatnof s'offrit une vue panoramique, embrassant du regard toute la plaine du Forez jusqu'aux confins des Monts du Lyonnais.
— Ce lieu est un havre de paix. Dire que c'est à seulement quelques pas de la maison.
Le visage de Charlie s'était assombri. Boris l'avait vu.
— Que se passe-t-il ? demanda-t-il soucieux.
— Salomé adorait venir se balader ici. Malgré nos douze ans d'écart, nous étions très complices. Elle me prenait la main et nous faisions le tour du plan d'eau en nous racontant nos petits secrets. Aujourd'hui, c'est mon anniversaire. Un jour où je devrais être

joyeuse... Mais c'est tout le contraire. Tout au fond de moi, il y a cette plaie qui ne cicatrise pas. Je hais ces moments sans elle. En soufflant les bougies, je vais faire semblant, me forcer à sourire en ouvrant mes cadeaux, donner l'illusion que tout...

La fin de sa phrase mourut dans un sanglot.

Boris s'approcha et la serra contre lui.

— À moi aussi, elle me manque, dit-il en lui caressant les cheveux dans un geste affectueux. Marchons un peu. Tu veux bien ?

Ils contournèrent la chapelle.

— C'est très bien restauré, fit Lenatnof contemplatif en faisant courir sa main sur les murs centenaires.

Curieux de découvrir l'intérieur, il poussa la porte d'entrée mais elle résista.

— À l'époque, c'était toujours ouvert, commenta-t-elle. À l'abri des murs épais, Salomé me racontait des histoires de sorcières et de princes charmants. Parfois, elle aimait s'y rendre seule. En me faisant un clin d'œil, elle me disait qu'elle allait confier ses chagrins à Saint-Roch, le saint patron des lieux.

À cette pensée, un fragile sourire s'était dessiné sur les lèvres de Charlie.

Depuis un moment déjà, Lenatnof réfléchissait à la manière d'amener sa nièce à lui parler des recherches qu'elle faisait sur sa sœur. Soudain, il repensa à sa vie d'avant et à son voyage dans le temps. Il se revit discuter avec Roxana dans la chambre de Charlie. Un peu honteux quand même de mettre à profit ces instants de complicité avec sa nièce, il se lança :

— J'ai vu la carte de France accrochée au mur, près de ton lit...

Attendant une réaction de sa part, il s'interrompit volontairement.

La réponse de Charlie ne fut pas celle qu'il attendait.

— Je ne me souviens pas que tu en aies franchi le seuil depuis un bout de temps, dit-elle avec une pointe d'amertume dans la voix.

Pris à son propre piège, Boris s'en sortit par une pirouette.

— Ben, si ! Sinon, comment le saurais-je ?

Zut ! Je dois être plus vigilant et faire attention à ce que je dis.

Pas convaincue, elle reprit :

— C'est maman qui t'en a parlé, non ?

— Non, je t'assure. C'est en voyant les billets de concert épinglés sur les villes dans lesquelles ils se déroulaient que j'ai compris. En fait, tu cherches des traces de ta sœur.

Charlie ne cacha pas sa surprise.

— T'as deviné alors ?

— Je suis flic, t'as oublié ? Il n'y a bien que ta mère pour n'avoir rien calculé. Et bien sûr, tu ne lui as rien dit de ce que tu avais entrepris.

Elle opina de la tête.

— Depuis des années, Salomé fréquentait tous les festivals qu'il peut y avoir dans l'hexagone. Très souvent, ce sont les mêmes personnes, des passionnés, qui font des kilomètres pour s'y retrouver. Aussi, je suis convaincue qu'il y a quelqu'un quelque part qui sait quelque chose de cette nuit à Trelins où elle a été vue pour la dernière fois. Il y aura bientôt dix ans de ça. Un garçon ou une fille, qui ne serait pas de la région ou qui n'aurait pas eu connaissance de l'appel à témoins, avec qui Salomé aurait bu un verre ou discuté et qui aurait des infos jusqu'alors inédites. Je montre sa photo et je pose des questions à tous ceux que je croise.

— Un travail de fourmi pour quel résultat ?

— Rien. Absolument rien. Comme si elle n'avait jamais existé.

— Trop hasardeux comme méthode. Ç'aurait été un coup de chance extraordinaire si tu avais découvert le moindre nouvel élément. Tout ça remonte à des années. Pas sûr que ceux qui fréquentaient les festivals à l'époque le fassent encore aujourd'hui.

Elle planta ses yeux dans les siens. Son regard se durcit.

— La faute à qui ? Vous l'avez tous abandonnée, y compris toi.

— Je ne peux pas te laisser dire ça. Même si, à l'époque, mon travail me retenait à Toulon et que je ne suis resté que quelques jours ici, Ingrid Carella et son équipe ont fait tout ce qu'il était possible de faire pour retrouver Salomé. Ils n'ont rien négligé. Tu peux en être certaine.

— T'es sûr ? dit-elle, pas franchement persuadée.

— Tout ce qu'il y a de plus certain. De retour dans le Sud, je l'ai appelée quasiment tous les jours pour connaître les avancées de l'enquête. J'ai passé mes soirées et mes week-ends à relire chaque témoignage à la recherche d'un détail que personne n'aurait relevé et qui aurait permis de relancer l'enquête. Durant mes congés, j'ai sillonné la forêt à la recherche d'indices et vérifié toutes les rumeurs qui circulaient. Si je n'en parle jamais, c'est pour ne pas vous donner de faux espoirs.

— Je ne savais rien de tout ça.

Il haussa les épaules.

— Même s'il faut bien admettre que le temps qui passe n'arrange pas les choses, jamais je n'ai abandonné l'idée de savoir la vérité.

— Ne renonce jamais, Dyadya. Ne renonce jamais, répéta Charlie d'une voix étouffée.

— Promis, ma belle.

Chacun perdu dans ses réflexions, le silence se fit.

Charlie le rompit la première.

— Zacharie Verbrugge, ça te parle ?

— Bien sûr, c'est le fils d'Ingrid Carella. Il était à Trelins cette nuit-là. Je me souviens avoir lu sa déposition.

— Mais tu ignorais que c'était le petit ami de Salomé.

Lenatnof ne cacha pas son étonnement.

— En effet, je ne savais pas. Tu m'expliques ?

— Ce jour-là, Salomé et moi étions à la chapelle, comme souvent lorsqu'on voulait être seules. C'était peu avant sa disparition. Assises au pied de la croix, elle m'a confié qu'un garçon lui plaisait. Quand je lui ai demandé son nom, elle m'a dit que c'était encore trop tôt. Que bientôt elle me dirait tout. Curieuse, j'ai alors épié tous les garçons qui venaient à la maison. Il fallait être aveugle pour ne pas comprendre leur manège. Zac était le seul avec qui elle s'enfermait dans sa chambre.

Le menton de Charlie s'était mis à trembler.

— À l'époque, j'aurais dû en parler, mais nous étions tous aux quatre cents coups et ça m'est sorti de l'esprit. Il aura fallu que je lise le procès-verbal de Zacharie pour que tout ressurgisse. Et surtout que je réalise que, jamais, il ne parle aux gendarmes de son flirt avec Salomé. Je m'en veux. Tu ne peux pas savoir à quel point !

— À 8 ans, on n'a pas conscience de ce qui est important et ce qui ne l'est pas. Tu n'es responsable de rien. N'y pense plus.

Fronçant les sourcils, il leva vers elle des yeux interrogateurs.

— Mais, dis-moi, comment sais-tu que leur liaison ne figure pas dans le rapport d'audition de Zacharie Verbrugge ?

13

Samedi 21 août - 12 heures

La question de son oncle avait déstabilisé Charlie. Comme elle ne répondait pas, il la réitéra :
— Comment sais-tu ce qui est mentionné dans le PV de Zacharie Verbrugge ?
— Peu importe, tenta-t-elle. On s'en fout !
— Je ne partirai pas d'ici sans savoir comment tu as eu connaissance de cette info confidentielle, fit-il sur un ton impérieux.
— Qu'est-ce que tu peux être relou quand tu t'y mets ! À insister comme ça, on dirait maman.
Lenatnof croisa les bras sur sa poitrine et dit calmement :
— J'attends…
Comprenant qu'il ne changerait pas d'avis, Charlie lâcha prise :
— Je l'ai lu chez toi, avoua-t-elle penaude.
Il comprit immédiatement ce que cela signifiait. Les mains sur les hanches et le regard noir, Boris était furieux.
— J'en reviens pas ! Tu as fouillé dans mes affaires et trouvé la copie du dossier que je garde à la maison. C'était quand ?
— La semaine dernière. Rappelle-toi, j'ai dormi chez toi après avoir fait la fête à Saint-Étienne avec des amis.
— Ah oui, c'est vrai ! Ça rassure ta mère de savoir que tu ne rentres pas en voiture avec quelqu'un qui a trop bu. Poursuis, je t'écoute.
Elle reprit en disant qu'elle s'était réveillée tard et que Boris était parti travailler depuis longtemps déjà. Pour le remercier de l'avoir hébergée, elle avait fait le ménage et un peu de rangement.
— J'ai voulu fermer la porte du placard mais quelque chose gênait. Un carton mal refermé sur lequel était écrit *« Salomé Roussel »*. Je n'ai pas résisté à l'envie d'en savoir davantage.
Lenatnof ne décolérait pas.

— Tu n'avais pas le droit ! la tança-t-il. De plus, tu sais très bien que je ne tolère personne dans mon bureau !

— Je ne le referai plus, promis, dit-elle piteuse. Tu m'en veux ?

Au fond de lui, il comprenait sa réaction. *À sa place, j'aurais fait la même chose. Je dois me montrer indulgent.*

— C'est oublié. N'en parlons plus, bougonna-t-il pour la forme. Mais ne me refais jamais un coup pareil !

— Promis, Dyadya.

Au loin, les cloches de l'église retentirent.

Charlie se détendit et reprit leur discussion.

— Pour en revenir à Zacharie Verbrugge, peut-être que ce flirt ne représentait rien pour lui. N'empêche qu'il n'a rien dit aux gendarmes. C'est en lisant sa déposition que j'ai su qu'il avait menti.

Lenatnof retrouva ses réflexes de policier.

— Tu es bien sûre de toi ? N'aurais-tu pas mal interprété ce qui se passait entre eux ?

— Il y a des attitudes qui ne trompent pas. Je me souviens les avoir épiés lorsqu'elle le raccompagnait jusqu'à sa voiture.

— Et alors ? Tu les as vus s'embrasser ou se serrer de près comme le font les amoureux ?

— Non, mais je les ai vus se tenir par la main.

— Ça ne prouve rien. Peut-être étaient-ils tout simplement amis ? Une amitié sincère entre une fille et un garçon, ça existe, tu sais.

Charlie s'agaça.

— Puisque je te dis qu'il y avait autre chose entre eux ! Quand elle le quittait, elle était rayonnante, ses yeux brillaient et elle affichait un sourire béat, limite idiot. Je n'étais qu'une gamine, mais n'importe qui l'aurait remarqué. Il n'y a bien que maman qui ne voyait rien. Faut dire qu'ils faisaient attention. Zacharie venait toujours à la maison quand elle était à son travail à l'usine. Si elle les avait vus, elle n'aurait pas apprécié et l'aurait fait savoir vertement à Salomé.

— Pourquoi dis-tu ça ?

— Elle lui répétait encore et encore qu'elle ne devait pas fréquenter des garçons plus âgés, ce qui était le cas de Verbrugge. *« Ils attendent plus qu'un simple flirt. Lorsqu'ils ont eu ce qu'ils veulent, ils passent à autre chose et laissent tomber les filles trop faciles. »* À mon tour, elle me bassine avec ce même discours désuet.

— Ta mère se fait du souci, voilà tout, tempéra Boris.

— Elle me flique comme la Stasi à l'époque communiste et stresse lorsque je ne rentre pas à l'heure prévue.

Se remémorant l'appel de Roxana alors qu'il était au commissariat, Boris prit sur lui pour ne pas lui dire : « *Je sais. Ce soir-là, elle était folle d'inquiétude. Il y avait de quoi quand on connaît la suite.* »

— Vu ce que tu viens de me raconter, je suis d'accord avec toi : le fils Verbrugge a sciemment omis de tout dire aux enquêteurs. Un détail qui a son importance s'il a effectivement quelque chose à voir avec la disparition de ta sœur. En effet, les statistiques montrent que c'est très souvent dans le cercle familial ou parmi les proches de la victime que se trouve l'auteur des faits. Cercle dont il faisait apparemment partie, devenant de fait un suspect potentiel.

Boris se frotta le menton, signe qu'il réfléchissait. Charlie savait qu'il ne fallait pas le déranger dans sa réflexion et patienter, ce qu'elle fit.

— Élevé par des parents tous deux gendarmes, reprit-il, Zacharie savait pertinemment ce qu'il faisait en ne révélant pas sa relation avec Salomé. Aussi, je serais curieux de savoir pourquoi il a agi de la sorte ? Qu'avait-il donc à cacher ? Pour le découvrir, une conversation s'impose.

Boris avait vu le visage de sa nièce s'illuminer.

— Que signifie ce sourire ?

— Grâce aux réseaux sociaux, ça a été un jeu d'enfants d'en savoir plus sur lui. Voulant en avoir le cœur net, je suis allée à son domicile. Il habite près de la mairie à Montbrison. J'ai appuyé sur le bouton de l'interphone mais personne n'a répondu. Une dame est alors sortie de l'immeuble. En discutant, elle m'a dit qu'il était souvent absent.

— S'il avait été là, tu lui aurais dit : « *Pourquoi vous n'avez pas dit aux gendarmes que vous sortiez avec ma sœur ?* »

— Ben oui. Un truc dans ce genre.

Lenatnof repensa aux propos d'Ingrid Carella quand elle lui avait parlé de cette trace de coup observée à l'arrière du crâne de Charlie. Les poils de ses bras se hérissèrent. Sa réaction fut immédiate.

— Et pourquoi ne pas carrément lui poser la question : « *C'est vous qui avez enlevé et tué ma sœur ?* » Tu ne sais rien de ce type et tu te pointes chez lui, comme ça. T'es inconsciente !

Il allait exploser comme il l'aurait fait auparavant mais, au prix d'un effort sur lui-même, il garda pour lui ce qu'il pensait de la conduite irresponsable et dangereuse de sa nièce.

Surtout ne pas retomber dans mes travers.

— Enlève-toi de l'esprit que Salomé est morte. Au fond de moi, je sais qu'elle est en vie. J'en suis certaine même. En me rendant chez lui, je voulais juste comprendre. Tu vois le mal partout, Dyadya.

— Peut-être bien, mais tu aurais dû en parler à ta mère, dire où tu te rendais et qui tu allais voir.

— Impossible de parler de Salomé ou même d'évoquer un souvenir devant elle. Aussitôt, elle se met à pleurer. Même les anxiolytiques qu'elle avale depuis des années ne l'aident pas.

— Tu pouvais aussi me téléphoner !

— J'y ai pensé, mais j'ai changé d'avis.

— Pourquoi ça ?

— Tu n'es plus le même qu'avant.

Devant son air étonné, elle précisa :

— Désolée de te dire ça, mais quand tu viens à la maison, c'est en coup de vent. Et quand t'es là, tu te mets en rogne pour trois fois rien.

Boris soupira longuement.

— Je sais, mais tout va redevenir comme avant. Je te le promets.

— Si tu le dis. Pour ce qui est du numéro de portable de Zacharie, j'ai vérifié : il n'est mentionné sur aucun site. Ne lâchant pas l'affaire, j'ai téléphoné à son employeur, une boîte d'import-export dont le siège est à Savigneux. La personne qui a décroché m'a répondu qu'il était en déplacement à l'étranger. En attendant son retour, on pourrait peut-être rendre visite à Ingrid Carella pour savoir ce qu'elle pense des agissements de son fils...

— Oublie, ce n'est pas un bon plan. Et pourquoi dis-tu : « on » ? Que je sache, tu n'es pas flic !

— C'est de ma sœur dont on parle, rétorqua-t-elle sans ciller.

Sans le vouloir, Charlie venait de lui tendre une perche.

— Soit, concéda-t-il. Je vais profiter de mon séjour ici pour tirer les choses au clair. Mais je le ferai seul.

Avant qu'elle n'ouvre la bouche pour protester, il ajouta :

— Ces quelques jours, ce sera également l'occasion de passer du temps ensemble... comme avant.

Pour être tout à fait précis, il comptait même ne pas la perdre de vue un seul instant.

Satisfaite de la tournure que prenaient les événements et de leur complicité retrouvée, Charlie sourit avant de l'embrasser sur les joues.

— Ah, tu piques, Dyadya ! s'exclama-t-elle les yeux rieurs.

À nouveau, les cloches tintèrent.

— Rentrons. Ta mère va se demander où nous sommes passés.

Charlie saisit le bras de son oncle.

— Pas un mot à maman. Elle serait contre ton idée.

Lenatnof se dit que l'occasion était trop belle pour la laisser passer.

— C'est d'accord, mais à une condition.

— Laquelle ? fit Charlie, soudain méfiante.

— À l'avenir, je veux tout savoir de ce que tu comptes entreprendre concernant Salomé. J'ai bien dit, tout : où tu comptes aller ? Quand ? Comment ? Et le plus important, pour rencontrer qui ?

— Ça fait beaucoup de conditions.

— C'est à prendre ou à laisser. Ce que tu as déjà fait n'était pas sans risque. Te rendre dans ces festivals pour poser des questions sur ta sœur, c'était de la folie ! Tu aurais pu faire une mauvaise rencontre.

Lenatnof n'alla pas jusqu'au bout de sa phrase, se retenant de dire : « *et disparaître tout comme elle.* »

— N'importe quoi ! Tu regardes trop de films policiers !

— En quarante ans de métier, j'ai vu des choses dont tu n'as pas idée...

En même temps qu'il disait ça, le selfie qu'avait fait Charlie devant la gare de Châteaucreux lui revint en mémoire. Dans sa poitrine, son cœur se comprima.

— D'ailleurs, où en es-tu de tes recherches ?

— Au point mort.

— Qu'as-tu prévu dans les jours à venir ?

— Rien, je te dis. T'es lourd quand tu t'y mets, pesta-t-elle.

— Pas de déplacement prévu à Lyon, par exemple ? insista-t-il en scrutant son visage à la recherche du moindre signe qui la trahirait.

Charlie haussa les épaules.

— Qu'est-ce que j'irais faire là-bas ?

Lenatnof ne douta pas un instant de sa sincérité. *Ce n'est donc pas entre aujourd'hui et demain qu'elle va décider de s'y rendre sans rien dire à personne.*

— J'ai ta parole ?

— Ai-je vraiment le choix ?

Le visage de Lenatnof demeura impassible.

— Promis, je te dirai tout, finit-elle par lâcher de mauvaise grâce.

Charlie passa devant son oncle en soufflant bruyamment et en traînant les pieds. Boris lui emboîta le pas, satisfait d'avoir eu cette conversation.

Sur le sentier qui les ramenait à la maison, il repensa aux propos de sa nièce concernant Zacharie Verbrugge. Pas un instant, il n'imaginait qu'Ingrid puisse avoir été au courant de la relation entre son fils et Salomé. *Si tel avait été le cas, elle l'aurait obligé à en faire part aux enquêteurs. Je la connais suffisamment pour être certain de son intégrité. Elle n'est pas du genre à couvrir qui que soit, y compris son fils...*

Peu à peu, le doute s'immisça pourtant dans son esprit et il n'était plus aussi certain de son affirmation. *Si j'avais un enfant, ne ferais-je pas tout pour le sortir du pétrin dans lequel il s'est mis ?*

14

Samedi 21 août - 12 heures 30

Revenus devant la maison, Charlie fit courir sa main sur la carrosserie rutilante de la Mustang.

— Je vais bientôt avoir mon permis. Tu me la prêteras pour aller voir mes copines. Hein, Dyadya ?

— Dans tes rêves, ma belle ! Ce n'est pas une novice du volant qui peut dompter les 270 chevaux qui sont sous le capot. Mais, assis à tes côtés, je te la ferai essayer. Promis.

Une voiture de la Poste s'arrêta près d'eux.

— Bonjour, dit le préposé. J'ai du courrier pour Charlie Roussel.

— C'est moi.

Par la vitre ouverte, il lui tendit une enveloppe de forme carrée et le journal avant de poursuivre sa tournée.

— On dirait bien qu'il s'agit d'une carte d'anniversaire. Qui cela peut-il être ? demanda Boris. Ton père, sans doute ?

Le visage de Charlie s'assombrit.

— Il ne l'a jamais fait auparavant, alors il ne va pas commencer aujourd'hui. De toute façon, il est bien trop occupé avec sa nouvelle chérie, dit-elle d'une voix pleine de reproches. Après ce qu'il a fait endurer à maman, il ne fait plus partie de ma vie.

— Même si je ne le porte pas dans mon cœur, je te trouve bien sévère avec lui.

Charlie haussa les épaules.

— Il n'a jamais été là pour moi ni pour Salomé. Ce courrier, ça ne peut être que ses parents qui me l'envoient, dit-elle en le décachetant. Contrairement à lui, jamais mes grands-parents n'oublient de me le souhaiter.

Elle montra à son oncle la carte qui était à l'intérieur.

— C'est eux. C'est bien ce que je pensais.

Sur ces entrefaites, un bruit de moteur leur fit lever le menton. C'était Roxana. Elle gara sa voiture à côté de la Mustang.

Une fois encore, le cœur de Lenatnof s'emballa. Il revit Roxana allongée sur le lit, baignant dans son sang, son revolver dans la main.

— En voilà une bonne surprise ! s'exclama-t-elle en refermant la portière. D'habitude, tu es toujours à la bourre. Ou pire, tu appelles au dernier moment pour dire que tu ne viens pas.

Chassant ces images cauchemardesques de son esprit, il s'approcha et l'embrassa, se retenant de la serrer dans ses bras de crainte qu'elle ne pose des questions devant ce soudain élan de tendresse.

— Tu as une petite mine, dit-elle en l'observant de plus près.

— Un coup de fatigue, rien de méchant.

Levant la tête vers le balcon, il vit Josselin lever les yeux au ciel.

— Tu peux m'aider à sortir les courses du coffre ?

Boris s'exécuta. Pendant ce temps, Charlie et Josselin dressèrent la table sur la terrasse.

— C'est tellement inattendu que Joss et toi passiez quelques jours ici, fit Roxana. Qu'est-ce qui vous a décidés ?

— Le besoin de faire un break, de souffler. Pour ce qui me concerne, l'envie aussi de passer du temps avec vous. Quand je pense qu'elle fête aujourd'hui ses 18 ans ! Les années filent, c'est dingue ! Je la revois dans son berceau à la maternité ou encore grimper sur mes genoux.

— Deviendrais-tu un brin nostalgique ?

— Sans doute, admit-il de bonne grâce. À soixante balais, je me rends compte que j'ai consacré ma vie à mon boulot. Je n'ai rien construit à titre personnel. Vous êtes ma seule famille.

Elle s'approcha de Boris et ajouta en le fixant :

— Ton teint est pâle, sans parler de ces cernes sombres sous tes yeux. Tu es sûr que tout va bien ? Si tu étais malade, tu me le dirais ?

— Bien sûr, mentit-il. En fait, j'ai arrêté le tabac et l'alcool.

— Sage résolution. Tu penses y arriver cette fois ?

— Ça va être dur, j'en ai conscience. Mais je vais faire ce qu'il faut pour tenir le coup. Tu verras.

Ce discours, Roxana l'avait déjà entendu et n'y croyait pas plus que les fois précédentes.

— Une promesse que tu as déjà faite maintes fois, dit-elle en grimaçant. Outre ton regard vitreux et ton haleine qui empeste, l'alcool joue sur ton humeur. Désagréable et parfois même blessant, tu envoies balader tout le monde sans même t'en apercevoir. Tu ne donnes pas une belle image de toi à Charlie qui souffre de te voir te détruire. Pour autant, elle te trouve toujours des excuses.

— Fais-moi confiance. Tu veux bien ?

— Bien entendu, le rassura-t-elle. Si je le peux, je t'aiderai même.

Au cours du repas, et comme Lenatnof en avait le souvenir, Charlie annonça à sa mère son intention de tout plaquer pour partir à l'étranger et se lancer dans l'humanitaire. Rejetant l'idée de voir sa fille abandonner ses études sur un coup de tête, une dispute éclata.

Lenatnof en profita pour sortir discrètement de sa poche les pilules prescrites par le médecin de l'hôpital pour diminuer le risque de subir un autre infarctus. *Dire que mon sort dépend désormais de ces cachetons,* songea-t-il en les regardant dans le creux de sa main. Avec un peu d'eau, il les avala un à un.

Occupées à défendre chacune leur point de vue respectif, elles ne s'aperçurent de rien. Seul Ribeiro le vit grimacer à chaque gorgée.

Au fil de la discussion, le ton monta rapidement. Avant qu'elles n'en viennent à se jeter au visage des paroles aussitôt regrettées, Boris intervint comme il l'avait fait la fois précédente. Se rangeant à sa proposition d'en reparler un autre jour, les tensions s'apaisèrent.

Vint ensuite le moment où Charlie souffla les bougies. La grogne céda la place à la bonne humeur. Les yeux brillant d'excitation, Charlie découvrit ses cadeaux : des vêtements offerts par sa mère, un parfum de la part de Josselin et un bracelet pour Boris. Chacun lui avait aussi glissé une enveloppe contenant quelques billets.

— C'est quoi ce coquillage en forme de spirale ? demanda-t-elle.

— L'œil de Sainte Lucie. En Corse, il est considéré comme un porte-bonheur qui éloigne le mauvais œil et favorise la chance.

— C'est trop stylé, merci !

Boris nouait le lacet de cuir au poignet de sa nièce lorsque ses mains se mirent à trembler sans qu'il puisse se contrôler. En pensées, il revit le corps sans vie de Charlie tel que le lui avait décrit Ingrid Carella : *« Un pêcheur a attrapé au bout de sa ligne un cadavre dans le Rhône... La jeune fille porte un bracelet en cuir où est accroché un coquillage en forme de spirale. »*

Un frisson d'horreur le parcourut. Roxana avait vu le changement opéré sur son visage. Charlie également.

— Que se passe-t-il, Dyadya ? s'enquit-elle la première.

Secoué, il se reprit aussitôt :

— C'est l'émotion ! s'exclama-t-il en se forçant à rire pour cacher son trouble.

Toutes deux rassurées, Charlie fit admirer le bijou à sa mère.

Boris croisa le regard de Josselin. Celui-ci faisait la moue mais s'abstint de tout commentaire.

Ayant recouvré ses esprits, Boris guetta le moment où Charlie allait parler de cette soirée à Chalmazel à laquelle elle devait se rendre.

Le gâteau était tout juste coupé lorsqu'elle aborda le sujet :

— Ce soir, mes amis organisent une fête pour mes 18 ans.

— Ah, bon ? s'étonna sa mère. Pourquoi ne m'as-tu rien dit ?

— Ben, parce que j'en savais rien. En fait, c'est une surprise qu'ils me font. Une copine vient de m'envoyer un SMS pour me l'annoncer.

— Et ça se passe où ?

— À Chalmazel, dans le chalet des parents de Tim.

— Tu sais que je n'aime pas te savoir loin de la maison.

— Je suis majeure je te rappelle et je fais ce qui me plaît à présent, rétorqua-t-elle sur le ton du défi.

— Peut-être, mais ça ne change rien pour moi.

Comme il l'avait fait la semaine précédente, Boris étira la jambe sous la table jusqu'à toucher celle de sa sœur. Roxana comprit le message implicite et donna finalement son accord.

Après avoir débarrassé la table, Charlie partit essayer ses nouveaux vêtements dans sa chambre. Roxana et Josselin discutèrent en buvant un autre café. Quant à Boris, il s'allongea dans le hamac et s'assoupit rapidement.

Sous le soleil de fin août, l'après-midi s'étira en longueur.

Lorsqu'il émergea, il était près de 16 heures. Se redressant d'un coup, il manqua de peu de tomber.

— Où est Charlie ? demanda-t-il en la cherchant des yeux.

— À l'intérieur avec Josselin, répondit Roxana assise dans l'herbe à l'ombre d'un arbre.

Soudain, des larmes roulèrent sur les joues de Roxana.

— Dans quelques jours, cela fera dix ans que Salomé a disparu. Je hais cette période de l'année qui me ramène aux jours les plus obscurs que j'ai eu à vivre. Devant Charlie, j'essaie de faire bonne figure, d'être gaie et enjouée. Même si elle ne dit rien, je vois bien qu'elle n'est pas dupe. Je la sens crispée, mal à l'aise. Chaque année, je lui pourris son anniversaire. Malgré mes efforts, mes pensées vont vers Salomé au lieu de profiter de ma fille.

Lenatnof allait la réconforter lorsque Charlie fit son apparition.

— Pour ce soir, j'ai mis la jupe et le chemisier que maman m'a offerts. Comment me trouves-tu, Dyadya ? fit-elle joyeuse, en faisant un tour sur elle-même pour qu'il puisse juger.

— Tu es ravissante.

Le sourire qu'affichait Charlie disparut aussitôt quand elle vit la mine attristée de sa mère. Sans un mot, elle regagna sa chambre.

— Une fois encore, je gâche la fête, fit Roxana en pleurs.

Tout l'après-midi, Boris avait cogité pour essayer de trouver la solution appropriée. À défaut, la moins mauvaise. *Lui interdire d'y aller ? D'une, je ne suis pas son père pour prendre cette décision et il n'est pas certain que Roxana me suive sur ce coup. Sans parler du fait que Charlie va se braquer. C'en sera fini et je n'obtiendrai plus rien d'elle. Je ne peux pas prendre ce risque sachant la suite. De deux, je devrai m'expliquer. Comment le faire sans parler des prédictions de cette vieille femme ?*

Un temps, il avait envisagé d'autres hypothèses.

Comme celle où Charlie accepterait de rester à la maison sans rechigner. *Hautement improbable, mais bon, imaginons.* En effet, Lenatnof gardait à l'esprit que c'était dans les deux jours suivants que Charlie avait décidé de se rendre à Lyon. *Est-ce que le fait de ne pas se rendre à cette soirée pourrait avoir une quelconque incidence sur l'avenir ? S'en trouverait-il modifié ? Si oui, quelles en seraient les répercussions ? Je n'en sais fichtre rien !*

Ou encore celle où il la suivait à distance avec sa voiture jusqu'à Chalmazel afin de veiller sur elle. *Comment justifier mon départ à Roxana ? Je la connais assez pour savoir qu'elle m'assommerait de questions jusqu'à ce que je crache le morceau. Quant à Charlie, quelle serait sa réaction si elle me surprenait ?* Ces extrapolations et leurs conséquences avaient généré autant d'interrogations auxquelles il n'avait pas de réponses. *Quel que soit le plan envisagé, à un moment ou à un autre, je suis coincé. Quelle poisse !*

Pour calmer ses nerfs mis à rude épreuve, Lenatnof avait ressenti le besoin d'en griller une et de sentir ses poumons absorber goulûment la nicotine. *Putain que j'en ai envie !* Se persuadant qu'il ne devait pas succomber à la première embûche, il avait dû se faire violence pour ne pas faire un saut en ville et acheter un paquet de cigarettes.

La fin de journée s'étira. Le soleil déclina jusqu'à disparaître à l'horizon. Après souper, Boris rejoignit sa chambre pour ranger ses affaires. En longeant le couloir, il passa devant celle de sa sœur et vit le lit où elle avait mis fin à ses jours. Ces images d'horreur absolue lui revinrent en mémoire : le sang rouge carmin qui s'échappait de son corps, la vie qui la fuyait, l'appel désespéré passé pour alerter les secours. Son cœur se serra. *Cette fois-ci, je ne referai pas la même erreur. Mon revolver est dans le coffre, à l'abri chez moi.*

En sortant de la salle de bains, Charlie le fit émerger de ses pensées.

Maquillée ni trop ni trop peu, elle était resplendissante. Lorsqu'elle passa devant lui, il la prit par le bras.

— Pas d'imprudences. Si tu as le moindre souci, tu m'appelles. Peu importe l'heure. N'oublie pas ta promesse.

— Cool, Dyadya. Comme je l'ai dit, je passe la soirée avec des amis.

Passant la tête dans l'encadrement de la porte, elle lança à sa mère qui s'affairait dans la cuisine :

— Tim ne va pas tarder. Je vais l'attendre dehors.

— Amuse-toi bien ma chérie. Fais attention. Ne bois pas trop et...

— Je sais, maman. Je sais, la coupa-t-elle. Bisous.

La porte d'entrée claqua.

Jusqu'à présent, l'histoire se répète. Cette nuit, il ne lui arrivera rien. Demain matin, elle rentrera, saine et sauve.

Il traversait le salon pour rejoindre le balcon lorsqu'il se remémora l'appel de Roxana au commissariat *: « Juliette Nogaret et Timothée Malori ont eu un accident de voiture en quittant Chalmazel... La nuit* *suivante, Charlie a fait un cauchemar... Elle répétait que ce n'était pas de sa faute, qu'elle regrettait. »*

Boris s'accouda à la rambarde.

— Si ça se trouve, ce mauvais rêve est en rapport avec ce qui va se dérouler durant cette fête à laquelle elle se rend, murmura-t-il tout bas.

La chaleur s'était dissipée. Un vent léger et frais lui caressa le visage. Il vit Charlie descendre les escaliers extérieurs en courant. Au passage, elle lui adressa un signe de la main.

— Amuse-toi bien, lança-t-il en retour.

Il regarda au loin. La plaine du Forez était plongée dans le noir, seulement éclairée, ici et là, par les lumières des maisons. « *On dirait des étoiles qui seraient tombées du ciel*[3] », songea-t-il soudain.

Les nuits d'été, lorsque Charlie n'était encore qu'une enfant, elle répétait toujours ces mêmes mots, entendus dans une chanson, en désignant les points lumineux du bout de son doigt. *Ça nous faisait sourire Roxana, Salomé et moi.*

Il replongea dans ses pensées. *Que va-t-il se passer à cette soirée pour qu'elle refuse d'en parler à sa mère ? Demain, je la questionnerai à ce sujet, j'insisterai s'il le faut. Charlie doit me dire ce qu'elle sait et, notamment, sur cet accident de voiture. Sans doute n'y a-t-il aucun rapport avec ce qui lui est arrivé par la suite, mais je dois en avoir le cœur net, ne rien négliger.*

Il sortit le briquet de sa poche et le garda dans le creux de sa main. Il aimait le contact de l'acier poli sur sa peau. Machinalement, il actionna la molette du Zippo et fit jaillir la flamme. Hypnotisé par cette lueur vacillante, mille autres questions vinrent hanter son esprit.

Soudain, des cris le sortirent de sa torpeur.

Malgré l'obscurité et l'absence d'éclairage public, il aperçut une voiture qui stationnait en contrebas, moteur tournant. Forçant sa vue, ce qu'il vit lui glaça le sang : un homme, dont il ne distinguait qu'une vague silhouette, serrait Charlie contre lui. En se débattant, elle essayait d'échapper à son emprise.

Bon sang ! Quelqu'un l'agresse !

---

[3] Les lumières dans la plaine – Mickey 3D

15

Samedi 21 août - 22 heures 05

Le sang de Lenatnof ne fit qu'un tour. Il se précipita pour porter secours à sa nièce. En dévalant les escaliers, il mit la main à sa ceinture, là où se tenait d'ordinaire son arme. Bien sûr, elle n'y était pas puisqu'il avait laissé le Sig-Sauer chez lui. *Quel idiot* ! ragea-t-il alors que son cœur le rappelait à l'ordre après cet effort violent.

En découvrant l'homme qui se tenait près de Charlie, il stoppa net sa course et l'apostropha rudement.

— David ! Qu'est-ce que tu fous là, bordel ?

— Je suis passé souhaiter un joyeux anniversaire à ma fille chérie et lui remettre son cadeau. Quel mal y a-t-il à ça ?

Charlie en profita pour se dégager des bras de son père.

— Tu aurais pu informer Roxana de ta visite, poursuivit Boris.

— Nos relations sont… comment dire… tendues, fit-il ironiquement.

— La faute à qui ?

— Je n'ai pas de leçons à recevoir de toi, mon cher beau-frère.

— Ex beau-frère, rectifia Lenatnof. Une seconde, j'ai cru que Charlie se faisait agresser. D'ailleurs, pourquoi criait-elle ?

— Divergence de points de vue. Rien de plus. Hein, ma fille ?

S'adressant à son oncle, elle précisa :

— Il insiste pour que je vienne passer le week-end prochain chez lui avec sa *pouffe* qui vient d'emménager.

— Elle t'apprécie énormément, tu sais.

— Comment peut-elle dire ça, cette mytho ? On a dû se parler une fois, deux à tout casser.

Le ton était sarcastique. David ne répondit pas à son attaque.

— C'est elle qui m'a aidé à choisir ton cadeau, dit-il en le lui tendant.

— Tu n'as qu'à lui refiler. J'en veux pas.

Lenatnof intervint avant que le ton monte davantage.

— Ça suffit ! Ce n'est ni le lieu ni le moment pour régler...

Il n'eut pas le loisir de terminer sa phrase.

Une voiture déboucha à vive allure pour s'arrêter devant eux. Par la vitre ouverte, le conducteur interpella Charlie :

— Pile à l'heure ! On y va ?

Sans plus attendre, elle le rejoignit et s'installa à côté de lui.

— Je peux savoir qui vous êtes ? dit Boris en s'adressant au chauffeur, l'œil interrogateur.

— Tim. Je m'appelle Tim.

Comme le visage de son interlocuteur demeurait fermé, il précisa :

— Timothée Malori. Je suis un copain de Charlie.

Lenatnof le fixait toujours. *Dans la nuit, il sera admis à l'hôpital dans un état sérieux. Quant à Juliette Nogaret, sa passagère à ce moment-là, ce ne seront heureusement que des blessures sans gravité. Dire que je ne peux rien faire sans risquer de bouleverser l'avenir...*

Boris posa les mains sur le rebord de la portière.

— La route de Chalmazel est réputée dangereuse. Un accident est vite arrivé. Alors, doucement sur l'accélérateur.

Boris se souvint alors des propos d'Ingrid Carella : *« Le conducteur présentait un taux d'alcool dépassant ce qui est admis... »*

— Celui qui est volant, c'est celui qui ne boit pas et qui ne fume pas du cannabis ou autres saletés du même genre, ajouta-t-il. Compris ? S'il arrive quelque chose à ma nièce...

Bouche bée, le jeune homme tournait stupéfaits.

— Ça n'arrivera pas, intervint Charlie. Il est prévu qu'on dorme tous dans le chalet des parents de Tim. Maman est d'accord. Allez, en route !

Timothée Malori ne se fit pas prier, trop content d'en finir avec ce donneur de leçons. Il enclencha une vitesse et accéléra.

Boris eut un pincement au cœur en voyant la voiture disparaître dans le virage. *Je n'avais pas d'autres choix. Je dois d'abord songer à Charlie. Pourvu que tout se passe comme prévu.*

Resté en retrait, David s'approcha de Lenatnof.

— Ben, dis donc ! Tu ne l'as pas ménagé ce garçon. Ils sont jeunes. Laisse-les vivre et s'amuser.

Boris tourna la tête vers lui. *Toujours aussi immature et détaché de tout. Quel parent ne ferait pas de recommandations en voyant sa fille de 18 ans partir en voiture ?* songea Boris, contrarié de le voir si peu impliqué dans la vie de Charlie.

— Pourquoi est-elle autant remontée contre toi ? demanda-t-il en se saisissant du cadeau que lui tendait David.

— Sa crise d'adolescence n'en finit pas.

— Ne serait-ce pas plutôt à cause de ta nouvelle conquête ?

— Jusqu'alors elle ne s'était jamais préoccupée de mes aventures sentimentales. J'ai pourtant tout essayé pour me rapprocher, pour la comprendre. Rien n'y fait.

Même s'il n'avait pas une haute estime de son ex beau-frère, Boris se surprit à tenter de le rassurer.

— Laisse-lui du temps. Elle reviendra. Après tout, c'est ta fille.

Tête basse et sans un mot, il s'installa à bord de sa voiture, démarra et s'éloigna. Elle avait disparu lorsque Roxana rejoignit son frère.

— J'ai entendu des éclats de voix. C'était David, n'est-ce pas ?

Boris approuva.

— Que voulait-il ?

Lui montrant le cadeau, il lui raconta l'altercation entre Charlie et son père.

— Imprévisible. Capable du meilleur comme du pire. Leurs relations ont toujours été complexes mais, depuis quelque temps, c'est pire. Elle refuse de le voir et même de lui parler lorsqu'il lui arrive de téléphoner.

— Tu as une idée de ce qui a pu se passer entre eux ?

— Pas la moindre. Plusieurs fois, j'ai essayé d'en toucher deux mots à Charlie. À chaque fois, elle se défile et change de sujet.

Tous deux regagnèrent la maison. Inquiet, Josselin attendait sur le pas de la porte. En quelques mots, Roxana lui expliqua ce qui venait de se produire.

— Je commence tôt demain. Je vais me coucher, dit-elle en bâillant.

— Bonne nuit, firent-ils en chœur.

Pendant que Josselin buvait un verre d'eau, Boris se prépara un café.

— Dans ton état, ce n'est pas recommandé, tenta-t-il. Tu devrais plutôt faire comme ta sœur : te mettre au lit et te reposer.

— De toute façon, je n'ai pas sommeil.

Ribeiro n'insista pas.

— Eh bien, je te laisse. Je vais lire un moment dans ma chambre.

— À demain, Joss.

Installé dans un transat, Boris vérifia l'état de la batterie de son portable. *De savoir ce qui s'est passé et ce qui va arriver si je ne change rien est terriblement anxiogène. Une sensation qui m'était jusqu'alors inconnue.*

Toute la journée, l'envie de fumer l'avait torturé, mais il avait tenu bon. À présent qu'il était seul, sa volonté flageolait. *À défaut d'une clope, un verre fera l'affaire,* se dit-il en se levant.

Ne voulant pas prendre le risque de se faire surprendre par sa sœur ou son ami, il retourna à l'intérieur sans allumer et se dirigea vers la desserte. Devant lui, s'alignaient les bouteilles d'alcool et même une de Vodka. La tentation était forte et la partie inégale. Il tendait déjà la main, mais la raison l'emporta finalement. *Ce n'est pas le moment de replonger. Charlie et Roxana ont trop besoin de moi.*

De retour à l'extérieur, il but une gorgée de café.

L'air était doux et le ciel constellé d'étoiles.

La nuit va être longue et angoissante. À coup sûr, je ne vais pas fermer l'œil. D'ailleurs, comment le pourrais-je sachant ce que je sais ?

16

Dimanche 22 août - 7 heures 10

Comme Boris l'avait anticipé, il n'avait pas dormi ou si peu.

À son réveil, Roxana l'avait trouvé assoupi sur le canapé devant le téléviseur, calé sur une chaîne d'informations en continu.

Ensemble, ils avaient pris le petit-déjeuner. À chaque fois qu'il entendait une voiture approcher, il se précipitait à la fenêtre pour savoir si c'était Charlie qui rentrait.

L'inquiétude inhabituelle de son frère avait fini par gagner Roxana. Aussi, avant de partir à l'usine, elle lui avait demandé expressément de la prévenir dès que Charlie serait de retour.

Depuis son départ, Boris tournait en rond. Buvant café sur café, il avait essayé de joindre Charlie sur son portable à maintes reprises. S'il avait eu des cigarettes sous la main, à coup sûr, il aurait craqué.

Bien plus tard, encore ensommeillé, Josselin trouva Boris dans la cuisine. En quelques mots, il lui résuma la situation.

— Et elle ne décroche pas quand je l'appelle ! termina-t-il, excédé.

— À t'agiter de la sorte, tu me donnes le tournis. Arrête, tu veux bien ? Je te rappelle que tu dois te ménager.

Lenatnof n'écoutait pas. Une fois encore, il consulta sa montre.

— 8 heures et demie ! Quand est-ce qu'elle va rentrer cette gamine ! rouspéta-t-il.

— Tu devrais aller prendre une douche. Ça te calmerait. Crois-moi.

Boris se rangea à son avis.

Quelques minutes plus tard, lavé et rasé, il finissait de s'habiller lorsqu'il entendit la porte d'entrée claquer.

— C'est toi, Charlie ? demanda-t-il en sortant de sa chambre.

— Ben, oui. Qui veux-tu que ce soit ? répondit-elle en apparaissant dans le couloir.

Un poids se détacha de sa poitrine.

Quand elle passa devant lui, il nota qu'elle avait pleuré. Les yeux rougis, son maquillage avait coulé, laissant des traces noires sur ses joues.

— J'ai cherché à te joindre, dit-il en brandissant son Smartphone.
— Désolée, plus de batterie.

En baissant la tête pour éviter son regard, elle s'engouffra dans la salle de bains.

Lenatnof se précipita vers le salon. Par la baie vitrée, il vit la voiture qui venait de la déposer. Le constat fut sans surprise : il ne s'agissait pas de celle de Timothée Malori. *Et pour cause, la sienne s'est fracassée contre un muret. Sa passagère et lui sont à l'hôpital à l'heure qu'il est.* Malgré lui, il poussa un ouf de soulagement. Aussitôt après, il envoya un SMS à Roxana afin de la tranquilliser.

Josselin l'avait rejoint.

— Te voilà rassuré, fit Josselin en nouant les lacets de ses baskets. Comme vous avez des choses à vous dire, je vous laisse en famille. Je vais faire mon jogging.
— Bonne idée. Je pense aussi qu'elle se confiera plus facilement si nous sommes seuls. Enfin... je l'espère.

En attendant qu'elle ait fait sa toilette, Boris avala un autre café. *Vu l'expression de son visage à l'instant, sans oublier les gendarmes qui vont venir ici même demain lui poser des questions sur cet accident de voiture, je dois savoir ce qui s'est passé à Chalmazel. Qui sait, peut-être qu'il y a un rapport avec les événements qui vont suivre ?*

L'eau coulait sans discontinuer depuis de longues minutes. Aucun autre bruit. Boris ne s'en étonna pas. *Sachant ses amis à l'hôpital, elle doit être sous le choc. C'est compréhensible.*

Assise dans le bac, Charlie avait ramené ses jambes contre elle et les serrait fort. Sous l'effet du jet brûlant, un nuage de vapeur s'était formé. Quand il l'eut engloutie, elle ferma les yeux et repensa à la nuit dernière.

Dans la pénombre de la chambre, Charlie était couchée sur le ventre, la tête tournée vers Timothée. Repoussé au bout du lit, le drap ne cachait rien de ses courbes.

— Tu es si belle. Nous deux, j'en rêvais depuis longtemps, fit-il en promenant l'extrémité de ses doigts depuis sa nuque jusqu'au creux de ses reins. Il aura fallu cette fête pour que ça arrive enfin.

— C'était écrit, dit-elle avec un air espiègle. Et pour être sincère, je crois que j'avais bu un verre de trop. Je n'avais plus les idées claires.

— Tu regrettes ?

— Non, ce n'est pas ça. Je me dis qu'on aurait peut-être dû rester de bons copains. C'était déjà très bien. À la rentrée, nos chemins se séparent. Tu rejoins Paris pour terminer tes études et moi j'entre à la Fac à Sainté. T'as 24 ans, moi 18. Notre relation n'a aucune chance ni aucun avenir. Tu en es conscient ?

— Ça sera compliqué, je sais, mais je tiens à toi. Jamais je n'avais osé franchir le pas. Tu me paraissais tellement inaccessible. Cette nuit, tout s'est précipité. Je ne veux pas te perdre.

— Désolée, mais on ne se connaît pour ainsi dire pas. Il faut être réaliste, profiter de chaque seconde.

Charlie avait parlé d'un ton détaché, limite insouciant. À la tête qu'il faisait, elle comprit qu'il ne partageait pas son point de vue.

— À ce propos, je n'en ai pas encore fini avec toi, ajouta-t-elle avec un air mutin avant de se mettre à califourchon sur lui.

En se penchant pour l'embrasser avec fougue, la pointe de ses seins effleura le torse de Timothée. Ses mains agrippèrent les hanches de la jeune femme et ils replongèrent dans une lutte où il n'y aurait ni vainqueur ni vaincu.

Plus tard, serrés l'un contre l'autre, le cœur battant et la peau couverte de sueur, ils avaient les yeux rivés au plafond.

— Tu savais que je partais bientôt, finit-il par dire. D'habitude, les histoires sans lendemain, les coups d'un soir, les filles ne veulent pas en entendre parler. Tu m'expliques ?

— Je ne suis pas *les filles*, je suis moi et j'avais envie de passer un bon moment avec toi.

Timothée s'esclaffa.

— Toi, tu sais ce que tu veux. Tout l'inverse de ta frangine qui était plutôt farouche et surtout très prude.

Abasourdie par ses propos, Charlie se redressa et lui jeta un regard suspicieux.

— Tu connaissais Salomé ? Pourtant, elle ne m'a jamais parlé de toi.

— On a dû se voir une fois ou deux. À l'époque, j'avais 14 ans et je traînais avec Tony. C'est mon cousin et il est plus âgé que moi. Ses parents sont décédés lorsqu'il était gamin et les miens l'ont élevé.

— Quel est rapport avec Salomé ? Je ne saisis pas.

Devant son air toujours aussi étonné, il ajouta :

— Juste avant que ta sœur disparaisse, Tony sortait avec elle.

— Ah, bon ! Je l'ignorais. À cette même période, comme Zacharie Verbrugge passait souvent la voir à la maison, je pensais qu'ils étaient ensemble.

— Zac avec ta sœur ? Sûrement pas. La scène dont je me souviens s'est passée ici même, dans le chalet de mes parents, lors d'une fête comme celle de ce soir. Ta sœur et Tony ont fait comme nous, ils se sont isolés dans une chambre pour être tranquilles, fit-il en faisant courir sa main sur sa peau.

— Continue, répondit-elle sèchement en s'écartant.

— Quand ils sont revenus vers les autres, Tony a retrouvé Zac et ses potes qui lui ont aussitôt demandé comment ça s'était passé.

Charlie était hors d'elle.

— C'est bien un truc de mecs de raconter les moments d'intimité qu'ils ont eus avec une fille ! Mais vas-y, dis-moi la suite...

— En se marrant, Tony leur a balancé que Salomé était vierge et qu'elle attendait de trouver le garçon avec qui elle ferait sa vie pour se donner à lui. Il a bien insisté, mais ta sœur n'a pas cédé. Avachis sur les canapés à boire des bières et fumer des joints, ils ont ricané un sacré moment. Assis à côté, j'ai tout entendu.

— C'était quand ?

— La semaine avant le festival de Trelins, dit-il sans hésiter. Ce devait être mon premier mais, comme j'avais pris une cuite ce soir-là, mes parents m'ont privé de sortie pendant quinze jours.

— Tout ça remonte à des années, comment se fait-il que tu t'en souviennes aussi bien ?

— Si je n'étais pas allé dans ce bar samedi matin, pas certain que je m'en serais rappelé.

— Pourquoi dis-tu ça ?

— En feuilletant le journal qu'il y avait sur le comptoir, je suis tombé sur un article qui revenait sur la disparition de ta sœur. Cela fera dix ans dans quelques jours.

— Dans une semaine très exactement, rectifia-t-elle.

— Si tu le dis. C'est en lisant ces quelques lignes que cette anecdote survenue entre Tony et ta sœur m'est revenue en tête.

— Tu parles d'une *anecdote,* fit-elle en mimant des crochets avec ses doigts. Je n'ose pas imaginer comment ma sœur a dû se sentir devant la goujaterie de ton cousin et les plaisanteries douteuses de ses copains.

— Ce n'était pas du meilleur goût, j'en conviens. Une mauvaise blague. Rien de bien méchant.

Charlie lui lança un regard sombre.

— Si c'est que tu penses vraiment, tu ne vaux pas mieux que lui. Que je n'entende rien dire sur moi parce que je pourrais laisser courir le bruit que t'es un éjaculateur précoce.

— Comment ça ? Mais c'est faux ! s'offusqua-t-il.

— T'en es bien sûr ? répliqua-t-elle avec assurance.

Assise sur le rebord du lit, Charlie se rhabilla, puis passa la main dans ses cheveux pour les remettre en ordre.

— Tu viendras me voir à Paname ?

Elle esquissa un sourire en coin qu'il n'arriva pas à interpréter.

— Tu ne sais rien de moi. Rien de mes rêves et de mes projets.

— Je ne demande qu'à apprendre, dit-il en tendant la main vers elle. Comment faire pour tout connaître de toi ?

Ignorant son geste, la réponse gicla des lèvres de Charlie :

— On ne m'abandonne pas pour partir à l'autre bout du pays.

17

Dimanche 22 août - 9 heures 05

Quand Charlie fit son apparition dans la cuisine, elle avait enroulé une serviette autour de ses cheveux. En peignoir de bain, elle s'assit à la table, face à son oncle.
— T'en veux un ? demanda-t-il en désignant la cafetière du menton.
— Oui, s'il te plaît, répondit-elle en évitant son regard.
Charlie enserra la tasse de ses mains et fixa le liquide noir et fumant qu'il venait de verser.
Les questions se pressaient sur les lèvres de Lenatnof. Ne voulant pas la brusquer, il attendit qu'elle se décide.
Après avoir bu une gorgée, puis une seconde, elle leva vers lui des yeux gonflés d'avoir trop pleuré.
— Il est arrivé quelque chose de terrible à Tim et à Juliette.
Je sais, faillit-il laisser échapper.
— De quoi parles-tu ? se contenta-t-il de dire.
— En quittant Chalmazel, ils ont eu un accident de voiture. Je n'étais pas à bord, mais tout est de ma faute.
— Prends ton temps et explique-moi, fit-il d'une voix douce.
Entre deux sanglots, elle se lança : Timothée et Charlie avaient eu une relation intime mais tout ne s'était pas passé pour le mieux par la suite. Voulant le tester pour savoir s'il tenait vraiment à elle, Charlie avait joué à la fille désinvolte, celle qui ne s'attache pas, espérant secrètement qu'il chercherait à la retenir.
— Un jeu risqué, voire dangereux.
— Tu ne penses pas si bien dire.
Le laissant en plan, elle était retournée faire la fête avec ses amis. Ne le voyant pas revenir auprès d'elle, Charlie l'avait cherché dans tout le chalet jusqu'à le trouver dans une chambre à l'étage en compagnie de Juliette, sa meilleure amie. Timothée avait juré qu'il

n'y avait rien entre eux, mais elle n'en avait pas cru un mot. S'estimant trahie par celui envers qui elle avait des sentiments, Charlie avait noyé sa peine dans l'alcool. Plus tard, quand ils avaient dansé ensemble, elle avait vu rouge.

— J'ai littéralement pété un câble et je les ai insultés. Pour éviter que ça ne dégénère davantage, Timothée a estimé préférable de raccompagner Juliette chez elle, à Montbrison.

Elle mit les mains devant sa bouche.

— Mon Dieu ! Qu'est-ce que j'ai fait ?

Boris comprit alors le sens des mots de Roxana quand elle avait parlé du cauchemar de sa fille la nuit suivant ces événements : « *Elle répétait qu'il fallait la pardonner, qu'elle regrettait.* »

S'approchant de sa nièce, il la serra dans ses bras. *Elle réalise que son coup de colère a provoqué leur départ prématuré et indirectement l'accident survenu. Charlie se sent responsable. Je dois la rassurer.*

— C'était leur décision de quitter le chalet, pas la tienne. Rien ne les y obligeait. C'était leur choix, pas le tien, répéta-t-il pour l'en convaincre.

— Je sais. N'empêche que s'il leur arrive malheur ou s'ils gardent des séquelles, je ne sais pas comment je vais pouvoir vivre avec ce poids sur la conscience. Et je n'aurai pas de sitôt les réponses à mes questions.

— Pour ce qu'ils t'ont fait ?

— Rien à voir. Ce que je veux dire par là, c'est que Tim étant hospitalisé dans un état grave, je vais devoir me montrer patiente si je veux en savoir davantage sur la relation entre son cousin et ma sœur.

Interloqué, Boris demanda :

— Salomé ? Que vient-elle faire dans l'histoire !

En quelques minutes, elle résuma ce que Tim lui avait appris.

— Si j'ai bien compris, Tony Salva, le cousin de Timothée, sortait avec ta sœur. Il était aussi le meilleur ami de Zacharie Verbrugge. C'est bien ça ? fit Boris qui essayait d'y voir clair dans ses explications.

Elle opina de la tête.

— Pas plus tard qu'hier, tu m'as dit qu'elle avait une aventure avec Verbrugge ? Je ne comprends plus rien !

— Je me suis trompée, voilà tout. Ce dont je suis certaine, par contre, c'est qu'aucun procès-verbal d'audition n'a été établi au nom de Tony Salva.

— Tu es en train de me dire que tu as épluché *tout* le dossier qui est chez moi.

— Ben oui. J'ai lu chaque déposition et la sienne n'y était pas.

— Je ne vois rien d'anormal à ça. Suite à son comportement de mufle, Salomé a certainement rompu avec lui. Dans ces conditions, il est plus que probable qu'il n'était pas au festival de Trelins la semaine suivante. Ta petite enquête s'arrête là. Point final.

— Si tu ne veux pas m'aider, quelqu'un d'autre le fera. Maintenant que je suis majeure, je fais ce que je veux !

— Si tu comptes t'offrir les services d'un détective privé, je te préviens, ça coûte cher, très cher, persiffla-t-il.

— J'ai bien plus simple et sans débourser un centime, fanfaronna-t-elle. J'irai parler à ce chroniqueur du *Progrès*. Celui qui a publié l'article dont m'a parlé Tim et que je n'ai toujours pas lu d'ailleurs.

Elle regarda autour d'elle.

— Où peut bien être le journal de samedi ? Une chose est sûre, maman ne l'a pas lu. Sinon, toi comme moi, on aurait vu dans ses yeux une tristesse infinie comme à chaque fois qu'elle songe à Salomé.

— Bonne déduction. Je me souviens que le facteur te l'a remis en même temps que la carte de tes grands-parents.

— C'est vrai ! J'ai dû le poser dans ma chambre.

Se levant d'un bond de sa chaise, elle disparut dans le couloir.

Boris regrettait ses paroles et le ton ironique sur lequel il lui avait répondu. *Ce n'est pas comme ça que je vais l'amener à se confier et tout me dire de ses intentions.*

Le sourire aux lèvres, elle revint avec le quotidien dans les mains.

— Je n'avais pas à te parler ainsi, pardonne-moi, fit Boris embêté.

— C'est oublié, Dyadya.

— N'empêche que tu es têtue. Une vraie tête de mule !

— Côté caractère, maman me répète souvent que je te ressemble énormément, répliqua-t-elle avec un air espiègle.

Feuilletant rapidement les pages, elle trouva ce qu'elle cherchait.

Lenatnof vit sa nièce pâlir.

— C'est Salomé, fit-elle en lui montrant la photo.

Le visage fermé, son regard était morne, sans éclat. Ses cheveux n'étaient pas attachés comme elle le faisait habituellement. En arrière-plan, on devinait des montagnes au loin baignées par un soleil radieux.

— Je n'avais jamais vu ce cliché, dit-elle d'une voix tremblante.
— Moi non plus. C'est sans doute ta mère qui l'a pris.
— Peut-être...

Soudain, elle fronça les sourcils. Boris l'avait vu.

— Que se passe-t-il ?
— Salomé n'a pas cette chaîne avec ce médaillon en forme de cœur autour du cou. J'ai le même. Il est dans ma chambre. C'est...

Émue, la fin de sa phrase s'étrangla dans sa gorge.

— Salomé qui les avait choisis, je sais, poursuivit Boris. J'étais avec elle lorsque nous sommes allés dans cette bijouterie à Montbrison. Celle qui se trouve en face de la médiathèque.
— « *Nulle amie ne vaut une sœur* », chuchota Charlie.
— C'est ta sœur qui a eu l'idée de cette gravure au dos.
— C'est une citation d'une auteure[4] anglaise du 19ème siècle qu'elle aime beaucoup. Quand elle m'a offert ce bijou, elle m'a dit qu'on se comprenait mieux que quiconque et qu'on serait toujours là l'une pour l'autre. Sur ce dernier point, elle n'a pas tenu sa promesse...

Dans un geste tendre, Lenatnof lui caressa la joue. Charlie posa sa tête sur son épaule.

— On avait fait le serment de ne jamais l'ôter, murmura-t-elle.
— Elle a dû oublier de le remettre après avoir fait sa toilette.
— Non, fit-elle catégorique en se redressant. Salomé était très attachée à ce pacte entre nous. Jamais elle n'aurait fait ça.
— Alors, c'est que la photo date d'avant cet achat.

Charlie l'observa attentivement avant de s'écrier :

— Impossible ! Regarde son tee-shirt !
— Oui, et alors ? Il est blanc, échancré, avec le motif *Peace and Love* imprimé sur la poitrine.
— Eh bien, on l'a choisi ensemble dans une boutique du centre-ville. C'était le jour du festival de Trelins, durant l'après-midi. Je m'en souviens très bien.

---

[4] Christina Rossetti

— Tu avais 8 ans ! Comment peux-tu te rappeler ?

— Je le sais, un point c'est tout ! Et maman était là. Tu n'auras qu'à lui demander.

Le regard de Charlie devint fixe. Boris comprit aussitôt que sa nièce échafaudait la possible raison pour laquelle Salomé ne portait pas ce bijou. Avant qu'elle ouvre la bouche, il anticipa sa réaction :

— Ne va pas t'imaginer des trucs et tirer des plans sur la comète.

Concentrée, elle développa son idée comme si de rien n'était :

— Ce sont les gendarmes qui ont retrouvé le collier. T'es d'accord ?

— Évidemment.

— Jamais elle ne s'en séparait, je te le répète. Ça prouve que cette photo a été prise *après* sa disparition, appuya-t-elle, *après* l'avoir perdu, renchérit-elle, sûre de sa démonstration.

Comprenant ce que cela impliquait, elle ouvrit grand les yeux.

— Ça veut dire que ma sœur n'est pas morte dans les bois, dévorée par les loups comme la rumeur le disait.

Une forte émotion avait gagné la jeune femme.

— Ça va aller, dit-il pour la réconforter. Il doit y avoir une autre explication, j'en suis certain.

Avant même de lire les lignes qui accompagnaient le cliché, Boris rechercha le nom du journaliste qui les avait rédigées.

— Pourquoi est-ce que je ne suis même pas surpris ? s'exclama-t-il en découvrant le nom de l'auteur au bas de la page. Ce ne pouvait être que ce diable de Jacky Léoni !

— Tu le connais ?

— Oh, oui ! Et depuis des lustres. La première fois que je l'ai croisé, c'était à Toulon où j'étais en poste à l'époque. Une affaire qui touchait à la mafia corse[5]. Dernièrement, c'est sur l'enquête que je viens de boucler. Le suspect[6] comparaîtra au tribunal dans les jours prochains. Un journaliste à l'ancienne, opiniâtre et intègre. Pas comme ses confrères d'aujourd'hui qui vendraient leur mère pour faire la Une du 20 heures.

Bien sûr, Boris se garda de lui dire qu'il l'avait rembarré quand Léoni avait affirmé qu'un de ses indics avait aperçu Charlie à Lyon.

---

[5] Voir « Souvenirs en Ligne »
[6] Voir « Déjà-vu »

En lisant l'article, Boris n'apprit rien qu'il ne savait déjà, hormis le fait que Léoni entamait, avec la disparition de Salomé Roussel, une rubrique consacrée aux disparitions et crimes non résolus dans la région. Ensuite, il se concentra sur la photo. *Je serais curieux de savoir comment il se l'est procurée ?*

Lenatnof réfléchissait à la suite à donner aux derniers événements. *Même si tout cela me paraît être bien insignifiant en regard de ce qui pourrait arriver à Charlie, je ne peux l'ignorer. Ce qu'elle va faire dans les heures à venir va pousser son assassin à sortir de l'ombre et agir. Qu'a-t-elle bien pu découvrir en si peu de temps au sujet de Salomé que ni les gendarmes ni moi n'avons réussi à trouver après des mois d'enquête ?*

Le policier observa sa nièce. Elle semblait ailleurs. *Tout en prenant le minimum de risques, je dois lui lâcher la bride. Si je veux savoir qui en a après elle et surtout faire en sorte qu'il ne lui arrive rien, je n'ai pas d'alternative.*

— Je vais contacter ce journaliste et tâcher d'en savoir plus au sujet de cette photo.

Boris vit une étincelle s'allumer dans ses yeux rougis.

— Par contre, j'irai seul et c'est non négociable, dit-il fermement. Après les émotions que tu viens de vivre, tu as besoin de repos. Promis, je te raconterai tout.

Lenatnof songea à l'appel de Roxana lorsqu'il était au commissariat. Plus particulièrement quand elle lui avait expliqué que c'était la voisine qui lui avait appris que les gendarmes étaient venus à la maison.

— Quand ta mère rentrera, dis-lui ce qui s'est passé la nuit dernière.

— Elle va me pourrir avec ses leçons de morale, genre : « *T'aurais dû faire ci, t'aurais pas dû faire ça...* ».

— Elle se fait du souci. Prends le temps de lui parler. S'il te plaît...

Devant son insistance, Charlie céda.

— Entendu, Dyadya, fit-elle avant de disparaître dans le couloir qui menait à sa chambre.

18

Dimanche 22 août - 10 heures 10

À peine dix minutes plus tard, refermant la porte de la chambre de Charlie après s'être assuré qu'elle dormait, Boris fouilla le répertoire de son portable pour trouver le numéro de Léoni.
— Lenatnof à l'appareil. C'est au sujet de…
— Salomé Roussel, votre nièce, le coupa Jacky. Je me doutais que vous appelleriez. Je m'étonne que vous ne l'ayez pas fait hier lorsque mon papier est paru.
Le commissaire s'abstint de répondre à sa pique.
— On peut se voir ?
— On est dimanche !
— Je sais, mais c'est important. Très important même.
À la tonalité de sa voix, Léoni comprit l'urgence de sa demande.
— Dans une heure. C'est bon pour vous ?
Par la fenêtre, Boris vit Josselin revenir de son footing.
— Parfait.
Après que Léoni lui eut donné son adresse, Lenatnof raccrocha.
Prenant son Smartphone et les clés de sa voiture, il rejoignit son ami dans le jardin.
— J'ai un rendez-vous. Je te confie Charlie. Pour l'instant, elle dort.
— Pas de soucis. Je ne la quitte pas des yeux, le tranquillisa-t-il en s'étirant pour libérer les tensions et relâcher les muscles.
Sans plus attendre, il s'installa à bord de la Mustang.

Moins de quarante minutes après, il se rangeait devant l'immeuble où habitait le journaliste. Levant la tête vers les étages, il aperçut Léoni accoudé au balcon du 6ème. Celui-ci lui fit un signe de la main.
Avec l'expérience, Lenatnof avait appris à se méfier de la presse à laquelle il n'accordait aucune confiance. Concernant Léoni, c'était

différent. Durant sa carrière, il l'avait côtoyé à de nombreuses reprises sur des affaires criminelles, partageant parfois des informations. Pour autant, le journaliste avait toujours su se montrer discret et patient. Ne souhaitant pas mettre en danger l'enquête en cours du policier, il n'avait jamais rien publié sans son accord express.

S'ils n'avaient pas tissé de liens à proprement parler, un courant de sympathie était néanmoins passé entre eux. Et c'était sans doute pour préserver cet embryon de relation qu'ils n'avaient jamais été tentés de se tutoyer. Sans jamais se le dire, il y avait entre eux une forme de respect.

À la sortie de l'ascenseur, Léoni l'attendait sur le pas de sa porte.

Les deux hommes se saluèrent. Ensuite, Jacky le précéda jusqu'à la salle à manger. Plongé dans ses pensées, Lenatnof ne fit pas attention au fatras qui régnait dans l'appartement. Des documents étaient amassés sur la table, les chaises et dans chaque recoin de la pièce. Près de la fenêtre, les étagères menaçaient de s'effondrer. Quant au bureau, il était noyé sous une imposante paperasse. Le journaliste débarrassa les fauteuils encombrés de journaux avant d'inviter son visiteur à s'asseoir.

— On se connaît depuis un bail, Léoni. Aussi, je ne vais pas y aller par quatre chemins. Comment vous êtes-vous procuré la photo de ma nièce ? Et ne me faites pas le coup du secret professionnel !

Jacky avait croisé ses jambes et l'observait. Il se fit la remarque qu'en l'espace de quelques mois, l'apparence physique de Lenatnof avait radicalement changé : le visage émacié, il flottait littéralement dans ses vêtements. Ses paupières s'affaissaient un peu plus sur des yeux marqués par la fatigue. D'ordinaire dynamique et plein d'allant, il semblait au bord de la rupture.

— Tout d'abord, sachez que c'est sur mon idée, avec l'aval de mon rédacteur en chef, que j'ai démarré une nouvelle rubrique consacrée aux enquêtes policières ayant fait l'objet d'un classement sans suite. Pour être innovant, j'ai sollicité nos lecteurs pour savoir quelles étaient celles dans lesquelles ils souhaiteraient se replonger. J'ai été surpris par le nombre de demandes en retour. Je réfléchissais au cas à aborder pour mon premier article lorsque j'ai reçu un courrier. À l'intérieur, il y avait cette photo. Pour être tout à fait exact, je dirais plutôt ce vieux Polaroïd aux couleurs délavées. Au dos, il y avait le nom de votre nièce. C'est tout.

Léoni prit divers papiers posés sur l'accoudoir du fauteuil et les parcourut pour trouver ce qu'il cherchait.

— Le pli a été remis à l'accueil du journal, il y a quelques jours de ça, dit-il en le lui montrant. Avant toute chose, je...

Lenatnof crut deviner dans ses propos une forme d'arrangement du genre : « *Je vous le remets, si en échange...* ».

— Je pensais que vous étiez différent de vos confrères ! le coupa-t-il en haussant le ton. Finalement, vous êtes bien tous les mêmes !

L'étonnement se lut sur le visage de Léoni.

— Vous vous méprenez sur mes intentions. Si vous ne m'aviez pas interrompu, j'allais vous dire que vous pouviez compter sur mon aide. Jamais, je n'ai songé à vous demander quoi que ce soit en retour. Après toutes ces années à se côtoyer, je pensais que vous aviez une autre image de moi. Si vous n'avez pas confiance, on en reste là.

Pour calmer ses nerfs à fleur de peau, Lenatnof passa la main dans ses cheveux à plusieurs reprises pour les tirer un peu plus vers l'arrière.

— Je suis à cran. Pardonnez-moi.

Léoni ne releva pas et lui tendit l'enveloppe.

— Le cliché est ancien. Le Polaroïd est passé de mode depuis un bout de temps. C'est toutefois très pratique lorsqu'on veut avoir tout de suite une épreuve papier.

D'abord, Lenatnof s'intéressa à la façon d'écrire « Jacky Léoni ». *De banales lettres bâton pour ne rien dévoiler de la personnalité de l'expéditeur.* Ensuite, il sortit la photo et l'étudia, cherchant un détail qui lui aurait échappé par rapport à celle vue dans *Le Progrès*. Rien n'ayant retenu son attention, il la retourna. Comme venait de le dire le journaliste, hormis le nom de sa nièce, aucune marque ou indication susceptible de lui en apprendre davantage n'y figurait.

Mon collègue du standard l'a trouvée sur le guichet après s'être brièvement absenté. C'est ce qu'il m'a dit en me le remettant.

— Il ou elle n'aura pas voulu attendre, commenta Boris.

— Sur le coup, c'est ce que j'ai pensé moi aussi. Après réflexion, je me suis dit que notre mystérieux déposant avait peut-être agi ainsi pour ne pas être vu ni devoir s'expliquer. Intrigué, j'ai voulu en savoir plus. Sur les images de la caméra de surveillance qui couvre le hall et l'accueil, on le voit, le visage masqué par une casquette à large visière, patienter devant une collection de journaux anciens placardés sur les murs. Lorsque mon collègue quitte son poste, l'individu s'avance aussitôt, contourne les gens qui attendent et dépose ce qu'il a à la main avant de repartir. Cette façon de faire m'a interpellé : pourquoi tenait-il à garder l'anonymat ? J'avoue que c'est cette question sans réponse qui m'a convaincu de consacrer le premier article de cette nouvelle rubrique à la disparition jamais élucidée de votre nièce.

— Un comportement étrange, en effet. Je peux voir cette vidéo ?

— Bien entendu. Le temps que je trouve mon ordi…

Léoni ouvrit un tiroir du bureau, puis un autre avant de disparaître dans la pièce voisine d'où il revint avec l'ordinateur portable dans les mains.

— C'est parti, fit-il en lançant la vidéo.

Après quelques distorsions de l'image, celle-ci se stabilisa.

— La caméra est située au-dessus de l'entrée, commenta Léoni. Elle offre une vue panoramique, sans aucun angle mort.

À l'écran, Lenatnof vit un gamin prendre la pose devant l'affiche de l'équipe de l'ASSE avant la finale de 1976 à Glasgow pendant que son père immortalisait l'instant avec son Smartphone. Prenant appui sur une canne, une femme discutait avec l'employé assis derrière le guichet. Un homme attendait son tour, un enfant dans les bras.

Dès son entrée dans le champ de la caméra, Léoni pointa du doigt celui dont il venait de parler.

— Là !

La scène se déroula comme il l'avait décrite.

Ajustant ses lunettes, Boris demanda à la visionner une seconde fois, puis une troisième. Entre l'entrée et la sortie de l'individu, il s'était écoulé trente-cinq secondes, comme l'indiquait l'horloge incrustée au bas de l'image.

— Ce pourrait être un jeune adulte compte tenu de sa morphologie et de sa taille, développa Jacky. Garçon ou fille ? Impossible à dire avec ce foulard autour du cou et cette casquette qui cache en grande partie son visage. Quant à ses vêtements, ils sont amples et masquent ses formes.

— Comme vous l'avez dit, cette personne ne voulait pas prendre le risque d'être reconnue. Pour échapper à la caméra, elle garde la tête constamment baissée. Qu'avait-elle à cacher pour agir ainsi ?

— Ou à craindre ? continua Léoni.
— Vous pourriez m'en faire une...
— Une copie, anticipa-t-il. J'y avais pensé.
Léoni sortit une clé USB de sa poche et la lui tendit.
— Merci.

Le regard de Léoni en disait long sur son envie de savoir pourquoi le policier avait souhaité le voir en urgence, ce qui n'avait pas échappé à Lenatnof. Même s'il ne lui devait rien, il se sentit redevable et décida de lui raconter les doutes de sa nièce au sujet de ce médaillon en forme de cœur que Salomé aurait dû avoir autour du cou sur la photo.

— Selon Charlie, ce cliché n'a pu être pris qu'après sa disparition. Elle en est certaine, dit-il en conclusion.

Tout en se frottant le menton, Léoni l'avait écouté avec attention.

— C'est en se concentrant sur des détails en apparence anodins que l'on fait parfois toute la lumière sur une affaire. Si cette info se révèle exacte, elle constitue sans doute une piste intéressante.

Lenatnof avait conservé la clé USB dans la paume de sa main. Soudain, ses yeux s'étrécirent.

— Vous êtes libre pour déjeuner ?

Surpris par cette proposition inattendue, Jacky bafouilla un : *« Avec plaisir »* tout en se demandant ce que Lenatnof avait en tête.

19

Dimanche 22 août - 12 heures 30

Lenatnof conduisit Léoni jusqu'à un restaurant de la rue des Martyrs de Vingré. En cette fin août, il n'y avait pas grand monde.

Protégées du soleil par les façades des maisons, les tables étaient disposées dans une cour intérieure. Des plantes vertes et une fontaine apportaient une note de fraîcheur.

Sitôt installés, un serveur se présenta avec la carte des menus.

Après avoir fait leur choix et, pour patienter, Léoni commanda une bière. Hésitant un instant, Lenatnof se décida pour un Perrier.

Ensuite, il exposa ce qu'il attendait du journaliste.

— J'ai conscience que ça ne va pas être facile mais je voudrais que vous retrouviez l'homme qui est avec son fils dans le hall du Progrès.

— Celui qui le prend en photo devant l'affiche des Verts de 76 ?

— C'est ça. Tout au long de la séquence vidéo, il a son Smartphone en main, ce qui me laisse à penser qu'il a pris plusieurs clichés. Si tel est le cas, peut-être a-t-il saisi dans l'objectif de son appareil des images de notre mystérieux livreur.

— Bien vu, commissaire ! Concentré à suivre les faits et gestes de notre inconnu, je n'ai pas fait attention à ce qui passait autour. Une erreur de débutant, concéda-t-il avec une pointe de déception dans la voix.

L'air soudain perplexe, le journaliste se gratta le front.

— Le hall d'accueil sert d'exposition temporaire. Il est fréquenté par une foule de gens. Je ne vois pas comment...

Il s'interrompit comme pour se redonner du courage.

— *« Ne pas partir battu d'avance »*, c'est ce que mon père me répétait invariablement lorsque je me trouvais devant une équation insoluble à première vue. Je vais faire mon maximum, soyez-en sûr.

Le serveur déposa les boissons devant eux.

— Pour vous avoir croisé de nombreuses fois dans les bars du centre-ville, vous êtes plutôt Vodka d'habitude, fit Léoni en portant le verre à ses lèvres.

Comme Boris ne tenait pas à s'étendre sur ce sujet, il coupa court :
— Avec cette chaleur, ça ne me dit rien. Et puis mon médecin m'a conseillé de ralentir ma consommation d'alcool.

Léoni se mit à rire de bon cœur.
— Le mien m'a fait la même recommandation que je ne respecte pas, comme vous pouvez le constater !

Lenatnof sourit à son tour.

Ne sachant trop quoi se dire sans risquer de déborder sur leur métier, ce qui n'était pas envisageable pour l'un comme pour l'autre, ils en étaient venus à évoquer les prochaines élections, les résultats des Verts, la crise qui durait encore et toujours.

Occupés à discuter, ils avaient à peine prêté attention au serveur lorsqu'il avait déposé les plats devant eux.

Cette parenthèse dans leur vie respective s'étira jusqu'en début d'après-midi. Ils furent d'ailleurs les derniers à quitter le restaurant.

Après que Lenatnof eut réglé la note, il raccompagna Jacky chez lui.

Tous deux ravis d'avoir partagé un moment de convivialité, ils se serrèrent la main. Léoni s'éloignait quand le policier songea à sa vie d'avant et plus précisément au coup de fil du journaliste lorsque celui-ci l'avait avisé qu'un de ses indics avait aperçu Charlie à Lyon. Il allait l'interpeller pour savoir qui était ce mystérieux informateur, mais s'abstint finalement. *Si je veux obtenir son nom, je n'aurai d'autre choix que de lui raconter comment je suis au courant et fatalement ce qui m'est arrivé ! Non, ce n'est pas une bonne idée,* se résigna-t-il.

Avant de regagner Montbrison, Boris passa chez lui pour récupérer le dossier de l'affaire Salomé Roussel. *Je vais le relire avec minutie,* songea-t-il en ouvrant le placard dans lequel il était rangé. De travers sur l'étagère, la sangle qui le fermait était mal positionnée. Boris sourit. *Si Charlie ne m'avait rien dit, j'aurais deviné. À part elle, personne ne met les pieds dans mon bureau.*

Assis sur le rebord de son bureau, il tourna les pages jusqu'à trouver la déposition de Zacharie Verbrugge qu'il relut intégralement.

À la question des gendarmes sur sa présence ou non au festival de Trelins, il avait confirmé y être allé. Mais à celle lui demandant s'il avait vu, croisé ou parlé à Salomé Roussel, il avait répondu par la négative.

Boris lut la suite à voix haute : « *Salomé est bien plus jeune que moi. Désolé, je la connais juste de vue. Une vague relation, rien de plus.* »

— Ce gars est un fieffé menteur ! s'exclama-t-il en songeant aux propos de sa nièce.

En effet, Charlie avait vu Zacharie Verbrugge rendre visite à sa sœur à plusieurs reprises les jours précédant sa disparition.

— Pourquoi diable dire qu'il la connaissait à peine ? Pour savoir ce que cache ce mensonge, une discussion avec lui s'impose, dit-il en pliant la feuille de papier pour la mettre dans sa poche.

Il referma la porte de la maison et rejoignait sa voiture lorsqu'il se souvint que Charlie avait dit que Verbrugge était absent pour des raisons professionnelles. *Qu'à cela ne tienne, en attendant son retour, direction la gendarmerie pour échanger avec celle qui dirigeait l'enquête à l'époque : Ingrid Carella, sa mère en l'occurrence.*

Réalisant qu'on était dimanche, il sortit son portable, déterminé à la joindre sans délai et entendre ce qu'elle avait à dire pour justifier le comportement de son fils. *Qui sait, peut-être est-elle de permanence ?*

Ingrid décrocha à la deuxième sonnerie.

— Boris ? Mais dis-moi, ça fait une éternité !

Il ne put se retenir de sourire. *Mais non rappelle-toi, on s'est vus à la brigade, il y a quelques jours.*

— Je voudrais te parler d'un truc qui me tient à cœur.

— Je t'écoute.

— Si tu es dispo, j'aimerais autant en discuter de vive voix.

Sentant qu'il lui cachait quelque chose, elle lança :

— Qu'est-ce qui t'arrive ? Tu as des problèmes ?

— Rien qui me concerne, je te rassure. Pourquoi pas en buvant un verre ? proposa-t-il en songeant à la vareuse ornée des nouveaux galons qu'il avait vue dans son bureau.

Comme elle tardait à répondre, il ajouta :

— Ce sera aussi l'occasion d'arroser ta promotion.

Il se rendit compte trop tard qu'il avait été trop bavard. De rage, il se mordit la langue à s'en faire mal. *Quel imbécile ! Je ne suis pas censé savoir qu'elle a été promue au grade de commandant.*

La réaction d'Ingrid ne se fit pas attendre.

— Comment peux-tu être au courant ? s'étonna-t-elle. Moi-même, je ne sais pas encore ce qu'il en est. Si ce sera accepté ou pas ?

Il devait trouver une parade, et vite.

— Ah, l'administration ! Tu sais ce que c'est, dit-il en plaisantant. Il y a toujours une langue bien pendue pour faire fuiter ce genre d'info.

Malgré sa pirouette pour se sortir de l'ornière où il s'était vautré lamentablement, Ingrid ne semblait pas convaincue. Pour autant, sa maladresse eut pour effet de forcer sa décision.

— Ok pour se voir, mais à une condition : je veux savoir comment et par qui tu l'as su.

Connaissant son caractère obstiné, il savait qu'elle ne lâcherait pas l'affaire avant d'avoir le fin mot de l'histoire.

— Pas de souci, dit-il avec assurance, cherchant déjà comment il allait se sortir de cette situation. *Une bourde en entraînant une autre, me voilà dans de beaux draps.*

— Passe à la maison, je suis de repos.

— Tu habites toujours le village de Bard, sur les hauteurs de Montbrison ?

— Oui. C'est ça.

— Alors, je serai là d'ici trente-cinq minutes, dit-il en s'installant derrière le volant de la Mustang.

20

Dimanche 22 août - 15 heures 05

Durant le trajet, le coude sur le rebord de la portière, Boris repensa à la relation qu'il avait eue avec Ingrid. *Que serait-il advenu de notre histoire si je n'avais pas tout gâché ? Qui sait, c'était peut-être la femme de ma vie, celle qu'on ne croise qu'une fois ? Dire que j'ai eu une deuxième opportunité et que je l'ai laissé filer…* Aussitôt, il fit un bond des années en arrière.

Quand Salomé avait disparu et qu'il était venu de Toulon pour aider aux recherches, Ingrid et lui avaient eu une brève aventure, bien différente de l'histoire d'amour qu'ils avaient vécue lors de leur première rencontre.

Après une journée harassante à parcourir la forêt et les alentours de Trelins à la recherche d'indices, le destin, le hasard ou encore le manque de chance avaient voulu que la voiture de la gendarme tombe en panne alors qu'ils quittaient les lieux les derniers.

Boris l'avait alors ramenée chez elle. Pour le remercier, elle lui avait proposé d'entrer boire un verre de sancerre.

Après quelques verres, l'alcool ayant cette faculté de désinhiber les esprits, ils avaient eu la conversation qu'ils auraient dû avoir quand Ingrid avait décidé de quitter l'école de Police.

Boris avait reconnu avoir eu peur de cette vague de bonheur déferlant sur le célibataire endurci qu'il était. Pourquoi cette jeune femme belle et brillante s'intéressait à un type comme lui ? Plutôt que lui avouer ses craintes, il avait prétexté vouloir se consacrer à sa carrière, allant même jusqu'à refuser de s'afficher avec celle qui faisait pourtant battre son cœur comme jamais auparavant. Il avait fallu qu'elle mette un terme brutal à leur histoire pour qu'il comprenne enfin.

Mille fois, il avait regretté.

Ingrid avait souri avant de confier à son tour que, le soir où il était venu toquer à sa porte, elle avait failli ouvrir et se jeter dans ses bras. Blessée dans son orgueil, elle n'en avait rien fait, se persuadant qu'ils étaient trop différents et que leur relation n'irait pas loin.

Avec le recul, elle admettait avoir, elle aussi, fait une erreur.

Déjà grisés par les effets de la première bouteille de vin blanc, elle en avait débouché une autre si bien que tous deux n'avaient plus toute leur lucidité.

Après ces aveux réciproques tardifs, guidés par leurs sens à fleur de peau et gagnés par le même désir, ils avaient succombé et passé la nuit dans les bras l'un de l'autre.

Avant le lever du jour, Boris était parti sur la pointe des pieds alors qu'elle dormait encore. *J'ai aimé ce moment, mais tu as ta vie et j'ai la mienne. Cette nuit restera un doux souvenir,* avait-il écrit sur un Post-it laissé en évidence sur la desserte près de l'entrée.

Ce qu'il ignorait, c'est qu'Ingrid était réveillée depuis un moment déjà. Lui tournant le dos, elle cherchait les mots qu'elle lui dirait en buvant le café : « *On n'aurait pas dû, ce n'était pas une bonne idée...* ».

Après qu'il eut quitté la maison, elle avait souri en découvrant le carré de papier jaune. *Finalement, c'est mieux ainsi. À quoi bon parler pour se dire ce que l'on sait déjà : nous ne sommes pas faits pour vivre ensemble,* avait-elle dit avec une pointe d'amertume, mais aussi avec le sentiment de passer, peut-être une fois encore, à côté du bonheur.

Le départ en catimini de Boris avait évité une conversation que tous deux redoutaient. Les jours suivants, cette parenthèse dans leur vie mise de côté, ils n'avaient jamais reparlé de ce qui s'était passé.

Les auditions avaient repris, mais aussi les recherches sur le terrain pour retrouver la trace de Salomé. Chacun avait fait en sorte de ne pas croiser l'autre. Les rares fois où ils s'étaient vus, c'était lors des points réguliers sur les avancées de l'enquête. À chaque fois, ils étaient restés courtois et très professionnels, pas de regard ni de geste qui aurait pu laisser supposer une relation intime entre eux.

Lorsque Lenatnof avait dû regagner Toulon, il était parti sans un au revoir. Ingrid avait appris son départ par l'un de ses collaborateurs.

En arrivant à Bard, Lenatnof ralentit. *Si mes souvenirs sont bons, sa maison est à la sortie du bourg. Un chemin sur la droite tout de suite après une croix...*

Il roula encore une centaine de mètres lorsqu'il vit la bâtisse. Coupant le contact, il gara la Mustang le long d'une haie d'aubépines.

Même s'il lui coûtait de l'admettre, il devait se rendre à l'évidence : son aller-retour jusqu'à Saint-Étienne avait entamé ses forces. Ce constat confirmait que sa convalescence était loin d'être terminée. *Je me reposerai plus tard. Pour l'heure, la vie de Charlie et celle de Roxana sont en jeu.*

Depuis un moment déjà, le manque de nicotine faisait qu'il avait du mal à se concentrer. Avant de descendre de voiture, il ouvrit la boîte à gants et fouilla à l'intérieur avec l'espoir d'y trouver un paquet. Rien. *Pas même une qui aurait roulé au fond. C'est bien ma chance !* En claquant la portière, il pesta. Quand il avait dit au médecin vouloir arrêter totalement l'alcool et le tabac, celui-ci avait répondu qu'il devait plutôt se fixer des objectifs réalistes. *J'aurais dû l'écouter et ne pas en faire qu'à ma tête,* ragea Lenatnof.

Par-dessus la palissade, il vit Ingrid. Allongée sur un transat, lunettes de soleil sur le nez, elle lisait un magazine.

— Bonjour, lança-t-il en franchissant le portillon.

Il fit quelques pas dans sa direction et aperçut la cigarette qui se consumait lentement dans le cendrier.

— Je ne savais pas que tu fumais !

— Le stress aura eu raison de ma volonté.

Elle se leva, s'avança vers lui et, après un infime instant d'hésitation, l'embrassa sur les joues.

— J'ai oublié les miennes, mentit-il pour faire court. Je peux ?

— Bien sûr, dit-elle en lui tendant son paquet.

Sans plus attendre, il en alluma une avec son Zippo et tira une bouffée interminable.

— Tu es resplendissante, dit-il comme il l'avait déjà fait lors de leur rencontre à la gendarmerie.

Sans réelle surprise, sa réponse fut en tout point identique.

— Flatteur ! La vérité est que je me fane lentement mais sûrement. En ce qui te concerne, tu sembles claqué. Tout va bien ?

Exhalant un nuage de fumée, Boris récita les mêmes mots qu'il avait prononcés initialement :

— Tu sais ce que c'est ! Une bonne dose de surmenage. Des effectifs à la baisse et la pression qui ne se relâche jamais.

Ingrid écrasa avec soin ce qui restait de sa cigarette.

Boris en profita pour l'observer à la dérobée.

La taille fine, elle était vêtue d'un short et d'un tee-shirt qui mettaient ses formes en valeur. Pas maquillée, on devinait quelques ridules au coin de ses yeux. *Une chose est sûre, elle ne fait pas son âge.*

— Ainsi, tu as toujours cette Mustang, fit-elle en la désignant d'un mouvement du menton. Un modèle 66, c'est bien ça ?

Décidément l'histoire se répète, les mêmes paroles au mot près, songea-t-il en inhalant à nouveau une dose de nicotine.

— Excellente mémoire, répéta-t-il à son tour pour rester fidèle à la conversation originale.

— Sache que je n'oublie jamais rien.

Une seconde, son regard resta accroché au sien. Elle se reprit vite.

— Entrons, tu veux bien ? Les murs épais et les vieilles pierres ont l'avantage de préserver la fraîcheur, nous serons mieux à l'intérieur.

À regret, il aspira une dernière taffe avant d'éteindre son mégot.

Alors qu'elle le précédait dans le couloir, il ne put s'empêcher de lorgner ses fesses. *Dès qu'il s'agit d'elle, je suis incorrigible.*

Il s'installa dans un des sofas douillets aux couleurs vives disposés devant la cheminée. Une peau de bête à poil ras au sol, une lampe vintage et une table associant bois et fer vieilli complétaient le tableau.

— Une bière ? proposa-t-elle.

— Plutôt un verre d'eau, s'il te plaît.

Elle passa dans la cuisine séparée du séjour par un large comptoir en bois massif devant lequel étaient disposés des tabourets de bar.

— En vacances ? s'amusa-t-il à demander alors qu'il connaissait pertinemment la réponse.

— Non, pas encore. J'attends encore un peu avant de me décider.

Lenatnof sourit. *Dis plutôt que tu attends de savoir si ta promotion est validée et où tu vas être mutée pour te décider.*

Il regarda autour de lui.

Même s'il avait été rafraîchi, l'intérieur était resté comme dans son souvenir. Au plafond, les poutres avaient été repeintes en blanc et les murs habillés de planches de bois poncées. Au sol, les tomettes nettoyées et lustrées avaient retrouvé tout leur éclat. Il remarqua quelques changements notables : l'étroite fenêtre donnant sur le jardin avait été transformée en une baie vitrée offrant davantage de luminosité et le mobilier avait été remplacé par des meubles contemporains. Des objets de déco apportaient çà et là une touche de modernité. *À l'époque, il y avait deux fauteuils usés jusqu'à la corde et un vieux canapé défraîchi devant l'âtre. C'était là que nous avions fait l'amour,* se surprit-il à penser. Il se reprit aussitôt.

— Depuis ma dernière visite qui remonte à des années, je vois que tu as fait des travaux, dit-il en haussant la voix pour être entendu depuis la cuisine où Ingrid se trouvait.

— Cette bâtisse est dans ma famille depuis plusieurs générations. Quand mes parents ont déménagé pour aller vivre dans le Midi, ils m'ont proposé de me la céder. Je n'ai pas hésité une seconde. Depuis toujours, je rêvais de vivre dans cette demeure chargée d'histoires et d'émotions où le plancher à l'étage craque et où j'ai tous mes souvenirs d'enfant. C'est sans regret que j'ai quitté l'appart austère et sans âme mis à disposition par l'administration.

Un plateau dans les mains, Ingrid revint vers lui.

— Au fil du temps, j'ai fait des travaux pour l'aménager à mon goût.

— C'est très réussi. Le style est cosy et l'ambiance chaleureuse.

— Assez parlé de ma maison ou de moi. Pourquoi souhaitais-tu me voir ? demanda-t-elle en lui tendant un verre.

— C'est au sujet de Salomé.

Le sourire qui ornait les lèvres d'Ingrid disparut soudainement.

21

Dimanche 22 août - 15 heures 35

Ingrid but une gorgée avant de reprendre le fil de leur conversation.

— Après toutes ces années, ne me dis pas que tu enquêtes toujours sur la disparition de Salomé ?

Lenatnof réfléchit à deux fois avant de répondre. *Je dois me montrer prudent et ne faire aucune allusion à ce qui va se passer dans les jours prochains.*

— Je n'ai jamais abandonné l'idée de comprendre ce qui lui est arrivé à défaut de la ramener à sa mère.

Ingrid soupira longuement.

— Tout ce qui était possible de faire l'a été. Rappelle-toi, nous avons étudié tous les scénarios possibles, fouillé la forêt, lancé des appels à témoins et multiplié les auditions. Tout ce travail de fourmi sans aucun résultat probant. L'affaire est close.

— À moins qu'une nouvelle information ne vienne remettre en cause la déclaration d'un des témoins.

— Ah, bon ! Laquelle ?

— Celle de ton fils.

Interloquée, elle lui lança un regard interrogateur.

Lenatnof sortit de sa poche une feuille de papier qu'il déplia.

— C'est la copie d'une pièce figurant au dossier, révéla-t-il. Ce n'est pas réglementaire, je sais.

— Comment te l'es-tu procurée ?

— Peu importe.

— Si le juge avait su que tu avais dérobé ce document, je risquais gros. Je te rappelle que j'avais dû insister auprès de lui pour que ta présence soit tolérée lors de l'enquête. Rien ne m'y obligeait. Et voilà comment je suis remerciée. Tu me déçois. Agir comme tu l'as fait, jamais je n'aurais pensé ça de toi !

— Ah, tout de suite les grands mots ! Les deux jours où j'ai été là, je n'ai rien pu faire pour me rendre utile. Tu m'as donné à lire des tas de rapports sans intérêt et je n'ai assisté à aucune des auditions.

— C'était la condition. Tu le sais aussi bien que moi. Hors de ton secteur, tu n'avais aucune légitimité.

— Pour ce qui est de vos réunions, je n'ai participé qu'à quelques-unes avec la désagréable sensation que tes hommes avaient été briefés à l'avance. Personne n'ouvrait la bouche pour apporter un avis ou donner une opinion. De sages moutons qui prenaient des notes en hochant la tête à chacune de tes observations.

— Tu te fais un film, Boris. Je t'assure. On était à cran, sur les dents. Chaque minute comptait. Désolée si on ne t'a pas consacré davantage de temps.

Ingrid fixait Boris.

— Qui t'a procuré cette copie ? réitéra-t-elle.

Devant son insistance, il céda :

— Le soir où ta voiture a refusé de démarrer, je t'ai raccompagnée jusqu'ici. Tu avais avec toi ce porte-documents avec à l'intérieur les comptes-rendus d'auditions. Avant de te quitter au petit matin, je n'ai pas pu résister. Avec mon téléphone, j'ai fait des photos.

— Tu n'avais pas le droit ! s'offusqua Ingrid.

Furieuse, elle s'était levée. La foudre allait s'abattre.

— Tu as profité de la situation, voilà tout ! cracha-t-elle la bouche pleine d'amertume. Tu avais prémédité ton coup, c'est ça ? Après avoir mis ma voiture en panne, ton plan était de me ramener chez moi avant de me faire picoler et accessoirement me baiser. Tout ce stratagème pour faire ces clichés en douce. Je suis outrée et déçue. Quel faux-cul !

— Je comprends ta colère, mais ne dis pas n'importe quoi pour autant. C'est toi qui m'as invité à boire un verre. Et pas l'inverse. Si je te l'avais demandé, m'aurais-tu autorisé à faire ces copies ?

Hors d'elle, sa réponse gicla :

— Sûrement pas !

L'ambiance était devenue électrique. Lenatnof calma le jeu.

— Je suis sincèrement désolé. Pour ce qui s'est passé entre nous ce soir-là, jamais je n'ai pensé à…

— Je ne veux rien entendre ! le coupa-t-elle sèchement. Le chapitre est clos. Revenons-en à Zacharie. Quelle est cette info qui remettrait *soi-disant* en cause la déposition de mon fils ?

Lenatnof parcourut le document jusqu'à trouver ce qu'il cherchait et lut à voix haute : « *Salomé est bien plus jeune que moi. Désolé, je la connais juste de vue. Une vague relation, rien de plus.* »

Ingrid tendit le bras. Le procès-verbal changea de main.

— Et alors ? dit-elle, une fois parvenue au bas de la page.

— Eh bien, dans les jours qui ont précédé sa disparition, ton fils est venu à plusieurs reprises voir Salomé chez sa mère.

— Qui affirme ça ? demanda-t-elle en se rasseyant.

— Charlie, ma nièce.

Ingrid éclata de rire.

— Rappelle-moi l'âge qu'elle avait à l'époque ? 6, 7 ans ?

— Huit. Mais qu'est-ce que ça change ? Les faits sont là.

— Pourquoi ces confidences si tardives ?

Ne voulant pas révéler que Charlie avait fouillé dans ses affaires, il arrangea quelque peu la vérité.

— Les copies étaient sur mon bureau. Charlie est tombée dessus par hasard. Un moment d'inattention de ma part. Quand sa sœur a disparu, elle était très perturbée par les événements et elle n'a pas eu la présence d'esprit de dire ce qu'elle avait vu. Il aura fallu qu'elle lise la déposition de ton fils pour que tout lui revienne en mémoire, termina-t-il en guettant sa réaction.

Ingrid n'en eut aucune et reprit :

— Pour mieux cerner la personnalité de Salomé et, comme la procédure m'y autorisait, j'avais demandé que soit établi son profil psychologique. S'agissant d'une disparition inquiétante, son médecin traitant avait accepté de passer outre le serment d'Hippocrate pour nous confier qu'elle présentait des troubles bipolaires. Cette maladie étant souvent héréditaire, Charlie en souffre peut-être aussi. Si tel est le cas, ses paroles peuvent alors être le résultat d'un délire psychique qui se traduit par une perception erronée de la réalité. Bien sûr, je ne suis pas toubib, mais ça expliquerait ce rebondissement tardif.

Boris marqua le coup. Jamais, il n'avait envisagé cette éventualité.

— Charlie est effectivement atteinte par cette affection génétique.

Ingrid jeta un dernier coup d'œil sur la feuille de papier.

— J'ai élevé mon fils dans le respect des valeurs auxquelles je suis très attachée. Le mensonge et le parjure n'en font pas partie. Jamais je n'ai eu à me plaindre de lui et je ne doute pas un instant que Zac ait dit tout ce qu'il savait aux gendarmes. S'il n'a pas parlé de sa relation avec Salomé, c'est qu'elle n'a jamais existé, dit-elle en lui rendant le document.

Au fil de ses paroles, Boris avait senti la mère de famille sûre d'elle et de sa progéniture.

— Tu as sans doute raison. Mais j'aimerais quand même l'entendre. Peut-être qu'en la relisant, il se souviendra d'un détail.

— S'il avait quelque chose à dire, il l'aurait fait en temps voulu, s'agaça-t-elle. Mon fils n'est pas homme à cacher quoi que ce soit. De plus, tu sais comme moi qu'aucun juge n'acceptera de rouvrir le dossier sans éléments concrets. Ta sœur et ta nièce ont déjà beaucoup souffert. N'en rajoute pas en remuant le passé.

Comprenant qu'elle ne l'aiderait pas, il s'apprêtait à partir quand il se souvint des propos de Charlie : « *Tony Salva était le meilleur ami de Zacharie. C'est Timothée, le cousin de Tony, qui me l'a dit.* »

— Ton fils et un certain Tony étaient très proches étant jeunes. Qu'est-ce que tu peux me dire à son sujet ?

— Tony, tu dis ? Tony comment ?

— Salva. Tony Salva, répéta-t-il.

Ingrid soupira longuement avant de répondre ironiquement :

— Encore une soudaine réminiscence de ta nièce ?

— Pas du tout. C'est Timothée, son cousin, qui le lui a dit.

— Eh bien, il lui a raconté n'importe quoi. Les copains et copines de Zac venaient souvent à la maison. Je les connaissais tous et ce garçon n'en faisait pas partie. Tu peux me croire sur parole !

Déstabilisé, Boris en vint à se demander si Charlie n'avait pas tout inventé. *Quand elle vit un épisode maniaco-dépressif, cela provoque une hyperactivité générant différents troubles dont celui d'imaginer vivre des instants qui ne reflètent pas la réalité.*

— Puisque tu cherches des pistes, tu ferais bien de te pencher sur le cas du père de Salomé.

— David ? Mon ex beau-frère ? s'étonna Boris.

— C'est ça. Pour les besoins de l'enquête, lui et son épouse ont été entendus. La nuit où Salomé a disparu, Roxana était au travail et David a reconnu ne pas être au domicile conjugal. Il a passé une partie de la nuit dans son atelier de sculpture avec une autre femme. Ce que celle-ci a confirmé. De plus, la présence de cannabis a été détectée dans les analyses pratiquées sur chacun d'eux.

— Je m'en souviens parfaitement. Mais qu'est-ce que ça a à voir avec Salomé ?

— Si elle avait appris l'infidélité de son père et, aussi, qu'il était accro au cannabis ? Imagine le choc que ça a dû être et ce qu'elle a dû ressentir. Déjà fragile psychologiquement, cela a pu avoir pour conséquence de la perturber davantage. Selon les experts, elle pouvait vivre certaines émotions avec une intensité disproportionnée et donc éprouver un profond désarroi, une tristesse extrême et même perdre tous ses repères.

— Salomé ne s'est pas suicidée si c'est ce à quoi tu penses. Et elle était parfaitement au courant des aventures de son père. Ce n'était d'ailleurs pas la première fois que cela se produisait.

— Cette histoire extraconjugale aura peut-être été celle de trop pour ta nièce. Je dis simplement que cette maladie peut être mortelle. Vingt pour cent des personnes atteintes mettent fin à leurs jours. Et plus de quarante pour cent des ados et des jeunes adultes souffrant de troubles bipolaires présentent un risque potentiel de suicide.

Les propos de la gendarme l'avaient ébranlé. Jamais il n'avait envisagé le fait que Salomé ait pu vouloir en finir. *Son raisonnement se tient. Si ça s'est passé ainsi, où serait le corps ?*

Devinant ses pensées, Ingrid reprit :

— C'est pour ces raisons que j'ai organisé une battue, puis une seconde plus étendue pour ratisser les bois près de Trelins. En appui, j'ai fait intervenir les maîtres-chiens. Mais le secteur est vaste et les caches nombreuses. Nous avons pu passer à côté.

Cherchant son regard, il ajouta :

— Tu ne m'avais jamais fait part de ton ressenti.

— Il ne s'agissait que d'une hypothèse. Je ne voulais pas t'alarmer.

— Roxana, et notre mère avant elle, souffre de la même maladie mentale. Souvent héréditaire, j'y ai échappé par je ne sais quel miracle.

Le silence se fit, puis Ingrid changea de sujet et demanda :

— Tu ne m'as pas encore expliqué comment tu étais au courant pour ma demande de promotion ?

Boris se dit qu'il n'apprendrait plus rien et se leva.

— Si je te le dis, tu ne vas pas me croire, lança-t-il pour gagner du temps et réfléchir à ce qu'il allait dire.

— Essaie toujours.

En attendant ses explications, elle croisa les bras sous sa poitrine, la mettant ainsi en valeur, ce qui n'échappa pas à Lenatnof.

— En fait, j'ai vécu la scène en rêve. Une prémonition en somme.

— Tu te fous de moi ?

Il n'eut pas besoin d'inventer un quelconque mensonge et raconta ce qu'il avait vécu avant son infarctus et son retour dans le passé comme s'il s'agissait d'un rêve.

— En entrant dans la gendarmerie, je t'ai demandé si mon vieux camarade, l'adjudant Laporte, était de service. Tu m'as répondu que Gaby avait pris sa retraite et qu'il se la coulait douce à Craintilleux où lui et son épouse ont une maison.

— Tu parles d'une intuition ! Gaby a quitté ses fonctions il y a trois mois. Tout le monde le sait. Tu vas devoir être plus convaincant.

Lenatnof jouait sur du velours.

— Si tu insistes. Nous buvions le café dans ton bureau lorsque j'ai vu tes galons de commandant cousus sur les pattes d'épaules de ta veste. Voilà ce dont j'ai rêvé. Je te promets.

Si seulement tu savais comment je suis au courant, songea-t-il en se remémorant les événements dramatiques qui avaient suivi.

Suspendue à son regard, elle chercha un signe qui le trahirait.

— Tu es devin ou alors un parfait baratineur, finit-elle par dire. Je ne vois que ça comme explication.

En rejoignant l'entrée, Boris fut attiré par une série de portraits disposés sur un des rayonnages de la bibliothèque.

— C'est Zacharie ?

Il s'attarda sur les plus récents : grand, brun, large d'épaules, les yeux bleus. *Les mêmes que sa mère.*

— Que fait-il dans la vie ? demanda-t-il, même s'il connaissait déjà la réponse.

— Il est commercial dans une boîte d'import-export de la région.

Par rapport à la conversation qu'ils avaient eue la fois précédente, elle ajouta :

— Il passe son temps entre le Brésil et les pays de l'Est où sont les clients de l'entreprise qui l'emploie. Je ne le vois pas assez à mon goût. Et ce sera pire si ma promotion est acceptée, car je dois m'attendre à une mutation. C'est inévitable.

— Je te verrais bien nommée sur une des îles de la mer des Caraïbes. Que dirais-tu de la Guadeloupe ? s'amusa Boris pour voir sa réaction.

— C'est au bout du monde ! Très peu pour moi ! Arrête, tu veux bien ? Tu vas me porter la poisse avec tes prédictions !

Boris n'avait pas lâché des yeux les clichés du fils Verbrugge et s'attarda sur celui où Zacharie posait avec un bébé au creux de ses bras. Au fil du temps, on voyait l'enfant grandir à ses côtés. Sur le dernier, sans doute le plus récent, il se tenait derrière le gamin, les mains posées sur ses épaules.

— Ton petit-fils, je suppose ?

Elle acquiesça.

— Il se prénomme Robin.

— Te voilà donc grand-mère. Un galon supplémentaire, dit-il en lui lançant une œillade.

Elle se fendit d'un sourire qui illumina son visage, le faisant fondre. Cette femme avait toujours eu cet effet sur lui. Depuis qu'il était arrivé, il ressentait le besoin d'en savoir plus sur sa vie sentimentale.

— Tu as quelqu'un dans ta vie ? hasarda-t-il.

— Des aventures sans lendemain. Pas d'attaches ni de comptes à rendre. Encore moins de déceptions. Et toi ?

— Pareil. Qui sait ce qu'il se serait passé si nous deux...

Ingrid avait posé un doigt sur la bouche de Boris.

— Chut ! Tu sais aussi bien que moi qu'il est trop tard pour changer le cours des choses. L'histoire ne se répète jamais.

Oh, si ! Si seulement tu savais... se dit-il.

Sur le pas de la porte, ils se séparèrent.

Alors qu'il s'éloignait de la maison, elle alluma une cigarette et tira nerveusement dessus. Si, à cet instant précis, Boris s'était retourné, il aurait vu son air vaguement inquiet et cette ride qui barrait son front.

22

Dimanche 22 août - 16 heures 45

Installé à bord de la Mustang, Lenatnof consulta son Smartphone.

Sans réelle surprise, il nota que Léoni n'avait pas cherché à le joindre ni laissé de message. *Il est trop tôt et puis on est dimanche,* se dit-il en le posant sur le siège passager.

Il regarda en direction de la maison d'Ingrid. *Elle a le don de m'ensorceler dès que ses yeux se posent sur moi. Jamais je ne suis parvenu à me sortir cette femme de la tête. Tout serait plus simple si je n'avais pas de sentiments pour elle. Il n'y a pas un jour où je ne regrette mon comportement de l'époque. Comportement qui l'a fait fuir à tout jamais.*

Il tournait la clé de contact lorsque la sonnerie du portable retentit.

— Léoni ! Enfin !

Ce n'était pas lui, mais un SMS de Josselin : « *On revenait de faire une balade, Charlie et moi, quand David a appelé sa fille. Elle n'a pas décroché. Depuis, elle fait la gueule.* »

Quand Lenatnof avait demandé à sa sœur ce qui n'allait pas entre eux, elle avait répondu qu'elle ne savait pas et que Charlie se défilait quand elle abordait le sujet.

Le moteur toussa avant de s'emballer. Ne voulant négliger aucune piste, il se dit qu'il devait connaître la nature de leur différend. *Une discussion avec David s'impose. Il habite dans le centre de Montbrison, le long des quais du Vizézy. Mais où exactement ? J'espère qu'il sera chez lui...*

Quelques minutes plus tard, redescendant de la montagne par les petites routes, il rejoignit la sous-préfecture de la Loire.

En cette fin de mois d'août, la circulation était fluide, les rues quasiment désertes. Il trouva facilement à se garer à l'ombre des platanes de la contre-allée qui longeaient boulevard.

Empruntant une rue étroite entre deux immeubles, il longea le musée de la Diana pour déboucher près d'un pont enjambant le ruisseau qui traversait la ville. S'approchant du bord, il vit un mince filet d'eau serpenter entre les pierres jonchant son lit. Il poursuivit son chemin en regardant attentivement les noms sur les boîtes aux lettres ou sur les interphones. En passant devant un bar dont la terrasse était bondée, il aperçut le serveur, un plateau dans les mains. Jovial, il plaisantait avec ses clients qui se pressaient sous les parasols aux couleurs vives des marques de sodas. Lenatnof avala difficilement sa salive. La gorge sèche, il avait une furieuse envie de savourer une bière bien fraîche. *Au diable ces résolutions idiotes !*

Au comptoir, il commanda un demi. En réglant, il acheta aussi un paquet de cigarettes. Il cherchait la monnaie lorsqu'une jeune femme le bouscula involontairement. D'un signe de la main, elle s'excusa de sa maladresse. L'espace d'une seconde, Boris crut deviner sous les traits de son visage ceux de Charlie. Il cligna des yeux et cette image fugace s'évapora.

— Si je veux avoir les idées claires, plus d'alcool, mais je garde les clopes, maugréa-t-il en quittant précipitamment les lieux.

Quelques mètres plus loin, et comme il l'avait déjà fait auparavant, il pénétra dans le hall d'un vieil immeuble situé à deux pas d'un ancien cinéma reconverti en salle de spectacles.

La lourde porte en bois se referma derrière lui.

Parmi les boîtes aux lettres alignées sur le mur, il repéra celle de son ex beau-frère.

— Au 3ème et sans ascenseur ! s'exclama-t-il. Avec cette chaleur, je vais suer sang et eau !

S'aidant de la rampe, il posa le pied sur la première marche et entama l'ascension. Reprenant son souffle sur le palier du deuxième, Boris entendit une porte claquer à l'étage supérieur. Une jeune femme brune, cheveux longs défaits et court vêtue dévala l'escalier devant lui. Arrivée à sa hauteur, elle le dévisagea avant de s'arrêter net.

— Vous devez être Boris Lenatnof, l'oncle de Salomé, n'est-ce pas ? demanda-t-elle en ajustant sa jupe avant de reboutonner son chemisier qui laissait entrevoir la naissance de sa poitrine.

Déconcerté, autant par la vue de cette jeune femme finissant de se rhabiller que par sa soudaine question, il bafouilla :

— C'est... C'est exact. À qui ai-je l'honneur ?

— Je m'appelle Fanny.

Comme il ne réagissait pas, elle précisa :

— Fanny Sénéchal. J'étais une amie de Salomé.

— Ah oui ! Je me souviens. Je dois avouer que je ne vous avais pas reconnue. Vous avez bien changé depuis tout ce temps !

— À l'opposé, vous êtes resté le même que dans mon souvenir.

Une ombre passa dans son regard. Le sourire qu'elle affichait disparut subitement.

— En sortant de la pièce dans laquelle un gendarme m'avait entendue après la disparition de Salomé, vous étiez là, dans le couloir, adossé au mur. Anéantie, je pleurais. En m'offrant un café pour me réconforter, vous m'aviez dit qui vous étiez. On avait bavardé, le temps que j'aille mieux. Vous m'aviez même proposé de me raccompagner chez mes parents.

— Je ne m'en souvenais pas. Mais en pareille situation, c'était la moindre des choses.

— Dans l'état de stress où je me trouvais, votre sollicitude m'avait touchée. Je n'ai jamais oublié.

Durant l'espace d'une seconde, elle resta suspendue à ce souvenir.

— Je pense souvent à Salomé, reprit-elle. J'imagine l'angoisse qu'a vécue sa famille de ne pas savoir ce qui lui est arrivé.

— Sa mère ne s'en est jamais vraiment remise.

— Je l'aperçois parfois dans les rues de Montbrison. Jamais je n'ai osé traverser la rue pour la saluer. En me voyant, j'ai peur que les souvenirs remontent d'un coup et qu'elle se mette à pleurer et moi avec.

Lenatnof se dit que l'occasion était trop belle pour ne pas glaner quelques informations.

— Vous étiez proche de Salomé, alors ?

— Oui, bien sûr. Tout comme l'étaient Miranda et Anaïs. Toutes les quatre, nous étions jeunes, insouciantes et inséparables. Miranda et Salomé se connaissaient bien avant qu'Anaïs et moi les rejoignions. Après, rien n'a plus été pareil. J'ai perdu de vue les autres.

La jeune femme termina sa phrase avec des trémolos dans la voix.

— Que pouvez-vous me dire concernant Zacharie Verbrugge ?

— Ah, Zac ! Un beau garçon, sûr de lui et de son charme. On le croisait parfois en boîtes de nuit. Espérant décrocher un rencard, beaucoup de nanas lui tournaient autour.

— Est-ce que ma nièce et lui se sont fréquentés ?

— Non, répondit-elle sans hésiter. Il était plus vieux que nous et les gamines de notre âge ne l'intéressaient pas. Sa préférence allait vers les femmes plus mûres. Il se disait même que certaines de ses conquêtes étaient mariées. C'est vous dire le séducteur que c'était.

— Un dénommé Tony Salva, ça vous parle ?

Fanny avait blêmi, ce qui n'avait pas échappé à Lenatnof.

— Pourquoi ces questions ? se reprit-elle. Vous avez de nouvelles informations sur la disparition de Salomé ?

— Non, j'essaie juste de comprendre ce qui a bien pu lui arriver à Trelins lors de ce festival où tout a basculé.

— J'ai déjà tout raconté aux gendarmes.

Lenatnof ne fit pas cas de sa remarque et enchaîna :

— Que pouvez-vous me dire à propos de ce garçon ?

— C'est à peine si je le connaissais. J'ai dû le rencontrer deux, trois fois. Depuis cette époque, je ne l'ai jamais revu.

— Faites un effort pour vous souvenir, s'il vous plaît, insista-t-il.

— C'était un copain de Zac. La seule chose dont je me rappelle est qu'un jour Tony avait exhibé un tatouage. Zac avait alors montré le sien sur son avant-bras. C'était le même : une licorne. Je n'en sais pas plus. Désolée.

Lenatnof enregistra ce détail.

— Je m'excuse, mais j'ai un rendez-vous. Au revoir.

Sans même attendre une quelconque réponse de sa part, elle reprit sa course dans les escaliers.

Le commissaire demeura songeur. *Elle ne m'a pas tout dit sur ce type. J'ai bien vu comment elle avait pâli lorsque j'ai cité son nom.*

Prenant son courage à deux mains, il s'attaqua aux ultimes marches. Parvenu au troisième et dernier étage, il nota qu'il n'y avait qu'une seule porte.

— Alors ça, c'est trop fort ! David se tape la copine de sa fille ! s'exclama-t-il en s'épongeant le front avec un mouchoir.

Lenatnof enfonça le bouton de la sonnette.

— *Tu as oublié quelque chose mon amour ?* entendit le policier.

La voix provenait de l'intérieur de l'appartement et se rapprochait.

— *J'arrive mon cœur !*

Le visage souriant de David apparut dans l'encadrement.

Cela ne dura qu'une seconde. Redescendant de son nuage, son air réjoui disparut aussitôt pour laisser la place à une vilaine grimace.

— Que fais-tu là ? demanda-t-il, soudain de méchante humeur.

— C'est au sujet de Salomé, fit Boris en le bousculant pour s'inviter chez lui. J'ai besoin d'entendre tes explications. Et tout de suite !

23

Dimanche 22 août - 17 heures 30

Lenatnof s'avança jusqu'au milieu de la pièce principale et regarda autour de lui. Un désordre indescriptible régnait : l'évier était rempli d'assiettes et de casseroles sales, la table était encombrée des restes du repas de midi et un tas de vêtements gisait au pied de la machine à laver. D'où il était placé, il entrevoyait la chambre. Sans surprise, le lit n'était pas fait et les draps traînaient sur le sol.

— Sacré foutoir, fit-il ébahi. Un chien ne retrouverait pas ses petits.

— Si tu veux faire le ménage, surtout ne te gêne pas, répliqua David sans se démonter. La lessive est sous l'évier, le balai dans le placard.

Lenatnof s'approcha de la fenêtre ouverte.

— Jolie vue. Appart en plein centre. Ça doit valoir une blinde ? La sculpture, ça paye bien, ma foi.

— Tu veux l'acheter ? Non ! Alors, viens-en au fait et dégage !

Éreinté par l'effort physique qu'il avait dû fournir, il tira une chaise. Avant de s'asseoir, il prit par le bout des doigts la petite culotte qui s'y trouvait et la déposa sur une autre.

— C'est à ta copine, je suppose ?

— Qu'est-ce que ça peut te foutre ?

Le ton était donné et l'ambiance était glaciale malgré la chaleur étouffante qui régnait dans la pièce.

— Tu couches avec Fanny Sénéchal, l'amie de Salomé. La différence d'âge ne te dérange pas ?

— L'amour ne se calcule pas. Il te tombe dessus, c'est tout.

Du plat de la main, David se donna une tape sur le front.

— C'est vrai que tu as une grande expérience de la vie amoureuse, toi le célibataire endurci.

Son ex beau-frère affichait cet air arrogant que Boris détestait tant.

— Comment vous êtes-vous *rencontrés* ? mima Boris en faisant des crochets en l'air avec ses doigts.

— Par hasard. C'était il y a quelque temps de ça. Elle voulait se changer les idées et apprendre la sculpture. On a sympathisé.

— Des cours particuliers dans ton atelier, je suppose ? Sous ce même prétexte, combien de filles as-tu séduites ?

David sourit avant de poursuivre :

— Fanny sortait d'une relation difficile, moi aussi. C'est une fille formidable. Nous deux, ça s'est fait comme ça, sans prévenir. Le coup de foudre !

— Ce ne sera pas le premier ni le dernier. Je comprends pourquoi Charlie te fait la gueule. Elle n'approuve pas tes fréquentations et te l'a fait savoir. C'est ça ?

Comme il ne répondait pas, Boris lâcha ce qu'il avait sur le cœur :

— J'ai toujours eu envers toi une profonde antipathie. La première fois que je t'ai vu au bras de ma sœur, il ne m'a pas fallu longtemps pour comprendre quel genre d'homme tu étais. En la trompant chaque fois que tu en as eu l'occasion, tu as rendu Roxana malheureuse. Il lui aura fallu des années pour ouvrir enfin les yeux et comprendre le sale type que tu as toujours été. Pour ça, je t'en veux, tu n'as pas idée !

— Je ne me cherche pas d'excuses, mais sais-tu seulement ce que c'est que de vivre au quotidien avec une femme bipolaire ? Cette putain de maladie où le meilleur côtoie le pire.

— Ma mère souffrait de la même maladie mentale. Aussi, je sais exactement ce qu'il en est.

— D'après Roxana, ses troubles étaient bien moins aigus que les siens. Rien de comparable donc. Et c'était ta mère, pas ta femme !

— J'en ai conscience, admit Lenatnof qui ne souhaitait pas que leur conversation tourne à l'affrontement verbal.

— À chaque fois, c'était le même scénario. Ça débutait par un coup de déprime suivi d'une phase d'exaltation. Entre les deux, le calme plat, du moins en apparence. En réalité, chaque émotion ressentie déclenchait un véritable tsunami. Plus tard, la dépression revenait et s'installait durant des semaines, voire des mois, avant de laisser de nouveau place à l'euphorie. Un cercle vicieux infernal.

— En l'épousant, tu le savais.

— Je ne le nie pas. Au début, elle prenait son traitement et tout allait bien. Après la naissance de Salomé, elle l'a arrêté prétextant que les effets secondaires étaient pires que la maladie : tremblements, fatigue, vomissements, diarrhées, difficultés à se concentrer. Ses crises rythmaient notre vie, usant prématurément notre couple.

Le silence se fit. La pression retomba.

— Tu veux boire quelque chose ? proposa David en ouvrant la porte du réfrigérateur.

— Je veux bien un verre d'eau, merci.

Pendant qu'il remplissait les verres, Lenatnof l'observa.

David était toujours bel homme. Ses tempes étaient grisonnantes et il avait le ventre plat. Quasiment aucune ride, le cheveu noir et épais. *Il a pourtant soixante balais, mais il en fait facile dix de moins !*

— Après nos échanges de politesse, que veux-tu savoir ?

— Je sors d'un entretien avec Ingrid Carella.

— La gendarme qui était sur l'affaire de Salomé ?

Lenatnof approuva d'un signe de tête.

— Selon elle, tes aventures extraconjugales auraient pu perturber ta fille au point qu'elle en vienne à attenter à ses jours.

La réaction de David fut violente.

— J'ai peut-être été un mauvais mari mais jamais je n'aurais mis en jeu la santé ou la vie de ma fille. Depuis qu'elle était en âge de comprendre, j'ai toujours été franc avec Salomé et j'ai répondu à toutes ses questions, y compris celles concernant ma vie sentimentale. C'était notre deal : se parler, tout se dire. Ce qu'elle n'a jamais pu faire avec sa mère qui ne la comprenait pas. Au lieu de les rapprocher, la maladie les avait éloignées. Rien n'allait plus entre elles. Salomé attendait son départ pour Paris avec impatience.

Lenatnof tomba des nues.

— Je savais leurs relations parfois tendues, mais pas à ce point.

— Des soucis comme il y en a dans toutes les familles.

— D'après Charlie, Salomé voyait souvent un garçon plus âgé qu'elle, un certain Zacharie Verbrugge : grand, brun, large d'épaules, les yeux bleus. Ça te dit quelque chose ?

— Non. Pas que je me souvienne. Elle devenait une femme et il y a des choses que l'on ne confie plus à son père. Qui est ce garçon ?

— C'est le fils d'Ingrid Carella. Après son divorce, elle a repris son nom de jeune fille. Zacharie était ami avec un dénommé Tony Salva.

David marqua le coup. Lenatnof l'avait vu.

— Tu sais de qui il s'agit, n'est-ce pas ?

— Mouais. Par le passé, il m'a eu vendu de l'herbe.

— Comment es-tu entré en contact avec lui ?

— Par l'intermédiaire de Fanny. C'était une cliente régulière.

Lenatnof serra les dents. « *C'est à peine si je le connaissais* », lui avait dit la jeune femme en parlant de Salva. *Elle s'est bien foutue de moi !*

Devant l'air contrarié de son ex beau-frère, et croyant en deviner la raison, il ajouta :

— Pour répondre à la question que tu te poses : non, je ne couchais pas encore avec elle. À l'époque, celui qui m'approvisionnait venait de se faire pincer par les flics et je cherchais un autre fournisseur. Le hasard a voulu qu'elle vienne à la maison voir Salomé. Un truc est tombé de sa poche. C'était du shit. Elle l'a ramassé vite fait. Ma fille n'a rien vu, mais moi si. J'ai rattrapé Fanny dans la rue pour savoir qui le lui vendait. Voilà comment je suis entré en relation avec Salva.

— Quel genre de type est-ce ?

— Genre tout en muscles et sûr de lui malgré son jeune âge. Il gérait son business depuis un bar du centre-ville. Il était toujours avec le même gars à boire des bières. Un soir où j'étais allé acheter ma dose, Salva m'a dit que si je voulais passer un bon moment avec une fille, il pouvait arranger ça.

— Drogue mais aussi prostitution. Joli pedigree ! À quoi ressemblait l'acolyte de Salva ? Tu te rappelles son nom ?

— Aucune idée. Si je le voyais, je ne sais même pas... Ah, si, un détail me revient, un truc pas courant : Salva et ce type avaient le même tatouage sur l'avant-bras : une licorne.

Lenatnof se mordit la langue pour ne pas hurler. *À coup sûr, David parle de Zacharie Verbrugge. Contrairement à ce que m'a dit Ingrid, son fils et Salva se connaissaient bel et bien. En tant que chef de brigade d'une petite ville comme Montbrison où tout se sait, elle ne pouvait ignorer que son fils fréquentait un dealer ! La vérité, c'est qu'elle le couvre et m'a donc menti.*

Le constat qu'il fit après ses conversations avec Fanny et David était qu'il en avait appris plus en l'espace de quelques minutes qu'en dix ans.

24

Dimanche 22 août - 17 heures 45

Après avoir quitté son ex beau-frère, Lenatnof regagna sa voiture.

La journée était déjà bien entamée, mais il avait dans l'idée de rendre visite à Gabriel Laporte qui avait été le subordonné d'Ingrid Carella durant la majeure partie de sa carrière.

— Elle m'a menti, j'en suis sûr. Pour quelles raisons ? Peut-être Gaby acceptera-t-il de m'en dire davantage sur elle et de me raconter les potins de la brigade ? marmonna-t-il en s'asseyant derrière le volant.

Les tensions accumulées tout au long de la journée se firent soudain ressentir. Boris dut se rendre à l'évidence : non seulement il était épuisé mais chaque parcelle de son corps lui faisait mal. Se souvenant des préconisations du médecin de l'hôpital, il trouva plus sage de remettre sa visite au lendemain. Sur le clavier de son Smartphone, il rédigea un message pour Rafael Santoni, son adjoint au commissariat : « *Interroge le fichier central, nos indics et trouve tout ce qu'il y a à savoir sur Tony Salva et Zacharie Verbrugge. C'est urgent. N'en parle à personne. Merci.* » Un clic et le SMS partit.

Laissant derrière lui Montbrison, il emprunta la route qui menait à Lézigneux. La chaleur était partout et l'intérieur de la Mustang ne faisait pas exception. Le volant était brûlant. C'était à peine s'il pouvait le tenir entre ses doigts. Quant au siège où il était assis, il avait dû mettre un chiffon sur le cuir avant de s'installer. Tournant vivement la poignée, il abaissa la vitre pour rendre l'atmosphère plus respirable.

Dans la grande ligne droite qui traversait Moingt, chauffé à blanc par le soleil, le bitume luisait et fondait même par endroits.

Après avoir garé la Mustang, Lenatnof aperçut Josselin et Roxana sur la terrasse. À l'ombre de la tonnelle, allongés sur des transats, sa sœur feuilletait une revue tandis que son ami dormait, à en juger par sa tête penchée sur le côté et sa bouche entrouverte.

Transpirant à grosses gouttes, il les rejoignit au pas de course.

— Où est Charlie ? demanda-t-il en la cherchant du regard.

— Dans sa chambre, répondit Roxana à voix basse.

Pour ne pas réveiller Josselin, elle se leva et entraîna son frère à l'écart. Boris vit alors l'angoisse qui déformait son visage.

— Lorsque je suis rentrée du boulot, il y a un quart d'heure à peine, j'ai vu sa mine défaite. J'ai compris qu'il s'était passé quelque chose. Sans même la solliciter, elle m'a raconté son embrouille avec Juliette et Timothée à Chalmazel, le départ prématuré de ses amis et l'accident de voiture. D'habitude, elle ne me dit jamais rien de ses soucis. Ça m'a touchée et même émue.

Boris se dit qu'il avait bien fait d'insister pour que Charlie se confie à sa mère. *Cela aura permis de les rapprocher.*

— Je lui ai dit et répété que ce n'était pas sa faute, qu'elle n'y était pour rien, mais elle n'en a pas démordu, termina Roxana.

— J'ai eu les mêmes mots.

Elle esquissa un faible sourire.

— D'après ce qu'elle a pu savoir, les blessures de Juliette sont superficielles et elle devrait quitter l'hôpital rapidement. Par contre, le cas de Timothée est jugé sérieux par les médecins. Sa colonne vertébrale a été touchée. Ils évoquent une possible tétraplégie. Se sentant responsable, Charlie vit un véritable drame qui se traduit par un nouvel épisode dépressif.

Roxana fit quelques pas et attrapa le journal sur la table de jardin.

— Charlie m'a fait voir l'article dans *Le Progrès*. En le lisant, ça m'a fait un choc, bien sûr mais, plus encore, en voyant la photo de Salomé juste en dessous.

— C'est toi qui l'as prise ? demanda Boris.

— Non. Je m'en souviendrais, fit-elle catégorique.

Les yeux de Roxana restèrent accrochés à l'image en noir et blanc imprimée sur du mauvais papier. D'une voix étranglée, elle reprit :

— Le tee-shirt que porte Salomé, nous l'avions acheté le jour de ce fichu festival. Elle avait insisté. Pour lui faire plaisir, j'avais cédé. J'ai l'impression que c'était hier et qu'elle va sortir de sa chambre, tourner sur elle-même, pour savoir comment il lui va.

Roxana soupira longuement.

— Charlie m'a demandé si Salomé avait autour du cou cette chaîne avec ce médaillon en forme de cœur lorsqu'elle est partie à Trelins.

— Que lui as-tu répondu ? fit Lenatnof attentif.

— Elle le portait. C'est sûr. Je m'en souviens pour la bonne raison qu'en enfilant ce pull neuf, peu avant son départ avec ses amies, elle avait tiré un fil avec le fermoir de la chaîne ce qui l'avait fait enrager.

Lenatnof était sidéré. Il n'avait jamais cru que Charlie puisse avoir raison. Au mieux, il pensait qu'elle s'était trompée de date. Au pire, qu'elle avait imaginé cette scène au cours d'un épisode maniaco-dépressif. *Puisque le collier a été retrouvé dans les bois dans les jours qui ont suivi sa disparition et qu'elle est vêtue de ce tee-shirt acheté le jour du festival, ça signifie que cette photo a été prise après. Qui a bien pu appuyer sur le déclencheur ? Et par quel tour de passe-passe s'est-elle retrouvée dans les colonnes du journal ?*

Roxana avait vu le regard de son frère s'assombrir.

— Pourquoi m'a-t-elle demandé ça ? Tu as une idée ?

— Chaque année à cette période, tu sais bien qu'elle pense un peu plus à sa sœur, répondit-il en espérant éviter d'autres questions.

Ce ne fut pas le cas, bien au contraire.

— De la cuisine où je me trouvais, poursuivit-elle, j'ai entendu ce que tu as dit à Charlie quand Timothée est venu la chercher hier pour cette soirée : « *Si tu as le moindre souci, appelle-moi. Peu importe l'heure.* » Jamais auparavant tu ne lui avais parlé comme ça. Pourquoi ce changement soudain ?

Boris ne pouvait expliquer les véritables raisons qui l'avaient amené à faire ces recommandations. Aussi, il improvisa :

— Charlie devient une femme et je m'inquiète pour elle.

Roxana affichait un air sceptique. Il se dit qu'il n'avait pas dû se montrer suffisamment convaincant. Effectivement, elle reprit :

— Tu as aussi ajouté : « *N'oublie pas ta promesse.* » C'est quoi ces cachotteries ?

Devant son insistance, il s'enfonça un peu plus dans son mensonge.

— Je lui ai fait promettre d'être plus agréable et plus attentionnée avec toi. Voilà, tu sais tout. Satisfaite ?

Avant que sa sœur ne pose une autre question, il décida de mettre fin à leur conversation.

— Je vais voir comment elle va et passer un peu de temps avec elle.

Quand Roxana se mettait à douter, elle pouvait devenir rapidement désagréable, imaginant alors des scénarios délirants, voire absurdes. *Un autre aspect de la maladie.*

Il prit le couloir et toqua doucement à la porte. Pas de réponse.

Passant la tête dans l'encadrement, il demanda :

— Je peux ?

Couchée en travers du lit, un gros coussin derrière la nuque, Charlie avait son téléphone vissé à l'oreille.

— Tu me tiens au courant, dit-elle avant de raccrocher.

— Des nouvelles sur l'état de santé de Timothée ?

— Rien de plus que ce que j'ai raconté à maman.

Le téléphone de Charlie vibra. Elle jeta un coup d'œil sur l'écran et hésita une seconde avant de l'éteindre. Du plat de la main, elle tapa sur le rebord du sommier pour inviter son oncle à s'asseoir près d'elle.

— À mon réveil, je t'ai cherché. Tu n'étais pas là.

Ses yeux s'étrécirent et un air espiègle se dessina sur son visage.

— Tu as rencontré ce journaliste, n'est-ce pas ? Raconte.

— Effectivement. La photo de ta sœur figurant dans le journal a été prise avec un Polaroïd...

— On n'a jamais eu ce type d'appareil à la maison, le coupa-t-elle. C'est donc quelqu'un d'autre qui a appuyé sur le déclencheur.

— Tu as raison. Cet instantané a été déposé au siège du *Progrès* à Saint-Étienne. La personne qui se tient à l'accueil l'a trouvé sur son bureau après une courte absence.

La réaction de Charlie fut immédiate.

— C'est foutu alors ?

Le policier se fendit d'un sourire et poursuivit :

— Un père de famille filmait ou prenait des photos de son fils dans le hall. Léoni va faire le maximum pour le retrouver et récupérer le contenu de la carte mémoire. Peut-être qu'il a capturé dans l'objectif de son Smartphone notre mystérieux individu.

— Et concernant Zacharie Verbrugge et Tony Salva ?

S'il avait respecté sa promesse en lui rapportant fidèlement sa visite à Léoni, il décida de passer sous silence sa rencontre avec Ingrid

Carella mais aussi celles avec Fanny et David, son père. *En apprenant ce que tous trois m'ont dit, Dieu sait de quoi elle serait capable !*

— Rien pour le moment. Mon adjoint doit se rencarder.

Sur le rebord du chevet, Boris vit la boîte de médicaments.

— Tu prends bien ton traitement ?

— Ben, oui. Qu'est-ce que tu crois ? répondit-elle le regard fuyant.

— Tu es sûre ? insista Boris.

— Ok. Ça m'arrive d'oublier.

— Ta mère est au courant ?

— Non et ne va pas le lui répéter. Elle va me prendre la tête.

Charlie tendit le bras, prit le tube entre ses doigts et le serra fort.

— Ces cachets de Lithium sont mon pire cauchemar. Ils me font grossir et me donnent envie de gerber. Tu n'imagines même pas.

— Il n'y a pas que ça, n'est-ce pas ?

Les épaules de Charlie s'affaissèrent.

— Cette saloperie de maladie me pourrit l'existence. Je viens de fêter mes 18 ans mais je n'aurai jamais la vie que rêvent d'avoir les filles de mon âge. Quand je n'avale pas ces maudites pilules, je me sens libre, vivante. Tu comprends ?

Les larmes avaient envahi ses yeux. Boris la serra contre lui.

— Depuis quand as-tu arrêté de les prendre ?

— Depuis que j'ai rencontré Timothée. J'ai vite accroché avec lui.

Un fin sourire se dessina sur ses lèvres. Boris se dit qu'il ne fallait pas l'interrompre et la laisser déverser son trop-plein d'émotions.

— Il me plaisait mais je ne savais pas comment gérer ce qui se passait entre nous. Encore moins lui dire ce dont je souffrais.

Soudain, son visage se rembrunit.

— C'est pour ça qu'après avoir couché avec lui, je lui ai balancé à la figure que nous deux c'était seulement pour une nuit. Entamer une relation et donc mieux se connaître allaient tout foutre en l'air. C'était inéluctable. On ne cache pas longtemps sa bipolarité. Aussi, je ne lui ai laissé aucun espoir. Avoir une vie amoureuse, ce n'est pas pour moi.

— Tu dois apprendre à faire confiance aux autres. Si ce garçon tient à toi, il comprendra. Mais pour cela tu dois lui parler.

— Facile à dire. Un jour je suis triste et le lendemain c'est tout le contraire. Dans mes épisodes euphoriques, je ne pense pas aux conséquences de mes actes, j'agis. Rappelle-toi pour mes 16 ans, je me suis enfuie en train à Paris. Il a fallu ce contrôle de papiers pour que les flics m'embarquent. Le lendemain, quand je me suis réveillée dans ma chambre, je ne me souvenais de rien. À chaque fois, je dois me concentrer pour me rappeler. C'est là que je réalise l'ampleur des dégâts. Cette fois-là, j'avais piqué la carte bancaire de maman et explosé le plafond en faisant les boutiques sur les Champs-Élysées.

Soudain morose, elle posa sa tête sur l'épaule de son oncle.

— À l'inverse, lors des moments de déprime, j'ai parfois envie d'en finir, de me foutre en l'air.

— Chut ! Ça va aller, fit-il en lui caressant les cheveux. Je suis là. Je ne te lâche plus. Je t'en fais le serment, ma belle.

25

Lundi 23 août - 8 heures 45

Installé sur la terrasse, Lenatnof avait les pilules prescrites par le médecin de l'hôpital dans le creux de sa main. Avec un peu d'eau, il en avala une. *Celle-là, c'est le bêtabloquant.* Le regard fixé sur les autres, de couleurs et de formes différentes, il songea alors à sa nièce.

Après leur discussion de la veille, il comprenait mieux son désarroi. Ce geste, somme toute banal, qu'il venait d'accomplir, Charlie faisait le même chaque jour depuis des années, lui rappelant insidieusement le mal dont elle souffrait et qu'aucun traitement ne viendrait guérir.

En soupirant, il renouvela l'opération avec les cachets restants. Le dernier était le plus infâme avec un arrière-goût qui demeurait en bouche. La première fois, il s'était fait avoir. Depuis, il anticipait et préparait un expresso bien serré. En avalant une gorgée, les arômes puissants du café effacèrent aussitôt la désagréable sensation.

Habillé et rasé de près, Lenatnof s'accouda au balcon. Le soleil était déjà haut dans le ciel. La température grimpait doucement. Un vent léger caressait la cime des arbres. En contrebas de la maison, un paysan labourait le champ. Son chien aboyait après les oiseaux qui tournoyaient derrière le tracteur. Une nature bucolique et champêtre. *Un paysage de carte postale alors qu'un drame va se jouer dans les prochaines heures si je ne fais rien...*

Réveillé très tôt, il avait entendu Roxana se préparer avant de partir prendre son poste à l'usine. *Pour payer les traites de la maison et élever sa fille, elle s'épuise à faire des heures sup. Quand elle a démarré le moteur de sa voiture, le jour n'était pas encore levé.*

Resté dans sa chambre, il avait espéré recevoir un message ou un appel de Léoni ou de son adjoint au commissariat. En vain.

Le regard porté vers l'horizon, il inspira profondément. À nouveau, les paroles de la vieille femme lui revinrent en tête : « *Vous allez perdre un être cher. C'est ce qui est écrit... Le destin est votre ennemi... Vous devrez faire un choix...* »

Lenatnof était inquiet à cause de la tournure que pouvaient prendre les événements. *Rien ne me dit que je vais parvenir à modifier le cours des choses. En ai-je seulement le pouvoir ?*

Charlie fit son apparition, sortant son oncle de ses pensées. Elle se frotta les yeux avant de chasser une mèche de cheveux de son front.

— Tout va bien ?

— Mouais, bâilla-t-elle à s'en décrocher la mâchoire.

— Pas de mauvais rêves ou de cauchemars après les péripéties survenues l'autre nuit ? demanda-t-il en se souvenant des paroles de Roxana lorsqu'elle l'avait appelé au commissariat.

— Rien de tout ça. J'ai passé une bonne nuit. Tu me prépares un café, s'il te plaît. Long avec...

—... une pointe de lait, je sais, anticipa-t-il avant de filer à la cuisine.

En racontant à sa mère ce qui s'est passé à Chalmazel, elle lui a confié ses peurs et ses craintes. Cette conversation a permis à Charlie de se libérer du poids qu'elle avait sur la poitrine.

Content de lui et l'air joyeux, il prit plaisir à préparer les tartines de sa nièce. *Que m'arrive-t-il ? Je ne me reconnais pas moi-même,* songea-t-il en étalant la confiture. Quand tout fut prêt, il revint avec un plateau dans les mains.

— Merci, Dyadya. T'en veux une ?

— Après tout, pourquoi pas ?

Alors qu'il mordait dedans, Charlie fit glisser un cachet dans sa bouche. Boris lui fit un clin d'œil. D'ordinaire, il ne prenait pas le temps de s'asseoir et ne mangeait rien au petit-déjeuner. Bouleversant ses habitudes, il se surprit à partager avec sa nièce un moment d'intimité comme ils n'en avaient pas eu depuis très longtemps. Ils parlèrent de tout et de rien, du temps qu'il allait faire, des blagues que Josselin avait racontées jusque tard dans la soirée, du gâteau raté que Roxana avait fait à la hâte. Détendus et le cœur soudain léger, ils passèrent un bon moment. Une parenthèse, un moment privilégié qui ne dura pas.

Posé près de lui, le Smartphone de Boris vibra, rompant le charme et les ramenant à la réalité de l'instant présent. Le sourire qu'il affichait s'évanouit brusquement.

— C'est mon adjoint, dit-il avant de prendre la communication.

Attentive, Charlie guettait les paroles de son oncle, mais il n'y eut pas de conversation à proprement parler. Seulement des *Ah !* ou des *Hein !* pour exprimer son ressenti.

En écoutant son interlocuteur, Lenatnof réfléchissait déjà à ce qu'il allait répondre aux questions qu'il devinait dans le regard insistant de Charlie. Après avoir raccroché, il alluma une cigarette.

— Alors ? demanda Charlie impatiente.

— Pour ce qui est de Zacharie Verbrugge, rien dans le fichier central. Pas même une contravention pour excès de vitesse. Renseignements pris auprès de la police aux frontières, il est en voyage d'affaires au Brésil. Du côté de nos indics, cet homme est un parfait inconnu. Aucun lien connu avec Tony Salva. Avec les années, les deux amis se sont sans doute perdus de vue.

— Et son copain, Tony Salva ?

— À l'opposé du fils d'Ingrid Carella, ce lascar a un pedigree presque aussi épais que le Code pénal : escroqueries, vols, recels, proxénétisme et bien sûr trafic de drogue. Salva a multiplié les passages par la case prison. Sa dernière condamnation remonte à trois ans. Avec les remises de peine, il est libre depuis deux mois.

Se penchant vers sa nièce, il lui montra les photos des deux hommes que son second avait envoyées. *Si jamais elle les croise, elle se méfiera.*

Après avoir avalé le restant de sa tasse, Charlie se leva.

— N'oublie pas ta promesse. Tu ne fais rien sans m'en parler avant.

— J'ai compris, souffla-t-elle. Pas la peine de rabâcher. Je file me recoucher un moment. Cette nuit, je fais la fermeture à la brasserie.

Lenatnof l'observa attentivement. Rien ne l'interpella dans sa gestuelle, la tonalité de sa voix ou dans l'éclat de ses pupilles. *J'ai trop d'expérience pour savoir, qu'en ce moment précis, elle est sincère. Après tout, ma présence et mes mots l'ont peut-être convaincue de ne rien tenter pour obtenir des infos sur sa sœur. Ça voudrait dire aussi qu'elle échapperait à cette mort horrible ? Si seulement je pouvais en être sûr...*

— À ta place, j'irais m'habiller. Les gendarmes ne devraient pas tarder, dit-il en consultant sa montre.

Lorsqu'il releva la tête, Charlie lui adressa un œil interrogateur.

— Euh, c'est la procédure, bafouilla-t-il en réalisant qu'il avait trop parlé. Après l'accident de la route de tes amis, un procès-verbal doit être établi. Les personnes présentes à la soirée vont être entendues. La routine, rien de plus.

Il avait dit ça sans être certain que cela se déroulait ainsi. Il avait toutefois dû se montrer convaincant, car Charlie ne posa pas de questions. L'air soudain préoccupé, elle rejoignit sa chambre d'un pas lent, comme si une chape de plomb venait de s'abattre sur ses épaules.

Resté seul, il pesta contre lui-même. *Je dois faire attention à mes paroles. Charlie va finir par deviner que quelque chose ne tourne pas rond et demander des explications.*

En allumant une cigarette, il songea à ce que Rafael Santoni lui avait glissé dans l'écouteur et qu'il avait omis de dire à Charlie : « *Le domicile de Tony Salva est au 26 de la rue Marcel Mérieux dans le 7ème à Lyon, non loin de Perrache, dans le secteur où les filles tapinent pour son compte.* »

À ces mots, le sang de Lenatnof s'était figé. *Dans le passé tel que je l'ai vécu, c'est dans ce secteur que le corps de Charlie a été retrouvé flottant sur le Rhône.* Dans un claquement métallique, il referma nerveusement le clapet du Zippo. Il exhalait une fine fumée lorsque Josselin le rejoignit sur la terrasse.

— Salut, Joss. Bien dormi ?

— Très bien. Et toi ? Tu as récupéré de cet aller-retour à Saint-Étienne ?

Il s'assit près de son ami et, avant que Boris ne réponde, ajouta :

— Dans ton état, ce n'était pas du tout raisonnable.

— Tout va bien. Je pète la forme, prétendit-il en souriant.

Ribeiro ne fut pas dupe.

— Je viens de croiser Charlie, reprit-il. Le regard fuyant, elle avait sa tête des mauvais jours. La soirée d'hier a pourtant été agréable. Elle et sa mère ont réussi à se parler sans que le ton monte. Il s'est passé quoi ce matin ?

— Je viens de lui annoncer que les gendarmes allaient venir ici pour l'entendre sur l'accident de cette voiture dans laquelle se trouvaient ses amis.

— Les réminiscences de ton voyage spatio-temporel, c'est ça ? Avec cette rupture du continuum espace-temps, ironisa Josselin. Du coup, ça lui a rappelé son rôle, même indirect, dans cette triste histoire.

Lenatnof acquiesça en tirant une nouvelle bouffée.

— Tu refumes ?

— Ah, lâche-moi ! C'est déjà assez difficile comme ça, alors n'en rajoute pas. Si ça peut te rassurer, je n'ai pas bu une goutte d'alcool depuis ma sortie de l'hôpital. Satisfait ?

Ne voulant pas l'agacer de bon matin, Josselin changea de sujet.

— Hier au soir, après le dîner, on n'a pas eu un moment seul à seul. Tu me racontes ta journée ?

— Rien de concluant pour le moment. Beaucoup de questions sans réponses. Pour tenter d'éclaircir tout ça, je vais devoir m'absenter. Comme les gendarmes vont bientôt arriver pour entendre Charlie, j'aimerais que…

Devinant ce que son ami attendait de lui, il le rassura :

— Je resterai avec elle. T'inquiète.

— Après leur départ, garde un œil sur Charlie. Bien qu'elle m'ait promis de ne rien entreprendre sans m'en parler au préalable, je ne veux prendre aucun risque. Aussi, j'ai confisqué la clé de son scooter.

— Quand elle s'en apercevra, elle va râler. Tes oreilles vont siffler !

— Je ne fais pas ça de gaieté de cœur. C'est pour sa sécurité.

— Si ma mémoire est bonne, Charlie doit aller travailler en fin d'après-midi. Dans ta vie d'avant, tu m'avais bien dit qu'elle ne s'y était pas rendue ?

— Exact. Elle avait appelé son patron pour dire qu'elle était malade. C'était à partir de là qu'on avait perdu sa trace sans la moindre idée de l'endroit où elle avait pu aller ni chez qui elle avait dormi. Les prochaines heures vont être cruciales. C'est pour ça que tu dois rester vigilant durant mon absence.

Lenatnof repoussa sa chaise.

— Je file voir un gendarme. Je l'ai connu lorsque j'étais instructeur en centre de formation. En poste à la brigade de Montbrison quand

Salomé a disparu, il aura peut-être les réponses à certaines de mes nombreuses questions.

Ribeiro allait lui demander sur quoi portaient ses interrogations mais Boris était déjà parti.

26

Lundi 23 août - 9 heures 30

L'air était doux et le soleil radieux. Le coude sur le rebord de la portière, Boris quitta Lézigneux. Quelques kilomètres plus loin, il bifurqua et prit la longue ligne droite en direction de Sury-Le-Comtal. Craintilleux, là où il se rendait, se trouvait peu après. *J'espère que Gaby sera chez lui...*

Il était allé chez lui à de nombreuses reprises, mais la toute dernière fois remontait à des années. *Si je ne trouve pas sa maison, il y aura bien une bonne âme pour me rencarder,* se dit-il alors qu'il passait devant les bâtiments où jaillissait la source Parot.

Abaissant la vitre, il fit le point. *Ingrid m'a tenu à l'écart de l'enquête en me cachant certains aspects, comme le fait que son fils connaissait Salomé, ce qu'il a démenti devant les gendarmes qui l'ont interrogé. Ensuite, il y a cette amitié entre Zacharie et Tony Salva que sa mère prétend ignorer. Mon intuition me dit que tout ça cache quelque chose.*

À l'entrée du village, Boris ralentit. *Si ma mémoire ne me trahit pas, c'est quelque part sur la droite, une vieille ferme rénovée.* Rangeant sa voiture sous les marronniers en bordure de route, il termina à pied. Arrivé devant le portail en fer forgé, il reconnut les lieux. La demeure familiale était bâtie sur deux niveaux. De part et d'autre, les bâtiments où étaient autrefois entreposés le matériel et le foin, mais qui abritaient aussi le bétail. Il traversait la cour lorsqu'il entendit crier son prénom.

— Boris ? Si je m'attendais à te voir !

Tournant la tête, il aperçut Gabriel Laporte devant un massif de rosiers. Vêtu d'un short et d'une chemise ouverte sur un torse velu, il coupait les fleurs fanées. Abandonnant sa tâche, il vint au-devant de Boris. Sa barbe imposante et sa cicatrice en forme de croissant de lune sur le front lui donnaient un air sévère. *Souvenir d'une manif où toutes sortes de projectiles volaient bas,* se souvint Boris à qui Laporte avait maintes fois raconté cet épisode de sa carrière.

Contents de se revoir, les deux hommes se donnèrent l'accolade.

— Entrons, tu veux bien ? Il est encore tôt, mais le soleil tape déjà fort, dit-il en sortant un mouchoir de sa poche pour éponger son front luisant de transpiration.

Ils firent les quelques pas qui les séparaient de la maison.

— Ton épouse va bien ? demanda Lenatnof en s'asseyant.

— En pleine forme. Elle est partie faire des courses, elle ne devrait pas tarder. Elle va être ravie de te voir.

Tant mieux. Nous ne serons pas dérangés, se dit Lenatnof.

— Avant toute chose, on va trinquer. J'ai un blanc au frais dont tu me diras des nouvelles, dit-il en l'invitant à s'asseoir.

— Merci Gaby, mais ce sera sans moi. Je suis au régime. Pas d'alcool.

— Même pas un petit verre ? Un fond ?

— N'insiste pas. Sers-moi plutôt un café.

À regret, l'ancien gendarme s'exécuta et revint quelques instants plus tard avec une tasse dans chaque main.

Durant ce temps, Boris avait vu l'émetteur radio posé sur le bureau. *Le même qui est installé à bord des véhicules de la gendarmerie.*

— Tu m'expliques ? fit-il en désignant l'appareil d'un mouvement du menton.

Laporte s'assit, s'empara de sa pipe et tira des petites bouffées pour embraser le tabac avant de répondre.

— Saisi lors d'une perquisition. Un cambrioleur qu'on avait eu du mal à pincer. Branché sur notre réseau, il écoutait nos conversations. C'était peu avant ma retraite. Un oubli sur mon rapport. Ni vu ni connu et ce n'est pas le type qui allait se plaindre. Une aubaine pour moi qui aime écouter les collègues en intervention.

— T'as pas décroché en fait ?

— On ne balaie pas quarante ans de métier du revers de la main. Tu verras lorsque ton tour viendra.

Durant une dizaine de minutes, ils évoquèrent leur passé commun.

En fait, c'était surtout Laporte qui parlait. Il se rappelait quantité de détails que Lenatnof avait oubliés, comme les noms des élèves qu'ils avaient eus en formation ou encore les anecdotes survenues.

— Comment fais-tu pour te souvenir de tout ça ? Perso, j'ai oublié.

Laporte souleva ses épaules massives.

— J'ai toujours été comme ça.

Boris avala une gorgée avant de déclarer :

— Pour être franc, si je suis là, c'est pour prendre de tes nouvelles bien sûr, mais aussi pour faire appel à ta mémoire justement.

Un infime sourire se dessina sur les lèvres de l'ancien gendarme.

— Je t'écoute.

En quelques phrases, Boris lui fit part des doutes qu'il avait sur l'intégrité d'Ingrid dans l'enquête sur la disparition de sa nièce et, plus particulièrement, sur le rôle de son fils. Lorsqu'il termina, le coude en appui sur la table, la main calée sous le menton, l'ancien gendarme tournait sa cuillère dans la tasse.

— Cette affaire reste un échec cuisant. Jamais nous n'avons été en mesure de reconstituer avec exactitude ce qui s'était réellement passé ce soir-là. À notre décharge, il y avait tellement de monde venu d'un peu partout en France et même de l'étranger. Certains sont restés une nuit, d'autres la journée ou encore les deux jours que durait la manifestation. Avec nos effectifs réduits, difficile dans ces conditions de faire du bon boulot. Parmi les festivaliers, beaucoup étaient persuadés de détenir la vérité. Untel avait vu Salomé près de la sono à telle heure. Un autre affirmait qu'au même moment elle était au bar. Un troisième venait tout contredire en disant l'avoir vue quitter le festival. Bref, rien d'exploitable ou de concret.

— Mais encore, dit Boris sentant bien que Gabriel hésitait à lui en dire davantage.

— J'ai accompli la majeure partie de ma carrière sous les ordres d'Ingrid Carella. Une flic comme j'en ai peu côtoyé. À part toi, bien sûr.

— Arrête les cajoleries et dis-moi ce que je veux savoir.

Pour bien le connaître, Boris savait qu'il n'était pas homme à s'allonger facilement. Même s'il lui en coûtait de devoir utiliser une des vieilles ficelles du métier, il tenta un coup de bluff.

— D'après ce que j'ai pu savoir, il est avéré que ma nièce et Zacharie Verbrugge se connaissaient, affirma-t-il. Or, rien de tel n'est consigné dans la déposition du fils d'Ingrid. Étrange, non ?

Laporte cilla. Lenatnof en rajouta une couche pour le convaincre.

— Comment le fils d'une gendarme peut-il omettre de signaler une information comme celle-ci ? Tu sais comme moi que c'est parmi les proches que se trouve très souvent le coupable. Zacharie a été élevé dans une famille de militaires où le respect de la loi est érigé en art de vivre. Aussi, on peut raisonnablement être en droit de se demander pourquoi il a menti de la sorte. Qu'en penses-tu ?

Gaby resta immobile de longues secondes avant de secouer la tête.

— La vie dans une brigade de gendarmerie n'est pas simple. La promiscuité est de rigueur. Tout se sait. Les jalousies sont nombreuses et les coups bas, une règle. Ingrid a mené sa carrière sans rien devoir à personne et sans compromis. Pourtant...

À la tonalité de sa voix, Lenatnof sentit que Gaby allait lâcher prise.

— Je dois admettre que sa conduite des investigations m'a toujours laissé perplexe. J'étais son adjoint, celui avec qui elle partageait tout. Là, elle m'a mis sur une autre affaire qui n'avait rien d'urgent. J'ai bien insisté, mais elle n'a rien voulu savoir.

— Pour faire court, elle t'a mis à l'écart.

— C'est ça, dit-il désabusé en continuant de tourner sa cuillère dans la tasse.

— Elle a fait la même chose avec moi. D'accord, ce n'était pas mon secteur et je ne disposais d'aucun pouvoir mais j'étais de la maison.

— Et comment ! s'exclama Gaby en tapant du poing sur la table. Tes enquêtes faisaient souvent les gros titres de la presse. Les collègues connaissaient ta renommée. Avec toi en renfort, on était persuadé que l'affaire serait vite résolue. Mais lorsqu'elle nous a dit que le juge en charge de l'instruction avait décidé que tu ne serais là qu'en qualité de simple observateur sans accès au dossier ni intervention de ta part lors des auditions, on a tous pensé la même chose : *« Dans ces conditions, que vient-il faire ici ? »* C'était les ordres. On a obéi.

Le visage sévère, il revivait les événements comme s'ils s'étaient déroulés la veille.

— En aparté, je lui ai demandé pourquoi on se privait de tes compé-tences. Elle m'a répondu que c'était la volonté du juge, mais ses paroles sonnaient faux. Voulant comprendre, je suis resté vigilant à ses moindres faits et gestes. C'est comme ça que j'ai surpris une discussion entre elle et le magistrat peu après. En minaudant, elle le remerciait pour le service rendu. Malgré leurs mots couverts, j'ai compris que c'était elle qui avait tout manigancé.

— C'est donc elle qui, en usant de ses charmes, a fait en sorte de me mettre sur la touche et d'abréger mon séjour dans le Forez, fit Lenatnof dubitatif. Elle avait peur que je lui vole la vedette ?

— Elle a toujours eu de l'ambition et ne s'en cachait d'ailleurs pas, mais là, franchement, je ne voyais pas la finalité. La disparition d'une jeune femme dans un coin paumé de province, ça n'aurait jamais fait la Une du 20 heures. Et moi aussi, elle m'avait écarté. Comme elle était au courant de nos liens d'amitié, j'ai flairé le coup fourré.

La suite parut évidente à Lenatnof.

— Afin de tout contrôler, elle voulait être seule aux commandes.

— Exactement !

— Peut-être pour couvrir son fils qui était impliqué ou qui avait un quelconque lien avec l'affaire ?

— Je ne sais pas mais une chose est sûre, lorsque le tour de Zacharie est venu, c'est un bleu-bite, arrivé depuis peu, qui a pris sa déposition.

— Comment cela se peut-il ? Il n'avait aucune expérience dans la gestion d'un interrogatoire, s'étonna Boris.

— Je sais. Mais c'était la volonté du capitaine Carella. Les collègues connaissaient tous Zacharie et l'avaient vu grandir. Elle ne voulait pas qu'on puisse leur reprocher quoi que ce soit.

— Sur le fond, c'était la bonne décision. D'un autre côté, s'il avait quelque chose à cacher, le manque de savoir-faire de ce gendarme tombait à pic.

— C'est ce que je m'étais dit. Aussi, j'étais dans la pièce d'à côté, derrière le miroir sans tain, pour voir comment il allait s'y prendre. En fait, ce gars était paumé, incapable de rebondir face aux réponses formulées par le fils Verbrugge. Pourtant, il y avait largement de quoi le presser davantage de questions.

— Comment ça ?

— À un moment, il lui a demandé quelle était sa relation avec ta nièce. Il a répondu un truc du genre : « *Je vois de qui il s'agit. C'est une gamine. Une vague connaissance. Rien de plus.* » En disant ça, Zacharie n'était pas tranquille. Il gesticulait sur sa chaise et n'arrêtait pas de frotter ses mains sur son pantalon, ce que n'a même pas remarqué le collègue assis en face de lui. Pas convaincu par ses réponses et voulant savoir ce qu'il en était vraiment, je me suis arrangé pour avoir accès aux images de la télévision.

— De quoi parles-tu ? Je ne te suis pas !

Gabriel tira sur sa pipe avant de poursuivre :

— Le Foreztival était couvert par TL7, une chaîne d'informations locales. Parmi les enregistrements saisis, il y avait cette séquence où un journaliste interviewait un chanteur. En arrière-plan, on voyait le fils Verbrugge et un autre type discuter et rire en compagnie de quatre filles, dont Salomé. À un moment, Zacharie prend ta nièce par le cou et l'embrasse sur la joue. Un geste plutôt familier.

— C'est le moins que l'on puisse dire. Ça prouve donc qu'il a menti. Tu as fait voir cette vidéo à Ingrid ?

— Bien sûr. Elle m'a rétorqué qu'une conversation d'un soir au milieu de milliers de personnes ne constituait pas la preuve que son fils et Salomé se connaissaient. Ensuite, elle a ajouté que je ferais mieux de m'occuper de la mission qui m'avait été assignée. À défaut, elle n'hésiterait pas à me coller un blâme. Je n'ai pas insisté.

— Elle a étouffé l'affaire, en déduisit Boris. Une idée de qui étaient les filles avec ma nièce ?

— Miranda Castillo, Fanny Sénéchal et Anaïs Neuville, récita-t-il.

— Pour quelqu'un qui n'était pas sur l'enquête ! Comment fais-tu pour te souvenir de leurs noms ? Ah, c'est vrai ! Ta fameuse mémoire !

— En fait, lorsqu'on habitait à Montbrison, à deux pas de la gendarmerie, Anaïs et ses parents étaient nos voisins de palier. Une gosse timide et plutôt repliée sur elle-même. Quant à ses copines, je les croisais souvent dans les escaliers de l'immeuble. Assises sur les marches, elles discutaient ou écoutaient de la musique comme le font les jeunes. Il m'est arrivé de leur parler. Malheureusement, les aléas de la vie n'auront pas épargné Anaïs.

— Ah, bon ? Que lui est-il arrivé ?

— Quelque temps après la disparition de ta nièce, elle est tombée malade. Ses parents ont d'abord cru à une dépression mais son mal a rapidement empiré. Placée en hôpital psychiatrique, Anaïs n'en est jamais ressortie depuis. Cette épreuve les a brisées.

— On le serait à moins. De quoi souffre Anaïs ?

— D'après la rumeur, de crises de démence. Je n'ai pas plus de précisions.

— Revenons-en à cette vidéo. Que peux-tu me dire d'autre ?

— Un verre à la main, les filles et les deux garçons rigolaient en se trémoussant sur la musique qu'on entendait en fond sonore. Tout ce qu'il y a de plus banal dans une soirée comme celle-ci.

— Le gars qui était avec Zacharie Verbrugge a-t-il répondu à l'appel à témoins ?

— Aucune idée, dit-il en haussant les épaules. Je te rappelle que je n'étais pas sur l'enquête.

Lenatnof sortit son Smartphone.

— Cette affaire n'a rien d'officiel. Rafael Santoni, mon adjoint, me donne un coup de main. Il m'a envoyé une photo. Se pourrait-il que ce soit lui ? fit-il en la lui mettant sous le nez.

L'ex-adjudant Laporte se concentra sur l'image.

— Tout ça remonte à longtemps, finit-il par dire en détachant ses yeux de l'écran. Son visage ne me dit rien. Désolé. C'est qui ?

— Tony Salva. Un repris de justice déjà condamné plusieurs fois pour divers délits, dont proxénétisme et trafic de drogue. Sans pouvoir l'affirmer, je pense que ça pourrait être lui le type sur la vidéo.

— Il serait impliqué dans la disparition de ta nièce ?

— Je me pose la question. Lorsque j'ai évoqué avec Ingrid le fait que son fils et Salva puissent être copains, elle a démenti farouchement. Quant à Fanny, que j'ai rencontrée hier, elle m'a dit ne pas le connaître ou si peu. Elle était troublée et a coupé court à notre conversation.

— Pour te faire une opinion, tu devrais parler à Miranda Castillo.

— C'est ce à quoi je pensais. Tu as une idée de l'endroit où je peux la joindre ? Tu me rendrais un fier service.

Par la fenêtre donnant sur la cour, Laporte aperçut son épouse et se fendit d'un large sourire.

27

Lundi 23 août - 10 heures 05

Gabriel interpella son épouse alors qu'elle faisait la bise à Lenatnof.

— Tu veux bien faire un topo à Boris sur Miranda, ta coiffeuse ?

Partageant la vie d'un gendarme depuis longtemps, elle savait inutile de lui demander pourquoi il posait cette question, car elle connaissait par avance sa réponse : « *Je ne peux rien dire, secret professionnel* ».

— Apprentie puis salariée. Lorsque son patron a cédé le fonds, elle l'a racheté. C'était il y a quelques années déjà.

— Où se situe-t-il ? demanda Lenatnof en prenant le relais.

— À Montbrison, avenue de la Libération, à côté de la boulangerie. À deux pas de la place des Comtes du Forez.

Il visualisa tout de suite l'endroit. Dans sa vie d'avant, c'était là qu'il avait garé la Mustang avant de rendre visite à Juliette Nogaret.

— Côté vie privée ?

— Très discrète à ce sujet. Mère célibataire, son fils a 5 ans.

— Où habite-t-elle ?

— À l'étage, au-dessus du salon de coiffure. On y accède par une cour sur le côté du bâtiment.

Sachant désormais l'essentiel sur la jeune femme et, notamment, où la trouver, il ne s'attarda pas malgré l'insistance du couple pour le garder à déjeuner. Gabriel Laporte le raccompagna jusqu'à sa voiture.

— J'ai gardé pas mal de relations, fit le retraité de la gendarmerie. Alors, si je peux t'aider d'une façon ou d'une autre, fais-moi signe.

Les deux hommes se serrèrent la main. Après l'avoir remercié, Lenatnof s'installa derrière le volant, démarra et rejoignit la route.

Dans le rétroviseur, il vit Gaby lever la main. À son tour, il lui fit signe par la vitre ouverte.

Vingt minutes plus tard, il se gara place des Comtes du Forez.

Jetant un regard vers la maison de la famille Nogaret, il remarqua un véhicule immobilisé devant le portail pendant que les battants s'ouvraient. Au volant, il reconnut Clotilde Nogaret ainsi que sa fille assise à côté. *Après une nuit passée en observation à l'hôpital, Juliette rentre chez elle.* Il se remémora les paroles de sa mère : « *Seulement quelques hématomes. Elle s'en sort bien.* » En haussant les épaules, il se rappela aussi la désagréable impression que lui avait faite la jeune fille quand il lui avait demandé où pouvait être Charlie. Il mit fin à ses pensées et se dirigea d'un pas résolu vers le salon de coiffure.

— Bonjour, dit-il en entrant.

Il balaya l'endroit des yeux. Debout derrière leur cliente respective, deux jeunes femmes s'activaient. Une paire de ciseaux à la main pour l'une ; un sèche-cheveux pour l'autre. « *Sa coiffure est toujours très extravagante. Vous ne pouvez pas vous tromper.* » avait déclaré la femme du gendarme en réponse à sa question sur l'apparence de Miranda.

Abandonnant son poste, l'une d'elles, brune, mèches longues sur le dessus de la tête et rasée sur les côtés, s'avança vers lui dans une démarche chaloupée. *Ça ne peut être qu'elle.*

— Que puis-je pour vous ?

— Sans rendez-vous, une coupe, c'est possible ? fit-il en passant les doigts dans ses cheveux gras.

Les mains sur les hanches, elle resta une seconde à le dévisager.

— Une cliente vient d'annuler le sien. Je termine et je m'occupe de vous. En attendant, vous allez passer au bac.

Dans sa façon de se déplacer et de s'exprimer, il se dégageait d'elle une forte personnalité au caractère bien trempé.

Se tournant vers l'arrière-boutique, elle lança à haute voix :

— Démelza ! C'est pour toi.

Aussitôt, une jeune femme apparut. En apercevant l'homme près de l'entrée, elle se montra surprise et se fendit d'un sourire crispé.

— Si vous voulez bien me suivre...

Elle le fit s'asseoir dans un fauteuil, à l'autre bout du salon.

— Excusez ma réaction, mais je ne me suis encore jamais occupée d'un homme.

Réalisant que ses paroles prêtaient à confusion, elle rectifia :

— Enfin... Vous voyez ce que je veux dire, dit-elle embarrassée.

— J'avais bien compris, la rassura-t-il en ôtant ses lunettes.

En retour, elle sourit timidement avant de poser une serviette sur ses épaules. La nuque en appui sur le rebord du bac, il la regarda dans le miroir suspendu au mur. *Rousse, les yeux bleus. Plutôt jolie*, se dit-il.

Concentrée sur sa tâche, elle s'en acquitta sans chercher à entamer une conversation comme le faisaient souvent les gens de la profession.

À l'autre bout du salon, Miranda avait terminé et raccompagnait sa cliente jusqu'à la porte. Démelza finissait d'essuyer les cheveux du policier lorsque sa patronne s'approcha. Cédant la place, elle s'effaça et disparut dans l'arrière-boutique.

— Tout s'est bien passé ? sourit Miranda.

— Très bien, même si votre employée n'est pas très bavarde, dit-il sur le ton de la confidence.

— Elle est nouvelle dans le métier et prend ses marques. Elle a encore des progrès à faire.

Lenatnof sentit la femme sûre d'elle.

— Vous me suivez ?

Après avoir épousseté le fauteuil, elle l'invita à s'asseoir. Juste à côté, l'autre coiffeuse colorait les cheveux de sa cliente.

— J'ai mis un moment, mais je vous ai reconnu. Vous êtes l'oncle de Salomé. Le policier ? C'est bien ça ?

— Exact. Si j'avais effectivement besoin d'une coupe, j'ai surtout des questions à vous poser concernant Salomé.

Le sourire qu'elle affichait juste avant disparut.

— Ça n'en finira donc jamais, dit-elle avec lassitude.

— Pourquoi dites-vous ça ?

— Il y a moins d'une heure, Charlie m'a appelée. Elle aussi avait des interrogations au sujet de sa sœur.

— Et ? fit Lenatnof soudain inquiet.

— Je lui ai dit que c'était de l'histoire ancienne, qu'elle devait passer à autre chose. Comme elle insistait et de crainte qu'elle ne débarque à l'improviste, je lui ai dit de venir cet après-midi à 14 heures, avant l'ouverture.

Miranda passa la main dans les cheveux de Lenatnof pour juger du travail à faire. Ciseaux et peigne en mains, elle se mit à l'ouvrage.

Le commissaire fronça les sourcils. *Je me suis bien fait berner ! Que peut bien avoir en tête Charlie ?* Déçu de savoir qu'elle menait son enquête sans lui en avoir parlé, il se rassura en songeant que Josselin était à la maison. *Si elle décidait de partir, il saurait l'en empêcher. De toute façon, elle n'irait pas loin puisque j'ai confisqué la clé de son scooter !*

— Si j'en crois Fanny Sénéchal que j'ai rencontrée hier, reprit-il, vous étiez la meilleure amie de ma nièce.

— Salomé était la sœur que je n'ai pas eue, dit-elle avec tristesse. On se disait tout. Après sa disparition, jamais je n'ai revu Anaïs et Fanny. De toute façon, rien n'était plus pareil sans elle.

— Vous avait-elle dit si elle fréquentait quelqu'un ?

Elle arrêta son geste.

— Ça ne risquait pas.

— Et pourquoi ça ?

— Salomé et les garçons, c'était compliqué, fit-elle en se remettant à la tâche. Si l'un d'entre eux venait à lui tourner autour, elle se dérobait et ne lui laissait aucune chance. Elle avait bien trop peur qu'il découvre de quoi elle souffrait.

— Alors vous étiez au courant pour sa bipolarité ?

— Bien sûr. Tout comme l'étaient Fanny et Anaïs, répondit-elle avec une soudaine pointe d'agacement dans la voix.

Lenatnof l'avait clairement perçu. La suite confirma son ressenti.

Comme pour mettre un terme à leur conversation, Miranda se saisit de la tondeuse afin de lui dégager la nuque. Le moteur vrombissant près de ses oreilles, il lui était impossible de parler. Il attendit qu'elle termine pour reprendre :

— Dans les jours qui ont précédé le festival à Trelins, Zacharie est pourtant venu la voir à plusieurs reprises. Charlie les a vus s'enfermer dans la chambre de sa sœur. Quelle était la raison de ses visites ?

Agacée de le voir insister de la sorte, sa réponse gicla :

— Salomé ne me racontait pas sa vie !

— Il y a un instant, vous m'avez affirmé le contraire.

Décontenancée de s'être fait piéger, Miranda haussa le ton :

— Ah ! Vous m'embrouillez à la fin !

Se demandant ce qui se passait, l'employée et la cliente d'à côté tournèrent la tête dans sa direction.

Une dame entra dans le salon. Voyant là une échappatoire pour se soustraire à l'interrogatoire en règle du policier, Miranda se précipita vers elle.

— Bonjour. Je suis à vous dans deux, trois minutes, dit-elle à la cliente.

Une façon polie et détournée pour me dire de dégager.

Miranda revint vers Lenatnof et saisit le sèche-cheveux.

— Qu'est-ce que vous me cachez ?

— Rien. Rien du tout, appuya-t-elle. Finissons-en !

Sa manœuvre n'eut pas l'effet escompté.

— Je suis pugnace, je ne partirai pas d'ici sans savoir, dit-il stoïque.

Devant sa détermination sans faille, elle lâcha prise :

— C'était le week-end avant le Foreztival, un copain à Zac n'avait pas lâché Salomé de la soirée.

— Tony Salva ?

Un instant décontenancée, elle approuva d'un signe de tête.

— Qu'est-ce que ma nièce vous a dit le concernant ?

— Durant cette fête, ils avaient fait connaissance. Pour la première fois, elle se sentait en confiance. Ce sont ses paroles. J'imagine que si Zac s'est rendu chez Salomé, c'était pour lui dire ce que son copain éprouvait pour elle et savoir si Salomé ressentait la même chose. Des trucs qui se font à cet âge où l'on découvre la vie. C'est tout ce que je sais. Je vous promets.

Pendant qu'elle parlait, Lenatnof ne l'avait pas quittée des yeux dans le reflet du miroir. À aucun moment, il n'avait senti qu'elle n'était pas sincère ni qu'elle lui cachait quelque chose. Aussi, il n'insista pas, régla la note et quitta les lieux. *Que faisait Salomé avec un voyou pareil ? Certes j'avance, mais pas assez vite et le temps presse.*

Avant de rentrer déjeuner à la maison, il se dit qu'il avait le temps de se rendre à l'hôpital de la ville. *En voiture, c'est à quelques minutes.*

Lorsque Gabriel Laporte l'avait raccompagné, l'ex gendarme lui avait confié qu'Anaïs était internée dans l'unité psychiatrique de l'établissement. *Je ne sais pas si elle sera en mesure de me répondre. Mais je ne dois négliger aucune piste pour comprendre ce qui s'est réellement déroulé cette nuit-là. Tout est parti de là.*

28

Lundi 23 août - 10 heures 50

Parvenu sur les hauteurs de Montbrison, Lenatnof gara la Mustang sur le parking de l'hôpital. Résolu à rencontrer Anaïs Neuville, il se dirigea vers l'entrée de l'unité psychiatrique.

Pour autant, il savait que ce ne serait pas chose aisée. En effet, seule la famille était autorisée à la voir. Les autres personnes n'étaient acceptées qu'après décision d'un cadre de santé et sur rendez-vous. *Ne disposant d'aucun document officiel, je vais devoir ruser pour franchir la porte de sa chambre,* se dit-il en s'approchant de l'accueil.

Sur le guichet, il déposa sa carte de police. Lorsque la jeune femme assise derrière leva la tête vers lui, il la fit glisser dans sa direction. Engoncée dans une blouse trop juste pour dissimuler ses rondeurs, elle referma le magazine *people* qu'elle feuilletait discrètement.

— Commissaire Lenatnof. Boris Lenatnof.

Intriguée par la présence d'un policier dans des locaux hospitaliers, les yeux de la réceptionniste passèrent à plusieurs reprises de son visage à la photo d'identité de sa carte du ministère de l'Intérieur.

— Une enquête criminelle est en cours. Je suis mandaté par le juge en charge du dossier d'instruction pour m'entretenir avec une certaine Anaïs Neuville.

L'air solennel qu'il affichait et la profusion de termes techniques eurent l'effet escompté.

— Je contacte le secrétariat du service, dit-elle à voix basse comme s'il s'agissait d'une affaire d'État.

Décrochant le téléphone, elle échangea quelques mots avec son interlocuteur. En reposant le combiné, elle murmura :

— Le médecin psychiatre vous attend. 3ème porte sur votre gauche.

Lenatnof s'engagea dans le couloir. À peine avait-il fait quelques pas que cette odeur particulière, un relent unique et dérangeant, mélange de produits ménagers et de médicaments, effleura ses narines. Il se revit quelques jours plus tôt dans le lit de cette chambre où il s'était réveillé après avait frôlé la mort. Un frisson désagréable le parcourut de la tête aux pieds.

Une femme, la quarantaine, tailleur ajusté et cheveux attachés, se présenta à lui. Une autre suivait. Plus âgée, elle était vêtue de blanc de la tête aux pieds.

— Bonjour commissaire. Je suis le docteur Richard et voici Colette, l'infirmière qui s'occupe d'Anaïs depuis plusieurs années. Que puis-je faire pour vous ?

— J'enquête sur une affaire criminelle. Une jeune femme portée disparue il y a dix ans de ça. Son nom est Salomé Roussel. Anaïs Neuville faisait partie de ses amies les plus proches. Compte tenu d'éléments nouveaux, j'aimerais m'entretenir avec elle.

Le médecin l'observa. Lenatnof savait que si elle lui réclamait un document prouvant ses dires, il se retrouverait dans une impasse.

— Je ne m'y oppose pas. Mais ça va être difficile, voire impossible.

— Pourquoi ça ?

— Suivez-moi. Vous allez comprendre.

Plus loin, elle s'arrêta devant une porte. Une petite vitre permettait de voir à l'intérieur de la pièce. Lenatnof s'avança et aperçut une jeune femme. Debout devant la fenêtre, elle se balançait d'avant en arrière.

— Anaïs ne parle pas et n'a aucun lien avec l'extérieur, commenta la psychiatre. Témoin d'un acte violent ou victime d'un choc émotionnel intense, elle est depuis plongée dans un état post-traumatique. Marquée durablement par cette épreuve, son cerveau n'est jamais parvenu à intégrer que le danger était passé. Elle le revit en continu au travers de cauchemars et de souvenirs répétitifs se traduisant par des sentiments de peur et d'horreur effroyables. Sa psychose est aiguë et rien ne laisse présager qu'elle en sorte un jour.

— C'est quoi ces dessins accrochés aux murs ?

— Elle utilise un fusain pour raconter ses peurs et ses angoisses au travers de visages sombres, tourmentés et remplis d'épouvante. Un univers dévasté comme vous pourrez le constater.

— A-t-elle de la visite ?

— Hormis ses parents, pas que je sache. Je peux me renseigner.

— C'est possible tout de suite ?

— Oui, bien sûr. Anaïs n'a pas l'habitude des inconnus. Aussi, Colette va rester avec vous. Je reviens si je trouve quelque chose.

Lenatnof la remercia puis entra dans la chambre à la suite de l'infirmière, une femme de grande taille et plutôt robuste.

Vêtue d'une chemise de nuit qui descendait jusqu'à ses pieds, Anaïs Neuville leur tournait le dos.

— Tu as de la visite, dit Colette d'une voix douce en l'aidant à s'asseoir sur le rebord du lit.

En apercevant Lenatnof, elle sursauta et replia aussitôt les jambes contre son buste et les enserra de ses mains.

Ses cheveux longs rabattus devant son visage masquaient ses traits. Toutefois, Lenatnof arriva à voir ses yeux. Deux agates noires qui le fixaient intensément. D'une maigreur extrême, ses bras n'étaient guère plus gros que ceux d'une enfant de 10 ans.

— Ce n'est pas un bon jour ? demanda-t-il.

— Si seulement il y en avait, ne serait-ce qu'un de temps à autre.

Son balancement avait repris de plus belle.

— Je suis là. Tout va bien.

Pendant que Colette lui parlait pour la tranquilliser, Boris examina les dessins. Il y en avait sur tout un pan de mur. Comme l'avait dit le docteur Richard, ils représentaient tous, sans exception, des visages torturés par une souffrance extrême.

Désormais très agitée, Anaïs se tirait les cheveux et ânonnait des mots incompréhensibles.

— Du calme. Tu n'as rien à craindre, tu es en sécurité.

Se tournant vers le policier, elle lui fit signe de sortir.

J'aurai essayé, se dit-il en soupirant.

Avant de quitter la pièce, il balaya une dernière fois du regard les croquis. Il avait la main sur la poignée de la porte lorsqu'un détail accrocha inconsciemment son attention. Mais lequel ?

Faisant un pas en arrière, il se concentra et repéra ce qui l'avait alerté : tous avaient ce même signe tracé en bas à droite, là où l'artiste appose habituellement sa signature. Il représentait une tête de cheval avec une corne sur le front. *Une licorne ! Fanny et David m'ont dit que Tony Salva et Zacharie Verbrugge avaient ce même animal légendaire tatoué sur le bras. Ça ne peut pas être une banale coïncidence. Je n'y crois pas une seconde. Et si ces coups de crayon retranscrivaient un drame qu'elle avait vécu ?*

Lorsqu'il rejoignit le couloir, le médecin était là.

— Est-ce qu'Anaïs aurait pu être victime d'un viol ?

— Pendant que vous étiez avec elle, j'ai consulté son dossier médical. Rien de tel n'est consigné. Des hypothèses sont évoquées et le viol en fait partie même si Anaïs n'a jamais prononcé ce mot ni reconnu en avoir été victime. Toutes les formes de violence peuvent provoquer cette même prostration qui fige la personne dans une stupeur pouvant durer des mois, voire des années, comme c'est le cas d'Anaïs. Le cours de sa vie s'est brutalement interrompu et tout son être est devenu le lieu d'une peur liée à des images et des sensations abominables. Ses dessins illustrent son traumatisme.

Une deuxième question suivit :

— Comment s'est-elle retrouvée en hôpital psychiatrique ?

— Le compte-rendu de mon prédécesseur reprend les propos de ses parents. Il est écrit que son comportement a brusquement changé après la disparition de sa meilleure amie. Son nom n'est pas précisé mais je suppose qu'il s'agit de Salomé Roussel qui est l'objet de votre venue ici, n'est-ce pas ?

— Effectivement. Poursuivez, je vous prie.

— Dans les semaines qui ont suivi, elle s'est peu à peu renfermée sur elle-même, ne parlait quasiment plus et ne sortait pas de chez elle. Ne s'alimentant guère, elle avait beaucoup maigri. Inquiets, ses parents ont songé à une déprime. Ils ont alors consulté leur médecin qui lui a prescrit un antidépresseur. Comme son état ne s'améliorait pas, il a changé plusieurs fois le traitement sans résultat probant. Son mal empirait et, au bout de plusieurs mois, ils ont finalement pris contact avec un psychiatre. La suite, vous la connaissez.

Le policier demeura silencieux. Comme ça lui était déjà arrivé de nombreuses fois au cours de sa carrière, il avait le sentiment de détenir toutes les pièces d'un puzzle mais, pour l'heure, il était bien incapable de les assembler.

Le docteur Richard le sortit de ses pensées.

— J'ai consulté le registre des visites. Chaque dimanche et chaque mercredi, ses parents passent l'après-midi auprès de leur fille. Un des rares moments où Anaïs est apaisée.

— Qui d'autre ?

— Une certaine Camille Després.

— Quel est son lien de parenté avec Anaïs Neuville ?

— Je l'ignore et je ne sais pas qui est cette personne. C'est mon prédécesseur qui a accordé ce droit de visite. J'ai retrouvé le document qui l'atteste.

— Vous avez conservé une copie de sa pièce d'identité ?

— Non, mais mon collègue a dû, à l'époque, s'assurer de son nom comme le stipule le règlement intérieur. Nous sommes dans un hôpital, pas dans un établissement pénitentiaire.

Le médecin tapa à la vitre et fit signe à l'infirmière de sortir.

— Oui, docteur ? fit-elle en refermant la porte derrière elle.

— Dans le dossier d'Anaïs, figure une autorisation de visite pour une dénommée Camille Després. Savez-vous si elle est de la famille ?

— Aucune idée.

— Vous lui avez déjà parlé ? enchaîna Lenatnof.

— Oui, c'était le mois dernier, répondit Colette. Ne trouvant pas Anaïs dans sa chambre, elle m'avait interpellée pour savoir où elle pouvait être.

— À quoi ressemble-t-elle ?

L'infirmière fouilla sa mémoire.

— Taille moyenne, menue, blonde, cheveux longs.

— Quel âge ?

— Euh... Elle portait des lunettes de soleil. Je dirais... la trentaine, sans aucune certitude.

Lenatnof leva la tête vers le plafond et le parcourut des yeux jusqu'à repérer le système de vidéosurveillance. Situé dans un renfoncement, il n'était visible que lorsqu'on passait à proximité. En s'adressant au docteur Richard, Lenatnof demanda :

— Comme votre collègue a une idée assez précise de la période de sa venue, pourrais-je voir les images, s'il vous plaît ?

— Bien sûr. Suivez-moi.

Tous trois se dirigèrent vers le sous-sol et rejoignirent un local situé entre la pharmacie et la salle de repos du personnel soignant. Après des manipulations qui nécessitèrent plusieurs minutes, ce qui fit bouillir Lenatnof d'impatience, l'infirmière retrouva la séquence dont elle venait de parler. Le film n'était pas de bonne qualité, mais la caméra balayait l'intégralité du couloir. Impossible à quiconque d'y échapper. *Qui sait, la chance sera peut-être avec moi*, songea le commissaire.

Attentif, il vit une femme apparaître dans le champ de la caméra. Lorsqu'elle passa au plus près de l'objectif, l'infirmière enfonça une touche sur le clavier : l'image se figea.

— C'est elle. Voici Camille Després.

La description faite par Colette était fidèle.

— Y aurait-il une autre caméra ? Près de la chambre d'Anaïs, par exemple ?

— Non, c'est la seule dans ce secteur de l'hôpital.

Lenatnof s'attarda sur la capture d'écran. Quelque chose l'intrigua sans qu'il puisse dire quoi. *Serait-ce une amie de Salomé ? Une qui ne faisait pas partie de ses intimes comme l'étaient Miranda ou Fanny ?*

— Vous pouvez me faire une copie papier ?

Colette attendit l'accord du médecin pour lancer l'imprimante.

Sitôt fait, ils regagnèrent l'étage. Avant de s'en aller, il les remercia pour leur disponibilité avant de remettre à chacune sa carte.

— Si un détail vous revenait, prévenez-moi immédiatement.

Le commissaire rejoignit l'accueil. Avant de plier et ranger la feuille de papier dans sa poche, il l'observa à nouveau attentivement.

Fortement pixélisée, l'image n'offrait qu'un rendu médiocre.

Concentré sur le visage de Camille Després, il se fit la réflexion qu'un détail lui avait échappé. *Elle tient un paquet à la main. Qu'est-ce que cela peut être ?* Son intuition lui souffla de ne pas partir sans savoir ce qu'il en était. Faisant demi-tour, il héla l'infirmière :

— S'il vous plaît !

Celle-ci vint à sa hauteur. Lui montrant le cliché, il demanda :

— Ce sachet qu'elle tient, vous savez ce qu'il contenait ?

— Oh, oui ! Des churros, des pommes d'amour et de la réglisse. Pendant qu'elles mangent ces friandises, elles ne se quittent pas des yeux. Lorsqu'elles ont terminé, elles se serrent l'une contre l'autre un long moment.

— Une idée de ce qu'elles fêtaient ? L'anniversaire d'Anaïs ?

— Pas du tout. C'est en avril.

— Celui de cette femme alors ?

— Je ne sais pas. Par contre, ce que je peux vous dire avec certitude, c'est que cette même scène se déroule chaque année pour la Saint-Aubrin.

Lenatnof ressentit un picotement au niveau de la nuque. Un signe qu'il connaissait bien. Il tenait peut-être là une piste intéressante.

— La Saint-Aubrin ?

— C'est le nom donné par la ville de Montbrison à la fête patronale locale. Elle a lieu vers le 15 juillet et dure une dizaine de jours. Autre chose ?

— Non, je vous remercie.

Colette disparut au bout du couloir, laissant Lenatnof perplexe. *C'est quoi ce bordel !* se dit-il en regardant une fois encore le cliché de Camille Després. Malgré les lunettes qui dissimulaient la couleur et la forme de ses yeux, le visage de cette femme lui disait vaguement quelque chose. *Une impression de déjà-vu.*

— Voilà ce qui m'a interpellé, il y a un instant ! dit-il tout bas.

Il força sa mémoire dans l'espoir de savoir où et quand il avait pu la voir ou la croiser. Mais rien ne lui revint. *Pourquoi cette visite à Anaïs chaque année à la même période ? Quel lien peut les unir ? Parce qu'il en existe forcément un ! À quoi rime leur rituel ? Et quel peut en être la signification ?* Le policier leva la tête en direction de la chambre d'Anaïs. *Elle a les réponses, c'est sûr, mais dans l'état où elle est, je n'ai rien à espérer.*

Lenatnof regagna sa voiture et s'installa derrière le volant avant de rédiger un SMS pour son adjoint : « *Trouve tout ce que tu peux sur une certaine Camille Després.* »

Il venait de l'envoyer lorsque l'appareil vibra. C'était Jacky Léoni.

— Quoi de neuf ? demanda-t-il aussitôt.

— Hier, après votre départ, j'ai étudié de près la vidéosurveillance sur laquelle l'individu à la casquette dépose incognito la photo de Salomé dans les locaux du *Progrès*. En cherchant comment je pourrais identifier ce père de famille et son fils présents eux aussi à l'image, j'ai noté que tous deux avaient autour du cou une carte plastifiée comme celle qu'ont les touristes voyageant en groupe. En zoomant, j'ai pu lire le nom du tour-opérateur.

— Venez-en au fait ! le coupa Lenatnof pressé de savoir la suite.

— Vous aviez raison. Ayant réussi à contacter notre photographe amateur, il m'a envoyé les clichés qu'il avait pris. Manque de chance, notre énigmatique livreur n'apparaît sur aucun.

— Ça aurait été trop beau ! enragea le policier. Une piste qui tombe à l'eau. Décidément, rien ne va.

— Attendez ! Ce n'est pas tout. En étudiant chaque photo, je suis tombé sur un truc improbable. Figurez-vous qu'en appuyant sur le déclencheur, notre père de famille a capturé le reflet de l'inconnu dans la vitrine devant laquelle il passe. Pour le coup, j'ai eu du nez, jubila Léoni content de lui.

— Et alors ? s'impatienta Lenatnof.

— Le technicien du labo a pris le relais et fait des miracles. Notre mystérieux dépositaire est une jeune femme, mignonne de surcroît. C'est mince comme info, je sais, mais peut-être cela vous permettra-t-il de l'identifier ? Je viens de vous envoyer sa trombine.

En découvrant les traits fins de son visage et sa chevelure rousse à l'écran, il tressaillit. *Coupe au carré et frange jusqu'aux sourcils, c'est Démelza ! La fille qui m'a lavé les cheveux.*

Les rouages de son cerveau se mirent en mouvement. *Pour agir de la sorte, elle connaissait forcément Salomé. Comment pourrait-il en être autrement ? Mais alors, qui est-elle ? Et quel était son objectif en remettant cette photo au journal ?*

Lenatnof n'avait pas lâché des yeux le cliché et, soudain, il y eut un déclic quelque part dans son esprit. Aussitôt, il juxtaposa l'impression-écran de l'hôpital avec la photo de Léoni. Même habillée et coiffée différemment, le doute n'était pas permis : Démelza et Camille Després étaient une seule et même personne.

En réfléchissant à tous ces nouveaux éléments, il se dit que Miranda n'avait pas été franche avec lui. *La coiffeuse étant l'amie d'Anaïs, je n'imagine pas une seule seconde qu'elle puisse ignorer qui est cette femme.*

Devant le silence du policier qui s'éternisait, Jacky l'interpella :

— Lenatnof ? Vous êtes toujours là ?

— Je dois y aller, dit-il en consultant sa montre. Je vous raconterai. Je n'ai qu'une parole. Merci pour tout Léoni.

Lenatnof raccrocha et démarra sans plus attendre. *J'ai la conviction que cette fille est la pièce maîtresse pour comprendre ce qui est arrivé à Salomé. Une discussion s'impose. Et tout de suite !*

Les pneus de la Mustang crissèrent sur le goudron chauffé à blanc. Intriguées autant par l'odeur de caoutchouc brûlé qui se répandait dans l'air que par le hurlement du moteur, plusieurs personnes tournèrent la tête, se demandant ce qui se passait. Certaines suivirent du regard le bolide jusqu'à ce qu'il disparaisse de leur vue.

Les cloches de la collégiale Notre-Dame-d'Espérance sonnaient les douze coups de midi lorsqu'il rejoignit le centre-ville de Montbrison.

Arrivé sur le parking où il s'était garé plus tôt dans la matinée, il retirait la clé de contact lorsqu'il vit la coiffeuse et la fille de la photo quitter le salon de coiffure. *Tantôt blonde, tantôt rousse, elle doit avoir la trentaine.*

Miranda portait un sac à bout de bras. Démelza suivait. Dans ses bras, elle tenait un enfant. Lenatnof lui donna 5 ou 6 ans maximum. *C'est sans doute le fils de Miranda dont m'a parlé l'épouse de Gaby.*

Lenatnof observa attentivement Démelza. Il était rare qu'il oublie un visage et le sien lui était totalement inconnu. *Pourtant, lorsqu'elle s'est occupée de moi je suis convaincu qu'elle savait qui j'étais. Et c'est pour cette raison qu'elle ne m'a quasiment pas adressé la parole.*

Les deux jeunes femmes regardèrent alentour à plusieurs reprises.

— On dirait qu'elles attendent quelqu'un. Que manigancent-elles ? murmura-t-il en les voyant patienter sur le trottoir.

Soudain, un taxi vint se ranger à leur hauteur. Le petit garçon changea de bras pour ceux de Miranda. Démelza ouvrit la portière pour déposer son sac à main sur la banquette.

La réaction de Lenatnof fut immédiate :

— Sacrebleu ! Elle met les voiles ! marmonna-t-il.

Lenatnof s'apprêtait à quitter sa cachette pour l'intercepter et faire toute la lumière sur son rôle dans cette histoire lorsque son portable vibra. Agacé d'être dérangé, il jeta néanmoins un coup d'œil au numéro qui s'affichait. C'était Josselin.

— Que veux-tu ? chuchota Boris, l'oreille collée à l'écouteur.

Soudain, son cœur cala, sautant deux pulsations.

— Comment ça, Charlie a disparu ?

Ribeiro se lançait déjà dans les explications, mais Boris le coupa :

— J'arrive.

Après avoir raccroché et, bien que sonné par cette terrible nouvelle, il se concentra sur la scène qui se déroulait devant ses yeux.

Son Smartphone toujours à la main, il filma les adieux des deux jeunes femmes. Après les embrassades, la portière du taxi se referma et le chauffeur démarra. Alors qu'il s'éloignait, Miranda tendit le bras. Imitant sa mère, le petit garçon fit de même.

Arrêtant l'enregistrement, il l'envoya à Rafael accompagné de ces mots : « *Contacte la société de taxi et trouve l'adresse où ce véhicule va déposer sa cliente.* »

Sans plus attendre, Lenatnof se rua vers la Mustang. *Charlie a filé en douce. C'est pas vrai, l'histoire se répète !*

29

Lundi 23 août - 12 heures 10

Roulant à vive allure sans se préoccuper des limitations de vitesse, Lenatnof prit la route en direction de Lézigneux. Après le sprint forcé jusqu'à sa voiture, il ressentait une vive brûlure au niveau du cœur. Tenant le volant de la main gauche, il se massa la poitrine de l'autre.

Intérieurement, il fulminait, se répétant les mêmes mots : *s'il lui arrive quelque chose...* De rage, il enfonça la pédale de l'accélérateur.

La Mustang n'était pas réputée pour sa tenue de route. Dans un virage où il arrivait trop vite, il perdit le contrôle. Chassant de l'arrière, la voiture partit en tête à queue. Aussitôt, il contrebraqua pour corriger sa trajectoire et retrouver de l'adhérence. Bien exécutée, sa manœuvre remit la Mustang dans la bonne direction. L'automobiliste qui arrivait en face lui fit des appels de phares et l'invectiva par la vitre ouverte en faisant de grands gestes avec les bras. Préoccupé par la disparition de Charlie, il ne le vit même pas.

Quelques minutes plus tard, il pila devant la maison de sa sœur.

Le visage défait, Josselin l'attendait sur le pas de la porte.

— Que s'est-il passé ?

Visiblement affligé par la tournure des événements, Ribeiro se prit la tête entre les mains.

— Je ne me suis pas méfié. Un instant d'inattention.

Les deux hommes pénétrèrent à l'intérieur.

Les mâchoires de Boris se crispèrent. Il avait une furieuse envie de lui balancer au visage ce qu'il pensait de sa négligence. Pour autant, il n'en fit rien. *Après tout, c'est de ma faute. C'était à moi de veiller sur Charlie. Dans mon autre vie, où ni Joss ni moi n'étions là, elle avait disparu en fin d'après-midi, prétextant aller prendre son service à la brasserie. Se sentant surveillée depuis notre arrivée à tous les deux, elle aura changé ses plans pour prendre le large ce matin.*

— Si tu savais... Si tu savais comme je m'en veux, bafouilla Josselin.

— Raconte-moi, l'encouragea-t-il. Chaque détail a son importance.

— Durant l'entretien avec les gendarmes, Charlie semblait sereine quand elle répondait à leurs questions.

— Que voulaient-ils savoir ?

— Comment s'était passée la soirée ? Pourquoi Juliette et Timothée avaient décidé de partir avant les autres ? Charlie leur a rapporté ni plus ni moins ce que tu m'avais dit. À savoir qu'elle avait eu une relation intime avec ce garçon. Aussi, quand elle l'avait trouvé en compagnie de sa meilleure amie, une dispute avait éclaté. Pour ne pas que la situation s'envenime davantage, il avait alors décidé de raccompagner Juliette chez elle. Après avoir consigné par écrit ses dires, ils lui ont fait signer sa déposition.

— Quoi d'autre ?

— Ils rangeaient leurs affaires lorsque Charlie leur a demandé dans quelles circonstances la voiture de Timothée avait quitté la route. Ils ont répondu qu'il avait perdu le contrôle dans un virage en raison d'une vitesse excessive. Ils ont ajouté que les analyses pratiquées à son arrivée aux urgences avaient révélé que le chauffeur présentait un taux d'alcool dans le sang dépassant largement la limite autorisée. Idem pour sa passagère. Leur conclusion était, qu'à l'évidence, le jeune homme n'aurait jamais dû prendre le volant. C'est seulement là que Charlie a flanché. Elle a pâli et son menton s'est mis à trembler.

— Et après leur départ ?

— Pour évacuer la charge émotionnelle que je lisais sur son visage, je lui ai suggéré qu'on en reparle. Elle a refusé, ajoutant qu'elle était rassurée de savoir que leurs vies n'étaient plus en danger.

— Ensuite ?

— Elle a regagné sa chambre. Au bout d'un moment, j'ai toqué à sa porte pour lui proposer d'aller se promener jusqu'à l'étang. Allongée sur son lit, le portable à l'oreille, elle m'a fait signe que non. Je n'ai pas insisté et suis allé me doucher. C'est en sortant de la salle de bains que j'ai vu qu'elle avait filé. Son scooter n'est plus dans le garage, j'ai vérifié.

— J'avais pourtant confisqué la clé. Bon sang, j'aurais dû y penser ! Elle avait un double, forcément.

Laissant Josselin à ses tourments, Boris fila dans la chambre de Charlie. *Peut-être a-t-elle laissé un indice dans ses affaires sur l'endroit où elle est allée ?*

Son bureau était encombré des cours de l'année écoulée, de divers produits de maquillage, d'une brosse à cheveux et même d'un soutien-gorge. Ne trouvant rien d'intéressant, il examina ce qui se trouvait sur la commode. Là non plus, aucun élément susceptible de lui fournir une quelconque indication sur sa destination.

Il allait quitter la pièce lorsque le bout d'une feuille de papier dépassant des draps en désordre attira son attention. Intrigué, il les repoussa et vit une pile de procès-verbaux à l'entête de la gendarmerie de Montbrison. *Ceux qu'elle a trouvés chez moi. Elle a dû les photocopier avec l'imprimante de mon bureau,* supposa-t-il. En les feuilletant, il nota que Charlie avait surligné des passages sur les dépositions de Miranda Castillo, Fanny Sénéchal et Anaïs Neuville. *Qu'a-t-elle voulu mettre en évidence ?*

En les parcourant tour à tour, il ne lui fallut que quelques secondes pour comprendre.

— Les trois filles ont utilisé quasiment les mêmes mots, chuchota-t-il en relisant les phrases passées au Stabilo. « Si j'ai vu quelqu'un tourner autour de Salomé ou l'importuner ? Rien de tout ça, je l'aurais remarqué… A-t-elle un petit ami ? Non, elle ne fréquente personne… Est-ce qu'elle aurait pu nous le cacher ? Entre copines, on se disait tout… Qu'a-t-il pu lui arriver ? Je ne sais pas. Peut-être que Salomé a fugué. Elle est bipolaire et, quand elle fait une crise, ses réactions sont bizarres. Elle est même parfois incontrôlable. »

À chaque question d'un enquêteur, chacune des filles la répétait comme pour se laisser le temps de réfléchir. Son instinct de policier lui souffla de creuser. Après un examen scrupuleux, il nota que les trois amies avaient été entendues le même jour, mais à des horaires différents : d'abord Miranda, puis Fanny et enfin Anaïs. *Et si elles avaient délibérément choisi de passer dans cet ordre ?*

Lenatnof imagina le possible scénario. *Tétanisée à l'idée de se retrouver à 20 ans face à des hommes en uniforme, Anaïs, qui était timide et repliée sur elle-même, comme me l'a dit Gaby, devait avoir la peur au ventre. Fanny m'a confié hier que, lors de son audition, elle était « anéantie et n'arrêtait pas de pleurer ». À l'opposé, et comme j'ai pu en juger par moi-même, Miranda est une femme de caractère.*

Décidée à prendre les choses en main, elle sera passée la première. Les gendarmes utilisant toujours la même trame pour entendre les témoins, elle a pu souffler les réponses à ses copines qui les auront apprises par cœur. Plus fragiles psychologiquement, ça limitait le risque qu'elles s'embrouillent.

Aussitôt, une question s'imposa. *Si ma supposition est la bonne, pourquoi tenaient-elles tant à avoir toutes trois la même version ?*

— C'est pourtant évident ! dit-il à voix haute. Il n'y a que lorsque l'on ne dit pas la vérité que l'histoire est aussi bien arrangée,

Si son raisonnement était exact, Lenatnof se dit qu'il tenait là une des clés du mystère entourant cette affaire. Mais également que Charlie avait été plus perspicace que lui. *Comment est-ce que ça a pu m'échapper à l'époque ? Bon d'accord, les comptes-rendus d'audition des amies de Salomé étaient noyés parmi des dizaines d'autres, mais quand même ! Plus surprenant encore, comment Ingrid Carella ou l'un de ses hommes n'ont pas été foutus de faire le constat que Charlie a fait à tout juste 18 ans !*

Ne voulant rien laisser au hasard, il feuilleta le reste des documents mais n'en vit aucun autre surligné.

Boris imagina sans peine le plan que sa nièce avait en tête. *Charlie veut connaître leurs motivations pour avoir agi de la sorte. Pour cela, elle va se rendre au salon de coiffure à 14 heures, comme Miranda me l'a dit. Même si elle sait où trouver Anaïs, elle ne lui sera d'aucune aide. En attendant l'ouverture, elle est allée voir Fanny qui habite chez son père, c'est certain.*

— Un plan dont elle s'est bien gardée de me parler, pesta-t-il. Elle m'avait pourtant promis de le faire.

Songeant à l'autre vie qu'il avait eue, Lenatnof était persuadé que c'était après avoir parlé à Miranda et à Fanny que Charlie avait fait une découverte majeure. *Que je n'ai pas été foutu de faire !* ragea-t-il. Découverte qui l'avait entraînée dans un engrenage infernal, l'incitant à tout plaquer sans rien dire à personne pour monter dans ce train et se rendre à Lyon. *Même si elles ne m'ont pas tout dit, je n'imagine pas ces filles faire du mal à Charlie. Qui d'autre alors a pu la persuader de se rendre à Lyon ? Et avec qui avait-elle rendez-vous sur les quais du Rhône ? Pourquoi pas Tony Salva ? Il vient de sortir de prison et habite près de Perrache où le corps de Charlie a été* retrouvé. Mais pourquoi s'en prendrait-il à elle ? Quel pourrait être son mobile ?

La sonnerie du téléphone chassa de sa tête ses effroyables pensées. C'était Rafael Santoni.

— Dis-moi que tu as des infos sur Camille Després ?

— Désolé patron, mais rien dans nos fichiers ni dans ceux de la sécu ou des impôts. Rien non plus sur les réseaux sociaux. Cette femme n'a pas d'existence physique. Une fausse identité, sans aucun doute.

Le commissaire ne s'avoua pas vaincu.

— Sache qu'elle se fait aussi appeler Démelza. Je t'envoie une photo de son visage. Consulte le fichier de reconnaissance faciale. Si cette fille a des antécédents judiciaires, elle y sera fichée, dit-il en lui transférant le cliché reçu de Léoni.

Josselin apparut dans l'encadrement de la porte. Concentré, Boris n'avait pas remarqué sa présence.

— Recontacte la PJ de Lyon et tâche de savoir s'ils ont des tuyaux récents sur Salva : où il se trouve depuis sa sortie de prison ? S'il se tient à carreau ? Ou s'il a déjà repris les activités qui l'avaient mené derrière les barreaux ? Concernant Zacharie Verbrugge, interroge la police aux frontières pour savoir s'il est toujours au Brésil ? Et quand est prévu son retour en France ?

— Ce sera fait. Euh... Si je peux me permettre...

La phrase de Santoni resta en suspens. Depuis la dernière fois déjà, quand Lenatnof lui avait demandé de se renseigner sur Salva, le policier avait été surpris par le manque de transparence de son supérieur. Jamais, par le passé, cela n'était arrivé.

— Salva et cette femme préparent un sale coup, c'est ça ? reprit-il. Peut-être faudrait-il mettre d'autres hommes sur l'affaire ? Et, sans vouloir vous manquer de respect, vous êtes en arrêt de travail et censé vous reposer.

Même s'il aurait aimé avoir Rafael ainsi que son équipe à ses côtés pour l'aider dans sa tâche, Boris ne pouvait pas révéler ce qu'il en était sans risquer de passer pour un demeuré. *Comment leur expliquer ce que j'ai vécu dans une autre vie. Ça dépasse l'entendement.*

— Je profite des jours octroyés par l'assurance maladie pour me pencher à nouveau sur le dossier de Salomé Roussel. C'est ma nièce.

Elle a disparu, il y a des années. Tu n'étais pas encore en poste à Saint-Étienne.

Relevant le menton, Lenatnof aperçut Josselin et lui fit signe qu'il n'en avait plus pour longtemps.

— Les collègues du commissariat m'en ont parlé. J'imagine ce que vous avez dû ressentir, fit Santoni compatissant.

— Comme ma démarche n'a rien d'officiel, j'aimerais que cette conversation reste entre nous.

— Vous pouvez compter sur ma discrétion.

Aussitôt, le commissaire enchaîna :

— Tu as pu joindre la société de taxi ?

— Pas encore. Consulter les différents fichiers pour trouver une trace de Camille Després m'a pris du temps.

— Je comprends. Regarde également ce que tu peux dégotter sur Miranda Castillo, Fanny Sénéchal et Anaïs Neuville.

— Entendu.

Les deux hommes raccrochèrent.

— C'était Rafael Santoni, mon adjoint, expliqua Boris. Il me donne un coup de main.

Josselin n'avait pas bougé. Les couleurs avaient déserté son visage.

— Tu fais une tête bizarre. Que se passe-t-il ? s'enquit Boris.

— J'ai entendu ta conversation.

— Et alors ? Qu'est-ce qui t'a contrarié à ce point ?

— Je sais qui est Tony Salva.

30

Lundi 23 août - 12 heures 35

Lorsque Josselin avait fait cette révélation au sujet de Tony Salva, la réaction de Boris avait été immédiate.
— Comment est-ce possible ! Tu m'expliques ?
— C'est pas facile, dit-il en baissant les yeux.
— Je te rappelle que Charlie est quelque part dans la nature, sans doute en danger et qu'il faut très vite la retrouver.
— Afin que tu comprennes, je dois reprendre depuis le début, déglutit péniblement Josselin en s'asseyant sur le rebord du lit.
— Je t'écoute.
— En rentrant d'une soirée où nous étions allés tous les deux, j'avais picolé, mais j'ai pris le volant quand même. Guère plus frais que moi, tu dormais sur le siège passager. Je roulais vite. Beaucoup trop vite. J'ai doublé et en me rabattant trop tôt, j'ai envoyé valdinguer l'autre véhicule dans le décor.
Lenatnof se remémora la scène.
— J'ai émergé lorsque tu t'es arrêté sur le bas-côté pour porter secours au conducteur. Tu étais persuadé de l'avoir heurté, mais j'ai vérifié et il n'y avait aucune trace sur ta voiture, pas même une éraflure.
En esquivant son regard, Josselin poursuivit :
— Ensuite, tu as appelé les gendarmes. Leur chef, c'était Gabriel Laporte, le gars avec qui tu avais animé des formations dans la police. Non seulement, il n'a pas pratiqué de test d'alcoolémie sur moi mais quand tu lui as expliqué que la voiture qui nous précédait avait brusquement changé de direction pour aller s'encastrer dans ce mur, il t'a cru sur parole et n'a pas cherché plus loin. Tu as menti en ne disant pas que je lui avais fait une queue de poisson. Il a été rédigé un simple constat et l'affaire a été classée sans suite.

— Si j'ai arrangé les choses, c'était pour te sauver la mise. Conduite en état d'ivresse : tu étais bon pour un retrait de permis. Concernant la sortie de route de cette auto, je te le répète : ce n'était pas ta faute.

— Tu n'as rien vu puisque tu dormais ! Devant les gendarmes, je me suis tu. J'ai été lâche. À l'intérieur de l'habitacle, cette jeune femme était morte, tuée sur le coup.

— C'est malheureusement bien triste. Mais tout ça ne me dit pas ce que Salva vient faire dans ton histoire ?

— J'y viens. Quelques mois après, un homme s'est présenté à mon cabinet. Je ne l'avais jamais vu auparavant. Il m'a demandé si le nom de Flore Sanchez me disait quelque chose. J'ai pâli. Il l'a vu et il a eu un rictus qui m'a fait froid dans le dos.

Lenatnof avait deviné à qui il faisait allusion.

— Salva, bien sûr. Et cette fille était sa copine.

Ribeiro approuva d'un signe de tête.

— Le visage haineux, il m'a dit que ça lui avait pris du temps pour me retrouver et qu'il avait dû graisser la patte à un fonctionnaire de police pour obtenir une copie du rapport d'enquête. Fou de rage, il m'a saisi par le cou en hurlant que pas une ligne ne correspondait à ce qui s'était réellement passé. Pour éviter l'accrochage en me rabattant trop tôt, elle n'avait eu d'autre choix que de donner un coup de volant.

Lenatnof était dubitatif.

— Comment pouvait-il savoir ? Il n'y avait personne d'autre à bord !

— C'est ce que je lui ai répondu. Avant de me coller son poing dans la figure, il m'a expliqué que, ne trouvant pas l'adresse où ils devaient se rejoindre, elle avait laissé un message sur son répondeur. Salva me l'a fait écouter. Jamais je n'ai pu oublier les paroles de cette femme.

Lenatnof observa son ami. Le fringuant Josselin Ribeiro n'était plus que l'ombre de lui-même. Les yeux mouillés, il récita : « *Derrière moi, il y a une bagnole qui me colle au train. Le chauffeur me fait des appels de phare... Enfin, il double ce connard. Mais pourquoi il se rabat ! Il va me percuter...* »

Sortant un mouchoir de sa poche, il se moucha avant de reprendre :

— La seconde d'après, il y a eu ce bruit effroyable dans l'écouteur. C'était l'impact de sa voiture contre le mur. Mon nez pissait le sang quand il m'a juré de nous faire payer la mort de Flore Sanchez mais aussi notre fausse déclaration qui avait empêché de lui rendre justice.

— Comment se fait-il que tu ne m'aies rien dit ? s'étonna Boris.

Josselin haussa les épaules.

— Tu m'avais tiré de ce mauvais pas, je ne voulais pas en rajouter. Je pensais que c'était des paroles en l'air, dites sous l'effet de la colère.

— Puisqu'il détenait cet enregistrement, pourquoi n'est-il pas allé trouver les forces de l'ordre ?

— Il y a songé, bien sûr. Mais avec son casier judiciaire chargé, il ne voulait pas attirer l'attention. De plus, lorsqu'il a su que l'homme qui était avec moi dans la voiture était un officier de police, il s'est dit que c'était peine perdue, que ses collègues flics seraient solidaires avec l'un des leurs et qu'ils étoufferaient l'affaire.

Dans la tête de Lenatnof, les éléments s'imbriquaient les uns aux autres. Toutefois, il bloquait toujours pour comprendre ce qui mettait son ami dans un état pareil. *Une pièce essentielle manque, mais laquelle ?*

Mal à l'aise, Ribeiro continua :

— Avant de quitter mon cabinet, Salva a dit qu'il nous ferait souffrir, toi comme moi, autant qu'il avait eu mal.

Lenatnof cessa de se creuser les méninges. Les paroles de son ami venaient de lui apporter la possible réponse à sa question. Il eut un pincement au cœur devant l'énormité à laquelle il songeait. Espérant se tromper, il demanda :

— Tu veux dire que Salva est venu te menacer peu de temps avant la disparition de Salomé ?

Ribeiro fixa le bout de ses chaussures.

— C'est bien ça, répondit-il dans un souffle.

Un rouage du mécanisme venait de s'enclencher.

— S'attaquer de front à un flic présentait trop de risques. Même si je n'étais au courant de rien, et pour cause, fit-il en lui lançant un regard chargé de reproches, il s'en sera pris à Salomé pour m'atteindre de façon détournée. C'est Salva qui l'a enlevée ? C'est ça ? Que lui a-t-il fait ?

Livide, Josselin se triturait les mains.

— Aucune idée. Après sa disparition, j'étais certain qu'il viendrait me trouver pour savourer sa vengeance. Mais jamais je ne l'ai revu. Je me suis dit que son silence était voulu pour mieux me faire souffrir. Parfois, à l'inverse, je me persuadais qu'il s'agissait d'une coïncidence et que sa menace n'avait rien à voir avec ce qui était arrivé à Salomé. Depuis, je vis avec cette incertitude latente qui me ronge de l'intérieur.

Hors de lui, Boris explosa. S'approchant de Josselin jusqu'à être nez contre nez, il le secoua sans ménagement.

— Tu as été d'une inconscience rare et d'un égoïsme inouï ! Tu t'en rends compte, au moins ? Si tu avais tout raconté à l'époque, les enquêteurs auraient fait cracher le morceau à Salva et Salomé serait toujours en vie. En gardant le silence comme tu l'as fait, tu l'as condamnée. Tu comprends ce que ça signifie ?

Effondré, Ribeiro pleurait en silence. Bouleversé par ses propres déductions, Boris dut faire un effort sur lui-même pour reprendre le contrôle de ses émotions et poursuivre :

— Vu que tu n'as pas de famille proche, comment a-t-il exercé ses représailles vis-à-vis de toi ?

En regardant le bout de ses chaussures, il murmura :

— Il ne m'a pas oublié, sois-en certain.

— Mais encore. Je veux tout savoir et dans les moindres détails.

Devant son insistance, il céda :

— Tony Salva est un proxénète...

— Tous les flics de la région savent que son réseau de prostituées est à Lyon, du côté de Perrache, le coupa-t-il sur un ton acerbe.

La tête toujours baissée, Ribeiro reprit :

— Pour m'acquitter de ma dette, je prescris aux filles qui bossent pour lui des médicaments, notamment contre les maladies liées au commerce du sexe.

— Elles font le voyage depuis Lyon jusqu'à Saint-Étienne ! s'étonna le policier. C'est pas à côté tout de même !

— C'est vrai, mais c'est discret. Je les soigne aussi pour les coups reçus. Salva est réputé pour avoir la main lourde quand elles ne font pas rentrer assez de fric. Très jeunes pour la plupart, elles se sentent à l'abri dans mon cabinet. Récemment, l'une d'elles m'a confié que lorsque certaines ne font plus l'affaire, elles disparaissent sans crier gare. D'après la rumeur, Salva les jetterait dans le Rhône, un parpaing accroché aux chevilles.

Boris fronça les sourcils.

— Libéré depuis peu, comment cela se passait-il entre vous durant la période où il était en prison ?

— Grâce à l'aide de ses complices, il gérait son business à distance, depuis sa cellule. C'est tout ce que je sais. Je te le jure sur la Bible.

— Ne blasphème pas, je te prie. Il y a autre chose, n'est-ce pas ?

— Ça ne va pas te plaire, gémit-il.

Ribeiro s'essuya le nez du revers de sa manche et poursuivit :

— Depuis dix ans, chaque mois ou presque, je me rends dans le sud de l'Espagne pour prendre livraison de colis... des stupéfiants.

La réaction du policier fut instantanée et violente.

— Il est vrai que la voiture d'un toubib avec le caducée en évidence sur le pare-brise n'attire pas l'attention !

Boris dut faire un effort sur lui-même pour se calmer et se concentrer sur l'essentiel : retrouver très vite sa nièce saine et sauve.

En s'approchant de la fenêtre, il aperçut au loin la chapelle où ils étaient allés tous les deux et demeura pensif. *Pourquoi Salva s'en prendrait-il à Charlie après toutes ces années ? Même si c'est horrible à dire, ma dette est éteinte. À moins bien sûr qu'il n'ait la rancune tenace. Avec ce sale type, je dois m'attendre à tout.*

Penaud, Josselin quittait la chambre lorsqu'il interpella Boris :

— Après t'avoir téléphoné, j'ai prévenu Roxana.

Boris lui lança un regard sombre.

— Que lui as-tu dit ?

— Que Charlie était partie en scooter sans dire où elle allait.

— Quelle a été sa réaction ? Elle t'a paru inquiète ?

— Pas du tout. Elle m'a dit qu'elle avait dû rendre visite à ses amis et qu'elle repasserait à la maison pour se changer avant de rejoindre la brasserie pour le service du soir. Elle a ajouté que Charlie procédait toujours ainsi.

C'est lorsque Roxana va se rendre compte que Charlie a découché qu'elle va commencer à se faire du souci, songea Boris.

— À présent, laisse-moi. J'ai besoin de faire le point et réfléchir à ce qu'il convient de faire.

Ribeiro s'éclipsa.

Resté seul, Boris sortit son Smartphone. *Qui sait, en voyant mon numéro s'afficher, Charlie décrochera peut-être ?* songea-t-il en appuyant sur une des touches du clavier.

Soudain, il entendit les premières notes d'une mélodie. Les paroles suivirent : « 🎵 *Colore le monde[7], Sans feutre, sans épreuves ni bombes, Indolore les murs, Et coule dans le fleuve la facture...* »

Intrigué, il tendit l'oreille pour repérer l'endroit d'où provenait la musique. « *En monnaie de singe, Fraîche blanche comme le linge...* »

Guidé par la voix du chanteur, il se mit à genoux et regarda sous le lit. « *À jamais, répands, Du fard sur les hommes...* »

Caché en partie par une paire de pantoufles, il aperçut un portable, écran allumé. « *Car le temps colore la foule, colore mes veines...* 🎵 »

Étirant le bras, il le ramena à lui et vit le 06 qui s'affichait.

C'était le sien.

---

[7] Les Innocents – Colore (1995)

31

Lundi 23 août - 12 heures 50

Sidéré par la découverte du Smartphone de Charlie, Boris dut se rendre à l'évidence. Même s'il avait fait son maximum pour coller au plus près à l'histoire telle qu'il l'avait vécue à l'origine afin d'anticiper les réactions de sa nièce et empêcher ce qui allait se produire, son choix de rester chez Roxana avait modifié le cours des événements.

Dans son autre vie, il avait rejoint son domicile sitôt après avoir fêté l'anniversaire de sa nièce. *Compte tenu de mon voyage dans le temps, je dois faire avec les conséquences que ma présence prolongée a entraînées.* D'une pensée à l'autre, Lenatnof se demanda si Charlie n'avait pas sciemment laissé son téléphone dans sa chambre afin que son oncle ne soit pas tenté d'utiliser les moyens dont il disposait de par son métier pour la localiser dès qu'il aurait vent de sa disparition.

Il haussa les épaules. *Si ça se trouve, je me fais des idées. Après tout, il m'arrive bien d'oublier le mien alors pourquoi pas elle !*

Son portable au creux de sa main, il comprit qu'elle ne ferait pas ce selfie devant la gare de Châteaucreux. Ce cliché que les gendarmes avaient découvert sur son compte Instagram et qui avait permis de reconstituer son itinéraire. *Si seulement mes recommandations tout au long de ce week-end pouvaient l'inciter à être plus vigilante et ne pas se rendre à Lyon comme j'ai pu le voir sur les vidéos de surveillance.*

Machinalement, il appuya sur le bouton marche/arrêt. À sa grande surprise, le mobile n'était pas verrouillé par un code d'accès. Il profita de l'opportunité qui lui était offerte pour consulter ses derniers appels.

Depuis la veille et son retour à la maison après la soirée passée à Chalmazel, Charlie avait passé beaucoup de temps en ligne avec ses amis, garçons ou filles. *Histoire d'échanger sur ce qui s'était passé lors de cette fête qui s'est mal terminée et d'avoir des nouvelles de l'état de santé des deux blessés,* supposa-t-il.

Examinant plus attentivement la liste des appels, il repéra celui passé à Miranda dans le courant de la matinée.

Le dernier avait été pour son père. *Voilà qui confirme mon intuition. Par l'intermédiaire de David, Charlie a cherché à joindre Fanny.*

Il allait éteindre l'écran lorsqu'il nota que le même numéro revenait souvent : celui de Juliette. *Celle avec qui elle s'est embrouillée à cause de ce garçon. Si leur amitié a volé en mille morceaux, comme je le supposais, pourquoi l'appeler ? Qu'avaient-elles à se dire ou à se jeter à la figure ? Ça mérite une explication,* se persuada-t-il en appuyant sur la touche correspondante.

Le Smartphone rivé à l'oreille, il guettait le moment où il allait être mis en communication. Première sonnerie, seconde puis troisième.

— Décroche, bon sang !

À la sixième, il renonça. Il allait le poser sur le bureau quand il se ravisa et le glissa dans sa poche. *On ne sait jamais, si l'un ou l'une de ses amis appelaient, il ou elle saurait peut-être où est Charlie...*

En sortant de la chambre, il trouva Josselin qui mettait la table.

— Le repas est prêt. Tu veux manger un bout ?

— Pas le temps. Je retourne en ville. Charlie va passer chez Miranda en début d'après-midi. Avant cela, je dois parler à Fanny Sénéchal.

N'attendant pas de réponse de sa part, il avait la main sur la poignée de la porte d'entrée lorsqu'il entendit dans son dos :

— Je viens avec toi, fit Ribeiro en ôtant son tablier de cuisine.

— Non, je préfère que tu restes ici. Si Charlie décidait de rentrer, tu la retiens et tu me préviens immédiatement.

— Comme tu veux, soupira-t-il déçu.

Sans plus attendre, il se dépêcha de rejoindre sa voiture et démarra sur les chapeaux de roues. Tenant le volant d'une main, il rechercha le numéro de téléphone de son beau-frère.

— David ? fit-il impatient.

— Non, Monsieur Lenatnof. C'est Fanny à l'appareil, répondit-elle en découvrant son nom sur l'écran. En partant donner ses cours à l'atelier ce matin, il a oublié son téléphone. Que lui voulez-vous ?

— À lui, rien. C'est vous que je cherchais à joindre. Je n'ai pas votre 06, mais comme vous vivez ensemble... C'est au sujet de ma nièce. Elle vous a contactée, n'est-ce pas ?

— C'est exact. Charlie souhaitait me voir. Elle est repartie, il y a déjà un moment.

— Pour aller où ?

— Je l'ignore.

— Que voulait-elle ?

— Connaître le déroulement de la soirée à Trelins. Qui Salomé avait rencontré ? À qui elle avait parlé ? Je lui ai répété ce que j'avais dit à l'époque aux gendarmes.

— Ensuite ?

— Ben, c'est tout.

— Vous vous foutez de moi ! s'emporta le policier. Vous voulez me faire croire que ma nièce n'a pas insisté pour savoir pourquoi vous, mais aussi Miranda et Anaïs, avez récité, quasiment au mot près, le même baratin aux enquêteurs ?

— Je ne vois pas ce que vous voulez dire, répliqua-t-elle.

— Je serai là d'ici quelques minutes. Je vous ordonne de ne pas bouger et de m'attendre. Compris ?

Sans même attendre sa réponse, il raccrocha en ayant conscience que le temps qui filait ne jouait pas en sa faveur. Après un virage serré où les pneus hurlèrent, il prit la route du centre-ville. Mains collées au volant et pied au plancher, il explosa toutes les limites de vitesse.

Cinq minutes plus tard, la Mustang garée, Lenatnof longeait le bar devant lequel il était passé la veille lorsqu'une affiche placardée sur la vitrine attira son attention : *« Foreztival les 29 et 30 août à Trelins »*. Suivait la liste des artistes qui se produiraient sur scène.

Il s'arrêta et devint soudain songeur. C'était dans ce coin paumé de la plaine du Forez, où les festivaliers se retrouvaient chaque année pour faire la fête, que le cauchemar avait pris forme. *Bientôt dix ans. C'est là que Salomé a été vue pour la dernière fois. Là aussi qu'elle a vraisemblablement été tuée et son corps enterré dans la forêt.*

D'un pas nerveux, il rejoignit l'immeuble où habitait son ex beau-frère. Avant de pousser la porte, il leva la tête et aperçut Fanny accoudée à la fenêtre. S'aidant de la rampe, il grimpa jusqu'au troisième étage.

La jeune femme l'attendait sur le pas de la porte.

Sans même lui en demander la permission, il lui passa devant et entra dans l'appartement. Essoufflé, le cœur battant à tout rompre après l'effort accompli, il n'y alla pas par quatre chemins.

— Je vous écoute. Et vous avez intérêt à être sincère sinon nous irons poursuivre cette conversation au poste.

La menace était claire, le ton résolument autoritaire. Même si elle aurait aimé l'envoyer balader, elle perçut dans les prunelles sombres du flic un éclat lui interdisant de le contrarier.

— Votre venue ici était inutile. Je n'ai rien à ajouter que vous ne savez déjà, tenta-t-elle pourtant d'une voix pleine d'assurance.

Nullement impressionné, Lenatnof enchaîna :

— Alors c'est moi qui vais vous raconter. Lors de ce festival, il s'est passé quelque chose en lien avec la disparition de ma nièce. Quelque chose de terrible que vous avez vu ou dont vous avez été témoin. Miranda, Anaïs et vous avez été choquées au point d'avoir eu la trouille de votre vie.

Lenatnof avait fait mouche. Une larme coula sur sa joue, puis une autre. Si c'était dans le but de l'émouvoir, il ne s'en laissa pas conter et poursuivit :

— Aussi, lorsque vous avez su que vous seriez entendues à tour de rôle, vous vous êtes concertées pour donner la même version. Version que vous avez apprise par cœur pour ne pas vous embrouiller et vous contredire ce qui aurait, à coup sûr, intrigué les enquêteurs et amené d'autres questions. Vos déclarations, que j'ai lues, en témoignent. Un copier-coller quasi parfait. À moi, on ne me l'a fait pas !

Le visage de Fanny n'était plus qu'un océan de larmes. Elle était sur le point de lâcher prise. Il abattit sa dernière carte.

— Peu après, Anaïs Neuville, la quatrième de votre bande de copines, a sombré dans ce qui était au départ une dépression pour évoluer vers une psychose aiguë. Depuis dix ans, elle n'a jamais refait surface. Je suis allé à l'hôpital rencontrer la psychiatre qui la suit. Elle évoque un choc émotionnel intense qu'Anaïs aurait subi ou dont elle aurait été témoin. Pour l'avoir vue, on dirait un zombi. À la limite de la folie, elle passe ses journées à dessiner des visages tourmentés exprimant toute sa souffrance. Il y en a un pan de mur entier dans sa chambre. Au bas de chaque croquis, elle trace une licorne. Zacharie Verbrugge et Tony Salva ont ce même dessin tatoué sur le bras. Qu'est-ce que ça signifie ? Quel est le rapport ? Parce qu'il y en a un, n'est-ce pas ?

Harcelée de questions, Fanny comprit qu'il ne lâcherait pas l'affaire. N'ayant plus la force ni la volonté de lutter, elle céda. Même s'il lui en coûtait, entre deux sanglots, elle hoqueta :

— Durant le festival à Trelins, Tony Salva a violé Anaïs.

32

Lundi 23 août - 13 heures 15

Ne se sentant pas très bien, Fanny s'était assise. Les coudes en appui sur la table, elle enfouit sa tête dans le creux de ses mains. Assis en face, Lenatnof poussa la boîte de Kleenex dans sa direction.

— Merci, dit-elle en séchant ses yeux. Anaïs ne pouvait rien dire à ses parents. C'était prendre beaucoup trop de risques. De toute façon, nous n'avions pas d'autre choix sans mettre nos vies en danger et, plus encore, celle de Salomé.

Lenatnof n'avait pas saisi grand-chose des propos confus de la jeune femme. Ayant déjà eu à vivre ce genre de situation, il savait qu'il devait faire preuve de patience. *Surtout, ne pas la brusquer et l'amener à se libérer de ce secret visiblement lourd à porter.*

Il y alla avec des pincettes.

— Prenez votre temps et racontez-moi ce qui s'est passé cette nuit-là à Trelins ?

— Pour ça, je dois reprendre depuis le début. Depuis le moment où Miranda a rencontré Zacharie, dit-elle en déglutissant difficilement.

Le visage livide, elle se lança en disant que Miranda l'avait connu dans le salon de coiffure où elle était apprentie. Ce jour-là, lorsqu'il avait poussé la porte, elle était la seule employée disponible. Tout en lui coupant les cheveux, ils avaient sympathisé et s'étaient ensuite revus. Plus âgé, gueule d'ange et bien habillé, il roulait en voiture de sport décapotable. Gâté par sa mère, l'argent ne semblait pas être un souci.

— Le genre de garçon que beaucoup de filles de notre âge rêvaient de fréquenter.

Miranda et Zacharie avaient tout de suite accroché. Un jour, alors qu'ils étaient tous réunis et buvaient un verre en terrasse, un garçon s'était approché.

— C'était Tony Salva.

En s'asseyant à leur table, il avait réglé la tournée puis la suivante pendant que Zacharie expliquait qu'ils étaient amis depuis un bail.

Tout naturellement, Salva s'était joint à la bande. Peu après, Fanny et Miranda avaient commencé à fumer du cannabis. Celui que Tony leur offrait sans même demander le moindre paiement en retour. Il n'était pourtant pas très séduisant, mais son assurance et son bagout les avaient toutes deux séduites. Quant à Anaïs et Salomé, elles avaient poliment refusé sa proposition.

Quelque temps après, Tony les avait invitées à une fête qu'il donnait dans le chalet que possédait sa famille à Chalmazel.

Trop heureuses d'être de la partie, les quatre amies avaient accepté avec joie. Miranda, qui avait le permis et une voiture, les avait conduites sur les hauteurs du Forez. À leur arrivée, il leur avait présenté son jeune cousin, Timothée Malori, qu'il traînait avec lui pour faire plaisir à son oncle et sa tante qui l'avaient élevé depuis la mort de ses parents.

Elles avaient été surprises de ne connaître personne. Les invités étaient des amis de Tony, des hommes et des femmes plus âgés venus de Lyon. En se lançant une œillade, elles s'étaient dit que peu importait, tant qu'il y avait de la musique, de l'alcool et qu'elles pouvaient rire, danser et s'amuser.

— C'était la semaine qui précédait le festival à Trelins.

Durant la soirée, Tony et Salomé avaient flirté. L'entraînant dans sa chambre, il avait voulu aller plus loin mais elle avait refusé de coucher avec lui et ils s'étaient quittés fâchés.

Tony avait alors demandé à Zacharie d'arranger les choses. Celui-ci avait accepté et, les jours suivants, il s'était rendu à plusieurs reprises chez Salomé pour plaider la cause de son copain. Il avait expliqué que Tony regrettait sa maladresse et promettait de bien se conduire.

Éprise malgré tout, Salomé lui avait accordé une seconde chance en acceptant de le revoir le week-end suivant au festival où les filles avaient prévu d'aller.

Une fois encore, elles avaient pris place dans la voiture de Miranda pour se rendre à cette fête musicale près de Boën-sur-Lignon.

Là, oubliant cet épisode, Salomé et Tony s'étaient réconciliés.

Tout se passait bien entre eux jusqu'au moment où il l'avait entraînée vers les tentes dressées dans les prés alentour par les festivaliers dormant sur place. Passablement éméché et oubliant sa promesse, ses caresses étaient devenues pressantes.

Salomé l'avait d'abord repoussé en lui rappelant qu'elle ne se sentait pas encore prête pour coucher avec lui. N'écoutant rien, il avait insisté jusqu'au moment où elle l'avait giflé.

Vexé qu'elle se refuse à lui, il lui avait lancé au visage qu'Anaïs lui avait fait les yeux doux toute la soirée et qu'elle serait moins farouche. Croyant à des paroles en l'air vu son état d'ébriété, elle l'avait laissé en plan pour retourner vers la scène où les chanteurs se succédaient.

À l'heure convenue, Salomé avait retrouvé Miranda, puis Fanny près de l'entrée comme prévu. Seule Anaïs manquait à l'appel. Elles avaient patienté un moment. Comme elle n'arrivait pas, elles étaient allées jusqu'à la voiture de Miranda en se disant qu'elle avait sans doute mal compris le point de rendez-vous.

Se tenant par le cou et chantant à tue-tête, c'était là, dans la pénombre, derrière un van, qu'elles avaient vu Anaïs couchée dans l'herbe, Tony penché sur elle. Un instant, elles avaient cru que leur amie avait fait un malaise et qu'il lui portait secours.

Quelque part sur le parking, une voiture manœuvrait pour quitter les lieux. L'espace d'une seconde, les phares avaient troué la nuit pour éclairer l'endroit où elles se trouvaient.

Du même élan, le cœur des trois amies s'était soulevé d'effroi.

En fait, Tony était allongé sur Anaïs et abusait d'elle. Sa jupe relevée et son chemisier déboutonné ne laissaient planer aucun doute. Pour ne pas qu'elle se débatte, Zacharie lui tenait fermement les mains.

— On aurait dit une poupée désarticulée.

Tandis que Tony s'activait en poussant des grognements, Anaïs n'essayait même plus d'échapper à l'emprise de ses agresseurs. Sa bouche et son nez saignaient, témoignant des coups reçus pour qu'elle se laisse faire. Elle avait dû les supplier et beaucoup pleurer, car son maquillage avait coulé. Deux traînées noires maculaient ses joues.

Lorsque Tony avait vu les trois filles, il s'était mis à ricaner en remontant son pantalon.

Anaïs avait alors ouvert les yeux. Un regard perdu, implorant dans lequel on pouvait lire toute sa détresse.

Horrifiées par le calvaire enduré par leur amie, Miranda et Fanny étaient restées pétrifiées. Plus réactive, Salomé avait alors hurlé à s'en faire exploser les poumons. D'une gifle, Tony l'avait envoyée rouler au sol. Sonnée, elle avait eu du mal à se relever. Avant même que Miranda et Fanny ne réagissent, il avait sorti un cran d'arrêt qu'il avait plaqué sur la gorge d'Anaïs avant de lancer : « *Si j'entends un son sortir de vos bouches, je la saigne comme un goret.* »

Pour montrer sa détermination, il avait appuyé la lame jusqu'au moment où des gouttes de sang avaient perlé, teintant son cou de rouge carmin. Paniquée, ses yeux roulaient dans tous les sens.

Ensuite, il leur avait intimé l'ordre de monter à l'arrière du van. Tétanisées, elles avaient soulevé leur amie pour la rhabiller de leur mieux avant d'obtempérer. Resté à l'extérieur, Zacharie faisait le guet.

Une fois la porte refermée, il avait allumé le plafonnier.

Recroquevillées dans le fond avec la sensation de vivre un cauchemar éveillé, elles se serraient les unes contre les autres en se demandant ce qui allait advenir. Le couteau toujours à la main et un rictus démoniaque au coin des lèvres, il s'était rapproché. Le sentant prêt à tout, elles avaient cru leur dernière heure venue.

Agrippant le bras de Salomé, il l'avait tirée à lui. En prenant son temps, il avait essuyé la lame du couteau sur son tee-shirt, puis il les avait regardées l'une après l'autre : « *Elle reste avec moi. Si vous parlez à quiconque de ce qui vient de se passer, soyez certaines que je lui ferai subir les pires horreurs. C'est elle qui finira par me supplier de la tuer. Me suis-je bien fait comprendre ? Ensuite, je m'arrangerai pour retrouver chacune d'entre vous et...* »

Laissant sa phrase en suspens, il avait promené le poignard sur le ventre de Salomé. Devant ses paroles lourdes de sous-entendus, elles avaient acquiescé dans un mélange confus de pleurs et de peur. « *Maintenant, dégagez ! Et n'oubliez pas que le sort de votre copine dépend de vous. Tenez votre langue, sinon...* »

— Il était comme possédé. Je suis sûre qu'il était sous cocaïne, ecstasy ou un truc du même genre. Quant à Zacharie Verbrugge, il n'a pas ouvert la bouche, se contentant de suivre ses instructions. Voilà, vous savez tout, Monsieur Lenatnof.

Déstabilisé par les propos de la jeune femme, Lenatnof resta un moment sans rien dire. Au cours de sa carrière, il avait entendu des histoires abominables mais, là, il s'agissait de celle vécue par sa nièce. *Les derniers instants de sa vie ont dû être particulièrement horribles.*

Fanny se leva de sa chaise. Se postant devant la fenêtre, ses yeux se perdirent dans le vague.

— Nous savions ce qui allait se passer mais nous sommes parties sans même un regard pour elle. Vous devez penser que nous avons été lâches et que nous l'avons abandonnée...

— Vous n'aviez pas d'autres choix. Personne ne vous en fera jamais le reproche ni ne vous blâmera.

Fanny esquissa un fragile sourire qui ne dura que l'espace d'un battement de cils. L'air à nouveau sombre, elle replongea dans le passé :

— En retournant à la voiture, les menaces de Tony tournaient en boucle dans nos têtes. Sans se douter du drame qui se déroulait, les gens que nous croisions s'amusaient et riaient au rythme de la fête qui battait son plein. Personne n'avait rien vu ni rien entendu. Miranda tremblait tellement qu'elle avait dû s'y reprendre à deux fois pour démarrer et fuir cet enfer.

Fanny ne s'arrêtait plus. Il fallait qu'elle déverse ce trop-plein d'émotions, qu'elle libère son âme de ces paroles trop longtemps contenues.

— Zacharie Verbrugge, celui dont elle nous rebattait les oreilles comme quoi c'était l'homme de sa vie, était un ignoble salaud, tout comme Salva. Ni Miranda ni moi n'avons eu le courage de demander à Anaïs si Zac avait abusé d'elle. Prostrée, elle était blottie contre moi sur la banquette arrière et sanglotait.

Toutes trois savaient que jamais elles ne pourraient dénoncer le viol d'Anaïs sans mettre la vie de Salomé en danger. Mais aussi craindre pour la leur, comme il l'avait clairement laissé entendre.

Soudain, Lenatnof songea au cadavre que ce promeneur allait découvrir demain près de Trelins. *Après avoir abusé d'elle, Verbrugge et Salva l'auront tuée. Et c'est en traînant son corps pour l'enterrer dans la forêt qu'ils auront perdu son médaillon.*

— Sans même se parler, il a suffi d'un regard pour que chacune d'entre nous comprenne que notre silence était la seule option, que nous n'avions pas d'alternative. Un pacte maudit. Nous n'étions que des gamines d'à peine plus de 20 ans et, ce soir-là, nos vies ont volé en éclats.

Fanny n'avait jamais cherché à revoir Anaïs ni Miranda. Elles non plus. Même si elle avait l'espoir qu'il la relâche, plus le temps passait et plus elle se doutait, sans oser se l'avouer, que jamais elle ne la reverrait.

— Cette histoire m'avait retourné le cerveau. Pour tenter d'oublier, j'ai peu à peu sombré dans l'alcool mais surtout les stupéfiants. Déjà accro au cannabis grâce aux largesses de Salva, j'ai tout essayé : ecstasy, héroïne et même la cocaïne. Pour payer mes doses, j'ai vendu mon corps et mon âme pour quelques billets. J'ai accepté des trucs que vous n'imaginez même pas. Il aura fallu que le garçon avec qui je vivais décède d'une overdose pour que je réagisse enfin et que j'abandonne ces paradis artificiels. Ça a été dur de remonter la pente. Puis j'ai rencontré David. Il m'a beaucoup aidée. Un rayon de soleil dans ma vie.

— Vous avez eu des nouvelles d'Anaïs ?

— Oui. Par des amis de mes parents, j'ai appris qu'elle avait fait une grave dépression. Les conséquences d'un viol vont bien au-delà des blessures physiques. Se remettre d'un tel traumatisme relève du défi et Anaïs n'avait pas en elle la force nécessaire. Plusieurs fois, je suis allée jusqu'à l'hôpital. Jamais je n'ai trouvé la force de franchir la porte.

La voix de Fanny se perdit dans un souffle. Malgré la chaleur qui régnait dans la pièce, elle frissonnait. La secousse avait été forte. Revivre ces instants l'avait bouleversée. Elle resta encore quelques secondes devant la fenêtre avant de traverser la pièce et d'ouvrir la porte du réfrigérateur.

— Du thé glacé, ça vous dit ?

— C'est gentil, merci, répondit-il en sortant un mouchoir de sa poche.

Avec soin, il entreprit d'essuyer ses lunettes. Une habitude, un rituel qu'il renouvelait chaque fois qu'il ressentait le besoin de faire le point, de se concentrer.

Pendant qu'elle remplissait les verres, il l'observa : la jeune femme ne tremblait plus et retrouvait peu à peu des couleurs. Fanny but d'un trait avant de se resservir.

Lenatnof repensa alors aux copies des comptes-rendus d'auditions trouvées dans la chambre de Charlie.

— Quelle a été votre réaction lorsque vous avez su que vous seriez entendue par les gendarmes ? Ceux de la brigade de Montbrison, précisa-t-il.

Fanny comprit immédiatement à quoi le policer faisait allusion.

— À l'idée de rencontrer Ingrid Carella, la mère de Zac, j'étais terrorisée, tout comme Anaïs et Miranda. Comment allions-nous réagir devant elle sachant ce que son fils avait commis ? Miranda, qui a un caractère bien trempé, a insisté pour s'y rendre la première. À son retour, elle nous a dit ne pas avoir vu ni croisé Ingrid Carella. C'est un jeune militaire, guère plus âgé que nous, qui l'a entendue. Une fiche sous les yeux, il lisait les questions et recopiait ses réponses. Ça a duré une dizaine de minutes, pas davantage. En écoutant l'enregistrement réalisé discrètement avec son portable, Anaïs et moi avons appris les réponses par cœur afin de ne pas perdre les pédales et risquer d'attirer inutilement l'attention.

Et si le fils Verbrugge avait raconté à sa mère cette nuit d'horreur ? se demanda le policier. Développant l'idée qui lui traversait l'esprit, il imagina le possible scénario. *Faisant alors le choix de ne pas dénoncer ses actes, elle aura d'abord éloigné Gabriel Laporte, son adjoint, et ensuite confié l'audition des témoins à un bleu-bite qui n'a rien remarqué de la mise en scène des amies de Salomé.*

Il replia son mouchoir. *C'est trop énorme pour que ça se soit passé comme ça. Il y a forcément une autre explication,* se dit-il en remettant ses lunettes en place.

— Vous avez fait ce même récit à Charlie ?

— Oui. Elle a tellement insisté que je n'ai décemment pas pu lui cacher la vérité. Charlie a 18 ans et a le droit de savoir. Toutefois, je n'ai pas évoqué certains détails au sujet d'Anaïs comme je viens de le faire avec vous. Je tenais à lui épargner ces scènes d'une extrême violence à jamais gravées dans ma mémoire. Je lui ai juste dit qu'elle était internée et ne communiquait plus avec personne. Charlie et vous êtes les premiers à qui je parle de cette nuit abominable.

— Personne ? Vous êtes certaine ?

— Personne. Je vous le jure.

— Même pas à David ? L'homme avec qui vous vivez et qui est aussi le père de Salomé ?

— J'ai voulu tout lui dire mais, à chaque fois, j'ai reculé. J'avais peur qu'il me juge, qu'il me reproche de n'avoir rien fait pour aider sa fille.

La lèvre inférieure et le menton de Fanny tremblaient encore.

— Après vos explications, quelle a été la réaction de ma nièce ?

— Elle avait ce même regard que Salomé lorsqu'elle était en pleine crise maniaco-dépressive. Convaincue que sa sœur était toujours en vie, elle était euphorique et parlait vite. J'ai bien essayé de lui faire comprendre qu'après tout ce temps il n'y avait plus d'espoir qu'elle soit vivante mais elle ne m'écoutait pas. Lorsqu'elle est partie, elle était déterminée, mais aussi très agitée.

— Vous a-t-elle dit où elle allait ? demanda-t-il en jetant un œil à sa montre.

— Pas du tout.

Il avait posé la question pour la forme dans la mesure où il savait qu'à 14 heures, Charlie serait chez Miranda Castillo. *En apprenant de la bouche de Fanny que l'ex petit copain de la coiffeuse n'était autre que Zacharie Verbrugge, Charlie s'est dit que si quelqu'un détenait des infos sur lui et, peut-être aussi sur Salva, ça ne pouvait être que Miranda. À sa place, j'aurais eu le même raisonnement. Miranda s'est bien gardée de me parler de sa relation avec le fils d'Ingrid. Son rôle demeure obscur. Que cache-t-elle encore ? Et quel lien a-t-elle avec Démelza ?*

Le commissaire rechercha la photo que Léoni lui avait envoyée de l'inconnue à la casquette.

— Vous avez une idée de qui cela pourrait être ? Prenez votre temps, dit-il en lui tendant le Smartphone.

Fanny resta quelques secondes à fixer l'écran. Avec son pouce et son index, elle étira le cliché pour avoir son visage en gros plan.

— Absolument pas, désolée. C'est qui ?

— C'est ce que je voudrais bien savoir.

33

Lundi 23 août - 13 heures 50

Et Charlie qui n'est toujours pas là ! ragea Lenatnof en regardant une fois encore sa montre. *Miranda m'avait pourtant dit qu'elle devait passer avant l'ouverture. Où diable peut-elle être ?*

Pour calmer ses nerfs, il alluma une cigarette.

Depuis dix minutes déjà, il était posté derrière l'un des platanes de la place des Comtes du Forez.

De là, il avait une parfaite visibilité sur le salon de coiffure, mais aussi sur la cour qui menait à l'appartement de Miranda comme le lui avait dit la femme de Gabriel Laporte. *Planqué de la sorte, j'ai l'air d'un sale type en quête d'un mauvais coup !* se dit-il en croisant le regard suspicieux d'un homme qui promenait son chien. *Avant lui, c'était cette vieille rombière !* La dame en question avait dit suffisamment fort pour qu'il entende : « Eh ben, c'est du propre ! »

Même s'il était à l'ombre, la chaleur était écrasante. *L'air est irrespirable et pas une pique de vent.*

Les sens aux aguets, il balaya des yeux les environs avec attention, histoire de repérer tous les accès par lesquels Charlie pouvait surgir.

À l'angle de la place, la terrasse du restaurant affichait complet. En attendant qu'une table se libère, des clients patientaient.

De l'autre côté de la rue, il aperçut la maison où habitait Juliette. Repensant aux nombreux appels téléphoniques que toutes deux avaient échangés, il se demanda si Charlie ne s'était pas rendue chez elle.

Soudain, le portail automatique s'ouvrit et une voiture apparut.

Derrière le volant, il y avait Madame Nogaret. À ses côtés, se tenait Juliette. *Me voilà fixé : Charlie n'est pas avec elle. Notre rencontre dans une autre dimension m'avait laissé le sentiment que cette pimbêche s'était fichue de moi. J'aurais bien aimé m'entretenir* à nouveau avec cette gamine, oh combien désagréable, et connaître la nature exacte de ce qu'elle et Charlie se sont dit au téléphone.*

Se souvenant qu'il avait le portable de sa nièce dans sa poche, il décida d'appeler Juliette. *Cette fois-ci, j'espère qu'elle répondra.*

Une sonnerie, puis deux. *Décroche, bon sang !*

— Allô ! s'empressa-t-il de dire en entendant un déclic dans l'écouteur.

— C'est qui ? fit une voix où l'on sentait poindre de la méfiance.

— Boris Lenatnof, l'oncle de Charlie. Elle a disparu et sa mère s'inquiète. Vous savez où elle est ?

Lenatnof força sa vue pour voir sa réaction. En vain, il était trop loin.

— Aucune idée. Depuis l'autre soir, à Chalmazel, je ne l'ai pas revue. Je suis en voiture avec ma mère. Je dois vous laisser.

Toujours ce même ton hautain. Si cette pimbêche pense s'en sortir à si bon compte, elle se trompe.

— Vous et ma nièce avez échangé de nombreux appels depuis votre sortie de l'hôpital, pourquoi ?

— Vous fliquez Charlie ! Belle mentalité. De quel droit faites-vous ça ? Et pourquoi vous avez son téléphone ?

— Répondez à ma question !

— On avait des choses à se dire. Des trucs de nanas qui ne vous concernent pas. Allez, salut ! Et bonjour chez vous !

Juliette raccrocha.

Furieux, il s'apprêtait à la rappeler pour lui dire ce qu'il pensait de son attitude insolente lorsqu'il se ravisa. *Même si elle n'a rien lâché, elle faisait allusion sans le nommer à Timothée Malori. Ce garçon dont elles sont toutes deux amoureuses. La discussion avec Charlie a dû être houleuse et elles sont visiblement en froid.*

La voiture Madame Nogaret avait disparu au bout de l'avenue.

Les cloches de la Collégiale sonnèrent 14 heures. Lenatnof regarda en direction du salon de coiffure.

Tenant son fils par la main, Miranda se dirigeait vers l'entrée où une dame âgée patientait en attendant l'ouverture.

Le policier ne tenait plus en place. *J'ai loupé quelque chose, c'est certain, mais quoi ? Où peut bien être Charlie ?*

Même s'il ne se faisait guère plus d'illusions, il décida de patienter encore un peu. *Sait-on jamais…*

L'homme qui promenait son chien repassa près de Lenatnof. Il lui tourna un œil mauvais, plus encore que la première fois. Agacé, le policier sortit sa carte tricolore et la lui brandit sous le nez à la manière d'un arbitre sortant un carton rouge.

— Vous perturbez le déroulement d'une enquête ! Circulez !

L'individu ne se le fit pas dire deux fois et décampa en tirant sur la laisse de l'animal.

Après plusieurs minutes d'attente, Boris se rendit à l'évidence : Charlie ne viendrait pas.

Désemparé, il regarda en direction du salon de coiffure. *Elle va devoir s'expliquer sur sa liaison avec le fils d'Ingrid Carella.*

Lorsqu'il entra, Miranda en finissait avec sa cliente. Se regardant dans le miroir, celle-ci tournait la tête pour vérifier que tout était en ordre. Hormis le petit garçon qui s'amusait sagement avec ses jouets, il n'y avait personne d'autre. *Voilà qui est parfait. Nous ne serons pas dérangés,* se dit le policier.

— Vous voilà recoiffée. Un coup de peigne et le tour est joué, lança-t-elle avec un large sourire.

Il disparut quand elle vit le policier. Miranda attendit que la vieille dame ait quitté la boutique pour l'apostropher :

— Quoi encore ?

— Pourquoi Charlie n'est pas venue ? Vous l'avez avertie que je risquais d'être là ?

— Mais non ! s'indigna-t-elle. Elle a dû changer d'avis, voilà tout.

Lenatnof se dit que même si elle savait quoi que ce soit, elle ne dirait rien. Il changea de sujet en l'attaquant sous un autre angle.

— Je viens de m'entretenir avec Fanny. Elle a accepté de rompre le pacte qui existait entre vous et m'a raconté le viol d'Anaïs par Tony Salva et Zacharie Verbrugge.

Visiblement surprise, la jeune femme avait blêmi.

— C'est faux ! Zac n'a rien fait.

— Votre amie dit pourtant qu'il lui tenait les mains pendant que son compère abusait d'elle. De là à penser qu'il avait commis la même ignominie avant, il n'y a qu'un pas.

Le visage de Miranda s'embrasa.

— Je ne peux pas vous laisser dire ça ! Zacharie et moi étions très amoureux. On avait des projets d'avenir. Ce soir-là, il avait bu et s'est laissé entraîner. Mais il ne l'a pas touchée. Il me l'a juré.

C'est parti, se dit Lenatnof. *Je ne vais pas la lâcher.*

— Comment Anaïs s'est retrouvée avec Salva ?

— Avec la foule qu'il y avait, j'avais perdu Zac de vue, mais aussi Fanny et Salomé. Je buvais une bière avec Anaïs lorsque votre nièce est arrivée pour nous dire qu'elle venait de rompre avec Tony. Il voulait coucher avec elle, mais Salomé avait refusé. Anaïs nous a alors dit que Tony lui plaisait et qu'elle n'était pas contre passer un bon moment dans ses bras. Elle est partie et je ne l'ai pas revue.

Repensant aux propos de Gabriel Laporte, l'ancien gendarme mais surtout le voisin de palier de la famille Neuville, Lenatnof intervint :

— D'après mes renseignements, Anaïs était quelqu'un d'introverti et plutôt timide. Ça ne correspond en rien à l'image de la fille délurée que vous décrivez. C'est à croire que nous ne parlons pas de la même personne ou alors que vous me racontez n'importe quoi !

Miranda ne se laissa pas déstabiliser.

— Sous ses allures de sainte-nitouche, elle cachait bien son jeu. Délurée, c'est tout à fait le terme qui la caractérisait. Quand elle avait bu, ce qui était le cas cette nuit-là, elle se révélait sous sa vraie nature. Anaïs pouvait s'envoyer en l'air avec un type qu'elle ne connaissait pas dix minutes avant.

Pas franchement convaincu, Lenatnof était dubitatif.

— Fanny ne m'a rien dit de tout ça la concernant.

— Ah, cette chère Fanny ! Ça ne m'étonne pas d'elle !

L'entretien tournait au règlement de comptes avec ses anciennes amies.

— À l'époque, elle se cherchait sexuellement parlant. Un jour, je l'ai surprise à rouler des pelles à Anaïs, toujours partante pour de nouvelles expériences. Bien qu'elle ait démenti, je suis persuadée que Fanny était amoureuse mais pas Anaïs qui avait vécu ça comme un jeu. Elle n'aura pas voulu salir celle qu'elle a toujours aimée.

Lenatnof recentra le débat.

— Pour en revenir à ce qui m'amène, que vous a raconté le fils Verbrugge sur le viol d'Anaïs Neuville ?

— Il avait trop bu et ne se sentait pas bien. Il est retourné jusqu'au van pour s'allonger un moment. C'est là qu'il a trouvé Tony couché sur Anaïs, sa jupe relevée et les seins à l'air. Elle se débattait et criait. Quand il a vu Zac, il lui a dit de la tenir, que c'était un jeu entre eux, qu'elle faisait semblant pour assouvir un fantasme. Zac n'avait pas les idées claires. Il n'a pas réfléchi et a obéi. C'est à ce moment que tout a dérapé et qu'il s'est retrouvé mêlé à une affaire qui le dépassait.

— Désolé, mais je ne crois pas une seule seconde à sa version des événements. Même saoul, il aurait dû réagir et lui porter secours. Au lieu de ça, il a aidé Salva dans sa basse besogne. Il ne vaut pas mieux que lui ! Ensuite ?

— Salomé, Fanny et moi sommes arrivées quelques instants plus tard. Tony nous a alors fait monter dans le van. Là, il a menacé de s'en prendre à votre nièce si on racontait ce qu'on avait vu. Après, il nous a demandé de sortir. Salomé est restée à l'intérieur. C'est la dernière fois que je l'ai vue.

— Verbrugge et Salva sont partis en l'emmenant contre son gré. Que vous a raconté votre petit ami ? Où sont-ils allés ? Et que lui ont-ils fait ?

— Ils ont quitté précipitamment le festival. Plutôt que de prendre la route en direction de Montbrison où les gendarmes effectuaient des contrôles, comme tous les festivaliers le savaient, ils sont passés par la montagne où ils étaient certains de ne pas faire de mauvaises rencontres. Tony voulait lui flanquer la trouille de sa vie. C'était son plan pour qu'elle se taise. Une fois à Montbrison, il devait la relâcher. Mais ça ne s'est pas passé comme prévu. Après avoir traversé le village de Trelins, ils roulaient quelque part dans la forêt lorsqu'ils ont crevé. Ils changeaient la roue quand Salomé s'est enfuie. Ils l'ont cherchée durant des heures sans la retrouver. Vers la fin de la matinée, Zac m'a téléphoné pour me dire que Tony était résolu à mettre ses menaces à exécution si l'une d'entre nous parlait. Il m'a suppliée de convaincre Fanny et Anaïs de la boucler, ce que j'ai fait. Dans les jours qui ont suivi, Salomé n'est pas réapparue. Ensuite, il y a eu cette rumeur au sujet de loups aperçus dans la région. Tout le monde disait que Salomé avait dû être attaquée et dévorée par ces bêtes sauvages.

Miranda était anéantie et n'avait plus rien de la femme sûre d'elle.

— Vous avez revu Salva ?

— Jamais.

— Qu'est-il advenu de votre relation avec le fils Verbrugge ?

— Même si je tenais à lui, je ne pouvais m'enlever de la tête son rôle dans le viol d'Anaïs. Aussi, j'ai rompu.

— Eh bien, je peux vous dire que Verbrugge s'est bien moqué de vous en vous racontant *sa* version des faits. À moins, bien sûr, que vous ne soyez de mèche tous les deux, dit-il en guettant la réaction de Miranda. Après tout, vous étiez amoureuse et peut-être l'êtes-vous encore ? Ce qui expliquerait le fait que vous minimisiez son rôle dans cette sordide affaire.

— Je ne vous permets pas ! s'insurgea-t-elle. Je vous ai rapporté ce que Zac m'a dit, sans rien omettre ni changer.

— La vérité, c'est que Salva et Verbrugge ont violé ma nièce avant de la tuer et de l'enterrer dans les bois.

— Zac n'a pas pu faire ça, laissa-t-elle échapper dans un souffle.

— Votre silence et celui de vos amies ont protégé ses assassins.

— Nous n'avions pas d'alternative, geignit-elle.

— Je sais. Vous étiez pieds et poings liés et je ne vous accable pas, dit Lenatnof d'un ton plus calme.

Miranda était en pleurs.

Abandonnant ses jouets, le petit garçon vint vers elle.

— Tu pleures Mira ? Il est méchant le monsieur ? fit-il, chagriné de la voir triste.

— Tout va bien, Enzo, répondit-elle en le prenant dans ses bras.

Miranda essuya ses larmes avant de sourire au bambin. Celui-ci l'attrapa par le cou et l'embrassa. Réconforté par ses paroles, il se blottit contre sa poitrine en suçant son pouce.

Passé cet intermède, Boris revint à la charge :

— À présent, je veux savoir qui est Démelza ? À l'hôpital, où elle se rend chaque année à l'occasion de la Saint-Aubrin, elle se fait appeler Camille Després. Qui est cette femme ? Quel est son vrai nom ?

Miranda avait baissé la tête pour fuir le regard pressant du policier.

— Je ne me sens pas le droit de la trahir.

Lenatnof s'attendait à sa réaction et haussa le ton :

— Je me contrefous de vos états d'âme. Je veux la vérité !

Surpris par l'éclat de voix de cet homme, le bambin sursauta.

Le policier allait insister lorsque la sonnerie de son portable retentit.

C'était Rafael Santoni.

Il s'écarta avant de décrocher.
— Quoi ? fit-il agacé d'être dérangé dans un moment pareil.
— Un avion en provenance du Brésil a atterri tôt ce matin à Lyon Saint-Exupéry. Zacharie Verbrugge faisait partie des passagers.
— Zut ! On l'a loupé ! enragea Lenatnof.
— Devinez qui l'attendait à l'aéroport ?
— Au diable les devinettes ! Viens-en au fait !
— Désolé, patron. La police aux frontières m'a transmis les images des caméras situées dans l'aéroport. Salva était là pour l'accueillir. Ils sont partis ensemble.
— Tout ça ne me dit rien qui vaille.
Aussitôt après, Lenatnof songea à leur précédente conversation.
— Tu as pu savoir à quelle adresse ce taxi a déposé notre inconnue ?
— J'ai appelé le gérant de la société. Son système informatique a planté. Dès que ça fonctionne à nouveau, il me rappelle.
Lenatnof raccrocha. *Je dois absolument empêcher Charlie de se rendre à Lyon où ces deux crapules se trouvent actuellement. Grâce au selfie qu'elle a fait devant la gare de Châteaucreux, je sais où elle sera demain matin. Encore faudrait-il que l'histoire se répète à l'identique ? Même si le rôle d'Ingrid reste ambigu, je dois lui parler. Dans mon autre vie, quand Roxana lui a fait part de la disparition de Charlie, elle a tout mis en œuvre pour retrouver sa trace. Je n'ai aucune raison de penser qu'elle ne fera pas la même chose.*
Se tournant vers Miranda, il pointa sur elle un doigt menaçant :
— Je dois partir. Soyez certaine que je repasserai pour obtenir les réponses à mes questions concernant votre employée.

Dès sa sortie du salon de coiffure, il composa le numéro d'Ingrid. Celle-ci décrocha immédiatement.
— Charlie a disparu. J'ai besoin de ton aide.
À l'intonation de sa voix, elle comprit l'urgence de la situation.
— Je ne suis pas de service. Passe à la maison.
Lenatnof rejoignit sa voiture et prit la direction de Bard, là où il s'était déjà rendu la veille. Après la sortie de Montbrison, il amorçait les premiers virages lorsque son portable sonna. *Ce doit être Rafael. Il a dû obtenir la destination de l'inconnue après son départ en taxi de*

Montbrison. Tenant le volant d'une main, de l'autre il jeta un coup d'œil à l'écran. Ce n'était pas son adjoint mais Gabriel Laporte.

— C'est pas le moment ! dit-il en coupant l'appel.

La topographie des lieux en tête, il sollicita le moteur et négocia les lacets pied au plancher. Après une longue montée sinueuse, il déboucha sur un plateau avec une vue dégagée sur les monts du Forez. Quelques kilomètres plus loin, passé le village de Bard, il se gara à deux pas de la maison d'Ingrid Carella.

Il coupait le contact lorsque la sonnerie du mobile retentit à nouveau.

34

Lundi 23 août - 15 heures 10

En voyant le nom de celui qui appelait, Lenatnof haussa les sourcils. *Que veut Gaby pour insister comme ça ?* se dit-il en décrochant.

— Boris, j'ai un truc important à te dire. Et comme je n'aime pas causer dans le répondeur. Bref, ce que j'ai à te dire n'est pas forcément facile à entendre…

— Vas-y. Je t'écoute.

— Connecté, comme tu le sais, sur la fréquence radio de la brigade, je viens d'entendre mes anciens collègues parler d'un corps retrouvé très récemment dans la forêt près de Trelins. Dans le journal de ce jour, il y a un article à ce sujet.

— Je suis au courant.

— Les analyses ADN sont en cours, mais ils sont persuadés qu'il s'agit de celui de Salomé Roussel, ta nièce. J'ai cru bon de t'informer.

Boris se souvint de la scène vécue dans le bureau d'Ingrid. *C'était mercredi 25. À cette date, les résultats n'étaient toujours pas connus.*

— J'y ai pensé, bien sûr, se contenta-t-il de dire. J'attends les résultats avec la boule au ventre.

— Je comprends. Ce n'est pas tout, poursuivit Laporte. Durant la discussion, par radio interposée, entre Robert, un collègue de longue date, et un gendarme muté récemment à Montbrison, le nouveau lui a demandé de lui raconter l'affaire. À un moment, Robert a expliqué que c'était sur l'insistance d'Ingrid Carella auprès du juge que la seconde battue, avec l'appui des maîtres-chiens, avait pu être déployée sur un secteur plus étendu que la première.

— Pas plus tard qu'hier, c'est aussi ce qu'elle m'a dit. Où veux-tu en venir ?

— J'y viens. Comme tu le sais, elle m'avait mis sur la touche. Rancunier, je furetais, cherchant à comprendre les raisons de sa décision. Eh bien, je peux t'affirmer que ce n'est pas elle qui a décidé de retourner sur le terrain, mais bien le juge. Elle y était même farouchement opposée, disant que c'était une perte de temps et de moyens. Tous deux ont eu un échange tendu. Dans le bureau d'à côté, l'oreille plaquée contre la cloison, je n'ai rien perdu de leur prise de bec. D'ordinaire calme et rationnelle, son entêtement m'avait surpris.

Lenatnof développa :

— C'est cette deuxième battue qui a permis de trouver le médaillon de Salomé montrant qu'elle était dans les bois situés près du village de Trelins. Endroit où elle n'avait rien à faire. Pourquoi a-t-elle autant insisté pour que la brigade cynophile n'intervienne pas ?

— La seule réponse qui me vient à l'esprit est qu'elle ne voulait pas que des flics et leurs chiens se rendent sur les lieux de crainte qu'ils ne trouvent quelque chose.

— Ce qui fut le cas, fit Lenatnof songeur. Elle a alors su rebondir et mentir à ses hommes en disant que c'était sur son initiative que cette seconde opération avait eu lieu.

— J'ai été sous ses ordres durant des années. Jamais elle n'avait agi ainsi auparavant. Tu penses qu'elle pourrait être impliquée ?

— Je ne sais pas mais son attitude mérite des explications. Ton appel tombe à pic. Je suis à Bard, à deux pas de chez elle. Merci Gaby, tu m'as été d'une aide précieuse.

Lenatnof raccrocha, sortit de la voiture et marcha jusqu'à la maison d'Ingrid. *Cette conversation change tout. Je vais devoir modifier ma stratégie et l'attaquer de front si je veux connaître la vérité.*

Appuyée contre l'encadrement de la porte, Ingrid l'attendait.

Lunettes de soleil sur la tête, elle était vêtue d'une jupe courte et d'un bustier qui laissait entrevoir la naissance de sa poitrine.

— En entendant le bruit caractéristique de ta voiture, je suis sortie. Tu étais au téléphone. Des nouvelles de Charlie ?

— Malheureusement, aucune.

Ingrid fit la moue.

— Désolée. Entre. À l'intérieur, nous serons mieux pour discuter.

Lenatnof la suivit le long du couloir. D'ordinaire, il aurait louché sur ses fesses rebondies mais, pour l'instant, son esprit était ailleurs, saturé par les questions qui se pressaient sur ses lèvres.

S'asseyant dans un large fauteuil en rotin, elle l'invita à faire de même avant de croiser ses longues jambes et d'allumer une cigarette.

— Dis-moi ce qu'il en est ? Tu peux compter sur moi. Si je peux t'aider, ce sera avec plaisir, dit-elle d'une voix vibrante d'émotion.

Resté debout, il la toisa. *Quelle bonne comédienne elle aurait fait !*

— Que se passe-t-il ? s'enquit-elle face à son silence qui s'éternisait.

Il se mit à tourner autour d'elle comme un animal prêt à bondir sur sa proie. Conscient que la bataille serait âpre, il réfléchissait, se disant qu'il devait mettre en avant ses arguments l'un après l'autre de sorte qu'elle ne le prenne pas en défaut ni que ça lui laisse l'opportunité de trouver une échappatoire.

— Avant de te parler de Charlie, je dois te dire que je suis au courant de tes manigances lors de l'enquête sur la disparition de Salomé. Pour avoir les mains libres, tu as mis Gabriel Laporte, ton adjoint, sur la touche. En usant de ton influence sur le juge, tu as précipité mon retour à Toulon. Ce même juge avec qui tu t'es ensuite pris la tête parce qu'il avait ordonné, contre ton avis, une autre battue couvrant la forêt de Trelins qui n'avait pas été fouillée la fois précédente. Tu avais peur de ce que tes hommes pouvaient découvrir.

Lenatnof venait de déplacer un premier pion sur l'échiquier. Avant de répondre, elle exhala une fumée qui s'éleva de façon rectiligne. Rien qui ne permit à Boris de déceler un quelconque soupçon de nervosité de sa part.

— Ah, Gabriel ! s'exclama-t-elle en se fendant d'un sourire ironique. Il n'a pas eu la carrière qu'il escomptait et n'a jamais supporté qu'une femme lui donne des ordres. Misogyne, mais surtout incompétent, tout juste bon à trier la paperasse. Pour m'atteindre, il t'aura raconté n'importe quoi ! Tu es un grand garçon et je suis étonnée que tu te sois laissé prendre à son jeu.

Ingrid ne lâchait rien. La partie s'annonçait serrée.

Elle décroisa lentement les jambes, comme l'avait fait Sharon Stone dans *Basic Instinct*. S'il s'agissait d'une manœuvre habile ou désespérée pour le déstabiliser, Boris ne fut pas dupe. *Ne crois surtout pas que tu vas détourner mon attention et t'en sortir en usant de tes charmes,* se dit-il en engageant sa dame dans le jeu, sa pièce maîtresse.

— Je sais tout du viol d'Anaïs Neuville par Tony Salva et, sans doute aussi, par ton fils ainsi que le chantage exercé sur Miranda, Fanny et Anaïs pour qu'elles ne disent rien de ce qui s'était passé. Mais aussi l'enlèvement de Salomé. Le détour par les petites routes pour éviter les contrôles de gendarmerie. La crevaison après le village de Trelins. La fuite de ma nièce pendant que tous deux changeaient une roue.

Tandis que Lenatnof parlait, Ingrid Carella était restée stoïque. Aucun muscle n'avait tressauté sur son visage, pas même un tic nerveux ou tout autre signe qui aurait révélé une faille.

Fort de ce qu'il savait et, même s'il ne disposait d'aucunes preuves matérielles, il imagina le probable scénario et son implication.

— Te servant de tes prérogatives de cheffe, tu as tout fait pour que ton fils ne soit pas inquiété. Lors de son audition, tu t'es arrangée pour que ce soit un gendarme novice qui prenne sa déposition. Lorsque ton jeune subalterne a entendu les amies de Salomé, il n'a rien remarqué de la peur panique qui les habitait. Ni compris qu'elles lui servaient, à tour de rôle, les mêmes mots appris par cœur de crainte de trop en dire et de mettre la vie de Salomé un peu plus en danger.

Le sang pulsait dans les veines du policier. Une fraction de seconde, il crut voir le visage d'Ingrid se troubler. À moins que ce ne fût sa tension qui, montée en flèche, lui jouait des tours.

Déployant sa stratégie, il déplaça sa dame. *Échec.*

— Fanny et Miranda m'ont tout raconté et le referont devant les gendarmes. L'affaire va éclater au grand jour. C'est terminé.

Au fil de ses paroles, le visage d'Ingrid s'était allongé.

Elle tira une dernière bouffée avant d'allumer une autre cigarette.

Besoin de nicotine pour calmer sa nervosité. Un signe qui ne trompe pas. Elle est aux abois.

Lorsqu'elle braqua son regard bleu acier sur lui, Lenatnof nota qu'il n'avait plus la même force ni la même intensité.

— Je n'ai pas eu le choix, dit-elle d'une voix atone. Je voulais protéger mon fils, ne pas le perdre.

Ingrid avait baissé sa garde. *Échec et mat !*

— Cette nuit-là, je suis rentrée plus tôt de ma permanence à la brigade. Arrivée à la maison, Zac tournait en rond. J'ai compris qu'il était arrivé quelque chose de grave. Il m'a tout expliqué. Saoul, il n'avait plus les idées claires et avait fait ce que Salva lui ordonnait. Il m'a juré qu'il n'avait pas touché cette fille mais il était trop tard pour faire marche arrière. Comme tu l'as dit, lors d'un arrêt pour changer une roue, elle s'est enfuie. Ils l'ont cherchée durant des heures. En vain...

Pendant ses explications, Boris avait ostensiblement secoué la tête.

— Ton fils a servi le même baratin à Miranda, cracha-t-il avec dédain. Elle l'a cru, mais ça ne prend pas avec moi. Pour être raccords, vous avez mis au point votre version des faits. J'ai en mémoire les paroles que tu as prononcées ici même : « *J'ai élevé mon fils dans le respect des valeurs. Le mensonge et le parjure n'en font pas partie.* » La vérité, c'est qu'ils ont violé, puis assassiné ma nièce et tu as tout fait pour camoufler leur crime odieux. Où l'ont-ils enterrée ? hurla-t-il à en faire trembler les murs.

Ingrid inspira profondément avant de répondre :

— Je ne sais pas et ne l'ai jamais su. Il a toujours refusé de m'en parler. Zac a toujours eu un caractère difficile. Plus jeune, il fréquentait déjà des voyous et j'ai dû le sortir de bien des galères. Plus âgé, son comportement ne s'est pas arrangé. Si je venais à lui faire des reproches, il pouvait devenir violent. Il est même arrivé qu'il lève la main sur moi.

Boris ne se laissa pas attendrir et insista :

— Que s'est-il *vraiment* passé cette nuit-là ? appuya-t-il.

— Comme je viens de te le dire, Salomé s'était sauvée dans les bois mais ils l'ont rattrapée. Quand j'ai demandé à Zac où elle était, il m'a ri au nez en me disant que je ferais mieux de le sortir du merdier où Salva les avait mis. J'ai fait ce qu'il m'a ordonné. Comme à chaque fois...

— Tu redoutais que son cadavre soit découvert par les chiens de la brigade cynophile, n'est-ce pas ? Et c'est pour cette raison que tu t'es opposée au juge pour cette seconde battue, déduisit Boris.

— C'est vrai. Même si Zac ne m'avait rien dit, Salva était capable du pire et j'ai envisagé la possibilité qu'ils se soient débarrassés d'elle. Mes doutes se sont confirmés lorsque le médaillon de Salomé a été trouvé. J'ai paniqué, m'attendant à ce que son corps soit repéré par un des bergers malinois, mais il n'en a rien été. Avec les années, je pensais que tout ça était loin, oublié de tous... Et, il y a eu ce type. En se baladant dans la forêt, il est tombé sur des ossements dissimulés sous la souche d'un arbre déraciné.

Ingrid releva le menton. Le visage défait, elle n'était plus que l'ombre d'elle-même.

— En attendant que l'ADN parle enfin, je suis sur les nerfs. Je ne dors plus. S'il s'agit de Salomé Roussel, comme j'en ai la conviction, peut-être que des traces pourraient impliquer Zacharie. Dans tous les cas, l'enquête va être rouverte avec tous les risques que cela suppose pour Zac.

— Pour espérer sauver ton fils, tu étais prête à tout. C'est fini. À présent, tu vas devoir répondre de tes...

Lenatnof fut interrompu par le claquement d'une porte, suivi d'une cavalcade dans le couloir.

Un garçon d'une dizaine d'années surgit dans le salon.

— M'man, est-ce que...

En voyant l'homme assis en face de sa mère, il s'arrêta net.

— Bonjour, lança-t-il gaiement en s'adressant à lui.

— Salut, jeune homme.

Se tournant vers sa mère, il demanda :

— Je peux aller me baigner chez Damien dans un moment ? Il y a aussi Élouan et Arthur. Dis oui, s'te plaît !

Pendant que mère et fils parlaient, Lenatnof l'observa.

— C'est d'accord, mais pas de bêtises. Je peux compter sur toi ?

Pour la remercier, il l'attrapa par le cou et l'embrassa.

— Promis, fit-il les yeux pétillants de malice.

Lenatnof n'avait pas lâché le gamin du regard. Alors qu'il quittait la pièce pour retrouver ses copains, le visage du policier s'allongea. *Tout comme moi, ce gosse a un affaissement des paupières supérieures. Voilà qui est surprenant d'autant que cette pathologie est plutôt rare.*

Ayant vu son air songeur, Ingrid intervint :

— Dans le jargon médical, on parle d'un ptôsis, mais tu le sais déjà. L'opération est prévue avant la rentrée des classes. Une intervention bénigne. Robin n'est pas inquiet et est même pressé d'en terminer.

Boris se dit qu'elle avait retrouvé des couleurs, mais aussi sa verve.

Ce soudain regain de confiance est-il en lien avec ce qu'elle vient de dire ? La possible raison lui parut énorme. Pour satisfaire sa curiosité, il posa la question qui lui brûlait les lèvres :

— Cette maladie pouvant être héréditaire, essaierais-tu de me faire comprendre qu'il ne s'agit pas d'une banale coïncidence ? Que ce petit gars pourrait être mon fils ?

— Ton sens de l'observation et de l'analyse, voilà ce qui m'a plu chez toi. Pour ce qui est de Robin, il fêtera son dixième anniversaire dans neuf mois… À quelques jours près.

Le calcul était aisé à effectuer. Lorsque Lenatnof avait quitté son poste à Toulon pour rejoindre le Forez suite à la disparition de Salomé, ils avaient eu une aventure. *Ça n'a duré qu'une nuit. Elle serait tombée enceinte et ne m'en aurait jamais rien dit. Pourquoi ?* La réponse tomba sous le sens. *En me révélant sa grossesse, j'aurais peut-être demandé ma mutation dans la région et je risquais de découvrir son rôle pour sortir Zacharie du merdier où il s'était mis.*

Lenatnof fit un parallèle qui le laissa pantois. C'était avant de partir, alors qu'elle dormait encore, qu'il avait photographié en catimini les comptes-rendus d'auditions. *Ces mêmes documents que Charlie a chipés à son tour chez moi et qui ont été le point de départ de cette affaire. La vie est faite de détails, mais un seul peut la bouleverser.*

Soupçonneux par nature, il se méfiait toujours. *Après tout, elle avait peut-être un autre homme dans sa vie. Quelqu'un qui présentait les mêmes symptômes que moi. Et pour espérer m'émouvoir, elle jouerait sur cette ambiguïté.*

— Ce gamin serait de moi ? dit-il, toujours sceptique.

— Robin *est* ton fils. Sois-en certain, affirma-t-elle sans ciller. Si tu as un doute, tu peux faire un test ADN. Je ne m'y opposerai pas.

Elle se leva pour saisir l'un des cadres photos disposés sur un rayonnage de la bibliothèque. Le déposant sur la table basse, elle l'orienta de sorte que Boris l'ait sous les yeux.

— L'autre fois, en partant d'ici, tu t'es attardé sur celle où Zacharie se tient derrière Robin, les mains posées sur ses épaules.

Lenatnof s'en souvenait parfaitement. Quand il lui avait demandé s'il s'agissait de son petit-fils, elle avait acquiescé. *Un mensonge de plus.*

— Mes enfants comptent plus que tout, dit-elle en écrasant son mégot dans le cendrier avant d'essuyer une larme. Ils sont toute ma vie, ma raison d'être.

Lenatnof avait compris sa stratégie. *Avec des pleurs et des paroles vibrantes de sincérité, elle compte m'apitoyer. Qui ne la connaît pas se laisserait facilement duper. Pas moi.*

Lenatnof reprit la partie à son compte.

— Au fil de la discussion, tu t'es sentie prise au piège. Mais l'arrivée inopinée de ton fils t'a offert une porte de sortie inespérée. En me révélant cette pseudo-paternité, tu t'es dit que j'allais flancher et tout faire pour que sa mère n'aille pas en prison. Quel père ne mettrait pas tout en œuvre pour sauver sa progéniture ! C'est ce que tu as pensé, pas vrai ? Pour en rajouter une couche, tu viens de me faire le numéro de la mère éplorée. Eh bien, ton stratagème n'a pas fonctionné. Tu vas devoir payer pour ne pas avoir dénoncé aux autorités les violeurs d'Anaïs Neuville, mais aussi les assassins de Salomé !

Se levant à son tour, il se dirigea vers la fenêtre qui donnait sur un vaste pré qui s'étendait jusqu'aux confins de la forêt qu'on apercevait au loin.

Des cris attirèrent son attention.

Sur le côté de la maison, Robin jouait avec ses copains. Un instant, il resta à le regarder courir et rire. *Se pourrait-il qu'elle ait dit la vérité à son sujet ?* Sa décision était prise, rien ne pouvait le faire changer d'avis.

Sortant son Smartphone, il recherchait le numéro de la brigade de gendarmerie lorsqu'il sentit une pression dans le bas du dos.

— Pose ce téléphone. Je ne le redirai pas.

Surpris, il se retourna lentement.

Ingrid avait reculé de deux pas. Les jambes légèrement écartées pour avoir de bons appuis, elle braquait un revolver dans sa direction. Lenatnof vit l'éclat électrique et la jouissance briller dans ses iris bleus.

Déterminée, elle releva le chien de son arme.

35

Mardi 24 août - 8 heures 10

Bâillonné et ligoté à une chaise, cela faisait des heures que Lenatnof était enfermé dans cette cave où flottait une odeur de moisissure. À travers la grille du soupirail, il avait vu le jour décliner, puis le soleil se lever au petit matin.

Des heures auparavant et sous la menace de son arme, Ingrid l'avait conduit là par un escalier tortueux. Situé sous la maison, l'endroit était bas de plafond. Un bric-à-brac de vieilles affaires était entreposé sur le sol en terre battue. Un soupirail apportait un peu de lumière.

Après qu'elle eut fermé la porte à double tour, il l'avait entendue manœuvrer la Mustang pour la mettre à l'abri des regards indiscrets.

Se reprochant de ne pas avoir été plus vigilant, il ne décolérait pas.

Une fois calmé, il avait songé à s'évader. Pour commencer, il devait parvenir à se détacher. Seulement, avec les mains attachées dans le dos, la besogne était impossible d'autant que la corde était épaisse et les nœuds solides. N'abandonnant pas, il s'était balancé d'avant en arrière, espérant que la chaise, déjà bien pourrie, cède sous son poids et se brise, le libérant ainsi de ses entraves.

Un pied seulement avait rompu. En chutant, sa tête avait heurté le coin d'une table lui arrachant ses lunettes au passage. Les cheveux maculés de sang, il avait essayé de se redresser. En vain. Le constat était qu'il n'avait plus rien à espérer, sinon s'épuiser inutilement.

Par l'ouverture sur l'extérieur et dans la position inconfortable où il se trouvait, il avait vu le jour s'étirer en longueur jusqu'à décroître pour laisser la nuit prendre ses quartiers.

Une nuit pendant laquelle il avait imaginé tous les scénarios.

Celui où Ingrid allait venir vérifier ses liens : il aurait alors tout tenté pour la convaincre de revenir à la raison. À aucun moment, elle n'était réapparue devant lui. Même pas pour lui apporter de quoi boire.

Celui où débarquaient les gendarmes : incohérent. Personne ne savait où il se trouvait.

Enfin, celui qui allait se produire inéluctablement : demain matin, il ne serait pas devant la gare de Châteaucreux pour empêcher Charlie de se rendre à Lyon. Le film des événements tels qu'il les avait déjà vécus allait se reproduire et elle allait mourir sans qu'il ne puisse rien y changer.

Il avait ressassé ça jusqu'au moment où il avait perçu des bruits et des murmures au-dessus de sa tête.

À travers les lames disjointes de la porte, une lampe s'était allumée dans l'escalier. Tendant l'oreille, il avait ensuite clairement perçu des pas descendre les marches.

Lenatnof s'était dit qu'Ingrid avait enfin pris conscience de la situation. Elle allait le détacher en expliquant qu'elle avait eu un moment d'égarement et qu'elle regrettait.

Un espoir qui n'avait duré qu'un instant. Après l'avoir entendue tourner la clé dans la serrure pour vérifier que le battant était solidement fermé, elle était repartie sans un mot.

Il aurait voulu crier pour la supplier de ne pas aller plus loin dans sa folie mais le chiffon qui lui obstruait la bouche l'en avait empêché.

Ensuite, tout s'était enchaîné très vite.

Des portières qui claquent. Un moteur qui s'emballe. Une voiture qui s'éloigne sans accélération brusque pour ne pas attirer l'attention.

Puis plus rien. Le silence pour seule compagnie. Ingrid et Robin avaient quitté les lieux. *Pour aller où ? Tout ça n'a pas de sens. Elle a perdu la raison.* Déshydraté et fourbu, il avait fini par s'endormir en songeant à Roxana et Josselin. *Ils doivent se faire un sang d'encre...*

Un chat qui miaulait l'avait sorti de sa torpeur aux premières lueurs du jour. *Quelle heure peut-il bien être ?* Lenatnof aurait donné tout ce qu'il avait pour arrêter l'horloge du temps mais il n'avait pas ce pouvoir. Toutes ses pensées allèrent vers Charlie. *Pourvu qu'elle change d'avis et n'aille pas à Lyon...*

Les heures avaient défilé, inexorablement. Il s'était fait à l'idée que personne ne viendrait le sortir de cette galère.

Résigné, il regardait en direction du soupirail quand il crut deviner au travers les contours d'une silhouette. *Même sans mes lunettes, il me semble avoir vu passer quelqu'un. Ingrid serait revenue ? À moins que ce ne soit un reflet quelconque ou une hallucination...*

Tout à coup, la porte s'ouvrit à la volée pour s'abattre contre le mur dans un fracas assourdissant. Deux hommes, arme au poing, firent irruption en hurlant à gorge déployée.

— Police ! Personne ne bouge !

La scène n'avait duré qu'une poignée de secondes.

Se précipitant vers Lenatnof étendu sur le sol, ils enlevèrent ses liens, lui ôtèrent son bâillon avant de l'aider à se relever. Le soutenant chacun par le bras, ils regagnèrent l'extérieur.

La soudaine lumière du jour lui fit cligner des yeux. L'éblouissement passé, sa surprise fut totale en découvrant le visage de ses sauveurs : Gabriel Laporte et Rafael Santoni se tenaient devant lui.

— Désolé de te dire ça, Boris, mais tu as une putain de sale gueule ! fit l'ex gendarme en lui tapant sur l'épaule dans un geste amical.

— Comment allez-vous, patron ? s'enquit Rafael à son tour.

Lenatnof avait mal partout. Pas une parcelle de son corps n'était épargnée. Doucement, il frictionna ses poignets meurtris où la corde avait laissé un sillon rougeâtre.

— J'ai connu mieux.

Laporte lui tendit une confiserie et une bouteille d'eau.

— C'est tout ce que j'ai.

Fébrilement, Boris porta le goulot à sa bouche et but avidement jusqu'à la dernière goutte.

— Si vous permettez, je vais nettoyer la plaie à l'arrière de votre crâne, proposa Santoni en ouvrant une trousse de secours.

Après avoir mordu dans la barre chocolatée, il le laissa le soigner.

— Ça a beaucoup saigné, mais la blessure est superficielle, dit-il en appliquant un pansement. Tenez, j'ai récupéré vos lunettes et votre Smartphone.

Il glissa l'appareil dans sa poche. Après un rapide examen, Lenatnof constata que les verres étaient intacts, mais les branches tordues. Il les redressa avant de les remettre en place sur son nez.

— En tournant le dos à Ingrid, j'ai commis une erreur de débutant. Sans votre intervention, je ne sais pas ce que je serais devenu. Sans doute mort de soif et de faim.

Il sortit son paquet de cigarettes et en alluma une.

— Qui s'y colle pour me raconter par quel hasard vous vous êtes retrouvés à Bard ?

Le retraité de la gendarmerie prit les devants.

— Quand tu m'as dit que tu étais devant chez Carella et que tu allais lui parler, j'ai attendu la fin de l'après-midi pour te rappeler, savoir comment ça s'était passé et ce que tu avais appris. Comme tu ne répondais pas, j'ai laissé un message. Pas de réponse. Réveillé avant le jour, j'ai réessayé. Répondeur à nouveau. J'ai compris qu'un truc ne tournait pas rond. J'ai alors appelé le commissariat au 99 bis cours Fauriel. Il a fallu que j'insiste auprès du planton de permanence pour qu'il me mette en relation avec Rafael.

— Parce que tu le connais ? fit Lenatnof étonné.

— Rappelle-toi, tu as cité son nom lorsque tu étais chez moi, précisa Laporte. Bref, je lui ai expliqué la situation et on a débarqué. Ça m'a rappelé le bon temps. La poussée d'adrénaline qui décuple les forces et les sensations au moment de passer à l'action.

— Si Ingrid avait été là, je ne sais pas quelle aurait été sa réaction en vous voyant ? Elle aurait pu tirer. Vous avez pris des risques. Je vous dois à tous deux une fière chandelle.

— Dans le cas inverse, tu aurais fait la même chose sans hésiter !

Rafael sourit à la remarque de son partenaire d'un jour.

— Votre ami peut reprendre du service. Il n'a rien perdu.

Flatté, Laporte gonfla la poitrine.

— Vous avez fouillé la maison ? interrogea le commissaire.

— Les lits ne sont pas faits. Les vêtements de Carella et ceux d'un enfant sont encore dans les placards, répondit Santoni.

— Une fuite décidée dans l'urgence. Je ne sais pas ce qu'elle peut avoir en tête, ajouta l'ex gendarme.

— Pour sauver Zacharie, elle s'était déjà mise en danger. Quand elle a compris que j'allais la dénoncer, elle a franchi un autre palier en pointant son arme sur moi et en me séquestrant. Lorsqu'elle se fera prendre, ce qui est inévitable, son jeune fils va en faire les frais.

En disant cela, les mots de la femme qu'il avait aimée lui revinrent : « *Robin est ton fils. Sois-en certain.* »

Chassant cette pensée, il jeta un coup d'œil à sa montre : 8 heures 32. Tel un diable sorti de sa boîte, il se leva aussitôt.

— Où est la Mustang ? Je dois filer à Saint-Étienne. Ma nièce sera devant la gare de Châteaucreux à 9 heures 35 tapantes. Si je veux la sauver, je dois l'empêcher de monter dans ce train pour Lyon.

Même si les propos de son patron lui parurent confus, Santoni s'abstint de demander des explications et proposa :

— Un coup de fil au commissariat et une patrouille va se rendre sur les lieux et l'intercepter.

— Non, trancha-t-il. Si elle voit débarquer les flics, elle va s'enfuir.

— Dans votre état, il est hors de question de vous laisser prendre le volant, contra-t-il en guettant la réaction de son supérieur.

Laporte abonda dans le même sens.

— Rafael a raison, tu as besoin de repos.

— Je dois aller à Sainté ! s'écria Lenatnof. C'est une question de vie ou de mort !

Devant sa détermination, il y eut un moment de flottement. Ni Laporte ni Santoni n'osèrent le contredire.

— D'accord, mais à une condition, osa le jeune policier. C'est moi qui conduis.

— Je suis du même avis, renchérit le retraité.

— Ma parole, vous vous êtes donné le mot ! C'est bon, concéda-t-il de mauvaise grâce.

— Patron, votre ami Josselin Ribeiro m'a appelé plusieurs fois. Sans nouvelles de vous depuis hier, votre sœur et lui s'inquiètent.

— Ok. Je vais les appeler et les rassurer.

— Il m'a aussi chargé de vous dire que Charlie avait découché en précisant que vous comprendriez.

— Assez bavardé. En route ! Il n'y a pas une minute à perdre si je veux être à la gare à l'heure.

36

Mardi 24 août - 8 heures 40

Pour se rendre à Saint-Étienne, le choix de la voiture de Santoni leur apparut évident. De couleur grise, sa Peugeot était sans commune mesure beaucoup plus banale et surtout moins repérable que la Mustang rouge de Lenatnof. Avant de partir, il s'approcha de Gabriel :
— Encore merci. Sans ta présence d'esprit...
— Les amis, c'est fait pour ça !
— Tu peux ramener la Mustang chez toi ?
— Bien sûr. Moi qui rêvais de la piloter, je vais être comblé !
Ils se donnèrent l'accolade avant de se séparer.
Dès que Boris fut installé à bord, il appela sa sœur. Faisant l'impasse sur ce qui lui était arrivé, il expliqua qu'une affaire urgente l'avait contraint à rentrer à Saint-Étienne. Bien sûr, Roxana le houspilla pour la forme car autre chose la tracassait : Charlie n'était pas rentrée la nuit dernière. Avec des mots choisis, il la rassura du mieux qu'il put. *De l'empathie et de la bienveillance : voilà ce que j'aurais dû avoir lorsqu'elle m'avait appelé au commissariat.*
Quand elle lui demanda s'il voulait parler à Josselin, il prétexta n'avoir pas le temps et raccrocha. *Avec Joss, on réglera cette histoire concernant Salva plus tard.*

Les lacets de la route depuis Bard jusqu'à Montbrison avaient été négociés en un temps record. Santoni avait une conduite fluide et sûre.
— En agissant comme tu l'as fait, tu étais hors procédure légale. Si ça avait mal tourné, quelle explication aurais-tu donnée ?
— Je ne sais pas. Mais quand Laporte a appelé pour me dire que vous enquêtiez sur la disparition de votre nièce et que vous étiez probablement en danger, je n'ai pas réfléchi. J'ai foncé.

— Tu as pris des risques.
— Je sais mais, depuis quelques jours, votre comportement était... comment dire...
— Étrange ?
— Je dirais plutôt, énigmatique et distant, aux antipodes de votre façon habituelle de travailler. Face à votre manque de transparence et avant même l'appel de Laporte, j'ai voulu comprendre. Votre attitude a changé à partir du moment où vous m'avez dit vous repencher sur le dossier de la disparition de Salomé Roussel. En accédant aux archives, j'ai retrouvé les noms de Verbrugge, Castillo, Neuville et Sénéchal. Des gens pour lesquels vous m'aviez demandé de me renseigner.

Après avoir rétrogradé pour négocier le rond-point avant l'entrée de l'autoroute, Santoni reprit :
— Quand Laporte m'a expliqué que la capitaine Carella l'avait écarté de l'enquête alors qu'il était son plus proche collaborateur, j'ai trouvé ça bizarre. Et plus encore, lorsqu'il m'a raconté la conversation entendue entre elle et le juge concernant cette battue à laquelle elle s'était opposée farouchement. Aussi, lorsqu'il m'a dit que, depuis votre arrivée chez elle, il n'avait plus de nouvelles malgré plusieurs appels, j'ai compris qu'il se passait un truc. Alerter un magistrat, lui expliquer et le convaincre auraient pris trop de temps. Il fallait agir et vite !

Lenatnof était impressionné par la capacité d'analyse et de déduction de son jeune adjoint.
— Bon réflexe. Qu'as-tu déniché concernant les amies de Salomé ?
— À vrai dire, pas grand-chose. Peu après les événements survenus à Trelins, Fanny a été interpellée en possession de marijuana. Dans le même temps, Anaïs a été placée en HP. Je n'en connais pas encore la raison, mais je vais me renseigner.
— Inutile.

Lenatnof lui raconta ce qu'il savait désormais : le viol d'Anaïs par Salva et sans doute aussi par Verbrugge. Salomé contrainte de suivre ses agresseurs. La menace de mort qui pesait sur elle si ses amies venaient à parler. Leur départ en van. L'arrêt forcé à cause d'une crevaison. Sa fuite à travers les bois. Lancés à ses trousses, les deux hommes l'avaient retrouvée, sans doute violée, puis assassinée avant de l'enterrer.

— Le corps découvert récemment dans le même secteur est le sien, j'en suis persuadé. Ce n'est qu'une question de jours avant que la confirmation tombe.

— N'êtes-vous pas celui qui m'a appris qu'il ne fallait jamais tirer de conclusions hâtives ?

Il sourit imperceptiblement à sa remarque.

— Et concernant Miranda ?

— Rien de particulier. Pas de casier. Mère célibataire. Un fils de 5 ans. Ah, si ! Il y a bien ce détail, même s'il est sans importance.

— Dis toujours.

— Miranda a accouché dans une clinique privée de Saint-Étienne.

— Et alors ?

— Le médecin qui l'a accouchée est Josselin Ribeiro, votre ami.

Lenatnof faillit s'étouffer. Jamais Josselin ne lui en avait parlé. Il en était sûr. *Pourquoi me cacher qu'il avait mis au monde cet enfant ?*

Songeant soudain à la séquence qu'il avait filmée devant le salon de coiffure de Miranda, il ressentit le besoin de revoir la scène du départ en taxi de l'inconnue. Les images défilent. Celle qui se faisait appeler tantôt Démelza tantôt Camille Després portait le fils de Miranda. Changeant de bras, mère et fils tendaient la main alors que le véhicule s'éloignait. Lorsque la vidéo s'arrêta, une sensation bizarre l'envahit. Quelque chose l'intriguait sans qu'il réussisse à savoir quoi.

— Tu as pu trouver où le chauffeur de taxi a déposé sa cliente ?

— Grâce à la vidéo que vous m'avez envoyée, le gérant de la société n'a eu aucune peine à identifier le véhicule en question et me communiquer l'adresse de sa destination. C'est à Saint-Étienne, au 172 rue des Alliés. Vous voyez où ça se situe ?

Lenatnof en eut le souffle coupé. Bien sûr qu'il savait où c'était ! Et pour cause. C'était là qu'habitait Josselin Ribeiro. *Qu'est-ce que cette femme fait chez lui ? Comme il se trouve à Lézigneux, chez ma sœur, ça signifie qu'elle a la clé de sa maison et donc qu'ils se connaissent ! Décidément, il y a tout un pan de sa vie que j'ignore. Comment ne m'en suis-je jamais rendu compte depuis toutes ces années ?*

La stupéfaction se lisait sur son visage.

— Il y a quelque chose qui ne va pas, patron ? s'enquit Rafael.

Le commissaire le briefa.

— Ça alors ! Vous avez une idée du lien qui existe entre le toubib et cette femme ?

— Aucune. Ce que je sais d'elle se résume à pas grand-chose : elle travaille depuis peu chez Miranda. Chaque année, durant la fête patronale de la Saint-Aubrin, elle se rend à l'hôpital de Montbrison où Anaïs est internée. C'est aussi elle qui a remis au *Progrès* une photo de Salomé pour illustrer un article consacré aux dossiers criminels non élucidés. Elle détient la clé pour dénouer cette affaire. J'en suis persuadé. Te voilà au parfum.

— Vous devriez appeler Ribeiro.

— J'y ai pensé, mais comme j'ignore son rôle dans cette histoire, je ne veux pas qu'il prévienne cette fille et qu'elle prenne le large. Si elle est toujours chez lui, ce qui est à espérer, quelqu'un doit planquer devant sa maison et surtout ne pas la perdre de vue au cas où elle prendrait l'idée de partir.

Aussitôt, il sortit son téléphone et appuya sur une touche.

— Léoni ? J'aurais besoin que vous me rendiez un service.

Le journaliste l'écouta sans l'interrompre.

— En restant discret, j'aimerais que vous gardiez un œil sur cette femme. C'est important. Je peux compter sur vous ?

Dans l'écouteur, Jacky avait perçu de la nervosité dans les propos du policier, ce qui n'était pas dans ses habitudes.

— C'est d'accord. Je me rends immédiatement à l'adresse que vous venez de me donner. Je vous appelle si elle vient à bouger ou s'il se passe quoi que ce soit.

Rassuré, le commissaire raccrocha.

Tournant la tête vers son supérieur, Santoni demanda :

— C'était Jacky Léoni ? Le journaliste ?

— Lui-même.

— N'aurait-il pas été préférable d'envoyer un fonctionnaire de police devant chez votre ami plutôt que de confier cette tâche à ce civil ? Un scribouillard qui plus est !

— Je ne me sens pas le droit d'impliquer un autre de mes hommes dans cette affaire qui ne relève d'aucune procédure en cours. Pour ce qui est de Léoni, j'ai confiance. On se connaît depuis un bail, il est réglo.

Le roulis de la voiture et la fatigue accumulée eurent raison des dernières forces de Lenatnof. Exténué par la nuit cauchemardesque qu'il avait vécue, il s'endormit.

Plus tard, un coup de klaxon intempestif le sortit de son sommeil.
— Désolé patron, mais l'abruti qui est devant n'avance pas.
Lenatnof regarda autour de lui, essayant de se repérer.
— Nous sommes boulevard Jules Janin, précisa Santoni. Dans moins de deux minutes, nous serons devant la gare de Châteaucreux. Une question de vie ou de mort !
Au ton de sa voix, Lenatnof avait clairement ressenti une forme de frustration. Il l'observa du coin de l'œil.
Les cheveux châtains bouclés, il portait la barbe courte et soignée comme les jeunes hommes qui suivent la mode du moment. Depuis quatre ans qu'il était sous ses ordres, ils avaient partagé beaucoup de choses, passé des nuits blanches sur des dossiers épineux. Mais c'était la première fois que Lenatnof ne jouait pas cartes sur table avec lui. *Comment lui expliquer ce qui va se passer ? Si je lui dis tout, il va me prendre pour un dingue.* Aussi, il opta pour un raccourci.
— Ce serait trop long à t'expliquer. Pour faire court, ma nièce a dans l'idée de retrouver sa sœur. Obstinée, elle croit Salomé toujours en vie et cherche des infos sur la nuit où elle a disparu. Je ne sais pas ce qui l'a convaincue de se rendre à Lyon, mais elle risque de faire une très mauvaise rencontre près de Perrache.
— Vous pensez à Tony Salva et à Zacharie Verbrugge ? demanda-t-il en cherchant une place pour se garer.
— Comment ne pas y songer ?
— Votre nièce détiendrait une preuve pour les confondre ?
— C'est une possibilité. Dans tous les cas, se sentant menacés, ils vont s'en prendre à elle et la réduire au silence. Ne me demande pas comment je suis au courant, mais crois-moi sur parole.
— Depuis que je travaille à vos côtés, votre instinct ne vous a jamais fait défaut et j'ai confiance en vos choix. Je suis à fond avec vous.
Se fendant d'un demi-sourire, le commissaire donna les consignes :
— Comme il y a 20 minutes d'attente avant sa correspondance, elle va sortir de la gare et s'asseoir sur un banc. Je serai sur le quai et

toi à l'extérieur. Ne la quitte pas des yeux. On doit l'empêcher à tout prix de prendre ce TER pour Lyon.

Santoni coupa le contact et ils sortirent de la Peugeot.

Les deux hommes prirent la direction du pont où passaient les voies ferrées puis longèrent un parking à étages avant de déboucher sur une vaste esplanade avec la gare SNCF en toile de fond.

Sur le toit du bâtiment en briques rouges, le cadran de l'immense horloge indiquait 9 heures 20. *Même si Charlie n'a plus son portable et ne fera donc pas ce selfie, j'espère qu'elle n'aura pas changé ses plans. Huit minutes à patienter avant l'arrivée de ce train. Une éternité. Pourvu que tout se passe comme la première fois…*

Lenatnof se rendit dans le hall. Sur l'écran géant, il repéra le numéro de la voie où le TER en provenance de Montbrison allait arriver. Aucun retard n'était annoncé.

Avant de se séparer, Lenatnof avait transféré une photo de sa nièce sur le portable de Santoni. Le dos contre la façade et faisant mine de lire le journal, il surveillait les alentours et scrutait chaque visage.

Pour passer le temps, peut-être aussi pour se calmer, Boris faisait les cent pas. Les secondes lui parurent des minutes, les minutes des heures jusqu'à ce que le train entre enfin en gare. Actionnant les freins, le conducteur stoppa la motrice dans un bruit strident.

Caché derrière un distributeur de boissons, le commissaire observa les voyageurs quitter les wagons. À cette heure de la matinée, ils étaient peu nombreux, ce qui lui facilita la tâche. Soudain, un groupe d'une dizaine de jeunes attira son attention. Garçons et filles avaient tous la vingtaine. Ils riaient et parlaient fort. Lorsqu'ils passèrent devant lui, il examina chaque visage féminin. En vain.

Via le haut-parleur situé quelque part au-dessus de sa tête, une voix synthétique annonça que le train allait repartir. Avant que les portes ne se referment, un contrôleur sortit. En brandissant sa carte de police, il l'interpella :

— S'il vous plaît ! Cette jeune fille était-elle à bord ?

Repoussant sa casquette, il se gratta le front en observant la photo que lui présentait Lenatnof. Les secondes s'égrenèrent.

— Non, finit-il pas dire. Depuis trente ans que je fais ce métier, je suis devenu très physionomiste. Ça aide pour repérer les resquilleurs...

N'écoutant plus, Boris rebroussa chemin en pressant le pas.

À sa mine allongée, Santoni n'eut pas besoin d'explication.

— Charlie a sans doute compris que je la surveillais. Elle a dû brouiller les pistes en changeant d'horaire ou en prenant un autre moyen de transport pour se rendre dans la capitale des Gaules.

Sans plus attendre, les deux hommes regagnèrent la voiture.

À peine installé, Lenatnof sortit son paquet de cigarettes.

— Je peux ?

D'un geste de la main, Santoni lui signifia son accord.

Lenatnof remarqua alors le visage renfrogné de son adjoint.

— Direction Lyon. Fais-moi confiance, dit-il en abaissant la vitre.

Même s'il aurait bien aimé que son patron joue franc jeu et lui dise ce qu'il en était, il garda ses interrogations pour lui.

Gyrophare allumé mais sirène éteinte, ils quittèrent la gare.

Après avoir tiré une bouffée, Lenatnof ferma les yeux.

Il avait conscience que l'affaire était mal engagée. *Malgré tout, je dois garder espoir*, songea-t-il en se remémorant l'appel de Léoni reçu dans sa vie d'avant. D'après le journaliste, Charlie avait été vue mardi par l'un de ses contacts, aux alentours de 23 heures près de la gare de Perrache. *Je dois savoir qui est cet indic. Une fois encore, je vais devoir solliciter Léoni.*

Celui-ci décrocha avant la fin de la première sonnerie.

— Un peu de patience, voyons ! J'arrive à l'instant devant la maison du Docteur Ribeiro.

— Ce n'est pas l'objet de mon appel. En fait, j'ai besoin d'une info. *Lui en dire le moins possible.* Par mes collègues lyonnais, je sais qu'un de vos indics traîne du côté de Perrache. Je voudrais connaître son nom et où le trouver. J'ai besoin de lui parler.

Boris avait senti le regard de son adjoint peser sur lui.

— C'est en lien avec l'affaire qui vous occupe ? demanda Jacky avec insistance.

— Affirmatif.

Léoni et Rafael ne sont pas dupes et se doutent que je leur cache des choses. Mais comment leur expliquer l'inexplicable ?

Comme le journaliste ne répondait pas, il ajouta :
— Je vous renverrai l'ascenseur. Vous avez ma parole.
Devant son insistance, Jacky se laissa convaincre.
— Même si j'ignore comment vous savez que j'ai des yeux et des oreilles dans ce coin de Lyon, je veux bien vous refiler le tuyau. Il s'agit d'une jeune femme qui se fait appeler Kelly. Pour arrondir ses fins de mois, elle fait le tapin. Un joli brin de fille que j'ai connu à l'occasion d'un article que je rédigeais sur la prostitution lyonnaise. Originaire de Russie, elle est venue en France suivre un cursus en droit international. De son vrai prénom Yéléna, elle habite au 3 rue du Sauveur, à deux pas de l'université Jean Moulin. C'est dans le 7ème arrondissement. Je vais l'informer de votre venue. Si elle peut faire quoi que ce soit pour vous aider, elle le fera. C'est une chic fille.
— Parfait. Si jamais elle posait des questions, restez vague.
— Entendu, fit Léoni avant de mettre fin à la communication.
Lenatnof tira une bouffée avant de s'adresser à son chauffeur.
— On a rendez-vous dans le 7ème avec une prostituée. Si cette fille n'a pas rapporté n'importe quoi à Léoni, elle sera ce soir sur les quais. En la collant, on sera là lorsqu'elle croisera la route de ma nièce.
Lenatnof se rendit compte trop tard qu'il avait été trop bavard.
Santoni planta un coup de frein avant de se ranger sur le côté.
— Depuis le début, vous ne me dites pas tout. Mais là, c'est trop. Vous venez de parler comme si vous saviez ce qui allait se passer. Soit vous m'expliquez, soit je vous plante là et vous vous débrouillez seul !
De nature calme et posée, jamais Lenatnof ne l'avait vu s'agacer de la sorte. *Après ce qu'il a fait pour moi, je lui dois la vérité.*
— Tu as raison. J'aurais dû le faire bien avant. Une chose est sûre, après m'avoir écouté, tu vas me regarder différemment.
Santoni déboîta et rejoignit le boulevard menant à l'autoroute.
Le commissaire se lança dans les explications.

37

Mardi 24 août - 10 heures 15

Ils arrivaient à Lyon lorsque Lenatnof en termina avec l'histoire incroyable qui lui était arrivée. Rembobinant le film des événements depuis l'instant où il avait croisé cette vieille femme près du tribunal, il avait raconté tout ce qui s'était passé depuis, sans rien omettre.

Tout au long de son récit, il avait surpris le regard de Rafael dans lequel se mêlaient incrédulité et scepticisme.

— Voilà, tu sais absolument tout.
— Je vous suis reconnaissant de m'avoir parlé.
— Je n'avais pas vraiment le choix, non ?
— C'est vrai. J'y suis allé fort, admit-il. Mais vos phrases ambiguës et vos silences ne vous ressemblaient tellement pas.
— Tu décides quoi ? Je continue seul ? Je comprendrais, tu sais.
— Je vous crois sur parole. Mais, sauf votre respect, n'importe qui à ma place dirait que vous êtes timbré.
— Tu comprends mieux mes réticences à tout déballer.

Rafael sourit.

— Un coup à se retrouver avec une camisole de force dans une chambre capitonnée. Vous la jouerez franco désormais ?
— Tu as ma parole. À présent, il est temps de parler à cette fille.

Sur ses indications, Santoni se faufila dans les rues jusqu'à se garer devant l'immeuble où habitait le contact du journaliste.

Serrés dans le minuscule ascenseur jusqu'au dernier étage, ils durent ensuite grimper une volée de marches pour accéder aux appartements situés sous les toits. Comme l'avait indiqué Léoni, celui de Yéléna était le dernier au bout du couloir, une étiquette avec son prénom était épinglée sur la porte.

Lenatnof toqua. Les deux hommes virent un reflet dans le judas. Ensuite, ils entendirent les rouages d'un verrou qu'on actionne puis un second. Le battant s'entrouvrit juste assez pour qu'ils aperçoivent la chaîne de sécurité qui barrait l'accès.

— Commissaire Boris Lenatnof, dit-il en tendant sa carte tricolore. Jacky Léoni a dû vous informer de notre venue.

— C'est vrai. Mais il ne m'a pas parlé de l'homme qui est avec vous. Désolée, mais vous seul entrez. C'est ça ou rien.

— Attends-moi à la voiture, lança-t-il à son adjoint.

Avant d'ouvrir, elle patienta le temps que Santoni disparaisse dans l'escalier. Sitôt le policier entré, elle se barricada à nouveau.

Pendant ce temps, Lenatnof balaya l'endroit des yeux.

Une seule pièce où tout était consciencieusement rangé. Un coin-cuisine, un petit bureau qui servait aussi de coiffeuse et un lit coincé entre les toilettes et une penderie.

Elle l'invita à s'asseoir sur la seule chaise qu'il y avait.

— Excusez mon excès de précaution. Pour mes voisins, je suis une étudiante modèle. Jamais d'histoires. Je tiens à ce que rien ne change. Personne n'est au courant de mes activités… disons, nocturnes.

— Vous pouvez compter sur ma discrétion.

— Monsieur Léoni m'a dit que je pouvais vous faire confiance. Je vous offre un thé ? Je viens de le faire.

— Avec plaisir.

Pendant que la jeune femme remplissait les tasses, il l'observa.

Blonde, la peau très blanche, elle était vêtue d'un short et d'un tee-shirt dans lesquels elle semblait flotter. *Pas très grande, menue, peu de poitrine et des jambes guère plus grosses que mes bras. D'après Léoni, elle a 24 ans, mais ne fait assurément pas son âge. On la dirait tout juste sortie de l'adolescence. Difficile d'imaginer qu'elle se prostitue.*

— Je vous écoute, dit-elle en s'asseyant sur le rebord du lit.

Lenatnof se demandait encore comment il allait aborder le sujet. *Elle n'a jamais vu Charlie et n'a aucune idée de qui elle est. Je ne peux pas lui dire ce qui va se passer cette nuit. Elle me prendrait pour un fou et me jetterait dehors illico. Pour ne pas l'effrayer, je vais devoir choisir mes mots et ne pas commettre d'impair.*

— Une jeune femme est en danger. Elle vient d'avoir 18 ans et je suis à sa recherche. Aux alentours de 23 heures, elle devrait être près de la gare de Perrache. Comme la zone est vaste, je souhaiterais vous accompagner, la trouver et la ramener à sa mère. N'ayez aucune inquiétude, je resterai en retrait et ne vous dérangerai pas. Vous êtes d'accord ?

Tout en fixant le policier, Yéléna avala une gorgée.

— Lenatnof, c'est russe ? demanda-t-elle en esquivant sa question.

— En effet. Mes parents sont originaires d'un petit village situé près du lac Baïkal, à quelques kilomètres d'Irkoutsk.

— Irkoutsk ! C'est là où vit ma famille. Vous connaissez la région ?

— Non. Je n'y suis jamais allé. Un jour, peut-être. Par ma mère, je sais que nous avons des cousins là-bas. Quand j'étais gosse, nous recevions parfois des cartes postales que j'accrochais au-dessus de mon lit.

— J'ai hâte de terminer mes études et rentrer chez moi, dit-elle en serrant dans sa main le médaillon qui pendait à son cou. Après le décès de mes parents, ma grand-mère m'a élevée. Elle est très âgée et son cœur est fatigué. Je me fais beaucoup de souci pour elle.

— Je peux vous poser une question personnelle ?

Le visage de Yéléna s'assombrit brusquement.

— Je sais ce que vous allez dire. Pourquoi est-ce que vous faites la pute ? Sachez que lorsque je suis arrivée en France, je n'avais pas d'argent ou si peu. Je pensais que ce serait facile de trouver un emploi pour payer mes études, manger et avoir un toit. Mais bosser au Mac Do en dehors des cours ne couvrait pas mes frais. À contrecœur, je me suis résignée à faire quelques passes. En une soirée, je gagnais plus qu'en un mois à servir des burgers. Depuis, j'ai mes habitués et je ne travaille que sur rendez-vous. Dès mon diplôme en poche, je retourne en Russie à la recherche d'un vrai job.

— Je comprends. Revenons-en à ce qui m'amène. Quel est votre programme pour la soirée ?

— Comme tous les mardis, j'ai rendez-vous avec Nounours.

— Nounours ?

— C'est le petit nom que je lui donne sur l'oreiller, dit-elle avec un air mutin. En fait, il s'appelle Didier.

— Didier comment ?

— Qu'est-ce que ça peut vous faire ? se rebiffa soudain Yéléna. Je ne tiens pas à ce qu'il ait des ennuis. Il est très connu à Lyon.

— Mais encore...

Devant l'insistance du policier, elle céda.
— Saint-Clair. Didier Saint-Clair.
— Le député ?
— C'est ça.

Lenatnof fronça les sourcils. Bien sûr, il savait qui était cet homme politique réélu à plusieurs reprises, mais son nom évoquait pour lui autre chose. Plus précisément, il était certain de l'avoir entendu récemment. *Mais quand et dans quelles circonstances… ?*

Il fouilla sa mémoire. Ne trouvant rien, il abandonna.

— Poursuivez, vous voulez bien ? Ce soir, donc…

— Eh bien, je prendrai le taxi que Nounours a commandé pour le rejoindre au restaurant. Après avoir dîné, on passera la nuit à l'hôtel. C'est lui qui gère tout. D'ailleurs, j'attends son appel d'un instant à l'autre, dit-elle en jetant un coup d'œil à son portable.

Relevant le menton, elle ajouta :

— Je ne sais pas ce que vous a raconté Monsieur Léoni, mais jamais je ne vais à Perrache. J'évite même ce quartier malfamé. Je ne suis pas de celles qui tapinent sur les quais et s'offrent au premier venu pour un petit billet ou un ticket-restaurant.

Lenatnof ne cacha pas sa déception.

— Je ne comprends pas. Il m'a pourtant dit que…

Il ne termina pas sa phrase, ne pouvant lui révéler que c'était elle qui avait dit au journaliste avoir vu Charlie. *À moins qu'elle ne lui ait raconté des craques pour je ne sais quelles raisons ? Encore une piste qui ne mène nulle part.*

Perdu dans ses réflexions, il remarqua un cliché épinglé au-dessus du bureau. Vêtue d'une robe de soirée fendue jusqu'à la hanche, Yéléna était entourée d'autres filles devant la carrosserie rutilante d'une Ferrari. En arrière-plan, une haute et belle bâtisse. Sur le perron, des hommes en costume et nœud papillon discutaient, un verre à la main.

Yéléna avait vu où son regard portait et commenta :

— J'ai fait ce selfie dans une grande et belle propriété près de Lyon. Le rendez-vous des notables. Hommes politiques, banquiers ou chefs d'entreprise. Des types pétés de tunes qui prennent du bon temps avec des filles qui sont parfois plus jeunes que les leurs. Le champagne coulait à flots. Pas de la piquette de supermarché mais du Ruinard à 50 balles la bouteille. C'est une copine de la fac qui m'avait branchée sur ce plan. Sur le cliché, elle est à côté de moi.

Pointant du doigt une autre jeune femme, elle précisa :

— Celle qui se tient en retrait nous a accueillies. Une habituée de ce genre de réception. Plus âgée que nous, quand elle a vu que nous étions nerveuses à l'idée de participer à cette partie fine, elle a eu des mots apaisants. Pour une première, tout s'est bien passé. C'est là que j'ai connu Nounours et rempli mon carnet d'adresses. Des hommes raffinés et surtout friqués. Même si la finalité reste la même, terminé les passes sur la banquette arrière d'une voiture ou dans des hôtels miteux. Désormais, je fréquente les palaces et dors dans de la soie.

Lenatnof n'écoutait plus. Les yeux braqués sur la photo accrochée au mur, quelque chose l'intriguait. Pour en avoir le cœur net, il se leva et s'approcha. En découvrant le visage de celle dont avait parlé Yéléna, le cœur de Boris fit un violent soubresaut dans sa poitrine.

Il la connaissait.

Et pour cause, il s'agissait de Salomé Roussel, sa nièce.

38

Mardi 24 août - 10 heures 45

Yéléna avait vu le policier blêmir subitement.

Détachant la photo du mur, il la garda dans le creux de ses mains. Sonné comme le boxeur qui a reçu le coup de trop, il observa chaque détail de son visage. Les cheveux teints en brun foncé, Salomé avait vieilli et n'était plus coiffée comme lorsqu'elle avait 20 ans, mais c'était bien elle. Il en aurait mis sa main au feu.

Soudain, le doute s'immisça. Pragmatique, il envisagea une autre possibilité. *À moins qu'il ne s'agisse de quelqu'un qui lui ressemble comme deux gouttes d'eau. Ça arrive parfois.*

— On dirait que vous venez de voir un fantôme. Que se passe-t-il ?

Ignorant sa remarque, il demanda :

— Que savez-vous de celle qui vous a chaperonnée ?

— Elle se fait appeler Esther, mais je doute que ce soit le prénom que ses parents lui ont donné. Dans ce métier, nous avons toutes un autre patronyme, un nom de scène, appelez ça comme vous voudrez. Quand je m'appelle Kelly, tout ce qui se passe reste avec Kelly. Quand je suis à la Fac ou à discuter et boire le thé avec ma voisine de palier, je suis Yéléna. Deux identités. Deux vies distinctes sans aucun lien.

Lenatnof retourna le cliché. Rien n'était mentionné au verso.

— De quand date-t-il ?

— Je ne sais plus exactement… trois, quatre ans, quelque chose comme ça.

— L'avez-vous revue depuis ce jour-là ?

— Oui, à plusieurs reprises. À chaque fois, c'était dans un lieu différent. Pour leurs soirées coquines, ces messieurs tiennent à être discrets. Esther était toujours accompagnée du même homme. Assis dans un fauteuil à siroter une coupe, jamais il ne participait à rien.

— Qui était-ce ? Son copain ?

— Je dirais plutôt son souteneur. Il était là pour s'assurer que tout se passait bien. Esther était la favorite. Ces messieurs se pressaient pour avoir ses faveurs. Ses prestations se payaient au prix fort.

Lenatnof n'en croyait pas ses oreilles. Il devait se rendre à l'évidence : Salomé était devenue une prostituée de luxe. *Comment cela a-t-il pu arriver ?* La réponse s'imposa d'elle-même. *Après l'avoir enlevée, cette vermine de Salva l'aura séquestrée et sans doute violée afin de la soumettre avant de la livrer en pâture à tous ces hommes qui l'auront souillée. Puisqu'elle est en vie, pourquoi n'a-t-elle jamais donné de ses nouvelles ?*

Boris serra la mâchoire à s'en faire mal. Parcourant la galerie photos de son Smartphone, il s'arrêta sur le visage de Salva.

— C'est lui, n'est-ce pas ?

— Non, mais je le connais de réputation. Tony est un proxénète notoire dont le business s'étend de Perrache jusqu'à La Confluence. Un sale type qui a la main lourde avec les filles qui ne marchent pas droit. La rumeur dit que celles qui ne font plus assez de fric ou qui se rebellent finissent dans les eaux sombres du Rhône.

Quasiment les mêmes mots que Joss, songea Boris.

— Peut-être avez-vous entendu le nom du type qui était avec elle ?

— Non, pas que je me souvienne. Ce que je sais par contre, c'est que ce gars et Salva sont potes. Des filles qui tapinent sur les quais m'ont dit qu'ils étaient même associés. Salva gère les filles dans la rue et l'autre via internet où le commerce du sexe est en plein essor.

Il n'en fallut pas plus pour que Lenatnof comprenne à qui Yéléna faisait allusion. À l'écran, il afficha la photo de Zacharie Verbrugge et la lui montra. Sa réaction fut instantanée.

— C'est lui qui était toujours avec Esther. J'en suis certaine.

— Vous savez où la trouver ? Où elle habite ?

Yéléna fit la moue.

— Aucune idée. Dans ce milieu, la discrétion est de rigueur. Moins on en sait, mieux ça vaut.

— La dernière fois que vous l'avez vue, c'était quand ?

— Je dirais, il y a un an environ. Au fil de nos rencontres, on avait sympathisé. Pendant que ces messieurs mangeaient et buvaient pour reprendre des forces, il nous arrivait de parler, d'échanger sur nos vies d'avant. Une façon aussi d'oublier nos galères. Esther m'avait dit avoir une sœur. Comment s'appelle-t-elle déjà... ? Un prénom pas très courant... Ah ! Ça me revient : c'est Charlie.

S'il subsistait un infime doute sur l'identité d'Esther dans l'esprit de Boris, Yéléna venait de le lever définitivement. Elle vit cette expression insolite sur son visage sans en comprendre le sens. *Ça signifie que ce corps découvert dans la forêt n'est pas le sien,* se dit Boris.

— Vous avez eu de ses nouvelles depuis ? reprit-il.

— Aucune. Il y a quelque temps de ça, ne la voyant plus lors de ces réceptions privées, je l'ai appelée. Sa ligne avait été résiliée. Quelque peu inquiète, je suis allée voir une ancienne. Elle tapine depuis plus de vingt ans et connaît bien le monde de la nuit. Quand je lui ai parlé d'Esther, elle m'a raconté l'histoire glauque qui circulait à son sujet. Vous êtes certain de vouloir l'entendre ? Après tout, rien ne dit que ce soit la vérité.

— Allez-y. Je vous en prie, déglutit-il avec difficulté.

Intérieurement, il s'attendait au pire.

— Esther aurait voulu arrêter de se prostituer et fausser compagnie à son souteneur. En représailles, il l'aurait expédiée dans les quartiers Nord de Marseille à faire vingt passes par nuit dans une cave, sans aucune hygiène. Un vulgaire bout de viande. Ces filles ne font pas de vieux os et jamais on ne retrouve leur corps.

Lenatnof avait encaissé sans piper mot. Comme il ne réagissait pas, Yéléna demanda :

— C'est qui pour vous cette fille ?

Le commissaire but une gorgée avant de répondre :

— C'est ma nièce. Elle s'appelle Salomé et a disparu il y a de ça des années. Avant de voir ce cliché, je pensais qu'elle avait été enlevée puis tuée. Voilà ce qui explique ma réaction.

Le visage de Yéléna affichait toujours la même expression.

— Il y a un lien entre Esther... enfin Salomé et la jeune femme que vous recherchez ?

Cette fille est futée. Pourquoi ne pas lui dire après tout ?

— Effectivement. Elles sont sœurs, fit-il en affichant la photo de Charlie sur son Smartphone.

— Toutes deux se ressemblent énormément, commenta-t-elle.

— Charlie s'est mise en grave danger en la recherchant. Puisque vous connaissez Salomé, si des détails vous revenaient, appelez-moi, dit-il en lui tendant sa carte de visite.

— Vous pouvez compter sur moi.

— Je peux garder la photo ? demanda-t-il en finissant sa tasse.

D'un mouvement de tête, elle lui signifia son accord.

— Merci pour le thé. Il était excellent !

— Ma grand-mère m'en envoie régulièrement, dit-elle en serrant à nouveau le médaillon suspendu au bout d'une chaîne.

— Elle vous manque ?

— Vous n'avez pas idée ! Je garde son portrait contre mon cœur, dit-elle en l'orientant de sorte qu'il le voit.

En découvrant son visage, le sang de Lenatnof se figea dans ses veines. Il prit sur lui pour ne rien laisser paraître, salua Yéléna et partit immédiatement. Les jambes flageolantes, il s'aida de la rampe pour rejoindre l'ascenseur à l'étage inférieur.

La cabine descendait vers le rez-de-chaussée, lorsqu'il vit son reflet dans le miroir. Pâle, ses yeux étaient emplis d'effroi. *Je jurerais qu'il s'agit de la sorcière qui m'a jeté ce foutu sort !* D'une main tremblante, il fit jouer la roulette du Zippo et alluma une cigarette sans même attendre d'être à l'extérieur.

Il rejoignit Santoni qui patientait sur le trottoir, adossé au mur de l'immeuble. *Pour la sorcière, inutile de lui dire. S'il ne me prend pas encore tout à fait pour un dingue, ça risquerait d'arriver.*

Tirant bouffée sur bouffée, il lui raconta son entrevue avec Yéléna.

— Salomé serait en vie ! s'écria Rafael.

— Comme toi, je suis tombé des nues. Même s'il reste beaucoup de zones d'ombre, c'est inespéré. En attendant de savoir ce qu'il en est vraiment, on va devoir se débrouiller seuls pour retrouver Charlie. Yéléna ne m'a été d'aucune aide. Ses clients sont des hommes chics et fortunés. Jamais elle ne va sur les quais même si Léoni m'a pourtant dit le contraire dans mon autre vie.

— Elle pourrait vous avoir menti.

— Non. Elle était sincère, j'en suis convaincu.

— Léoni, alors ?

— Quel intérêt aurait-il eu ? Non, c'est impossible. Ce que je ne m'explique pas, c'est pourquoi cette fille, sensée comme j'ai pu en juger, lui aurait dit avoir vu Charlie à Perrache, un endroit qu'elle ne fréquente pas ? Décidément, quelque chose m'échappe.

— J'ai une nouvelle qui ne va pas nous simplifier la tâche, compléta Santoni. En vous attendant, j'ai passé un coup de fil au commissariat. Figurez-vous que les collègues ont mis la main sur Zacharie Verbrugge.

— Vu son rôle évident dans cette histoire, il va devoir s'expliquer. Une bonne nouvelle. Enfin !

— Pas vraiment. Il est mort.

— Hein !

Rafael lui rapporta que, la nuit dernière, un homme qui promenait son chien dans un jardin public avait été le spectateur involontaire d'une altercation entre trois individus. L'un d'eux avait sorti une arme et fait feu à deux reprises. Alors qu'un type s'effondrait au sol, l'autre, touché également, décampait. Passant près du promeneur témoin de la scène, ce dernier avait pu fournir aux policiers une description précise du fuyard.

— Massif, chauve, le nez épaté, précisa Santoni.

— Le portrait craché de Tony Salva.

— Sans aucun doute. Les collègues ont relevé des traces de sang jusqu'au parking où était garé son véhicule. Des barrages ont été mis en place et les hôpitaux avertis.

— Et le tireur ?

— Le propriétaire du chien l'a vu s'enfuir dans la direction opposée d'où il se trouvait. Il n'a pu faire aucune description précise. Il faisait trop sombre pour noter quoi que ce soit.

— Après ce voyage dans le temps, mon implication a fait que j'ai chamboulé l'ordre naturel des choses. Après ma séquestration par Ingrid Carella, voilà que son fils se fait descendre et que Salva est blessé. Rien de tel ne s'était passé dans ma vie d'avant.

— Une exécution en bonne et due forme, compléta Santoni.

— Ça pue le règlement de comptes entre truands lyonnais.

— Je ne serais pas aussi affirmatif.

— Pourquoi ça ?

— Parce que ces coups de feu ont eu lieu à Montbrison.

Santoni sortit son calepin et relut ses notes.

— Pour être précis, dans le parc de Monchenu, près du centre-ville.

Lenatnof était pensif.

— Que faisaient ces deux charognes là-bas ? Et qui peut bien être le tireur ?

— Aucune idée. Vous décidez quoi ? fit Santoni en actionnant la télécommande d'ouverture des portes.

— En route pour Perrache, répondit Lenatnof dépité, en s'asseyant à bord. Pour mettre le grappin sur Charlie, le destin ou la chance vont devoir nous filer un sérieux coup de main. Je ne suis pas très optimiste.

— On pourrait demander l'aide des collègues du secteur ?

— Pour leur raconter que j'ai remonté le temps et que ma nièce va mourir et finir dans le Rhône ? Ils vont nous rire au nez. Oublie.

— Vous êtes commissaire et très connu dans le métier.

— Oublie, je te dis.

Rafael n'insista pas et démarra. Il tournait au coin de la rue lorsqu'il reprit :

— Le stagiaire à qui j'ai demandé de passer au peigne fin le passé de Miranda Castillo m'a appelé pendant que vous étiez chez Yéléna. À moins qu'elle ait un don d'ubiquité, lorsqu'elle a mis au monde son fils dans cette clinique stéphanoise, elle était à Bali. Sa demande de visa en témoigne. Il a vérifié. Il y a là un mystère que je ne m'explique pas.

La réaction de Lenatnof fut immédiate.

— Comment n'ai-je pas compris tout de suite !

Sortant son smartphone, il retrouva la vidéo faite devant le salon de coiffure. Il orienta l'appareil de sorte que Rafael puisse voir l'écran.

— C'est au moment où celle qui se fait appeler tantôt Démelza, tantôt Camille Després, s'apprête à partir en taxi, commenta-t-il pour lui situer la scène. Quelque chose m'avait interpellé sans que je saisisse quoi. C'était pourtant évident. Comment n'y ai-je pas songé avant ?

Les images défilèrent.

— Tu ne remarques rien ?

Santoni se frotta le menton, faisant crisser les poils de sa barbe. Il avait le regard de celui qui est confronté à une énigme impossible à résoudre.

— Elles se disent au revoir puis l'inconnue embrasse le petit garçon avant de le rendre à Miranda, sa mère... Enfin, celle qui prétend l'être. Non, vraiment, je ne vois pas.

Lenatnof relança le film. Quelques instants après, il mit sur pause.

— Là, fit-il en pointant du doigt l'écran. Avant de donner le petit à Miranda, la jeune femme rousse mouille son pouce pour enlever quelque chose sur la joue du gamin qui s'essuie aussitôt avec le revers de sa main.

— Et alors ? Pas plus que lui, je n'aimais quand ma mère faisait ça.

— Et tu en déduis quoi ? dit-il en lui tendant la perche.

— Il n'y a qu'une maman pour faire ce geste.

Lenatnof jubila. Santoni comprit où il voulait en venir.

— Vous voulez dire que l'inconnue serait la mère de cet enfant ? Qu'elle aurait accouché en se faisant passer pour Miranda Castillo ?

— Ça tomberait sous le sens, non ?

Rafael en tira les possibles conclusions.

— Ribeiro aurait magouillé son admission à la maternité de sorte que le nouveau-né soit déclaré à l'administration comme étant celui de la coiffeuse. C'est trop énorme pour que ce soit la vérité !

— Je sais mais, si notre raisonnement se révélait exact, la question serait de savoir pour quelles raisons cette femme tenait tant à cacher son identité ? Et pourquoi Joss aurait mis sa carrière en péril pour elle ?

— L'argent ?

Lenatnof fit la moue.

— Il y a quelques jours de ça, je t'aurais répondu non sans l'ombre d'un doute. Aujourd'hui, je ne sais plus trop quoi penser de celui qui est mon ami depuis notre enfance. Encore moins quelles pourraient être ses motivations pour agir de la sorte ? Si tant est, bien sûr, que notre démonstration soit la bonne.

39

Mardi 24 août - 21 heures 50

À la terrasse de ce bar, face à la gare de Perrache, Santoni et Lenatnof prirent des sandwichs et burent des Perrier pour passer le temps en attendant la nuit.

Les vieux démons du commissaire n'avaient pas tardé à se rappeler à lui. À plusieurs reprises, il avait été tenté de commander une Vodka.

Fermant les yeux, il s'était revu faire tourner le liquide ambré dans le verre afin de libérer les arômes, puis garder longuement en bouche une gorgée pour ressentir la puissance des parfums et enfin avaler lentement pour que la douce caresse de l'alcool envahisse chaque cellule de son corps. Ces sensations de plaisir unique et intense lui manquaient.

Afin de garder les idées claires, il avait tenu bon. Par contre, il ne comptait plus les clopes qu'il avait grillées.

Durant l'après-midi, ils avaient parcouru à pied tout le quartier où Yéléna était censée avoir aperçu Charlie.

Lenatnof s'était maudit de ne pas avoir pris Léoni au sérieux et l'avoir même remballé alors qu'il était sur le point de lui dire où sa nièce se rendait. « *Elle marchait en direction...* »

Si seulement je l'avais laissé terminer sa phrase, j'aurais une idée de son itinéraire. Au lieu de ça, je l'ai pris de haut et lui ai même ri au nez. Quel sinistre con je fais là !

Faute d'informations précises, ils avaient écumé les rues, mais aussi les passages étroits, parfois voûtés, où les clandestins et les clodos faisaient la manche. À tous, sans exception, ils avaient montré la photo de Charlie. À chaque fois, cette même réponse : « *Non, ça ne me dit rien.* » Abattus mais pas résignés, ils avaient poursuivi jusqu'à la tombée de la nuit. *Autant chercher une aiguille dans une meule de foin !* avait enragé Lenatnof.

En remontant le quai Perrache, il avait tourné la tête vers le fleuve, là où ce pêcheur avait aperçu le corps de Charlie flottant dans le Rhône. Dans sa poitrine, son cœur s'était violemment contracté.

La fin de la journée leur avait paru interminable et la tension était montée d'un cran lorsque le soleil avait décliné. Les rues s'étaient peu à peu vidées jusqu'à devenir désertes à la nuit tombée. Les travailleuses du sexe avaient alors investi les lieux. À chacune son territoire, un bout de trottoir, un hall d'immeuble ou encore une cage d'escalier.

Le commissaire leva la main pour demander l'addition au serveur. Depuis un moment déjà, le crépuscule avait laissé place à l'obscurité.

À 22 heures tapantes, ils se séparèrent.

Santoni se tiendrait près de la gare et Lenatnof sur le quai, avec le secret espoir que l'un ou l'autre apercevrait Charlie. Sans même se le dire, tous deux avaient conscience que la probabilité de la retrouver était mince.

Cela faisait près de 45 minutes que Lenatnof scrutait tous les gens qui passaient devant lui. *C'est durant le quart d'heure qui va suivre que Yéléna avait dit à Léoni avoir vu Charlie...*

Accoudé à une barrière, il sortit son paquet de cigarettes. *La dernière qui me reste. La nuit va être longue sans tabac*, se dit-il en jetant l'étui en carton dans la poubelle près de lui. Il actionnait la roulette du Zippo lorsqu'un couple s'arrêta à sa hauteur.

Lui, la cinquantaine, cheveux grisonnants, costume et chaussures de marque. Elle, très jeune, coiffée et maquillée avec goût, vêtue d'une robe de soirée chic. *Elle doit avoir dans les 25 ans*, songea Lenatnof. *C'est une escort, comme l'est Yéléna.*

L'homme héla un taxi. La Mercedes se rangea à leur hauteur.

— Hôtel Intercontinental, dit-il en s'adressant au chauffeur.

Après s'être installés sur la banquette arrière, la voiture s'éloigna dans un silence feutré. Lenatnof la suivait des yeux lorsqu'il eut un déclic. Il se revit quelques heures en arrière dans l'appartement de Yéléna. Plus précisément lorsqu'elle avait dit que son client pour la soirée s'appelait Didier Saint-Clair. Sur l'instant, ce patronyme lui avait évoqué un vague souvenir sans qu'il puisse savoir quoi exactement. Subitement, tout lui revint en mémoire.

Tout d'abord, les paroles d'Ingrid Carella : « *Un homme politique bien connu et une femme qui n'était pas son épouse ont été assassinés dans la chambre d'un hôtel luxueux.* » Mais surtout cette information entendue à la radio : « *Didier Saint-Clair et une call-girl ont été tués par arme à feu à l'hôtel Intercontinental. Il semblerait que ce soit l'épouse du député qui ait commis ce double assassinat.* »

Lenatnof blêmit.

— Didier Saint-Clair, c'est le client de Yéléna. Cette nuit, elle et ce type vont mourir, dit-il tout bas.

Si ses décisions avaient un tant soit peu modifié le cours des événements, celle qu'il s'apprêtait à prendre était réfléchie et avait pour seul but de sauver deux vies.

— Ils ne méritent pas ça. Je dois la prévenir.

Lenatnof sortit son portable. Il était 22 heures 55.

Réalisant qu'il n'avait pas le numéro de Yéléna, mais connaissant l'endroit où ils devaient se rendre, il recherchait déjà les coordonnées de l'hôtel Intercontinental lorsque l'appareil vibra entre ses doigts.

Les dix chiffres qui s'affichaient lui étaient inconnus.

— Mouais, grommela-t-il en décrochant.

— C'est Yéléna, Monsieur Lenatnof.

Surpris d'entendre sa voix, il cherchait les mots pour lui faire comprendre que, si elle voulait rester en vie, elle devait changer ses plans pour les heures à venir. Plus prompte, elle le devança.

— Charlie est à une vingtaine de mètres devant moi. Elle ressemble trop à Salomé pour que je me trompe. C'est elle, c'est une certitude. Depuis votre venue chez moi, je n'arrêtais pas de penser à ce que vous m'aviez dit au sujet de Salomé et de sa sœur.

Lenatnof réussit à se contenir pour ne pas laisser exploser sa joie. Dans l'écouteur, il entendait la respiration saccadée de la jeune femme.

— Où êtes-vous ?

— À Perrache.

— Que faites-vous là-bas ? Vous m'avez pourtant dit ne pas exercer dans ce quartier !

— C'est la vérité. Nous étions en voiture quelque part à Perrache lorsque Charlie a traversé la chaussée devant nous. J'ai crié. Surpris,

Nounours a pilé. C'est là, qu'un camion nous a percutés. Comme les véhicules gênaient la circulation, les curieux se sont approchés. Quelqu'un pouvait reconnaître Didier et faire des photos. Le député Saint-Clair et une call-girl, ça aurait fait les choux gras de la presse à scandale. Aussi, je l'ai laissé pour filer votre nièce.

Le fait de lui avoir parlé de Charlie a modifié son implication dans l'histoire. Elle est saine et sauve et c'est tant mieux.

— À présent, où êtes-vous ?

— Pont Gallieni, en direction du 7ème.

À cent mètres à peine, il vit la construction qui enjambait le Rhône.

— En robe du soir et talons aiguilles, pas facile de les suivre.

La réaction de Lenatnof fut immédiate :

— Comment ça « *les suivre* » ? Qui est avec ma nièce ? questionna-t-il, soudain inquiet.

— Aucune idée. Celui ou celle qui l'accompagne est en jogging, une capuche rabattue sur la tête. Sans m'approcher davantage, impossible de savoir s'il s'agit d'un homme ou d'une femme.

Je n'aime pas ça du tout. Qui cela peut-il bien être ?

Aussitôt, il se mit à courir dans leur direction.

— Ils quittent le pont pour prendre la voie sur berges dans le sens du courant. Je n'aime pas cet endroit. Il n'y a quasiment pas d'éclairage et des junkies traînent souvent dans les parages. Rien que d'en parler, j'en ai la chair de poule.

— Surtout, ne faites rien ! Suivez-les sans vous faire repérer. Restez en ligne. J'informe mon adjoint et je vous reprends.

D'une main devenue fébrile, il la mit en attente.

— Yéléna vient de m'appeler.

Au ton de sa voix, Santoni comprit qu'il se tramait quelque chose.

— Elle file le train à Charlie. Le souci, c'est qu'elle n'est pas seule. Mon instinct de flic me dit qu'un truc ne tourne pas rond. Prends le pont Gallieni et rejoins-moi sur les voies sur berges de l'autre côté du fleuve, sur l'aval. Fonce !

Lenatnof raccrocha et reprit le fil de sa conversation avec Yéléna.

— Dites-moi ce qui se passe, dit-il d'une voix hachée par les efforts physiques fournis.

À distance, Yéléna assura les commentaires. Tout en courant, le portable rivé à l'oreille, Boris l'écoutait attentivement.

C'était sans compter sa santé précaire qui le rappela vite à l'ordre.

Au bout de quelques minutes, il dut ralentir l'allure. Grimaçant de douleur, le souffle court, ses muscles le brûlaient atrocement. Dans sa poitrine, un vacarme assourdissant. *Pas le choix. Je dois tenir bon.* Parvenu au milieu du pont, il regarda en direction de la voie sur berges. Comme elle l'avait indiqué, des lampadaires, çà et là, éclairaient faiblement les lieux.

— Où sont-ils à présent ?

— Ils se sont arrêtés et discutent près des barques de pêcheurs.

Lenatnof scruta la rive mais ne vit rien.

— En m'attendant, n'intervenez sous aucun prétexte !

Les poumons en feu et le cœur bringuebalant, il reprit sa course.

Le pont franchi, il bifurqua pour s'engager sur le chemin qui longeait le fleuve. Les sens aux aguets, il guettait Yéléna. Au détour d'un taillis, il sentit un bras l'agripper. C'était elle. Éreinté, le commissaire se pencha et plaqua les mains sur ses cuisses.

— Charlie est là, murmura-t-elle en pointant le doigt.

À une vingtaine de mètres, sous un réverbère qui clignotait par intermittence, il la vit. Son rythme cardiaque s'envola une fois encore, mais pas pour les mêmes raisons.

— Restez ici. Mon adjoint ne va pas tarder. Sans vous...

Durant un bref instant, sa vue se troubla. *Jamais elle ne le saura, mais sa volonté farouche de m'aider lui aura sauvé la vie, tout comme celle du député.*

À pas de loup, Lenatnof s'approcha. Accroupi derrière une barque couchée sur le flanc, il observa sa nièce. *Je t'ai enfin retrouvée. Je ne te lâche plus.*

Sur un ton enjoué, Charlie parlait vite et fort en faisant de grands moulinets avec les bras.

Exaltée, elle vit un épisode maniaque. Sa bipolarité fait qu'elle est dans un état second. Perdant tout repère avec la réalité, elle est incapable de gérer ses émotions.

D'où il était placé, il percevait des bribes de paroles. Par deux fois, il crut l'entendre prononcer le prénom de Salomé.

Quant à l'inconnu, il parlait à voix basse. Impossible de saisir quoi que ce soit. Il essaya de voir sa figure mais la capuche ne laissait rien deviner de ses traits. *Si c'est un homme, il est de faible corpulence. À moins que ce ne soit une femme...*

Lenatnof regarda alentour. La vue était dégagée. Personne dans les environs immédiats. *Pourquoi venir ici ? Dans ce coin paumé et loin de tout ?* Par réflexe, il allait porter la main à sa ceinture et saisir la crosse de son arme de service quand il se souvint l'avoir laissée chez lui.

Tout à coup, il vit l'inconnu mettre la main à sa poche pour en sortir un joint, à n'en pas douter. Un court instant, la flamme du briquet éclaira faiblement son visage.

En le découvrant, les yeux du policier s'arrondirent.

— Si je m'attendais à ça, laissa-t-il échapper tout bas.

40

Mardi 24 août - 23 heures 20

La scène n'avait duré que quelques secondes mais assez pour que Lenatnof reconnaisse sans le moindre doute la personne qui exhalait une fine fumée de sa bouche entrouverte.

Juliette Nogaret ! Que fait-elle ici avec Charlie ?

Aussitôt, il se revit la veille lorsqu'il guettait l'arrivée de Miranda au salon de coiffure. De l'autre côté de la rue, il avait vu Juliette et sa mère qui s'apprêtaient à partir en voiture. Quand il l'avait appelée pour lui demander si elle savait où se trouvait Charlie, elle avait répondu par la négative. *Le plan de Charlie était en route et Juliette n'aura pas voulu la trahir. Quand je pense que durant cette fête à Chalmazel, elles se sont pris la tête au sujet de ce garçon dont elles sont toutes deux amoureuses ! Pas plus rancunière l'une que l'autre, elles auront oublié leur différend.*

Les jeunes femmes se trouvaient sur le bord de la berge. Un escalier permettait d'atteindre les barques amarrées en contrebas. En arrière-plan, on devinait les eaux sombres du fleuve.

— Que manigancent-elles ? marmonna-t-il entre ses dents.

Il aurait pu intervenir et mettre fin à cette histoire qui n'avait que trop duré mais il se dit que quelque chose clochait. Qu'il manquait une pièce au puzzle.

Pour mieux entendre leur conversation et avoir un meilleur point de vue, il prit le risque de se déplacer. Profitant de l'obscurité, il se glissa derrière un bateau. Lenatnof était à dix mètres à peine de sa nièce. Celle-ci était nerveuse et se mordillait les lèvres.

— Si ma mère, ou pire encore mon oncle, apprend que je suis à Lyon, je vais me faire dézinguer.

— T'inquiète, ils n'en sauront rien. Tu leur joueras un sketch, genre : *« J'ai dormi chez une copine et j'ai oublié de te prévenir. La prochaine fois, juré, craché, j'y penserai. »* À tous les coups, ça marche.

Les pouces accrochés aux brides de son sac à dos, Charlie regardait tantôt à droite, tantôt à gauche. Sans être médecin, on devinait sans peine qu'elle était très agitée.

Elle n'a pas pris son traitement au Lithium comme elle avait promis de le faire. Elle n'a plus sa lucidité.

— J'ai trop hâte de connaître la vérité sur la disparition de ma sœur et savoir ce qu'elle est devenue.

— Cool meuf. Il ne va pas tarder et tu auras toutes les réponses, dit-elle en envoyant d'une pichenette le mégot dans l'eau.

Lenatnof était dubitatif. *Verbrugge mort et Salva grièvement blessé, avec qui peuvent-elles bien avoir rendez-vous ?*

Le son puissant d'une corne de brume fit détourner la tête des deux filles en direction du Rhône. Même s'il demeurait attentif, Lenatnof fit de même.

Surgissant de la nuit, ils aperçurent les feux de signalisation d'une péniche gigantesque. Chargée de containers empilés les uns sur les autres, haute de plusieurs étages, elle glissait pourtant sur l'eau. Dans son sillage, les barques, soudain chahutées, se mirent à tanguer au gré des vagues venant s'échouer contre la berge. En approche du port Édouard Herriot situé en aval, le commandant de bord ralentit l'allure avant d'allumer un puissant projecteur qui éclaira la proue.

S'étant rapprochées du bord, elles observaient les manœuvres du navire. La même tonalité rauque retentit à nouveau. Un bruit lancinant qui traîna en longueur.

Lenatnof vit alors Juliette se pencher vers Charlie et lui parler à l'oreille. Visiblement surprise par ses propos, celle-ci s'écarta et une violente dispute éclata.

Le son strident provenant du bateau couvrait leurs paroles, mais à voir l'expression contrariée de leurs visages, Lenatnof se dit que le problème devait être sérieux. Apparemment agacée par cette discussion et désireuse d'y mettre fin, Charlie détourna les yeux vers le fleuve, là où la gigantesque barge avançait désormais au ralenti pour rallier le quai de déchargement sans encombre.

Lenatnof vit alors Juliette reculer légèrement.

Il ne comprit pas pourquoi jusqu'au moment où elle sortit quelque chose de sa poche. Avant même qu'il identifie ce dont il s'agissait, il vit son bras se relever au-dessus de sa tête. D'un mouvement vif, elle frappa violemment Charlie à l'arrière du crâne.

Telle une poupée de chiffon, elle s'effondra. Inanimée, face contre terre, son bras droit pendait dans le vide.

En professionnel méthodique, il s'était préparé à tout mais, assurément pas, à ce scénario-là. Surgissant de sa cachette pour lui porter secours, il assista, impuissant, à une scène surréaliste : du pied, Juliette fit basculer Charlie dans les eaux noires du fleuve.

La scène n'avait duré qu'une poignée de secondes. Lenatnof eut l'impression que la terre se dérobait sous ses pieds. Il hurla à s'en déchirer les cordes vocales.

— Nooon ! s'égosilla-t-il horrifié alors qu'il était tout près du bord.

Juliette pivota et pointa vers lui le revolver qu'elle avait à la main.

— Encore vous !

S'il voulait sauver Charlie de la noyade, il devait agir et vite. Aussi, il continua d'avancer lentement tout en levant les bras.

— Encore un pas et je tire. Je n'hésiterai pas.

En attendant l'arrivée de Santoni, Lenatnof devait gagner du temps.

— Pourquoi vous en prendre à Charlie ? Que vous a-t-elle fait ?

Hystérique, les yeux exorbités et le visage rempli de haine, elle lui cracha ce qu'elle avait sur le cœur :

— Cette salope a eu ce qu'elle méritait. Pour me piquer mon mec, elle était prête à tout. Mais c'est moi que Tim kiffe. Nous deux, c'est du sérieux. L'histoire qu'il a eue avec cette allumeuse ne signifiait rien et il l'a déjà oubliée. Mais pas moi. J'ai la rancune tenace et, jamais plus, elle ne s'immiscera entre nous.

Pendant qu'elle déversait sa bile, Lenatnof avait grignoté du terrain. À un mètre d'elle, peut-être moins, il avait manœuvré de sorte qu'elle n'ait plus dans son champ de vision le chemin par où allait arriver Santoni.

— Qu'elle crève et aille en enfer ! cracha-t-elle toujours en furie.

Jetant un bref regard derrière lui, il constata que son adjoint n'était toujours pas là. Pour espérer la sauver, il allait devoir improviser.

Soudain, tous deux perçurent un gémissement provenant de la berge, en contrebas. Tout en maintenant le policier en joue, elle s'approcha du bord.

— Cette garce revient à elle. Je n'ai pas dû taper assez fort !

Dans un flash, Lenatnof se souvint des paroles d'Ingrid Carella : « *Le coup n'a pas été fatal. Sonnée, son agresseur lui aura maintenu la tête sous l'eau pour en finir.* »

— Posez cette arme, Juliette. C'est terminé.

Comme possédée, une vilaine grimace se dessina sur ses lèvres.

— Je dois finir le job ! jubila-t-elle en apercevant l'escalier qui s'enfonçait jusqu'au niveau de l'eau.

La montée d'adrénaline fut fulgurante, le cœur de Lenatnof partit aussitôt dans les tours. Ses tempes pulsaient.

D'un bond, il se jeta sur elle.

Deux coups de feu claquèrent presque simultanément.

L'écho des détonations résonna dans la nuit.

Entremêlés dans une posture étrange, Lenatnof et Juliette Nogaret gisaient sur le sol. Sous leurs corps inertes, un filet rougeâtre apparut, suivi rapidement d'un second, puis d'un troisième. Ils se rejoignirent pour former une flaque de sang qui grossissait inexorablement.

Le calme était revenu.

Engloutie par la nuit, la péniche n'était plus qu'un point lumineux s'estompant peu à peu. La corne de brume retentit une dernière fois. Un chuintement qui mourut au loin.

41

Mardi 24 août - 23 heures 35

Tout avait été très vite.
Arrivé sur les lieux, Santoni avait vu son patron tenu en respect par Juliette, arme à la main. Dégainant la sienne, il s'approchait lorsque Lenatnof avait soudain bondi sur elle. En réaction, Juliette avait relevé le canon vers la poitrine du commissaire. Santoni n'avait pas eu d'autre choix que d'appuyer sur la détente.
Touchée la première, le tir de Juliette avait été dévié de sa trajectoire.
Aussitôt après, Santoni s'était précipité vers les deux victimes.
Blessé sur le haut de la cuisse, Lenatnof s'en tirait bien. La balle avait laissé une entaille sans toutefois rester dans sa chair. Atteinte dans le bas du ventre, la jeune femme n'avait pas eu la même chance. De son côté, Yéléna avait aidé Charlie à sortir des eaux sombres du fleuve. Trempée jusqu'aux os, elle l'avait frictionnée énergiquement avant de la recouvrir de sa veste. Les secours prévenus, Santoni et Yéléna avaient guetté leur arrivée avec anxiété.
Après avoir ausculté Charlie, le médecin avait déclaré que le coup reçu à l'arrière du crâne ne lui inspirait pas d'inquiétude particulière. Par mesure de précaution, elle allait devoir passer des radios. Juliette avait aussitôt été évacuée vers l'hôpital le plus proche dans un état jugé grave. Quant à Lenatnof, allongé sur une civière, un infirmier avait contenu l'hémorragie et appliqué un pansement sur la plaie. Avant de partir pour les urgences, il avait dû insister pour pouvoir s'entretenir un instant avec Yéléna.
Bouleversée par ce qu'elle venait de vivre, elle était très pâle.
— Vous avez sauvé la vie de Charlie. Je vous suis redevable et éternellement reconnaissant. Merci.

— Lorsque vous étiez chez moi, j'ai vu à quel point vous teniez à elle. À ma place, n'importe qui aurait fait la même chose, dit-elle en haussant les épaules.

— Je n'en suis pas certain. Ce dont je suis sûr par contre, c'est que vous êtes une jeune femme avec un cœur gros comme ça, mima-t-il avec ses mains. Si vous avez besoin de quoi que ce soit, n'hésitez pas à m'appeler. Je serai toujours là pour vous.

Les sauveteurs avaient rangé leur matériel et s'impatientaient.

— Monsieur, il faut y aller maintenant, dit l'un d'eux.

Sans plus attendre, ils chargèrent le brancard à bord du fourgon. Les portes claquèrent. Le chauffeur quitta la berge et rejoignit la route. Les éclairs bleutés des gyrophares illuminaient la nuit. À l'arrière, Lenatnof et Charlie étaient côte à côte.

— Comment te sens-tu ? demanda-t-il en se tournant vers elle.

— Ça pourrait aller mieux, mais ça va.

Boris tendit le bras et prit sa main dans la sienne.

— Tu es saine et sauve, c'est l'essentiel, dit-il. C'était quoi cette folie ? Explique-moi.

Le menton tremblant légèrement, elle se lança :

— Une idiote, voilà ce que je suis. Je n'ai rien vu venir, rien compris.

Après avoir couché avec Tim, non seulement je l'ai rejeté, mais j'ai été odieuse. S'il a embrassé Juliette lors de cette fête, c'était uniquement pour me rendre jalouse. Il n'en avait rien à faire de cette pétasse. Il me l'a confié avant de quitter Chalmazel pour la raccompagner chez elle. Manque de chance, elle a tout entendu. C'est ce qu'elle m'a balancé à la figure avant de me flanquer ce coup à l'arrière du crâne. Quand elle a compris qu'il lui échappait, elle a décidé de le tuer. C'est elle qui a détaché la ceinture de sécurité de Tim avant de tirer le frein à main pour faire dévier la voiture de sa trajectoire et percuter le pont. En m'attirant sur les quais, sous le prétexte qu'une personne avait des infos sur Salomé, elle avait la ferme intention de me régler mon compte. C'est moi qui suis bipolaire, mais c'est elle qui est folle.

— Rien dans son comportement ne t'avait alertée ?

— Non. Elle paraissait tellement sincère, répondit-elle les larmes aux yeux. À sa sortie de l'hôpital, Juliette m'a appelée pour s'excuser.

— Et pour cause ! Pour mener à bien son plan diabolique, elle avait besoin que vous restiez amies.

Lors de l'une de ses conversations avec Charlie, Juliette lui avait dit qu'un ami de son père, habitant Lyon, avait entendu parler de Salomé et qu'il était d'accord pour la rencontrer. Il n'en avait pas fallu davantage à Charlie pour oublier leur différend et foncer. Pour avoir des infos, elle l'aurait suivie au bout du monde.

Charlie avait été d'une grande naïveté et le piège s'était refermé sur elle. Juliette avait alors dit à sa mère vouloir aller à Lyon en voiture pour rendre visite à son père, comme elle le faisait régulièrement depuis la séparation de ses parents. Bien sûr, elle avait omis de lui préciser que Charlie l'accompagnerait. Comme elle sortait de l'hôpital, Madame Nogaret avait refusé, prétextant qu'elle n'était pas en état de conduire, et avait insisté pour l'y emmener. Juliette avait tout de suite trouvé la parade : Charlie rangerait son scooter dans la cabane au fond du jardin, là où personne n'allait jamais, puis elle prendrait le train à Montbrison jusqu'à Lyon, via Saint-Étienne.

— Juliette avait tout planifié. Comme ses parents ne s'adressent plus la parole que par leur avocat respectif, sa mère ignorait que son ex-mari était en voyage à l'étranger avec sa nouvelle chérie. En rigolant du tour qu'elle leur jouait à tous les deux, elle m'avait expliqué qu'elle viendrait me chercher à la gare de la Part-Dieu avec la voiture de son paternel et que nous aurions l'appart rien que pour nous.

Mais Boris la surveillait, Charlie en était convaincue. Prévoyante, elle avait alors récupéré le double de la clé de son scooter. Bien lui en avait pris puisqu'il avait confisqué celle qu'elle utilisait au quotidien et qui se trouvait sur la desserte près de l'entrée.

Profitant de l'absence de son oncle et d'un moment d'inattention de Josselin, elle s'était enfuie de la maison à bord de son engin. En phase maniaque, Charlie n'était plus elle-même et c'était sciemment qu'elle avait laissé son portable dans sa chambre afin que Boris ne soit pas tenté de contacter l'opérateur, en usant de ses prérogatives de flic, pour la repérer. Ayant informé Juliette de la situation, celle-ci avait abandonné le projet que Charlie prenne le train où elle risquait de se faire remarquer. Après avoir caché son scooter comme prévu, Charlie avait suivi son idée et grimpé incognito dans le coffre de la voiture de Madame Nogaret.

— Ensuite, on est partis à Lyon. Sa mère n'y a vu que du feu.

J'étais en planque devant le salon de coiffure de Miranda. Dire que Charlie était à quelques mètres seulement de moi.

Arrivées à destination, profitant que Juliette disait au revoir à sa mère, Charlie avait quitté discrètement sa cachette. Ensuite, elles étaient restées dans l'appartement jusqu'à la nuit avant de rejoindre les berges du Rhône pour ce rendez-vous avec celui qui avait des renseignements sur Salomé.

Charlie y avait cru dur comme fer jusqu'au moment où Juliette lui avait révélé que personne ne viendrait, qu'elle avait tout inventé pour la piéger. Obnubilée par son envie de savoir, à aucun moment Charlie ne s'était doutée de quelque chose et, jamais, elle n'aurait imaginé que celle qui prétendait être son amie veuille la tuer.

— Un endroit isolé et personne alentour, commenta Lenatnof. Elle était certaine de ne pas être vue ni dérangée. La police aurait conclu à un crime de rôdeur. Une affaire vite classée et vite oubliée. Ses ficelles étaient pourtant grosses mais Juliette connaissait tes faiblesses : ton désir irrépressible d'obtenir des infos sur ta sœur, mais également ta bipolarité, n'est-ce pas ?

Charlie acquiesça. Boris développa.

— Comprenant que tu vivais un épisode maniaque et que durant cette phase d'euphorie tu n'étais plus toi-même, elle t'a manipulée. Juliette Nogaret aura dupé tout le monde, y compris moi.

— Si tu n'avais pas été là...

Boris serra plus fort la main de sa nièce.

— Quand tu ne prends pas tes cachets, tu n'es plus toi-même et tu dérapes. Tu t'en rends compte ?

— Je sais mais, quand il m'arrive de les avaler, mon cerveau tourne au ralenti. Il est comme anesthésié. Personne ne veut de cette vie-là. Moi, je kiffe lorsque je suis à cent à l'heure.

— D'accord, mais as-tu conscience que ça a failli mal se terminer ? Retourne voir ton médecin. Il adaptera ton traitement et tout rentrera dans l'ordre. Promets-moi de le faire...

— Entendu, Dyadya.

— Après les soins, les flics vont vouloir t'entendre. C'est la procédure. Raconte-leur tout, sans rien omettre.

Sortant de sa poche le portable de sa nièce, il le lui tendit.

— Profite du trajet et de ces instants de tranquillité pour appeler et rassurer ta mère. Elle doit être folle d'inquiétude.

Charlie sourit avant de rechercher son numéro.

— Allô, maman. C'est Charlie...

Les laissant à leur conversation, Boris ferma les yeux.

Bien sûr, il avait été tenté de lui dire ce qu'il avait appris sur sa sœur mais il s'était abstenu, estimant qu'il était encore trop tôt et que, surtout, il n'avait aucune certitude que Salomé soit toujours en vie.

Bien plus tard, après qu'un interne eut nettoyé, puis suturé la plaie sur la cuisse du policier, il lui avait remis une béquille pour soulager sa jambe ainsi que et des médicaments antidouleurs.

Boris s'était alors rendu dans la chambre de sa nièce. « *Les examens et les radios n'ont révélé aucun traumatisme. Je lui ai donné un léger sédatif et elle dort. Sa mère a été prévenue et devrait bientôt arriver.* » lui avait confié une infirmière.

Rassuré, Lenatnof avait ensuite été entendu par ses confrères de la police lyonnaise. Bien sûr, il avait pris des nouvelles de Juliette Nogaret. Ceux-ci avaient répondu que la balle avait été retirée avec succès et que son pronostic vital n'était plus engagé.

Retrouvant Santoni devant la machine à café près de l'entrée, Lenatnof lui répéta ces mêmes mots.

— Dès sa sortie de l'hôpital, la fille Nogaret va devoir répondre de ses actes. Elle est dans de sales draps, conclut Lenatnof.

Soulagé de la savoir hors de danger après qu'il lui ait tiré dessus avec son arme service, Rafael expliqua que Timothée Malori était sorti du coma et que le risque d'une possible tétraplégie avait été écarté par les médecins. Dans les prochains jours, il serait entendu sur les circonstances de l'accident survenu près de Chalmazel.

— Voilà ce que m'a dit le gendarme que j'ai eu au bout du fil.

— Ce garçon s'en sort bien et c'est tant mieux.

Sans plus attendre, ils rejoignirent la voiture garée sur le parking. Santoni prit la voie rapide en direction de Saint-Étienne.

Bercé par le ronronnement du moteur, la nuque sur l'appui-tête, Lenatnof ferma les yeux.

La journée avait été âpre et menée à un train d'enfer.

Le cœur soumis à rude épreuve et le corps meurtri, il n'y avait pas un endroit où il n'avait pas mal. Mais, au fond de lui, il avait le sentiment du devoir accompli. Grâce à l'aide de Yéléna, mais aussi de Jacky, Rafael et Gaby, Charlie était saine et sauve et désormais hors de danger.

Pour autant, tout n'était pas fini. Des zones d'ombre subsistaient toujours concernant le rôle de Josselin et l'identité de la jeune femme qui séjournait chez lui. *Joss a vraisemblablement mis au monde son enfant. Si c'est effectivement le cas, pourquoi est-ce Miranda Castillo qui élève son fils ? Avant de rentrer à Lézigneux et d'avoir une conversation avec Joss, cette mystérieuse femme va devoir me dire qui elle est vraiment ? Quel rôle elle joue dans cette histoire ? Et pourquoi elle s'intéresse tant à Salomé ?*

42

Mercredi 25 août - 03 heures 45

Santoni se rangea le long du trottoir, à la suite d'autres véhicules, à quelques mètres de la maison de Josselin Ribeiro. La veille, c'était à cet endroit que le chauffeur de taxi avait déposé l'inconnue après l'avoir prise à son bord devant chez Miranda.

Pas d'éclairage public. Un ciel sans lune. Le noir absolu. Quelque part, un chat miaula.

Soudain, un bref appel de phares déchira la nuit.

— C'est Léoni. Reste là et surveille les environs. On ne se sait jamais.

Lenatnof s'extirpa péniblement de la voiture. Prenant appui sur la béquille, il s'approcha du journaliste garé plus loin.

En grimaçant de douleur, il se laissa tomber sur le siège.

— Que vous est-il arrivé ? s'étonna Léoni.

— Les risques du métier, éluda-t-il. La fille est là ?

— Oui. Je l'ai aperçue à plusieurs reprises derrière les rideaux. Elle n'a pas bougé de la journée.

Le commissaire sourit imperceptiblement. Il allait enfin rencontrer celle qui avait les réponses à ses interrogations.

— Il y a moins d'une heure, ajouta Léoni, un taxi a déposé le toubib devant chez lui. Il vient de repartir avec sa voiture. Vous l'avez raté de peu. Deux minutes, pas davantage. J'allais vous prévenir.

Lenatnof pesta :

— Ah, zut ! Où peut-il bien être allé à une heure pareille ?

— Je l'aurais bien pris en filature, mais votre consigne était claire : ne perdre la fille de vue sous aucun prétexte.

— Vous avez bien fait. Tôt ou tard, j'aurai une conversation avec lui. Ce n'est que partie remise, dit-il en ouvrant la portière.

Avant qu'il ne parte, Léoni avait une question qui lui brûlait les lèvres :

— Dans l'après-midi, j'ai appris que la capitaine Carella, en cavale après vous avoir séquestré, s'était livrée aux autorités. Mais aussi que Zacharie Verbrugge, son fils, avait été abattu à Montbrison. Je suppose que tous deux sont mêlés à l'enquête que vous menez concernant Salomé Roussel, votre nièce ?

— Vous auriez fait un bon flic. À présent, rentrez chez vous et allez dormir. Dans quelques jours, je vous raconterai tout. C'était le deal.

— La famille, c'est sacré. Aussi, on en reste là, dit-il en lui tendant la main comme il l'aurait fait pour sceller un pacte entre eux.

Touché par cette marque de sympathie, peut-être même d'amitié, le policier la serra franchement pour lui signifier sa reconnaissance.

Lorsque Lenatnof eut rejoint le trottoir, le journaliste s'éloigna sans faire ronfler le moteur pour ne pas attirer l'attention.

Résolu à faire toute la lumière sur l'implication et le rôle de cette femme dans cette histoire, Lenatnof traversa la rue en boitant. Les points de suture tiraient sur sa peau et il se maudit de ne pas avoir avalé un autre cachet comme le médecin lui avait suggéré de le faire.

Il sonna, puis guetta les bruits provenant de l'intérieur.

À travers les lames des volets, aucune lampe ne s'alluma au rez-de-chaussée ni à l'étage. Il recommença en maintenant son doigt enfoncé.

En vain, une fois encore.

— Police ! Ouvrez ! hurla-t-il en tambourinant à la porte.

La lumière du hall s'éclaira. Il entendit une clé que l'on manœuvrait dans la serrure. Vêtue d'un survêtement trop grand, la jeune femme à la chevelure rousse apparut sur le seuil. *Ce sont les fringues de Joss ! Qui est-elle pour lui ?* songea-t-il en l'observant attentivement. Son visage lui était parfaitement inconnu, mais il y avait quelque chose dans son regard de déroutant sans qu'il puisse dire quoi ni l'expliquer.

— Se retrouver face à face, vous n'imaginez pas à quel point j'attendais ce moment. J'ai hâte d'entendre vos explications ! lança-t-il avec conviction.

Elle ne répondit pas et baissa la tête.

Forçant le passage, Lenatnof, habitué des lieux, se dirigea vers le salon dans une obscurité relative. Dans un coin de la pièce, la lampe de bureau de Josselin apportait un peu de lumière. Avant de s'asseoir, il appuya la béquille contre le dossier du vieux fauteuil en cuir. C'était là, près de la cheminée, qu'il s'installait pour boire un verre et passer la soirée à discuter et refaire le monde avec son ami.

— Vous auriez un peu d'eau, s'il vous plaît ?

S'éclipsant un instant, elle revint avec un verre à la main qu'elle déposa sur la table basse. Le policier avala un comprimé suivi d'une gorgée.

Au lieu de s'asseoir, elle resta debout, légèrement en retrait.

Malgré la faible luminosité, Lenatnof distingua toutefois son visage. Il était marqué par la fatigue avec des cernes profonds sous ses yeux. *Manifestement, elle n'est pas aussi pimpante que lorsque je l'ai vue dans ce salon de coiffure.*

Lenatnof n'y alla pas par quatre chemins.

— Lorsque vous m'avez lavé les cheveux chez Miranda, celle-ci vous a appelé Démelza. À l'hôpital, où vous allez chaque année rendre visite à Anaïs Neuville, vous êtes connue sous le nom de Camille Després. Une fausse identité. C'est aussi vous qui avez déposé la photo de Salomé Roussel, au siège du *Progrès*. Malgré la casquette que vous portiez, un photographe amateur a capturé sans le vouloir votre image sur son appareil. Une chance, sinon je n'aurais sans doute jamais fait le rapprochement. Qui êtes-vous donc pour vous cacher de la sorte ? Et pour quelles raisons vous intéressez-vous à ma nièce ?

— Je ne comprends rien à ce que vous dites. Vous faites erreur, dit-elle d'une voix qui manquait d'assurance.

— Épargnez-moi ce couplet ! On me l'a servi à toutes les sauces au cours de ma carrière.

— C'est pourtant la stricte vérité ! réagit-elle en serrant le mouchoir qu'elle avait dans la main. De l'autre, elle attrapa le bijou qui pendait à son cou et se mit à le triturer nerveusement.

— Je connais Joss depuis un bail. Jusqu'à ce jour, jamais aucune femme n'a eu la clé de chez lui. Qu'est-il pour vous ? Votre amant ? Un client, peut-être ? fit-il avec dédain.

— Je n'aime pas la manière dont vous me parlez ! Encore moins vos insinuations douteuses ! s'insurgea-t-elle.

— Mais encore…, fit-il sarcastique.

— Joss est un ami fidèle. Il a toujours été là pour moi et plus encore dans les moments difficiles. Sans lui, je ne sais pas ce que je serais devenue, laissa-t-elle échapper.

La stratégie du policier pour l'amener à se confier avait fonctionné. Aussitôt, il enchaîna avec un flot de questions :

— Depuis votre arrivée ici, sa maison est sous étroite surveillance. Que faites-vous chez lui ? Vous vous cachez de qui et pourquoi ? Il y a quelques minutes à peine, Joss est parti en voiture. Où est-il allé ? Je ne bougerai pas d'ici avant que vous vous mettiez à table !

Au bout de quelques secondes, elle lâcha du bout des lèvres :

— Si je vous dis ce que je sais, je mets en danger d'autres personnes. Vous n'avez pas idée de quoi ces gens sont capables.

— Si vous parlez de Zacharie Verbrugge, eh bien, sachez que vous n'avez plus rien à craindre de lui. Il est mort. Quant à Tony Salva, il court toujours, mais il est blessé et n'ira pas loin. Son arrestation est l'affaire de quelques heures tout au plus.

La jeune femme s'avança pour se camper devant le policier.

— Rien ne m'oblige à vous répondre, dit-elle avec fermeté. Aussi, je vous demande de partir. Je vous en ai déjà trop dit.

Nullement impressionné, Lenatnof se cala confortablement dans le fauteuil pour montrer qu'il n'était pas disposé à quitter les lieux.

Agacée par son attitude, elle se pencha vers lui et s'emporta :

— Laissez-moi et fichez le camp d'ici ou...

— Ou vous appelez la police ? la coupa-t-il. Allez-y. Faites donc !

Le pendentif qui se balançait à quelques centimètres du visage de Lenatnof attira son attention. C'était un cœur coupé par le milieu de façon insolite. En rapprochant les deux parties, on devinait sans peine que cela formait un cœur aux proportions parfaites.

Le rythme cardiaque du commissaire grimpa en flèche. *On dirait le même que celui de Charlie,* songea-t-il. Intrigué et voulant savoir à quoi s'en tenir, il l'agrippa d'un mouvement vif du bras.

Surprise par son geste, elle se redressa subitement.

Sous la brusque tension, la chaîne céda.

Le bijou dans le creux de la main, il se leva et s'approcha du bureau. Après un rapide examen sous la lampe, il n'eut plus aucun doute et tout devint clair dans son esprit.

— Ce médaillon appartient à Salomé, dit-il en revenant vers elle. Elle l'a perdu dans les bois au moment de sa disparition. Retrouvé par un promeneur, il a été versé au dossier pour être ensuite restitué à sa famille après de longues démarches. Depuis, il a mystérieusement disparu du domicile de ma sœur. Je ne vois qu'une seule explication possible : Joss, celui qui vous héberge, l'a volé.

Subitement, les épaules de la jeune femme s'affaissèrent.

J'ai tapé dans le mille, se dit-il avec un sourire en coin.

— Votre amant vous l'aura offert sur l'oreiller. Un cadeau pour vos prestations, fit-il dédaigneusement.

— Bien sûr que non ! Vous n'y êtes pas du tout !

— Celui que je croyais être mon ami est tombé bien bas. Jamais je n'aurais cru ça de lui. Comment a-t-il pu faire une chose pareille ? Ce collier appartient à ma nièce. De quel droit le portez-vous ?

Elle le fixa intensément quelques secondes avant de lâcher :

— Parce que c'est le mien, Dyadya. Salomé, c'est moi.

43

Mercredi 25 août - 04 heures 10

Abasourdi par les propos de celle qui prétendait être sa nièce, Lenatnof laissa échapper le collier et la fixa intensément, cherchant un détail qui la trahirait.

— Comment osez-vous ? finit-il par dire. Vous ne ressemblez en rien à Salomé. Son menton est plutôt anguleux. Elle tient ça du côté des Lenatnof. Vos lèvres ne sont pas dessinées de la même façon. Votre nez est plus fin et vos pommettes plus saillantes. Quant à votre voix, ce n'est pas la sienne. Arrêtez ce jeu ridicule ! Vous êtes pitoyable !

La jeune femme se baissa pour ramasser le bijou. Lorsqu'elle se redressa, son visage était près de celui de Lenatnof.

— Regarde-moi bien et dis-moi que tu ne connais pas ce regard.

Le policier ne se laissa pas abuser.

— Vos yeux sont bleus, jubila-t-il. Ceux de Salomé sont noisette. Si vous pensiez me duper, qui plus est en me tutoyant pour faire plus vrai, eh bien, c'est raté ! Vous allez devoir trouver mieux pour me...

Avant même qu'il n'achève sa phrase, elle avait ôté ses lentilles de contact. Ses iris étaient marron clair.

Désormais à quelques centimètres l'un de l'autre, Lenatnof pouvait sentir son souffle sur sa peau. Il vit cette lueur si particulière et propre à chacun qui émanait de ses yeux. Son cœur manqua un battement.

— Salomé ! Alors tu es en vie, fit-il soudain ému.

— C'est une façon de voir les choses.

— Qu'as-tu fait à ton visage ?

— À condition d'y mettre le prix, un chirurgien esthétique peut tout remodeler. Même modifier la tonalité des cordes vocales. La petite Salomé que tu as connue n'existe plus depuis longtemps. Depuis le moment où vous l'avez tous abandonnée.

— Personne n'a fait ça. Jamais ! se récria-t-il.

— Le pire, c'est que vous avez continué de vivre comme si de rien n'était, asséna-t-elle. Alors, j'ai fait ce que vous vouliez. J'ai cessé d'exister. Voilà tout.

Boris s'approcha pour la serrer dans ses bras, mais elle recula.

— Depuis le jour où tu as disparu, la vie de tes parents, de ta sœur et la mienne ont été bouleversées. Sans toi, rien n'a plus été pareil.

Elle éclata de rire. Un rire sardonique qui résonna dans la pièce.

— Tous, vous avez souffert ? C'est ce que tu essayes de me dire ? Mais vous n'avez aucune idée de l'enfer qu'a été ma vie, ce que j'ai enduré et dû faire malgré moi...

— Effectivement, je ne sais pas. Mais sache que tu as toujours été dans nos cœurs. Pas un jour ne passe sans que l'on ait une pensée pour toi. Tu peux me croire sur parole, Salomé.

Déstabilisée un court instant, elle se reprit aussitôt :

— Démelza, corrigea-t-elle. C'est le prénom qui figure désormais sur mes papiers d'identité. Salomé a disparu.

— Ou encore... Esther, n'est-ce pas ? fit-il d'une voix adoucie.

Surprise, elle écarquilla les yeux.

— Tu es au courant alors ?

— J'ai vu une photo de toi dans l'appartement de Yéléna... enfin, Kelly. Une jeune femme originaire de Russie qui te connaît.

Salomé esquissa un fragile sourire.

— Une fille brillante, belle et très intelligente. Loin de chez elle, sans argent ni attache, elle a fait le choix de la prostitution pour s'en sortir et aller au bout de ses études.

Son regard s'assombrit subitement.

— Ça n'a pas été mon cas. Des gens ont décidé pour moi. J'étais à leur merci, une esclave. Une pute de luxe à deux mille balles la nuit.

Le menton de Salomé se mit soudain à trembler. Elle essaya de se reprendre et de se montrer forte, mais elle finit par craquer et pleura. Boris s'avança et ouvrit grand les bras où elle se blottit.

— C'est fini, susurra-t-il. Le cauchemar est terminé.

Serrés l'un contre l'autre, ils restèrent ainsi de longues minutes.

Lorsque ses sanglots s'estompèrent, il releva le menton de sa nièce.

— À présent, et si tu le veux bien, j'aimerais comprendre comment tout cela a pu arriver.

Devoir revivre ces moments ne l'enchantait guère, mais elle se résigna. Assis sur le divan, l'un à côté de l'autre, elle relata que Tony avait cherché à coucher avec elle une première fois, puis lors du Foreztival à Trelins. Comme il insistait, elle l'avait giflé. Vexé d'être rejeté, il avait clamé haut et fort qu'Anaïs, qui lui faisait les yeux doux, se montrerait moins farouche. Comme il était très alcoolisé, Salomé avait cru à des paroles en l'air.

À l'heure convenue du départ, Miranda, Fanny et Salomé s'étaient retrouvées dans le pré qui servait de parking. Entre deux véhicules, elles avaient surpris Zacharie Verbrugge tenant fermement Anaïs pendant que Tony Salva la violait impunément.

— La bouche et le nez en sang, ces salauds l'avaient frappée pour parvenir à leurs fins. Tony était comme possédé. On aurait dit un animal qui s'acharnait sur sa proie. La pauvre Anaïs ne cherchait même plus à échapper à leur emprise, attendant que son calvaire prenne fin.

Pétrifiées toutes les trois par cette vision cauchemardesque, Salva les avait menacées en disant que si l'une d'elles venait à révéler ce qui s'était passé, Salomé, qu'ils emmenaient avec eux, subirait les pires sévices. Ensuite, il les retrouverait une à une pour leur faire endurer le même sort.

— Je ne savais pas ce qu'ils allaient faire de moi. À l'arrière du van, je pleurais et me demandais où ils m'emmenaient. Puis, il y a eu cette crevaison. J'en ai profité pour m'enfuir à travers les bois. Ils m'ont rattrapée peu après. J'ai hurlé, mais, au milieu de nulle part, personne ne risquait de m'entendre. C'est en me débattant que j'ai perdu mon pendentif auquel je tenais tant.

— Salva t'a choisie parce que tu lui avais résisté, c'est ça ?

— Non, fit-elle meurtrie. Parce que j'étais vierge. C'est pour ça qu'ils m'ont enlevée. Miranda couchait avec Zacharie. Quant à Anaïs et Fanny, elles avaient déjà eu des aventures sexuelles avec des garçons et ne s'en cachaient pas.

Amoureuse, Salomé avait confié à Tony qu'elle voulait être sûre avant de s'engager plus loin dans leur relation. Se refusant à lui par deux fois, le voyou s'était alors dit que certains hommes seraient prêts à payer une fortune pour passer la nuit avec une fille comme elle.

— Au début, Tony et Zac me traitaient comme une reine, m'offrant des cadeaux, des bijoux et des vêtements de marque. Après, je n'étais plus qu'une pute parmi tant d'autres.

Boris avait pris sa main dans la sienne.

— Tu n'as jamais cherché à t'échapper ?

— Si, une seule fois. C'était quelques mois après mon enlèvement. Ils m'avaient envoyée en Espagne *pour me dresser*, comme ils disaient. Ne parlant pas la langue, ne connaissant personne et sans argent, c'était perdu d'avance, mais je me suis enfuie quand même. Quand ils m'ont rattrapée, ils auraient pu me tabasser, mais ils ne voulaient pas abîmer *la marchandise*. Ils m'ont clairement menacée de s'en prendre à Miranda et Fanny si je recommençais. Jamais, je n'ai réessayé.

Salomé relata que, des années plus tard, elle avait été envoyée à Palerme, en Sicile. Contre toute attente, elle était tombée amoureuse d'un client. Un avocat. À l'aise financièrement, il avait acheté le silence du souteneur local afin que Salomé cesse de se prostituer, et ce, sans que Salva et Verbrugge soient informés.

Mario était doux, aimant. Le bonheur souriait enfin à Salomé. Il avait été à son apogée lorsque son ventre s'était arrondi. Seule ombre au tableau, elle était sans papiers, les deux proxénètes les lui ayant confisqués afin d'annihiler tout espoir de fuite.

— C'est là que Miranda, la seule avec qui j'avais gardé le contact, m'a été d'une aide précieuse. Prenant les choses en main, elle est allée voir Joss et lui a tout expliqué. Sans hésiter, il lui a demandé sa carte vitale et s'est occupé des formalités administratives avec l'hôpital où j'ai mis au monde notre enfant. Personne n'a rien vu ni ne m'a demandé quoi que ce soit. Officiellement, Miranda a accouché d'un bébé de 3,5 kg. Sans mon amie et Joss, rien n'aurait pu se faire. Je leur dois tout. Même si ça nous a déchiré le cœur, le garder près de nous en Italie présentait trop de risques. Aussi, on a fait le choix de laisser notre fils à Miranda qui l'élève depuis sa naissance. Son père et moi allions le voir très souvent, dit-elle avec des trémolos dans la voix.

Malgré cet éloignement forcé, le couple avait coulé des jours heureux. Malheureusement, leur bonheur avait été de courte durée. En effet, Salva et Verbrugge avaient fini par apprendre que l'homme chargé de surveiller Salomé les avaient doublés. Sous la contrainte, ils lui avaient fait dire tout ce qu'il savait avant de lui régler son compte.

Ensuite, ils s'étaient rendus au cabinet de l'avocat. Ce dernier était persuadé qu'en leur proposant de l'argent, ils leur ficheraient la paix.

Mauvais calcul. Mario avait été abattu quelques jours plus tard à la sortie du palais de justice où il plaidait.

Retour à Lyon pour Salomé, sous bonne escorte. Anéantie par la mort de celui qu'elle aimait, elle s'était consolée en se disant que Salva et Verbrugge n'avaient jamais rien su de sa maternité. Dans le cas contraire, ils s'en seraient servis pour lui mettre la pression et lui ôter de l'idée tout nouveau départ.

Prévoyant, Mario avait laissé à Salomé quelques économies et des contacts aux États-Unis. Patiemment, elle avait attendu le moment opportun. Grâce aux faux papiers qu'elle avait pu se procurer sans qu'ils le sachent, elle avait pris le large. C'était il y a six mois.

Dans une clinique privée de la côte ouest, elle avait changé de visage, devenant méconnaissable pour qui la connaissait auparavant.

Pour être près de son fils, elle était revenue en France depuis peu, mais restait volontairement très discrète. En effet, par l'intermédiaire d'une prostituée, avec qui elle avait gardé des liens, elle avait su que Tony et Zacharie la cherchaient toujours, promettant même une récompense à qui les renseignerait.

— Ils ont le bras long et jamais je n'aurai de répit. Où que je sois, ils me retrouveront. C'est pour cette raison que Miranda élève mon fils dans le plus grand secret. Avec elle, il est en sécurité.

— Enzo ? Le petit garçon que j'ai vu au salon ? Celui que tu as embrassé avant ton départ en taxi ?

Le visage de Salomé s'illumina en guise de réponse.

— En remettant cette photo de toi à la presse, tu as ouvert la boîte de Pandore. Ces deux canailles auraient pu te démasquer comme je viens de le faire ? Pourquoi cette folie ?

Aussitôt après, ses traits s'allongèrent.

— Je vivais un épisode maniaco-dépressif. Une crise aiguë comme je n'en avais pas connue depuis longtemps. Broyant du noir à l'idée de devoir vivre cachée et de ne pas pouvoir profiter de mon fils, le hasard ou la malchance a voulu que je lise dans le journal qu'une rubrique allait être consacrée aux enquêtes policières classées sans suite. Qu'un choix serait fait en fonction des retours et attentes des lecteurs. Dans mon délire, je me suis dit que ce pourrait être une forme d'exutoire, une façon de rappeler à tout le monde que Salomé Roussel était morte, oubliée de tous. C'est là que je me suis souvenue de cette fille.

Elle s'appelait Adriana. Enlevée tout comme moi, elle était originaire de Serbie et baragouinait quelques mots de français. Enfermées dans une vieille baraque en rase campagne, on avait fouillé les lieux en espérant trouver un moyen de s'enfuir. Notre seule trouvaille avait été un Polaroïd. L'appareil indissociable des racailles qui nous exploitaient. Pas de tirage papier à faire. Pas de trace. Les clichés circulent sous le manteau. Bref, Adriana m'avait tiré le portrait. Je ne saurais expliquer pourquoi, mais j'ai toujours conservé cet instantané. Sans doute pour me rappeler qu'avant d'être Esther, j'avais été Salomé Roussel. Bref, c'est ce cliché que j'ai déposé au *Progrès*. Le choix s'est porté sur moi et l'article est paru. Ce que je n'avais pas prévu, c'est que tu viennes au salon poser des questions à Miranda à mon sujet. Lorsque je t'ai vu, j'ai paniqué à l'idée que tu devines qui j'étais réellement.

— Je n'ai rien remarqué si ce n'est une jolie jeune femme qui s'est occupée de moi. Peut-être que si tu n'avais pas porté ces lentilles...

Salomé sourit avant de reprendre son récit.

— Comme toi, Charlie devait passer voir Miranda. Même si tu ne m'avais pas reconnue, elle pouvait le faire. C'est pour cette raison que j'ai décidé de partir immédiatement.

Le visage de Salomé s'était transformé. Le ton de sa voix également.

— Je n'avais pas envie de la voir. Vous ne faites plus partie de ma vie. Je suis passée à autre chose.

Boris jugea bon de préciser :

— Depuis des mois et sans rien dire à quiconque, Charlie se rend dans tous les festivals où elle montre des clichés de toi, espérant que quelqu'un ait des infos. Aussi, lorsqu'elle a vu cette photo dans le journal, elle a tout de suite noté que tu portais ce tee-shirt acheté le jour du festival. C'est ce qu'elle m'a dit et que ta mère a confirmé. Par contre, tu n'avais pas autour du cou ce médaillon en forme de cœur dont tu ne te séparais jamais. Comme il a été découvert par les gendarmes lors d'une battue, Charlie en a déduit que la photo avait été prise *après* ta disparition, *après* que tu l'aies perdu dans les bois.

— Non seulement, elle a une excellente mémoire, mais elle est aussi très observatrice, dit-elle avec une pointe d'admiration dans la voix. Quand tout ça est arrivé, ce n'était pourtant qu'une enfant.

— Certes, mais tu n'as jamais quitté ses pensées. Charlie a toujours un mot pour toi. Quand elle est nostalgique et que la mélancolie l'envahit, elle gratte quelques accords sur ta guitare.

Quelque peu déstabilisée, Salomé avala difficilement sa salive.

— J'étais pourtant sûre qu'elle m'avait oubliée.

— Ça n'a jamais été le cas, je t'assure. De ton côté, tu n'as jamais cherché à avoir des nouvelles de ta famille ?

— Au début, si, bien sûr. Mais privée de tout et notamment de moyens de communication, c'était impossible. Au fil des mois puis des années, j'ai compris que rien ne serait plus comme avant. Je vous ai alors rayé de ma vie. Aussi, quand Joss m'a accouchée, j'ai refusé qu'il me parle de vous. Une page était à jamais tournée. J'avais mon fils et Mario. Une nouvelle vie. Mais quand Salva et Verbrugge l'ont assassiné, je me suis retrouvée de nouveau sur le trottoir, à Lyon. Après m'être fait tabasser par un client, on m'a conduite chez un toubib pas trop regardant pour me soigner. Quelle surprise en découvrant que c'était Joss ! Voyant mon air étonné, il m'a lâché que ces voyous le tenaient. Je n'ai rien demandé. Chacun ses galères. Ensuite, on a parlé de choses et d'autres. À un moment, il a ouvert un tiroir et m'a tendu une chaîne où pendait un médaillon en forme de cœur. C'était le mien, je l'ai tout de suite reconnu. Il m'a expliqué que la justice l'avait restitué à ma mère. Aussi, quand il avait su par les filles qui passent dans son cabinet que j'étais de retour à Lyon, il l'avait dérobé, persuadé qu'on finirait par se croiser. Je ne sais pas ce qu'il espérait en me le donnant. Que je reprenne contact avec ma famille peut-être ?

— Je suppose.

Sacré Joss ! C'est donc toi qui avais chapardé ce collier. Comment te blâmer ? Tu pensais bien faire.

— Joss s'est trompé. Je n'ai nullement l'intention de retrouver ma famille. J'ai ma vie et vous avez la vôtre, fit Salomé sûre d'elle.

— N'empêche que tu as fait un premier pas dans ce sens puisque tu le portes à présent.

— Ce n'est qu'un bijou. Rien de plus.

Une ride avait pris position sur le front de Salomé. Ne voulant pas qu'elle se braque, Boris changea de sujet.

— Pourquoi rends-tu visite à Anaïs chaque année durant la fête patronale de la ville ?

— C'est là que nous nous sommes rencontrées, elle et moi. C'est aussi là qu'elle a rejoint notre bande de copines. Si je n'avais pas joué la fille prude en refusant de coucher avec Tony, il ne l'aurait pas violée. Sa vie a été brisée par ma faute.

— C'est faux ! Les seuls coupables sont Salva et Verbrugge !

Les yeux dans le vague, Salomé ne réagit pas à sa remarque et poursuivit :

— Perruque blonde et lunettes de soleil pour passer inaperçue, on mange des churros et des pommes d'amour. Je prends toujours de la réglisse, Anaïs adore ça. Elle reprend des couleurs et oublie, le temps d'engloutir ces friandises, le mal qui la ronge. Puis elle replonge dans son monde. Cette année, c'était la dernière fois que je la voyais. J'ai pris un billet d'avion pour le Brésil. Mon vol est pour demain, en fin de journée. Je ne reviendrai pas. Miranda sera une très bonne mère pour mon fils. En agissant comme je l'ai fait, je vous ai tous mis en danger.

— Comme je te l'ai dit, Verbrugge est mort et Salva sur le point d'être arrêté. Tu vas pouvoir reprendre le cours normal de ta vie.

— On ne quitte pas le milieu de la prostitution d'un claquement de doigts. Eux deux hors-jeu, d'autres les remplaceront. Et puis, il y aura toujours quelqu'un pour me rappeler que je suis une pute. Un regard, une allusion. Maman et Charlie feront semblant, mais elles auront mal et je ne veux pas leur imposer ça. Aussi, promets-moi une chose…

Devinant ce que sa nièce allait dire, Boris anticipa ses paroles :

— Tu ne peux pas me demander ça ! Tire un trait et passe à autre chose, mais surtout n'oublie pas ta mère et ta sœur. Elles attendent ton retour depuis si longtemps ! Vous avez de belles choses à vivre.

Salomé n'avait rien écouté.

— Promets-moi de ne pas leur révéler ce que je suis devenue. J'ai trop honte. Jamais je ne pourrai les regarder en face. Je n'ai plus ma place dans leur vie. Il est préférable qu'elles me croient morte.

— Jamais, elles ne te jugeront ! Jamais ! Pour l'une, tu es sa fille chérie. Pour l'autre, sa grande sœur qui lui manque tant !

— Inutile d'insister. Je ne changerai pas d'avis, s'entêta-t-elle.

Boris allait répliquer quand la sonnette retentit. Étonnée, Salomé tourna la tête vers le couloir qui menait à la porte d'entrée.

— À une heure pareille, qui cela peut-il être ?

— Mon adjoint doit vouloir me dire quelque chose. Je vais aller voir.

En étirant le bras pour saisir sa béquille, il grimaça de douleur.

— Bouge pas, j'y vais, fit-elle en se levant prestement.

Quelques instants après, Salomé revint l'air épouvanté.

Dans la pénombre, un homme se tenait derrière elle.

Ce n'était pas Santoni, mais Tony Salva.

44

Mercredi 25 août - 04 heures 45

D'un mouvement brusque du bras, Salva força Salomé à s'asseoir.
Lenatnof vit alors le revolver dans sa main. Il découvrit aussi le sang qui tachait sa chemise au niveau de l'abdomen.
Que fait Rafael ? Pourquoi n'est-il pas intervenu ?
— Tu n'imagines pas comme je suis ravi de te revoir, ma belle Esther.
— Comment m'as-tu retrouvée ?
— Tu sais très bien que j'ai des yeux et des oreilles partout. Où est Ribeiro ? demanda-t-il en regardant autour de lui.
— Parti il y a quelques minutes, fit Salomé.
— Tu as intérêt à ne pas me raconter de blagues, sinon...
— C'est la vérité, intervint Lenatnof.
L'œil assassin, Salva pointa son arme vers lui. Grand et massif, il inclina la tête à droite, puis à gauche. Sa nuque craqua.
— T'es qui, toi ? Un client de ma princesse ?
— Rien de tout ça, je...
— Ferme-la, le coupa-t-il. Je n'ai pas de temps à perdre avec toi !
Passant derrière le fauteuil, Salva passa la main dans les cheveux de Salomé.
— Je t'ai enfin retrouvée, ma beauté. Tes clients me harcèlent depuis des lustres pour savoir quand tu reprends du service. Rousse avec cette coupe au carré et ce nouveau visage, c'est très réussi, tu vas faire un tabac. Tes nuits vont être courtes, ma voluptueuse Esther.
Elle l'écarta du bras.
— Tu n'as pas répondu à ma question. Comment as-tu appris où j'étais ?
— Indirectement, grâce à ce cher Docteur Ribeiro. Figure-toi que sous prétexte de détenir des infos sur l'endroit où tu te cachais, cet

abruti nous a donné rendez-vous, à Zac et moi, à Montbrison dans un parc de la ville en pleine nuit. Pensant qu'il voulait rester discret, ce qui nous allait bien, on a fait le voyage depuis Lyon. Arrivés sur place, on a tout de suite vu que le toubib avait bu un verre de trop, il titubait. La surprise a été totale lorsqu'il a sorti un revolver en nous menaçant de nous faire la peau si on ne relâchait pas Charlie Roussel, ta sœur. Sur nos visages, il a dû voir qu'on ignorait tout de ce qu'il baragouinait. Aussi, quand on lui a confirmé qu'on n'y était pour rien et qu'il ferait mieux de baisser son flingue, il s'est mis à chialer, à dire que tout était de sa faute. Soudain, il a fait feu sur Verbrugge, puis sur moi en me logeant une balle dans le bide. Sans arme et mal en point, je me suis tiré.

Salva se dirigea vers la fenêtre. À travers les lames des volets, il balaya la rue du regard avant de reprendre :

— Je pissais le sang et je ne savais pas où aller. C'est alors que je me suis souvenu de Miranda Castillo, l'ex de Zac. Il m'avait parlé de l'appartement qu'elle occupe au-dessus de son salon de coiffure.

Lenatnof se dit que le moment était venu de tenter quelque chose. Il s'apprêtait à bondir de son siège et à se jeter sur Salva lorsqu'il ressentit une douleur aiguë et persistante dans la poitrine avec une sensation d'étau qui se resserrait. Immédiatement, il reconnut les symptômes avant-coureurs de l'infarctus. *C'est pas le moment !*

Tony et Salomé n'avaient rien remarqué de son état.

— J'ai sonné. Dans le judas, elle m'a vu. Comme elle refusait de m'ouvrir, j'ai forcé sa porte. Elle terminait de me faire un pansement de fortune lorsque son Smartphone s'est éclairé. Une notification sans intérêt, mais qui m'a permis de voir la photo en fond d'écran. À savoir, une jeune femme rouquine tenant un enfant dans ses bras. En voyant la peur panique qui l'avait gagnée, j'ai compris qu'il se passait un truc. Elle a été coriace et ne voulait rien lâcher, même sous les coups. Mais quand le gamin s'est mis à pleurer dans la pièce voisine, elle a compris que c'était fini. Elle a tout balancé, notamment où tu te cachais.

— Salaud ! Tu n'aurais pas hésité à t'en prendre à mon fils !

Il se mit à rire. D'un rire gras.

— Jamais je ne lui aurais fait de mal. J'aime trop les gosses. À une époque, je pensais même t'en faire un. J'ai toujours été amoureux de toi. Je me rappelle tes caresses, fit-il avec un sourire narquois.

— Arrête ça ! Quand tu me touchais, j'avais envie de vomir !

En ricanant, Salva se tourna vers Lenatnof.

— En arrivant ici, j'ai bien failli ne pas apercevoir ce type planqué dans une auto en stationnement. Un besoin pressant l'a trahi. Il arrosait un mur quand je l'ai assommé avec la crosse de mon flingue. T'es qui exactement, bouffon ? Et qu'est-ce que tu fous ici à cette heure de la nuit ? Un plan cul avec ma reine de beauté ? Je sens qu'il y a une embrouille. Allonge-toi ou je te fume.

Salva posa le canon de son arme sur le front du policier. De l'autre main, il fouilla ses poches et trouva sa carte de police.

— Commissaire Lenatnof, lut-il. Ce nom me dit quelque chose…

La douleur irradiait tout le côté gauche de Boris. Pour autant, il prit sur lui pour ne rien laisser transparaître de son état.

— Salomé est ma nièce. Je suis ici pour la ramener auprès de sa famille.

— Oublie. Elle m'appartient et elle vient avec moi.

— Vous n'irez pas loin. Votre signalement a été transmis aux forces de police et de gendarmerie. Ce n'est qu'une question d'heures avant que vous soyez interpellé.

Lenatnof s'était mis à transpirer abondamment.

— En ce moment même, Joss se trouve dans les locaux de la police, rajouta Salomé. Il a décidé de tout raconter. Pars et laisse-nous.

Les yeux rivés sur la carte de police qu'il avait toujours à la main, Salva avait à peine écouté leurs tentatives pour lui mettre la pression.

— Boris Lenatnof, relut-il à haute voix. Ça y est, je me souviens ! C'est toi l'enfoiré de keuf qui a couvert Ribeiro à l'époque.

— Je ne vois pas à quoi vous faites allusion, tenta d'esquiver Boris qui éprouvait des difficultés à articuler correctement.

— Mais si, rappelle-toi. Ivre mort, Ribeiro était au volant de sa caisse, toi à ses côtés. En se rabattant trop tôt, il a envoyé dans le décor la voiture de ma femme, la tuant sur le coup. Tu as étouffé l'affaire. Je le sais par un de tes collègues qui m'a refilé le tuyau contre du pognon. À l'époque, fou de rage, je voulais vous liquider tous les deux. Mais quand j'ai su que Ribeiro était toubib, je me suis dit qu'il me serait plus utile vivant que mort. Quant à toi, poulet, tu as été muté peu de temps après. Mais je n'ai rien oublié pour autant et tout se paye un jour ou l'autre. Te concernant, l'addition vient de tomber.

Boris se résigna. *En agissant comme Joss l'a fait, Salva a retrouvé la trace de Salomé. Rafael neutralisé et moi en piteux état, tout est fichu.*

Se tournant vers Salomé, l'air sombre, Tony reprit :

— Quant à toi, sache qu'aucune pute ne quitte mon réseau sans ma permission. Pour que tu imprimes une fois pour toutes qui est le boss, tu vas reprendre un temps, loin du confort des hôtels de luxe que tu as toujours connu. Tu tapineras avec les filles sur les quais. Entre deux passes, tu leur expliqueras que si je me suis montré clément avec toi, c'est parce que ton oncle a fini avec une balle dans la tronche.

Soudain, le commissaire repensa à la vieille femme rencontrée près du palais de justice. Une fois encore, ses paroles résonnèrent dans sa tête et notamment la fin de sa phrase qui demeurait un mystère : « *Vous devrez faire un choix. C'est ainsi et vous n'y pouvez rien changer.* »

— Allez, on décampe d'ici avant que le keuf allongé sur le trottoir se réveille et prévienne ses petits copains.

En essayant de se lever du fauteuil, Boris fit une grimace. La sensation d'oppression avait gagné en intensité. Salomé vit la sueur perler sur son front, mais aussi son teint devenir très pâle.

— Mon oncle ne va pas bien du tout !

— Je m'en tape ! On se tire fissa ! éructa le truand.

Dans le silence de la nuit, ils quittèrent la maison. Boris s'appuyait sur le bras de sa nièce alors que Salva pointait son arme dans son dos. Tous trois traversaient la chaussée pour rejoindre sa voiture lorsque des phares s'allumèrent en simultanée de chaque côté de la rue. Fusil à l'épaule, des hommes surgirent et les encerclèrent.

Une voix amplifiée par un mégaphone ordonna :

— La partie est terminée, Salva. Rends-toi !

Boris sourit imperceptiblement. Il venait de comprendre le rôle qui lui était dévolu pour mettre fin à cette prédiction.

Aveuglé un instant, Tony eut le réflexe de se plaquer contre Lenatnof pour ne pas être dans leur ligne de mire. Le temps que ses yeux s'accoutument à la lumière vive, un homme en uniforme avait déjà attrapé Salomé par le bras pour la mettre à l'abri. S'écartant soudain, Salva pointa son revolver en direction de Salomé.

— Ils ne m'auront pas vivant, mais toi non plus, salope !

Puisant dans ses ultimes forces, Boris se jeta sur lui.

Une détonation retentit.

Le commissaire s'effondra.

Aussitôt après, un déluge de feu s'abattit sur Salva.

— Cessez-le-feu ! hurla la voix dans le haut-parleur.

Les tirs s'arrêtèrent. Une odeur âcre de poudre se diffusa dans l'air.

Criblé de balles, le corps du proxénète gisait sur le macadam dans une position contre nature, telle une marionnette désarticulée.

— Dyadya ! cria Salomé en se précipitant vers son oncle.

Allongé sur le dos, elle vit alors la trace rougeâtre maculant sa chemise et qui n'en finissait pas de s'élargir.

Sonné, il ouvrit les yeux. La vue troublée, avec le sentiment d'être dans un épais brouillard, un filet de sang s'échappa de sa bouche.

Penchée au-dessus de lui, Salomé pleurait. Sur sa joue, il sentit une larme, puis une autre. *Des larmes de sang, comme l'avait prédit cette femme.* Il voyait ses lèvres bouger, mais ne percevait aucun son.

Par instinct, Salomé plaqua ses mains sur la plaie. Le sang chaud et poisseux se répandit sous ses doigts. Rien ne semblait pouvoir contenir l'hémorragie. Refusant de lâcher prise, le cœur de Boris s'emballa tout à coup. Plus il pompait pour rester en vie, plus la tache sombre s'élargissait. *Qu'importe, ma mission est accomplie,* se dit-il dans un éclair de lucidité. *Salomé est saine et sauve. C'est l'essentiel.*

Les images devinrent floues et le visage de Salomé s'estompa peu à peu jusqu'à disparaître complètement. Soudain, il se sentit flotter. *Ce doit être ça la mort, l'esprit s'élève et le corps reste inerte sur le sol,* se dit-il, surpris d'avoir encore cet état de conscience.

Subitement, il eut un flash et se revit quittant le palais de justice après le verdict du jugement sur l'affaire qui l'avait amené à la barre. Le ciel était menaçant. Soufflant en rafales, le vent s'engouffrait dans les rues étroites du centre-ville de Saint-Étienne.

Il regagnait sa voiture quand il avait aperçu une vieille femme sur le trottoir d'en face. Tout de noir vêtue, elle prenait appui sur une canne. Dans ses yeux brillaient deux agates d'une couleur indéfinissable. *La diseuse de bonne aventure !*

En retrait, se tenait une jeune femme. *Yéléna !*

Toutes deux lui souriaient. *C'était bel et bien sa grand-mère sur ce médaillon que Yéléna avait autour du cou.*

Dans les limbes de son cerveau, il entendit alors une voix :

« Je ne suis qu'une folle férue de magie noire et de sorcellerie. Toutefois, les prophéties ne sont pas une science exacte. Je vous ai montré le chemin, guidé, rien de plus. Vous avez changé le cours du destin, sauvé votre famille, mais aussi Yéléna, ma petite-fille. Sans vous, sans les mots que vous avez eus, elle n'aurait pas agi comme elle l'a fait et serait morte. Même si les planètes étaient alignées, le pari était risqué et la probabilité grande pour que tout dérape. Mais tout s'est passé comme je l'avais prédit. Ce poète avait raison quand il disait : il n'y a pas de hasard, il n'y a que des rendez-vous[8]. *Ce voyage dans le temps vous a aussi profondément changé. Vous avez ressenti des émotions fortes, jusque-là enfouies au plus profond de votre être. Vous êtes redevenu l'homme bienveillant que vous étiez jadis. Peut-être aviez-vous besoin de cette épreuve pour réaliser ce qui est important, ce qui en vaut la peine. »*

Boris cligna des yeux. Yéléna souriait toujours. Son visage et celui de sa grand-mère s'évanouirent.

Les battements de son cœur se firent plus irréguliers.

La vie l'abandonnait.

Les traits détendus, il était serein, apaisé.

Son ultime pensée fut pour Charlie. *« Ne renonce jamais »*, lui avait-elle dit en songeant à sa sœur disparue.

Promesse tenue, ma belle.

---

[8] Pensée attribuée à Paul Éluard.

EPILOGUE

4 mois plus tard. 23 heures 15.

Depuis le lever du jour, un vent glacial soufflait en bourrasques. Lorsqu'il avait enfin molli, le soleil disparaissait à l'horizon.
À la nuit tombée, les premiers flocons de neige apparurent dans le ciel. Un air vif les faisait virevolter. Derrière les vitres, bien au chaud, les enfants riaient en contemplant l'incessant ballet.
Au fil des heures, l'averse n'avait pas faibli et un épais manteau blanc avait désormais tout recouvert, figeant le paysage.
Tout était lisse. Blanc. Uniforme. Un paysage de veillée de Noël.
Bravant les intempéries, une silhouette, sac à l'épaule, avançait péniblement dans la poudreuse. Pour se préserver de la morsure du froid, elle avait rabattu sur sa tête la capuche de son manteau. Homme ou femme ? Difficile à dire d'autant que le halo des rares réverbères était trop faible pour se faire une idée. Dans ses écouteurs, les paroles de cette chanson tournaient en boucle : « *Même si c'est tentant, De fuir le présent, S'il te plaît, ouvre les yeux, Regarde devant, Va où va le vent, Et après, fais de ton mieux. Prisonnier du doute, pas vraiment du passé, Trop d'ombre sur la route, je vois plus les tracés...* »[9]
La montée jusqu'au plateau était raide. Courbé, les mains en appui sur les genoux pour reprendre son souffle, l'inconnu fit une halte. Devant sa bouche, un nuage de buée. Il en profita pour faire tomber la fine pellicule de neige qui l'avait recouvert. Les doigts gelés, il les fourra dans ses poches pour les réchauffer. Regardant en direction de la plaine qui s'étalait en contrebas, il aperçut les lumières de la ville. *On dirait des étoiles qui seraient tombées du ciel,* songea-t-il. Ces mots anodins, il les avait entendus si souvent. *C'était il y a longtemps,*

---

[9] Nos plus belles années - Kimberose et Grand Corps Malade

lorsque Charlie me tenait par la main en partant se promener à la nuit tombée, soupira-t-il en reprenant l'ascension.

Un dernier lacet et il s'immobilisa devant une maison, la dernière avant l'étang. Des volutes de fumée s'échappaient de la cheminée. Les fenêtres et le rebord du toit étaient décorés de guirlandes et de boules aux couleurs vives. Il imaginait ses occupants rassemblés devant l'âtre où se consumaient les bûches et attendant minuit pour boire une coupe de champagne et s'échanger des cadeaux.

Levant la tête, il vit la lampe allumée au-dessus de la porte d'entrée et s'avança dans l'allée. À mi-chemin, il s'arrêta de nouveau et resta sans bouger, perdu dans ses réflexions. Les flocons lui brouillaient la vue et lui piquaient les joues. Au fil des minutes, le froid l'avait saisi jusqu'aux os et il tremblait de tous ses membres. *Qu'est-ce que je fais ici ? Ce n'était pas une bonne idée.*

Il fit demi-tour et s'en allait d'un pas lourd lorsqu'un bruit attira son attention. En se retournant, il vit la baie vitrée s'ouvrir. Pour ne pas être vu, il se tapit derrière un buisson.

Une écharpe autour du cou, une veste sur les épaules, une jeune femme s'avança sur le balcon enneigé. Parvenue à la rambarde, elle regarda elle aussi les lumières dans la plaine.

On dirait des étoiles qui seraient tombées du ciel, répéta l'inconnu. Son cœur explosa dans sa poitrine. En un éclair, sa décision fut prise et il se mit à courir. Par deux fois, il manqua de chuter avant d'atteindre l'entrée. Déterminé, il appuya sur le bouton de la sonnette.

La lumière du vestibule s'éclaira. Le battant s'ouvrit.

— Bonsoir, fit une femme visiblement étonnée de voir quelqu'un devant sa porte à cette heure de la nuit.

Bien habillée, comme on peut l'être un soir de fête, elle paraissait toutefois fatiguée et sans entrain.

— Que puis-je pour vous ? s'enquit-elle.

Sans mot dire, l'inconnu repoussa sa capuche. Dévoilant son visage et ses yeux noisette, ses cheveux châtains se déployèrent.

Une lueur passa dans le regard de la dame. Une fraction de seconde, le temps demeura suspendu, puis ses paupières se mirent à papillonner. Bien sûr, elle avait reconnu celle qui se tenait devant elle.

— Salomé... ma fille...

Le visage de Roxana s'illumina soudain et elle ouvrit les bras.

— J'ai tant espéré ce moment. Je suis comblée et si heureuse, fit-elle d'une voix étranglée, à peine audible.

Les deux femmes se serrèrent dans les bras l'une de l'autre et restèrent ainsi de longues minutes.

Les mots étaient inutiles.

Lorsque Roxana s'écarta, ses yeux brillaient de mille feux. Des larmes de joie ruisselaient sur ses joues rougies. Prenant la main de sa fille dans la sienne, elle l'entraîna vers le salon.

À l'intérieur, personne n'avait prêté la moindre attention à ce coup de sonnette tardif. Encore moins à la scène improbable qui venait de se jouer. Dans le fauteuil près de la cheminée, Josselin lisait le journal. Salomé aperçut le bracelet électronique à sa cheville.

Dans la presse, elle avait lu que, dans l'attente de son procès pour le meurtre de Zacharie Verbrugge, il était incarcéré à la prison de la Talaudière. Il avait dû obtenir une permission pour les fêtes de Noël.

Quand il la vit, un fin sourire se dessina sur ses lèvres.

Au pied du sapin, Charlie et un garçon d'une dizaine d'années disposaient les animaux dans la crèche. Il vit le premier la jeune femme recouverte de neige. En riant aux éclats, il s'exclama :

— Bien essayé, tatie Roxana. Mais je ne crois plus au père Noël, tu sais !

Intriguée par ses paroles, Charlie se retourna. Même si son apparence avait changé, quand elle croisa le regard de sa sœur, ses yeux s'arrondirent. Sa surprise fut totale et elle se précipita vers elle pour l'embrasser.

— Je savais que tu reviendrais un jour. Je l'ai toujours su !

Tous s'approchèrent de Salomé pour la serrer contre eux.

Le silence se fit. Seul le craquement des bûches dans l'âtre vint le troubler. Après ce moment d'une incroyable intensité, elle lança :

— Figurez-vous que j'ai croisé le père Noël sur la route. Il m'a remis des cadeaux pour chacun de vous. Le premier, c'est pour Robin, le fils de mon oncle Boris.

S'agenouillant près de lui, elle le lui tendit.

— Je suis ravie de te connaître.

Ne comprenant pas trop ce qui se passait, il sourit, la remercia avant de déchirer le papier d'emballage. Ensuite, elle distribua les autres sous les rires, mais aussi quelques larmes plus ou moins contenues.

À sa mère, elle lui offrit un cadre photo.

— Qui est-ce ? fit Roxana en découvrant l'enfant qui riait.

— Mon fils. Il a 5 ans et demi et s'appelle Enzo. Demain, je te le présenterai. Il ressemble à Boris, tu ne trouves pas ? Les mêmes yeux. La même façon de…

La voix de Salomé s'étrangla et tous les regards convergèrent vers le rebord de la cheminée, là où une photo était posée. Boris souriait à l'objectif du photographe *« Entouré des femmes de sa vie »,* comme il aimait le dire en clignant de l'œil.

Une des rares fois où il avait accepté de poser. Il n'aimait pas ça, mais, ce jour-là, il avait fait une exception. C'était pour l'anniversaire de Salomé.

Dans une autre vie.

FIN

Voilà, ce roman est terminé.

Si vous croyez à la fatalité, une chose est sûre, vous n'échapperez pas à votre destin. Qu'il soit tragique ou merveilleux, votre avenir finira toujours par vous rattraper.

S'il est difficile d'être certain des événements et défis qui vous attendent, vous pouvez toujours vous dire que le destin n'est pas une question de chance mais une question de choix : il n'est pas quelque chose que l'on doit attendre, mais que l'on doit accomplir.

Note de l'auteur

Comme à chaque fois, ce livre est passé entre les mains de Carole, mon épouse, et celles de Maryse, une fidèle correctrice depuis des années. Avoir des idées est une chose, mais les rendre crédibles, au plus proche de la réalité, en est une autre. Aussi, je ne les remercierai jamais assez pour le temps passé et le travail effectué.

Une pensée à ma famille et mes amis pour leur soutien indéfectible.

Je remercie aussi Rebeca, une graphiste Ukrainienne qui a réalisé la couverture de *Ne renonce jamais.* Elle colle à l'ambiance sombre et chargée de mystères de ce roman. Je la trouve très réussie. J'espère qu'elle vous a accroché également.

Ne renonce jamais est mon 7ème livre.

Jamais je n'aurais imaginé en arriver là ! C'est grâce à vous. Alors merci infiniment à vous qui me suivez et m'encouragez lors des dédicaces, mais aussi par vos mails, vos messages sur les réseaux et vos retours de lecture.

Depuis un moment, j'avais envie d'écrire quelque chose en rapport avec le voyage dans le temps, un thème qui m'est cher. C'est chose faite à présent.

Lire est avant tout un moment d'évasion. Aussi, en écrivant cette histoire, mon souhait était de vous faire partager des émotions en vous plongeant au cœur d'une intrigue qui tient ses promesses au fil des pages avec des personnages attachants pour certains, détestables pour d'autres. Le pari est toujours osé et le doute m'a accompagné tout au long de l'écriture de *Ne renonce jamais*.

Espérant vous avoir embarqué avec moi dans cette aventure…

Souvenirs en Ligne

Quand la recherche du passé vient bousculer vos certitudes...

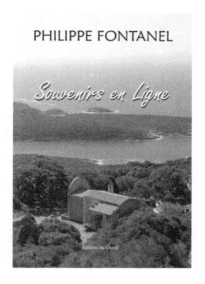

Quoi de plus légitime quand on a perdu la mémoire que de vouloir faire le jour sur son passé ?

Pour Éloïse, ce sont les huit premières années de sa vie qui se sont évaporées suite à cet accident de voiture, sur une petite route de Corse, où son père est décédé.

Aujourd'hui, voici qu'internet lui offre peut-être la possibilité de renouer avec le passé. Éloïse va alors se lancer dans une quête qui va l'emmener bien au-delà de ce qu'elle pouvait imaginer.

Prise à son propre jeu, elle n'aura d'autre solution que de retourner sur la terre où elle est née pour éclaircir cette période de sa vie savamment mise sous silence.

Elle va ainsi mettre à jour des secrets bien gardés sur son enfance, son père, sa famille et sur cet accident de voiture qui était tout sauf un banal fait divers.

Qui es-tu vraiment ?

Êtes-vous certain de connaître vos proches ?

François Xavier De La Mornay est soupçonné d'avoir assassiné sa femme, sa fille et grièvement blessé son autre fille, qui depuis est plongée dans le coma. Les premiers constats de la police sont accablants pour le père de famille : il demeure introuvable et le pistolet portant ses empreintes a été retrouvé sur la scène de crime.

Comment cet homme a-t-il pu abattre de sang-froid ses proches ?

C'est la question que tout le monde se pose. Au fil de l'enquête, le profil du suspect se précise et tout semble indiquer qu'il a prémédité ses actes avec une fuite savamment organisée.

Alex, son neveu, ne s'explique pas comment la vie de celui qu'il connaît depuis toujours et avec qui il partage la passion de la montagne, a pu basculer ainsi. Jacky Léoni, un journaliste à la retraite, et Emma, une informaticienne, vont aider le jeune homme à démêler le vrai du faux dans cette affaire où pouvoir, corruption, mensonges et passions sont au cœur de l'intrigue.

Si tu savais...

La vérité est-elle toujours bonne à savoir ?

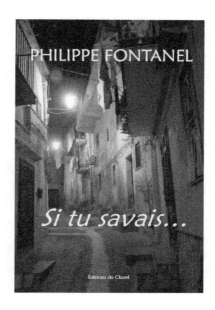

Imaginez : Votre conjoint est porté disparu après le crash d'un avion. Trois mois plus tard, vous recevez une vidéo où vous le voyez ressortir de la salle d'embarquement et quitter précipitamment l'aéroport.

Passé le moment de stupéfaction, quelle serait votre réaction ? Vous voudriez comprendre ce qui s'est passé ? Savoir où il est allé ? Et surtout, pourquoi il n'est pas reparu depuis tout ce temps ?

Éloïse va tenter de répondre à ces questions en se lançant sur la trace de Matthieu, son mari. Aidée de Jacky Léoni, un journaliste à la retraite, et de Patrick, un ami de son père, elle va découvrir tout un pan de la vie de Matthieu qui lui était inconnu.

Qui est réellement l'homme qu'elle a épousé ? Et si toute sa vie n'était qu'un mensonge ? Chaque rebondissement amenant d'autres questions, le mystère va s'épaissir.

Au risque de voir son univers s'effondrer, Éloïse n'aura d'autres choix que d'aller au bout de ses recherches pour connaître la vérité sur la disparition de Matthieu. Mais sera-t-elle prête à l'entendre ?

Rien ne s'efface

Et si une lettre venait bouleverser votre vie ?

Nuit noire et pluvieuse : une bande de copains sortent de boîte de nuit. La soirée vire au cauchemar lorsque leur voiture en percute une autre. Grièvement blessée, Laura sombre dans le coma et perd l'enfant qu'elle attend. Quelques années plus tard, elle rencontre Nathan. Le bonheur semble enfin lui sourire lorsqu'elle part en Indonésie pour son travail. Voyage sans retour : Laura disparaît dans le tsunami qui ravage les côtes de l'île.

Dix ans se sont écoulés lorsque Nathan reçoit une lettre de Laura dans laquelle elle explique à demi-mot les souvenirs de sa vie avant de le connaître. Pour comprendre ce que cachent les mots de celle qu'il n'a jamais pu oublier, Nathan va devoir tirer les ficelles d'une énigme troublante où le drame côtoie le crime faisant ressurgir les secrets du passé. De rencontres surprenantes en révélations inquiétantes, une question revient inlassablement : et si tout était lié à cet accident de voiture ? La réalité va s'avérer bien différente de tout ce que Nathan aurait pu imaginer... En sortira-t-il indemne ?

Mémoire trouble

On ne revient jamais en arrière

Depuis des années, les nuits de Benjamin sont hantées de cauchemars. Toujours ces mêmes images : lors d'une soirée bien arrosée, Lola a été étranglée par Jules, le frère de Benjamin. En fuite depuis, il n'a jamais donné de nouvelles.

Est-il toujours en vie ? A-t-il mis fin à ses jours comme Benjamin s'en est persuadé au fil du temps ? Nul ne le sait.

Neuf ans après les faits, Benjamin reçoit un mail d'un inconnu. Il songe d'abord à une méprise mais il reconnaît Jules sur la photo jointe. Le choc est brutal et l'espoir fou de le retrouver renaît même s'il s'interroge : pourquoi Jules s'est-il rasé le crâne ? Et que fait-il avec Gwendoline, son ex-épouse ?

Benjamin va retourner à Montbrison, la ville de son enfance. Là, il va déterrer des secrets profondément enfouis et découvrir que ses amis, présents la nuit où Lola est morte, ont tous une part d'ombre. Sa quête va le confronter à ses propres démons car si le mensonge blesse, la vérité peut faire plus mal encore.

Déjà-Vu

Si votre vie n'était qu'une imposture ?

L'existence de Candice bascule lorsqu'elle est agressée par un inconnu. Laissée pour morte elle se réveille après des mois de coma et prend conscience que les relations avec sa famille et ses amies sont bouleversées. Que s'est-il passé durant cette période ?

Peu après avoir quitté l'hôpital, sa voiture est percutée par un chauffard : accident ou tentative de meurtre ? La jeune femme devient-elle paranoïaque ou est-elle réellement en danger ?

Avec l'aide de Rafael, le policier chargé de l'enquête, Candice va tenter de reconstituer le fil des événements mais les doutes se multiplient et les certitudes se font rares. À qui se fier ? Elle comprend aussi que la menace est toujours là.

Ce qui est certain, c'est que rien ne sera jamais plus comme avant.

Pour contacter PHILIPPE FONTANEL
ph.fontanel@hotmail.fr

Ou sur la page Facebook de l'auteur :
Phil Fontanel Auteur

Ou sur le site internet :
philippefontanel.free.fr

Printed in France by Amazon
Brétigny-sur-Orge, FR

13598109R00171